南无袈裟理科佛 著

金蚕往事

⑨

上海社会科学院出版社

本故事纯属虚构。

目录

第二十七卷　亡命天涯　　001

第三十章　堂屋恶斗，身份曝光　　001

第三十一章　选择信任，凉山故闻　　005

第三十二章　天黑请睁眼　　008

第三十三章　恐怖山神，生死节奏　　012

第三十四章　剑下请留人　　016

第三十五章　大人驾到，数尽罪魁祸首　　019

第三十六章　了却因果，子时果果还魂　　022

第三十七章　寨子的外人　　025

第三十八章　收山货的人　　029

第三十九章　半路遇盘查　　032

第四十章　黑夜的希望　　036

第四十一章　山中苦行，顿悟反遭伏击　　039

第四十二章　这杀意，像酒　　042

第四十三章　首席大长老　　046

第四十四章　密林迷踪，敌人纷至沓来　　049

第四十五章　成精何首乌　　052

第四十六章　天雷滚滚，弃徒终究翻脸　　056

第四十七章　神剑引雷，山穷水尽无路　　059

第四十八章　衔尾追击，呼麦召唤巨兽　　063

第四十九章　那一刻，我飞了起来　　067

第五十章　公道人心，迷蒙似见贵人	070
第五十一章　他乡遇故知	074
第五十二章　同病相怜的战友	078
第五十三章　神秘帮手，性命危在旦夕	081
第五十四章　心魔逆转，迷梦抚琴	085
第五十五章　脱胎换骨，茶馆相约解救	088
第五十六章　伙伴团聚，共谋营救事宜	092
第五十七章　下水道中，救友不避腥臭	096
第五十八章　脱囚之战，发现另一个囚犯	100
第五十九章　战蛇灵	104
第六十章　江湖行走，发誓从不管用	108
第六十一章　对掌碰硬，再战烈阳真人	112
第六十二章　朵朵破阵，长老重伤奔逃	115
第六十三章　战后余波，共享除夕之夜	119
第六十四章　情人佳节，来年共赏樱花	123

第二十八卷　藏边鬼妖　　127

第一章　入藏，思乡	127
第二章　湖神，喇嘛	131
第三章　湖畔，羊尸	134
第四章　剑脊鳄龙	137
第五章　湖祭，入水	140
第六章　舍利，遗迹	144
第七章　救人，迷梦	147
第八章　传道授业	151

第九章　虹化佛光	154
第十章　僧舍追兵	157
第十一章　虚实意义	160
第十二章　伦珠虹化	164
第十三章　孤胆右使	167
第十四章　暴露，佛塔	171
第十五章　神秘婆婆	175
第十六章　鬼妖，取舍	179
第十七章　终选，离别	183
第十八章　豪气，反击	187
第十九章　小妖，反弹	190
第二十章　冷静，暴起	193
第二十一章　战，战，战，战！	197
第二十二章　一掌、两掌、三掌	200
第二十三章　有一种道，叫做原谅	204
第二十四章　入水，复仇	208
第二十五章　一入其间，浑身冰凉	211
第二十六章　石厅，右使	214
第二十七章　终极使命	217
第二十八章　故交，忠告	220
第二十九章　水蛊，追兵	224
第三十章　喇嘛，道长	227
第三十一章　老道逞凶	230
第三十二章　千里传音，暗河浮尸	233

第三十三章	死状，浮棺	236
第三十四章	联手抗敌	239
第三十五章	铜钱剑破，妖女莫走	242
第三十六章	截人抢宝，恶鬼墓现	245
第三十七章	恶鬼凶猛，唯有死战	248
第三十八章	受挫，陡现	251
第三十九章	藏边鬼妖，举手破阵	254
第四十章	旱魃，棺开	257
第四十一章	王	260
第四十二章	燃尸，出洞	264
第四十三章	战后分赃，火娃飞回	267
第四十四章	服丹，离去	270
第四十五章	一生，有你	273
第四十六章	宝窟法王，洛氏东南	276
第四十七章	执着，执念	280
第四十八章	点化失败，祁峰雪山	283
第四十九章	伦珠转世，虹光归属	286
第五十章	虹光，入剑	289
第五十一章	大师兄来电，是否要出藏	292

第二十九卷　工厂诡事　　　　　　　　　　295

第一章　妈，我回来了　　　　　　　　　　295

第二十七卷　亡命天涯

第三十章　堂屋恶斗，身份曝光

这一阵飓风从门外吹过来，将火塘里面的灰烬全数刮起，漫天飞扬，也迷糊了我们的视线。我只见到一道黑影子，从外到内，似离弦的箭，倏然射了进来，朝着躺在草席上面的张果果抓去。

杂毛小道双腿盘坐，闭目念经，不悲不喜，不为所动，似乎隔绝于世一般。我前两日便已经镇压住了心中的阳毒，这两天的精神也有所好转，正打算找一物，来祭我手中这把鬼剑。见这黑影来袭，怕那烟灰迷花了眼睛，当下就闭上双目，抓起放在膝前的鬼剑，凭着印象，一剑斩去。

唰——

这鬼剑有朵朵寄身，我一剑斩去，立刻在空中划出一道凌厉的撕裂声，响亮得紧。

那一阵妖风吹过后，我睁开眼睛，看到那道扑向凯敏小妹的黑影，被我一剑逼退，跃上了房屋的主梁。杂毛小道依然还是没有睁开眼睛醒过来。我放目看去，房梁上有一团黑乎乎的东西，缩成一团，毛茸茸的，像狐狸，又像是猴子。仅仅是在一瞬间，那团黑乎乎的东西摇身一晃，竟然变成了人形，不高，也就一米四几，华服美履，面如冠玉，含笑腼腆，好一个翩翩美少年，浊世佳公子。

看到这一切，我猜想自己应该是中了幻觉，又或者看到了什么脏东西，使劲儿咬了一口舌尖，疼得眼前发黑。刚刚回过神来，便见到那东西从房梁上凌空扑下，手上多了一把黑色的扇子，前端寒光乍现，朝着我一把挥来。

我凛然不惧，挥剑便挡。

一剑一扇相交，顿时间有火星闪动，铿的一声响。我感觉右手上面的鬼剑，像是被拆迁的那种八磅锤敲中一般，整只手酸软无力，脚步也往后滑。不过我难受，那家伙更加难受，往后腾飞，刚才那美少年的形象变得缥缈起来，根本就不真实了，仿佛有无数的重影在相叠，让人看一眼，就觉得头晕，眼花得厉害。

我站稳脚步，感觉到面前这东西，应该是一灵体，而且是一个极端的灵体，凝固的身形比神识还要强大的家伙。一般这样的家伙，要么是妖，要么就是依托到了阴煞地脉的幸运儿。而这种幸运儿，其实也就是我们通常所说的山神。

不过山神和山神之间，也是有区别的。比如说那中华传说起源的昆仑山、世界屋脊的喜马拉雅山、东祭告天的皇权泰山，这些都是鼎鼎有名的存在，乃朝中重臣；次一级的五岳、四大佛山、海内名山，这些都是封疆大吏级别；而至于我们身处的这地界，默默无名，不过就是县官甚至一小村长的级别。虽然都说别拿村长不当干部，但是我们却也未必怕了它，弱了自己的名头。

我瞧得仔细，心中安定，气沉于胸，也不管杂毛小道如何招魂还魄，抽身便朝着那邪物冲去。

那山神已经知道了它面前的，并非常人。不过它坐落于这莽莽山林，本来也是个蛮横惯了的角色，哪里会怕我？当下凶性大发，双手擂胸，嗷嗷直叫，这声音并不雄厚，而是像猴子一样，吱吱声，刺耳得很。我前冲的脚步稍乱，剑尖就有些偏移。那山神却是浑身一震，身形见风长了一大半，瞬间变做两米多高，一脚就朝我身上踏来，气势凶猛非常。

我冷冷一笑，些许幻术，还能诓骗得了我？我脚趾微拱，脚尖抓地，这算是稳住了身形，然后右手的鬼剑一动，依照着杂毛小道教我入门级茅山降鬼剑法，抖出了一大蓬的剑花，朝着面前这巨汉的胸口刺去。

这一剑，刺中了山神幻化出来的巨汉胸口。

一剑刺入，我感觉到了如同实质的触感。正待再进一分，便感觉到鬼剑被一双手给紧紧抓住，这厮竟然不管不顾，先是止住了我的剑势，然后右手陡然一长，朝我的头颅抓来。我手中的剑被它紧紧抓住，动弹不得，抽剑是来不及了，唯有将恶魔巫盅点燃，暗自运起了《正统巫藏—携自然论述巫盅上经》中的行气之法，用左手向它一掌击去。

这山神化身的巨汉之手，单手能够抓起一个篮球，我的手与它比较，简直就是小巫见大巫，娇弱得很。然而两相对较，它的手如同雪人堆积，而我的则是红彤彤一块热烙铁，它再次发出一声巨大的惨叫声，顿时就发起狂来，而那手，则化作黑雾消散。

我略感吃惊，想不到我的这门法子，对付这种山神，竟然如此有效，让人有些不敢置信啊？

镇压山峦，难不成就是镇压这山神野鬼吗？

一阵癫狂过后，那山神开始悔转过来，想溜，回身便跑。然而它来得轻松，去，却哪里能够这么容易？刚一转身，才发现抓住我鬼剑的那一只手，根本就抽脱不得。我冷笑，这老槐木天生性阴，比不得桃木光明辟邪，比不得枣木刚正坚硬，为何杂毛小道独独选了它，来给我做了一把木剑，并且谓之曰"鬼"呢？

所谓鬼，诡也。这妖身槐木纳阴聚邪，藏污纳垢，却能够不断净化，此为先天材料之功，而杂毛小道又在上面篆刻得有"荐拔往生神咒"，所谓"尘秽消除，九孔受灵；使我变易，返魂童形；幽魂超度，皆得飞仙"，是一等一的转魂利器，只不过初成型，功效未显而已。一旦鬼剑正中的法阵运转，上面便会有巨大的吸力传来，什么灵体妖体，皆受吸引，不由自主地靠上去。

这一来，吓得那山神惊惶莫定。不过到底是占了一片山头的人物，片刻之后，它开始如同李腾飞的那除魔飞剑一般，高频率地抖动起身子来。鬼剑毕竟初成，威力不显。很快，山神便脱离了鬼剑的吸引，顾不得屋里的张果果，朝着门外奔逃而去。

没走两步，一个梳着骄傲马尾辫的明媚少女出现在它面前，对它当胸就是一掌。

从我这个角度来看，那个山神似乎有些崩溃了，在它的意识里，也不知道从哪里来了这么多强人，竟然连跟小妖交手的胆气都没有，往回一缩，朝着地下钻去。小妖见这货这么耍赖，气得半死，于是招呼也不打一声，跟着它，也钻进了地底。

我到底是尚未痊愈，见到那家伙已走，浑身发麻，一屁股就跌坐在了地上。回头来看，只见杂毛小道也正在收功，双掌提于胸前，一道白色的气，从他的鼻间喷出来，箭一般，嗖的一声响。

我抓来布套，将鬼剑藏纳好，摇摇晃晃走到他身前，问怎么样，回来了吗？

杂毛小道的眼睛晶晶亮，然而里面却是一片黯淡的恨意，见我问起，摇头说：没有。那个狗东西狡猾得很。你这边跟它的分身斗个不停，它那意识中，却还能够分出两面，与我拼斗，原本引路的那一魄也被它紧紧收拢住，带回了藏身处。此番打草惊蛇，若想再找寻到这小妹的魂魄，只怕只有找到它的洞府老巢，直接将其结了才行。

我叹气说，这回可真的是麻烦，就看小妖的本事了，也不知道她能否追踪得到。

我俩在这里说着话，侧门那里传来了凯敏的声音，只听他说，王大哥、林大哥，你们搞好了没有，我们能出来了吗？我赶忙将鬼剑掩饰好，说，好，你们出来吧。这话说完，侧门便被急忙推开，凯敏和他父母跑到堂屋来，看着这房间里凌乱的一切，看着灰蒙蒙的地上还有我俩，急忙问情况怎么样了？

我没有说话，杂毛小道也默然不语，凯敏的母亲将地上的棉被掀开，只见女儿闭目而眠，正睡得香甜呢，心中终于一块石头落了地，犹豫地问道："是……好了吗？"

杂毛小道点了点头，又摇头，用低沉的声音说道："生命是没有什么危险了，不过可能会糊涂，记不清楚事情，甚至不一定认识你们。"凯敏的父母皆惊讶，而凯敏则凝神问我们，说刚才房间里的动静，到底是怎么回事？

我笑了笑，说你也知道的，刚才就是拘走你妹魂魄的那位过来了，我们拼斗了一场，他跑了。

看着屋子里这狼藉的一片，他们纷纷惊叹，又惊恐，不知道如何是好。杂毛小道手一挥，对着凯敏母亲说你们不用太过焦虑，我们这几天还不会走，必定要将那厮的贼巢找到，将你女儿治好，放心。凯敏你去弄两盆热水，给你王哥和我洗一洗，这一身灰，脏死了。

凯敏的父母连忙招呼，说我们去，我们去。

我和杂毛小道便没有再说，返回房间，任由他们收拾堂屋。过了一会儿，房门被敲响，凯敏走了进来，他一步一步地走到了我们的床前，有些激动，说两位，你们……莫非就是陆左和萧克明？

杂毛小道倒没有什么反应，我却是眉头一竖，眼睛里迸射出了光芒来，低声厉喝道："你知道你在说什么吗？"

第三十一章　选择信任，凉山故闻

凯敏被我这冰冷的态度吓了一大跳，下意识地往后退了一步，不过还是倔强地说道："我们认识的，对不对？我们还坐过同一班车，对不对？"

当他说到这里的时候，我知道我和杂毛小道已经暴露了。

虽然不知道是哪里露出了破绽，但是当下我也并不惊慌，只是眯着眼睛，瞧着双拳紧握的凯敏，然后慢条斯理地重复问道："你到底知不知道，你在说些什么？"杂毛小道没有说话，而是往旁边站开了些，隐隐封住了通往门口的路。

凯敏见到了我们的反应，更加确定了心里面的想法。

他摆摆手，用尽量和缓的语气说道："我知道了，所有的事情我都知道了。我知道你们就是那天和我一起坐车，然后中途下车的那两位大哥，也是他们嘴里面的通缉犯。他们说你们犯了很严重的罪，还说你们一个人的消息，就能够值二十万！我知道很多……不过，我今天过来，只想告诉你们，我觉得你们是好人，是正直而善良的好人，你们肯定是被冤枉了，我……"

他感觉自己表达得有些语无伦次，来回说了半天，最后咬着牙，告诉我们："我不会出卖你们的，即使你们治不好我妹妹，你们也可以在我家住着，一直住着。我相信，你们是好人，好人就应该有好报，你们赢得了我们彝家人的尊重。放心！"

一口气说完这些，他长长舒了口气，终于不再说话了，像心里面放下了一块大石头，脸上露出了解脱的表情。

听到面前这个彝家年轻人发自肺腑的独白，我和杂毛小道都不由得笑了起来。如果他真的要举报我们，自然不会跑过来，跟我们表白这一切，他完全可以在我们救了他妹妹之后，偷偷摸摸地出山，然后找到相关部门，提供我们的线索，卖了我们。

杂毛小道走上前来，拍了拍凯敏的肩膀，示意他坐下来，然后和气地问道："凯敏，你怎么知道我们是好人呢？你可想好了，我们俩，可都是上了通缉名单的人呢……"我看到凯敏战战兢兢地坐下来，也不由得笑，说，是啊，我也很好奇，到底是什么原因，让你会对我们说实话呢？见我们两个都和颜悦色，气氛和谐了许多，凯敏咽着口水说道："两位大哥，我可以讲一个故事吗？"

我们点头，凯敏开始说起来：他刚开始去外面打工的时候，只有十八岁。他到过很多地方，锦官城、渝城还有黔阳。记忆最深的是在二十岁生日的那天，他当时在锦官城的一家电子厂里上班，住的是宿舍，进去还没有两个星期，突然室友说他的钱被人偷了，然后非赖着他。丢的是四百块钱，正好他刚刚取了四百块钱，准备给他妹果果买一双好一点儿的登山鞋,然后给自己买一个十块钱的蛋糕,庆祝生日。后来他进了派出所,怎么解释都没有用。人家都准备立案了,那个室友才发现,钱在他洗过的裤子兜里。

他二十岁的生日,是在派出所度过的。

凯敏说完这些的时候,眼睛里面亮晶晶的。他动情地说道:"一个素不相识的老人,两位大哥都可以掏光自己用来买药的钱,去帮助她。这样的人,我相信,你们肯定是被冤枉了的。我以前被人冤枉的时候,总想着有人能够信任我,可是没有。但是现在,你们被冤枉了,我选择做那个能够信任你们的人。可以做这样的人,也是一种福气!"

凯敏说得诚恳,我心中最柔软的部分,都被打动了。连一个相识不过几天的陌生人,都愿意选择相信我,而那些曾经与我并肩作战的朋友,有的却选择离我而去。人性的光辉,照耀到了普通人身上,却忘记照耀在那些努力往上爬的人心中。

那天晚上的交心,让我们彻底放松了对凯敏的警戒。其实很多时候,人看人,就是那一点之间,透了,就成了朋友;不透,隔了一层毛玻璃,大家永远都只有小心翼翼地防备着,怕被人从后背捅刀子。

当然,当天晚上对堂屋的整理,我们也没有参与。高手嘛,这种小事自然是不用亲手去做的。好吧,其实就是因为一番大战,我和杂毛小道都太累了,于是就偷了懒,早早地歇下了。

第二天早上,我早早地起床锻炼身体,凯敏母亲小心翼翼地凑上前来,问,小王,我家果果的病,真的就不能治了吗?我回头,问她果果有没有好一点儿?她点头,说:"不吵不闹了,叫吃饭,也乖乖地吃,只不过……"

说到这里,她的眼泪倏然就落下来,说:"以前看到我家果果,像个野猴子一样漫山遍野跑,心烦得厉害。现在看她像个小猫一样窝在床上,特别不得劲,想着她一个小姑娘马上就要成人了,嫁人了,还要遭这难,就难受得不行……"

我最见不得女人流泪。凯敏的母亲四十多岁,却是一头花白的头发,人也沧桑,脸上好多皱纹,心中就也跟着难过。连忙安慰她,说,大姐(王黎外表三十来岁),放心,我和林森一定会负责到底的,一定会治好她!

凯敏的母亲从兜里面,哆哆嗦嗦掏出一个布包来,里面方方正正,似乎有厚厚一沓钱,她说,我是山里人,妇道人家,也不晓得说话,你收下这个,我们的心才安啊。

我瞧这厚度,想来应该是近一万。这个数目,对于处于深山的这么一个彝族家庭,应该是全家的积蓄了。连忙推脱,说:"要不得,你们这事情,报酬已经提前给我们了。收人钱财,替人消灾,所以你放心,我们一定会负责到底的。至于这钱,你还是留着吧,给你家儿子娶媳妇,那个叫做孙静的姑娘,是个不错的妹儿,可不要委屈了人家。"

推脱半天，凯敏母亲这才收起了那包钱，然而神情依旧有些郁郁。

昨天夜里，她多少也知道了些古怪，这才对我小心翼翼。我笑了，展露出了阳光腼腆的笑容，说，大姐，你要是觉得过意不去，就弄点好吃的早餐来，我练了一早上身体，都觉得肚子饿了。她听到我这般说，终于笑了，高声说，哎，好啊，今天给你们做锅贴乳饼吃，保准你吃完，力气足足的。

我又练了一趟拳，感觉浑身热汗蒸腾，白雾凝于头顶而不散，仿佛人都高了一截，这才收了功。杂毛小道懒洋洋地起来洗漱，然后走到我的身边，轻轻地告诉我，小妖回来了。小丫头昨天追了那个家伙大半晚上，结果因为地形不熟，跟丢了。这一趟，说不定我们要栽了……

听他这般说，我的心脏不由得猛地跳了一下，想到那个瘦小的女孩子，就要这般浑浑噩噩地过一生，惋惜不已。

到了差不多上午十一点钟的时候，完全不知情的凯敏母亲过来叫我们吃饭。那锅贴乳饼是彝族名菜，做法我也不知晓，有点像鸡肉饼，有火腿、黄瓜皮丝，色泽黄亮，鲜香软嫩，看着就很有胃口，火塘里还有土豆，烘得熟透，翻出来，剥开皮，很香甜。我们还没怎么开始吃，结果外面传来了人声，凯敏跑出去，不一会，引进来两个人，却正是孙静，还有她姨奶。

这让我们有些惊讶，要知道，我们进山来的时候，血精气猛的年轻人都走了差不多三个小时，瞧孙静她姨奶，这面不红气不喘的，倒是像个没事人。

凯敏父母是见过孙静的，见到自家未来的儿媳妇上门，都纷纷迎上去，寒暄招呼，然后邀请她们坐下来一起吃饭。

孙静和她姨奶倒也不推辞，坐下来，用过饭之后，她姨奶居然开始说话了，问我们有没有给果果这小妹儿招魂？她这一说话，我们居然都能够听懂，便有些愣住了。这老婆婆笑，说，老婆子我年纪大了，脑壳一下清醒、一下糊涂，今天早上记起来，静儿对象家出了事情，所以就上山来，看看能不能帮上点什么。

孙静给我们介绍，说她姨奶不是彝族的，是苗族的，祖上沿袭下来一些东西，所以懂一些。以前这里最出名的凉山蛊王宋花星，就是她姨奶的爹爹。

孙静她姨奶听到自家孩儿这般夸赞，有些不好意思了，叹息说，不要提我父亲了。他英雄一世，却没承想败在了那个从南边过来的疯女人手里，至死都在遗憾。老婆子我得蒙祖荫，学会些手段，就过来助助阵，也算是捧个人场。果果那个妹儿，到底怎么样了？

我叹息，将昨天晚上发生的事情，大致讲来。凯敏他们一家人也是第一次听到昨天的惊心动魄，都不由得呆了。我说完，然后说现在最麻烦的事情就是，不知道那个家伙的贼巢在哪里。要是知道了，这件事情，就变得简单很多。

孙静她姨奶沉默了一下，从怀里掏出了那个蓝布包，将束口的绳子解开，摸出里面那颗黑珠子来，说，我们一起，去试试看吧？

第三十二章　天黑请睁眼

我们惊讶，问这颗黑不溜秋的圆珠子，到底是什么东西？

孙静她姨奶咧开嘴，露出了仅有的几颗牙齿，说："我要讲是妖怪的内丹，你们信不信？"她这般说，我们倒是来了兴致，围上来瞧。只见这是一颗根本没有多少光泽的珠子，我用手按了一下，软软的，有弹性，有点像橡皮，又或者是蛋白胶堆积而成的假珠子。

杂毛小道瞄了一会儿，试探着说道："婆婆，你这个珠子，应该是里面蕴含着一种对气息的接收探测功能，一遇到，就能够激发出光芒来吧？"

孙静她姨奶有些惊讶地看了杂毛小道一眼，说，不错，你的眼光倒也是犀利，这"阿尼玛卿珠"，是一头大妖的内丹，辗转流落到了我爹爹的手上。当年他就是靠着这东西，成就了大名声。他死了之后，我才知道，这颗珠子可以让我们知道自己身边到底有多少古怪的东西。我跟你们一起进山，说不定那个山神，就被这珠子给找寻到了呢！

我看着面前这个全身干净整洁的老婆婆，一点都无法将她和前天那个在人家饭馆门口捞泔水的可怜老人联系到一起，也无法把她跟后来在派出所、在旅馆时所见到的乡下老妇的形象联系。此刻有着自信的她，脸上洋溢着和蔼可亲的微笑，让人心中不由得温暖。

时而清醒，时而糊涂，那么这个就难办了，要是进了山，去找寻山神的踪迹时，万一有什么变故，只怕我们到时候，肯定是头疼得厉害，照顾不周全。

见我们犹豫，孙静她姨奶拉着自家侄孙女，说："你们不要担心我，这珠子只有我会用，给你们也用不了。而且我今天配了药来的，应该不会再犯糊涂，即使真有什么事情，静儿也会照顾好我的。"

我拉着杂毛小道走到一边，小声商量了一会儿。

既然小妖这边把人跟丢了，那么我们确实也没有太多好办法找出那个掠走果果魂魄的家伙，要不然，就冒一次险，同意这个曾经蛊苗的后人吧？其实我很想问一句孙静她姨奶，她们这凉山苗蛊一脉的，习的是哪门子蛊术？我可是清水江流、敦寨苗蛊的嫡系传人啊！

只可惜我没有勇气说出口。秘密说得太多了，就不是秘密了。有些东西，还是保留在一个小范围之内，让大家谨守住自己的界限，才行。

我们吃完了饭，差不多已经是十二点半。回房准备了一下，到了下午一点钟，我、杂毛小道、凯敏、孙静和她姨奶一同出门,从寨子边缘沿着小径,朝着更深的山里找去。

说到寻找山神,杂毛小道其实还是有法子的。什么法子呢?观风水!

所谓风水,便是这山川走势。大河流淌,每一种恢宏走向的形成,都有着自然界的道理,而每一种阴脉地煞的形成,也都有其中的缘故。我们在被捕之前,曾经游历酆都鬼城,便是凭借着山势气运以及小妖朵朵那种敏感的同类呼应,了解那些巨鬼藏身的大概位置。

杂毛小道掏出了红铜罗盘。

当然,这些都得出了寨子,才会使出来。这小小的彝族村寨十分和睦,我们往外面走的时候,不停有人跟凯敏打招呼,不过人们观察的重点,并不是我们,而是留在了那个红脸蛋儿女孩孙静身上。纷纷问凯敏,什么时候喝喜酒?凯敏有些害羞,说快咧,快咧,到时候一定会叫上你的。每次说到这儿的时候,那个问的人就开心地大声说道:"好!到时候,不醉不归!"

彝族人嗜酒如命,无酒不成宴,由此可见一斑。

出了村寨,又绕过了一大片果林子,我们沿着小路,来到了寨子后面的山。这日正好是阴天,天气寒冷,行走在这人畜走出来的山道上,我总担心孙静她姨奶身体扛不住。然而每次回头,都看到这老太太脚步轻盈,如同踩在弹簧上,这才放下心来,与杂毛小道研究方向。

一出寨子,就往西走,因为小妖昨天追踪那个家伙,走的是西面。

虽然那家伙到了后来,开始跟小妖绕弯,不过它一开始下意识逃离的方向,还是暴露了它的行踪。我们面对的,应该是一个相对年轻、没有经验的家伙。老奸巨猾的,是不会直接打上门来的,要么放弃,要么容后再说。

有人说真正成熟的思想,要懂得放弃,学会妥协。这话说得不无道理。

当然,迷惑了心智的另说。

其实这所谓的山神,便是各种鬼怪精灵,皆依附于山的阴脉地煞中。天长日久,最终,各种鬼怪精灵的名称及差异分界,便消失了,或者你中有我,我中有你而互相融合了。而每一地区的主要山峰,便有了人格化了的山神居住。《礼记·祭法》有云:"山林川谷丘陵,能出云,为风雨,见怪物,皆曰神。"说的,就是这种现象。

修为越高的山神,越能够超脱物外,体会自然之道,成就人们真正敬仰的神位。而修为浅薄的,则率性而为,不识物,不明理,称不得神,仅仅是一鬼怪精灵而已。这类东西,湘西十分多。

翻过两道山脊,我们站在半山腰上,看对面的山势,孙静她姨奶和杂毛小道同时惊呼:"此处有恙!"

我抬头望去,对面山峦,山峰处高耸,低谷处深伏,密林深茂,风吹不摇,有泉水溪流环绕而过,如一条银亮的玉带,端的是风水宝地,旺财兴族之所在。

凯敏见我们皆瞧过去，摇着头，说，这里可是我们寨的坟山，以前老寨神婆选的地界。

我以前说过，偏僻边远之地，教化不够，所以神婆便担任起了很多职能来，不过随着时代进步，神婆一职，也就慢慢消失了。看得出来，凯敏他们这儿以前的神婆，是个有真材实料的角色，所选的坟址，足够庇护他们这个小小的寨子，风调雨顺，生活安康。

我们花了二十分钟，走到了对面坟山的低洼处，在溪流往上的几个小山坡，交错隔有好多墓碑，安葬着这个村寨无数的先人。因为是同寨同族的缘故，这里的坟冢经常得到照料，并不荒凉，即使是被冬天的荒草围着，坟冢也是干净整洁，一片肃穆。

越过这片坟冢，杂毛小道手上的红铜罗盘开始疯狂地转动起来，但是孙静她姨奶鸟爪一般右手上面的黑色珠子，却没有多少动静。两人对视一眼，杂毛小道告诉我们，那个东西昨天来过这里，留下了痕迹。接着他低声跟我说道："小妖就是在这里跟丢的……"

凯敏并不急着跟我们一起走，而是来到了一座坟前，跪地、磕头、然后三拜。这座坟里躺着的，是他奶奶。同样的动作，他还拜了四处，然后回头告诉我们，路过先人安眠之地不拜，以后就得不到先人的庇护了。

接下来，开始由孙静她姨奶给我们领路。这个老太太完全就像一只灵巧的狸猫，在前面行走，快得让我们都难以跟上。这是一件很奇怪的事情，要知道，这个老人在前两天，跟往日的农家老太太，并无任何区别。难道这一清醒，就变成了不世高手了？

我们有些疑惑。不过她手中的那颗黑珠子，倒是发出了淡淡的光芒来，像颗黑珍珠。

我们一路跟随，越过了坟地，爬过了两道山梁，上坡，又下坡，最后停留在了一道遍布着青竹的小沟子旁。之所以不走，是因为孙静她姨奶手上的那颗珠子，已经如同白炽灯一样，散发出绚丽夺目的光芒。很难想象，这样一颗珠子，会发出这样的光芒，仿佛能将孙静她姨奶大半只手都给笼罩住。在她的脚下，是一块肥沃的黑土地，上面有枯黄的杂草和淡淡的晨露。

凯敏和孙静都被眼前的景象给吓到了。在普通人的思维中，如果不是亲眼所见，哪里会相信这样一颗黑不溜秋的小珠子，能够像灯泡一样，散发出这样的光芒来？

即使这玩意儿，发出的是古怪的黑光。

凯敏她姨奶扭过头来，咧开一口没几颗牙齿的嘴，笑了，说："如果这珠子没有错的话，从这里往下，应该就能到达阴脉地煞了吧？"我听到，用脚踩了踩地面，只觉地面夯实，根本就没有什么空洞。杂毛小道望了一下天，阴沉沉的，说："等吧，到了天黑，它才会放开心神，我们才能有手段整治它。"

我们商量了一番，随后杂毛小道开始依托地形，在四周布阵，而其他人则在旁边耐心等待。既然已经找到地方，我和杂毛小道想了想，便劝旁人离去。毕竟有这些普通人在，我们一是施展不开，二是照顾不来。他们本来不愿，但是我们坚持，也没办法，便转头离去。到了下午，凯敏还送饭过来，我们得知孙静和她姨奶还没有离开。

送走凯敏，过了一会儿，天终于黑了下来。

杂毛小道嘿嘿一笑，说，好吧，来，我们把这尊山神的底裤，扒光吧！

第三十三章　恐怖山神，生死节奏

　　山里面已经连续几日都是阴天，天上乌云沉沉，但所幸没有落下雨来。时间推移到下午五六点，天已经麻麻黑了，我找了一块石头坐下，看着泥地上有蚂蚁在搬家，形成了一束细小的黑线。杂毛小道走过来，一屁股坐在我的旁边，在此之前，他已经布置好了三才锁魂阵。

　　所谓三才锁魂阵，听上去很美，其实就是拘束灵物使其不得四处流窜的一种法门。通常使用经过挑选祈祷的碎石和草梗，通过推演计算，是将灵物各种逃路封堵的小伎俩。因为取材方便，很多行内人都会用，不过效果有多大，就看各人的功底和推算能力了。

　　小妖已经出来了，她围着我们转圈圈，手上拿着一根白色绳子，不停地打着乱草，像个多动症儿童。她其实能够潜入地下，但是没有到晚上，那道阴脉地煞没有从里开启，没有痕迹，即使往下钻个几百米，也未必能够找到门道。

　　而且潜入地下，与飞升天上的禁制一样，都会有一个透明天花板，也就是所谓的阻力。强行突破的话，上则遭九天神雷，下则遭地煞阴火，反倒会让自己神魂受伤。

　　小妖也是个唠叨命。一边抽打旁边的茅草，一边告诉我们此地的山神的厉害（其实并不能够叫它山神，观其行为，不过就是一个窃据其位的精怪而已）。昨天斗剧之时，它还能一心二用，一边用神识牵制老萧，一边操纵傀儡与我恶斗，而今天在它的地盘上，至少比昨日我们见到的，要厉害好几倍。

　　"大家伙儿千万不可粗心大意，天时地利皆不对，小心阴沟里翻船啊？"

　　这般老成稳重的话语，从这小狐媚子的口中说出来，让人感觉反差格外强烈。

　　我仰首远望，远处有一道肥硕的身影，在天边游弋，便哈哈大笑说，不怕，我们别的不说，单是这人和，便是这个孤守山中的家伙不能够比拟的。

　　杂毛小道布完阵后，并不说话，盘膝而坐，横剑于双腿之上，双手结印，默默不语。

　　看得出来，他的表情也是蛮凝重的，想来他也和小妖一般，对于在人家山头上动土一事，颇为忌惮。强龙不压地头蛇。不过不知道怎么回事，我的心中却充满了豪气，仿佛这种自信是随着功法，已经渗入到了我的血液之中一样。这没由来的自信，让我兴致勃勃，提起鬼剑，舞动了两趟，因为投入，汗出如浆，感觉筋骨通畅，一阵爽快。

　　当我收住剑势时，天已经完全黑了下来，有几点星光，只能够辨清楚眼前身后，更远的地界，只是一片黑乎乎的模糊之色。我收敛身型，盘腿而坐。不知道过了多久，杂毛小道突然站了起来，他手中的雷击桃木剑往前一挥，有风雷声响起来。

风声浮动，猎猎作响，吹得我们的脸僵硬。

我站直起身来，将鬼剑横于身前，缓步退到场边去。杂毛小道则踏着罡步，雷罚舞弄得四处剑光浮动，高声作歌曰："九曜顺行，元始徘徊，华精莹明，元灵散开；流盼无穷，降我光辉，上投朱景，解滞豁怀；得驻飞霞，腾身紫微，人间万事，令我先知……"此歌乃九星神咒，上应星辰，下通地理，是行走道门中人，与当地神魂沟通时的神诀，久久作歌，便能够勾动山神野鬼，前来见面。杂毛小道自小学习茅山符箓，常常念经诵诀，就跟戏剧和唱歌的艺术家一样，那是从小培养的基本功，融入灵魂中，天生练就一幅好嗓音。他这九星神咒，念的是茅山号子，音律欢快，朗朗上口。我这人因为变声期的时候损伤了嗓子，声音沙哑，唱歌鬼哭狼嚎一般，听他这般念起，便觉得如同美乐，好听得很。

此经翻来覆去念了好几遍，经文在山坳子里不断回荡，和着这山风与树影摇晃声音，沙沙声响。

然而几遍下来并无效果。我一开始紧绷着身子，过了一会儿，便放松起来。

闲来无事，我便默默听着，学习这哥们的发声方法。过了一会儿，我感觉到温度骤冷，空气凝重，身上好像挂上一层冰凌，如行水中。一只手紧紧拉着我，我偏过头，看见小妖略有些害怕地朝我靠近，到了此刻，我才明白，为何两人会这般沉重。

不过我依然还是没有太多的害怕，将剑一横，凝神静气，然后环顾，尝试着用自己的感知，去体验这如泰山压顶的气势，是从何而来。当我小心翼翼地试探时，发现那压力从四面八方，天上地下逼迫而来，让人气都难以喘过来。

当杂毛小道念完第九遍的时候，突然有一个苍凉的、雄浑的、威严的、恐怖的声音，铺天盖地传达到了我的耳朵里来："是谁，扰了我的沉眠？"

所有的声音在那一瞬间，都消失了，天地之间，只有一句话在反复回荡着："是是是谁谁谁……"

"打打打扰扰扰……"

"沉沉沉眠眠眠眠……"

只此一声，好像有无数的巨雷，在我的脑海里炸响，不知不觉，我感觉自己的唇上痒痒，一抹，竟然流下了鼻血来。

"咄！"

一声清喝随之响起，像一道利剑，劈破了雷音笼罩的天空。

杂毛小道一声轻喝，然后用手指轻弹了一下剑脊。虽是桃木剑，然而一弹之下，有金属声，相伴的，还有隐隐的雷鸣。那声装波伊的声音缓缓落下，不过还是在群山中回荡，山呼海啸，让人心口发麻。我只觉得眼角余光处，出现了一个黑影，扭头瞧过去，见到一个矮小的身影，出现在我们正前方八米处，黑夜里，一双铮亮的眼睛，像猫,死死地盯着我们。

这家伙跟昨天与我剧斗的那个美少年形状相似,不过这灵体凝结的浓度却是要高许多,在那里一站,渊渟岳峙,感觉就像一座山,压在那里。天太黑,我看不清它本来的面目,没待它再次出口相询,杂毛小道的雷罚就化作了一道直线,朝着左前方的鬼影斩去。

"砰!"

一声巨大而沉闷的响动爆发,在杂毛小道的雷罚前端,有一面白骨制成的折扇,挡住这一股气势。然后一道幽幽的蓝色火焰,在相交之处,如莲花一般浮现出来。

此骨扇采用人骨所制,上面的白磷传递到了杂毛小道的剑上,立刻将整把剑都给点燃。也就是在这火焰中,我看清楚了那个矮小的鬼影。那是一个垂垂老矣的老人,佝偻着身子,一脸的老人斑,嘴角紧抿,眼睛通红,显露了很凶残的暴戾。灵体可塑形,不过在战斗的时候,为了保持最大的输出力,一般是不会留有余力,来保持美貌的。

所以这老头儿,应该就是我们要寻的山神本体。

我借着这点火光,错步冲去,剑走如龙,摇摆不定,朝着这老儿的脑袋削去。而杂毛小道的雷罚,电意流动,一阵蓝光闪耀,便将剑身之上的火焰湮灭,复刺过来。

那老儿,不愧是经年的老怪,并不惧我和杂毛小道的联手攻击,居然靠着一把骨扇,将我们两个皆荡了开去。我们还没有反应过来,便见到这老儿身形摇晃,那灵体鬼影的形象开始不断重叠,转瞬之间,从那主体之上,幻化出四个灵体:一翩翩美少年,一身高两米五的巨汉,一娇俏小娘子,还有一浑身绒毛的毛猴子,各持兵器,朝我们击来。

杂毛小道不忧反喜,一剑在手,吞吐不定,便朝着离自己最近的那个巨汉身上招呼。我也不惧,持剑与那个使棍儿的猴子斗了两回合。胸口槐木牌一震,朵朵飞出,先是朝着前方打出一道蓝莹莹的光华,然后化身为线,钻入鬼剑之内。一剑在手,我仿佛是得了"独孤九剑"的令狐冲降身,在木剑牵引下,竟然能够以一敌二,生生架住了那美少年与毛猴子。剩下的那个娇美小娘子,自有小妖,来做这等辣手摧花的事情。火娃和肥虫子,则联袂朝着那老头儿的灵体飞去。

此处的山神爷爷不由得瞪圆了眼睛,惊呆了。

它老人家本来还待以多欺少,没想到转瞬之间,竟然陷入了被围殴的境地。不过它化身的四位,却也是威猛之极,光我面前的这两个,尽管有朵朵牵引鬼剑,但是那剑身上传递过来的巨大力量,也将我的整条臂膀震得发麻。

我很少与朵朵配合作战,正打得畅快淋漓,突然脚下一滞,余光中,我发现自己脚下坚实的泥土,竟然变成了沼泽,使不上劲。

杂毛小道一剑逼退了那个威猛巨汉,大声厉喝道:"疾——"一声巨响,他花了一下午布置的三才锁魂阵终于启动了。以我们为中心,十米之外,一条火线瞬间点燃,形成一个巨大的圆，火舌并不烈，但是将周遭的气势隔绝，在这山坳子里，形成了一个巨大的擂台。

目光对视，擂台里面的生死对手，开始了舍生忘死的决斗。

第三十四章　剑下请留人

　　四周皆有火花冒起，火焰忽明忽暗，充满了律动，演化出种种说不出来的奥妙。我们脚下的泥泞已然消失，山神老儿面无表情，伸出双手，去抓袭来的两条虫子。肥虫子一冲至山神身前，骤然刹住车，金光大放，如一轮烈日，那些暗色金光转化的游丝，无意识地游动，山神平推一掌，刚刚能够抗衡肥虫子的冲势。火娃则浑身红艳，往日黑色的躯壳瞬间变了颜色，似乎准备把面前这一个黑影，给焚烧成灰烬。它其实有这个能力，因为它这心火，属性纯阳，并非只是引燃骨骼里面的磷，而且能够灼烧灵体，这也是朵朵一直不怎么待见火娃的原因。然而它厉害，那山神老儿却更加厉害，它根本就不跟这小哥俩儿拼斗，只是手掌虚张，遥遥顶住它们的冲劲，不让这两个小凶物，靠近自身。

　　那边在僵持，我这里却是热火朝天，那个一米四几的美少年，再加上一个还要矮小的毛猴子，正是我此刻的对手。跟这两个分身拼斗，我有些吃亏：它们正常站地，我却需要弓着身子。不过有鬼剑，我倒也不怵什么，剑法牵引间，我也能够学习很多用剑之道。攻击唯有三式：砍、割、刺，然而就是这三式，却演变出万般变化，舞动之中，水泼不进，不留半点破绽。而且鬼剑周旋之间，还有隐隐的吸转之力传来，对付灵体，天性克制。

　　我的两个对手，一个用扇，一个使棍，用扇子的美少年潇洒，时收时放，不断有扇花展露，看着美，然而十分阴毒；而那个毛猴子，和《西游记》中的孙悟空一样使棍，来势汹汹，不断卷起风声，在我耳边炸响，身子跃起，棍子从头劈下，携狂猛之威。我与这两位斗敌，虽然一时间还占有上风，然而手心发麻，脚步也是有些凌乱。

　　我和杂毛小道当初以为这荒郊野地中的附山野怪，不过是个小角色，手到擒来，此番一接触，方才知道，棘手得很。

　　既然已经谓之以神，那么必定有些手段。

　　不过敌方的手段越是强悍，越激起了我的好强之心。要知道，我自十一月末逃亡之旅以来，一直都是被人像撵狗一样，四处奔逃，而且为了自己的清白和以后能够沉冤得雪，我还不能够痛下杀手。只能跑，不能还手，这般束手束脚的战斗，我早就已经窝囊到了极致。人心中憋闷，自然是要找些事情来发泄，而在我们面前，则正是旗鼓相当的对手。如此良敌，怎能让我不兴奋？

　　见那毛猴子一根铁棒子再次捅来，当下我卖了个空子，抽身后撤，左手从怀里掏出久未开张的震镜，对着它当头就是一照。蓝光一闪，别说是这毛猴子，便是旁边挨着的持扇美少年，身形也不由得一滞。就是这一下，我心中狂喜，口中高诵真言，曰："镖！"在这嗡嗡的回响声中，我一剑斩去，正中这毛猴子的头颅。

这毛猴子极矮，一斩之下，鬼剑发光，凶煞莫名，然而因为角度关系，并未削中此物的脖颈，而是贴着脑袋，削下一层头皮来。

这东西是灵体，乃山神分身，没想到被削开的头盖骨下，竟然也显露出了白森森的脑浆子，像开水一样直冒。毛猴儿大惊，顾不得与我作对，返身朝着本体跑去，而旁边的美少年则持扇，顶住了我的追击。

不过这美少年虽是扛住了我，却未提防旁边伸出的一只纤纤素手，一把抓住那个毛猴儿的头颅，那手指，已然伸进了脑壳里面去。这手的主人自然是小妖，正在与那娇美小娘子拼斗的她显得格外轻松，见到这边有便宜，立刻身形一闪，平移此处，将那毛猴儿的脑浆，给搅成了一团。

普通实物若被这一搅，早已小命皆无，但到底是灵体，除了口中继续发出让人耳朵发麻的惨叫之外，它竟然还能凶悍地回棍袭来，欲将小妖的头颅，当作熟透的西瓜。

小妖哪里能够栽在此处。只见她一伸手，便将那拼尽最后一丝气力的棍棒抓住，接着俯身一吸，将那奶白色的脑浆子，悉数吸入了自己的鼻孔中。看到她这模样，我不由得想起了初见小妖时，这小狐媚子嚷嚷着要吃人肉的情景。

有的人平时看着无害，然而到了真正决定性命的时刻，却能表现出极端的狠戾来。

毛猴儿的白色脑浆被小妖朵朵吸入鼻中，那凌厉的棍棒顿时变得无比轻缓，没了灵力支撑，如泡沫般，轻飘飘的，没有半点威胁。毛猴儿也停止了挣扎，四肢伸展，片刻之后，便如同实质的身形开始接近虚无，一阵寒风刮过，如柳絮般飘飞，渐渐的，消失在空气中。

就在毛猴儿神魂被小妖生生吸食的那当口，伴着这凄厉叫声响起的，是一阵轰隆隆的落雷响声。这声响并不是杂毛小道在引雷，而是用劲力，激发了雷罚里面蕴积的雷意。

他的对手，是一个身高腿长的巨汉，比姚明哥还高一截，杂毛小道跟它比拼了一番，根本就没有什么优势，所以前期一直拖沓。然而杂毛小道哪里是一个甘于打酱油的人物，所以在小心应付过后，终于施展出了绝招。通过雷罚上面种种繁复的法阵，沟通雷意，一下子，就将场面变得无比浩大，直击对手裤裆。

是的，你没看错，我也没有写错，依照两者的身高对比，杂毛小道认为一剑刺中那里，十分合适。

然后，如我们所预料的一样，那个巨汉捂着下身跪倒在地。凝身灵体的优势，在于具备一般鬼魂所不具备的直观攻击力，然而因为观想的原因，使得他们也有着生命体一般的感受。这痛苦，让那个巨汉嘶嚎起来，露出了一口白森森的牙齿。它条件反射一般跪倒在地，杂毛小道却是毫不含糊，露齿一笑，挥剑横斩。巨大的身躯轰然倒地，雷罚上面的雷意，瞬间将对手所有的意识封住，杂毛小道脚前的地上发生剧烈的震动，然后这庞大的灵体，同那个毛猴儿一样，如丝丝柳絮，烟消云散。杂毛小道提着那巨汉双目圆瞪的头颅，像古代十步杀一人的侠士。

那头颅并没有死去，而是不断挣扎，想朝着山神老儿的地方，飞去。杂毛小道将手上的雷击桃木剑，缓慢地刺入这头颅的眉心处，像热餐刀切牛油，一剑捅入。

见到自己的两个分身被小妖和杂毛小道相继击杀，山神老儿朝天嘶吼一声，跟我缠斗的美少年和追着小妖的娇俏小娘子全部返身，朝着空中的两条小虫扑去。伤其十指，不如断其一指！那山神老儿居然也有这样的心思。我心念一动，肥虫子立刻明了，它能够感受到身后两物对自己的威胁，一闪身，撤退了。

火娃却是个直愣子，初出茅庐，根本就不惧，身上的红光越发的亮了，美少年的扇子唰的一声，拍到了火娃身上。这扇子非金非铁，黑雾浓重，火娃点燃不得，却像一颗小球，被拍得毫无影踪。那是真的没有影子，在周遭阵法的火焰下，我眯着眼睛瞧，愣是没有瞧见火娃被拍进了哪坨泥巴里面去。

太狠了！事后我们找了好久，才从草丛中将这不知进退的货色给解救出来。

接着那翩翩美少年和娇俏小娘子，一同跳入那山神老儿的身体里，融为了一体。之前那种凝重的气息，又从它的身上席卷出来。

打了一架，吃了亏，这山神老儿还欲讲讲数，想跟我们瞎扯一番，结果我和杂毛小道根本就没有跟它理论的功夫，如此装波伊，不揍服了，哪里忍得住心中的气？我、杂毛小道和小妖三人一同前冲，两剑连刺，小妖控场，藤蔓缠绕。这山神厉害，只几下，将我们全部都给震开。其间它还给了杂毛小道一掌，拍在左臂处，巨力狂涌，杂毛小道顿时往后飞去。

这时，我举起了怀中的大杀器："无量天尊！"

一大蓬蓝光，将这山神老儿给笼罩当场，只见它身形凝滞住，暴戾的脸上也终于出现了一丝惊慌，移身想往地下钻去，突然一道白色的绳索，将他的腰间捆住，而杂毛小道也爬将起来，飞快递剑过去。

这山神老儿，马上就要被我们灭了！

突然从我们背后，传来一个苍老的声音："剑下留人！"

第三十五章　大人驾到，数尽罪魁祸首

杂毛小道这一剑，已然是准备将这个可恶的山神老儿给当场斩杀的节奏，哪里会因为一句话，就舒缓了剑势？

剑走圆弧为莫测，剑走直线为狠厉。

杂毛小道停不下来，雷罚携着巨大的力量，朝着山神老儿的心窝子刺去。他这木剑，采用顶级雷击桃木制作，由茅山李道子符箓传人萧克明贴身养剑。此番以极端愤怒的力量刺出，倘若捅实，即使不能灭了这山神老儿，也必定将其重创。而此时的山神老儿，空有一身本事，却被捆绳缚住挣脱不开。这捆绳，也是大有来历。它是慧明和尚从天山神池宫中求来，主要的制作材料，据说是两束九尾妖狐的毛发。按理说这么粗的绳索，两束毛发只能算是很少的一部分，但正如食堂里面菜名叫做"蒜薹炒肉"里肉是稀少品一样，这根捆绳的名字，也堂而皇之地被命名为"九尾束妖索"。小妖朵朵曾经在这绳索上吃过大亏，险些丧命。之后客老太被龙哥逼走，这绳索落下来，成了小妖的战利品。也不知道这些日子她是怎么炼化的，此刻陡然出手，竟然将那恐怖的山神老儿，一举擒束。

而此刻，空中突然出现了一道黑光，朝着杂毛小道的剑尖射去——叮，火星闪现。

杂毛小道志在必得的一剑，竟然被荡开了。

杀红了眼睛的杂毛小道深呼吸，回转身来，瞧出手的这个人。我也回头，不由得愣了一下，这出手的，竟然是孙静的姨奶。在她旁边的，则是凯敏和孙静两人。他们不知道什么时候到的，就站在火圈之外，远远地朝着这边望来。

见是他们，杂毛小道知道对我们没有恶意，便收起了雷罚，然后打了一个响指。外围那些吞吐不定的火焰不再燃烧，阵法的灵力开始抽离出来，整个空间里，光线渐渐地变弱，昏黄无定。孙静她姨奶见我们不再动手了，并不跟我们说话，而是一步一步地朝着被捆束的山神老儿走去。我们皆不解其意，站在旁边冷眼旁观。

当然，这也是因为它中了九尾束妖索，逃脱不得的缘故，不然即使是杂毛小道停手了，我也会果断补刀的。我可不想因为自己的仁慈，而将自己以及身边的朋友，都陷入到难以自拔的危险境地。

孙静她姨奶并没有去管那颗被杂毛小道一剑挑飞的黑色珠子，而是一步一步地走到了那个山神老儿的身前来，对着这个张开森白利齿的家伙，纳头拜倒，然后从呜咽的哭声中，迸出两个字来："爹爹……"

这出人意料的两个字，不由得让我们都大吃了一惊，这是什么节奏？

站在我们面前的这山神老儿，最主要的意识，竟然是孙静她姨奶的父亲，百年前的传奇高手、凉山蛊王宋花星？

这里面，到底有什么蹊跷呢？

饶是我和杂毛小道心坚似铁，泰山崩于前而面不改色，此刻也不由得深吸了一口凉气，不知道这一出戏，是从哪儿唱起。更加意外的事情是，这山神老儿根本就不认识面前这个白发苍苍的女儿，喉咙里发出一声低沉的嘶吼，仍然在不断地挣扎，妄图将捆住自己的绳索绷断。然而这九尾束妖索是何等厉害，当初一个照面的工夫，便把麒麟胎身的小妖给捆束住，此刻山神老儿无论如何挣扎，都是白费力气。和客老太娴熟的操纵不同，小妖显然有些费力，并不能够用五指将绳牵扯，只是牢牢抵住，不让其动弹。

我反应过来，上前扶起孙静她姨奶，问这到底是怎么回事？

孙静她姨奶好不容易将情绪控制住，然后指着这脸上泛着黑气的山神老儿，说："他，便是我那死去的爹爹，生前是凉山蛊王，死后也庇护这一片天地，保佑山民风调雨顺，平静安康。他以前是极为善良的，不过不知道怎么回事，现在却连我也不认。"看着自己曾经的至亲，对自己投射出邪异诡诈的目光，孙静她姨奶不由得悲从中来，号啕大哭。

我们也不胜嘘唏，心情沉重。站在旁边的凯敏和孙静这一对小情侣，圆睁双眼，简直就难以置信。感觉这几天见到的一切，完全就颠覆了自己的世界观，小时候常听老人讲的那些神怪志奇的事情，居然都亲眼目睹了。

小妖正在努力捆束着这山神老儿，见我们这般模样，不由得一阵好笑，咬着牙问，到底怎么办？是杀是剐还是放，说句痛快话啊，这么僵持着，小娘我可弄不住！

孙静她姨奶听到小妖前面两句，顿时吓得不行，连忙拉着我的手，说，孩子啊，你就放了我老爹吧。他这几十年来，也不曾作恶，我们好生商量，让他把凯敏妹儿的魂魄，给放了，皆大欢喜不是？可不敢下黑手啊！

我望着面前这个恐怖的山神老头儿，苦笑，此遭若不是有震镜和九尾束妖索在，我和杂毛小道说不定就栽在这里。这事纯属凑巧，那山神老儿，可不是我们可以随意拿捏的。此番将它放了，要是它不肯罢休，只怕到时候倒霉的，是我们大家伙儿。

杂毛小道显然也料到了这件事情，所以并不松口，而是眯着眼睛，仔细打量这黑乎乎的山神老儿。他一定也想知道，它为何会有这番转变。

正当我们纠结之时，头顶一阵风，肥硕的虎皮猫大人飞到近前来，一屁股坐在了山神老儿的头顶上。它似乎太过沉重，本来还在胡乱蹦跶的山神老儿，一下子就安静了，不再动弹。我们只有从它咬牙切齿的痛苦表情中，能看出它对于头顶这货，是有多么的痛恨。

泰山压顶。

见到这及时雨来临,正在勉力操纵九尾束妖绳的小妖松了一口气,说,臭屁猫,你有什么好办法?

虎皮猫大人依然是那股淡淡的装大佬范儿。先是左右旁顾了一番,然后拍打翅膀,将身下的山神老儿弄得不敢动弹,最后才昂着头,说道:"大人我刚才沿着这片山势飞了几圈,算了一下,错不在这山神老儿,它只是一个被迷惑了本我的可怜虫。那阴脉地煞,被污染了,才导致它的心性没了拘束,向往黑暗,所以才会有了这些事……"

阴脉地煞,被污染了?

我们皆不解其意,连忙请教这到底是为何?

虎皮猫大人告诉我们,说:"千年轮回,光暗交替,每逢一个时间节点,总有黑暗侵袭,将美好的东西,给污染,灌输以邪恶、暴戾。这些东西太玄,不给你们讲。不过,这老头儿涉及不深,只要将那源头截止,倒也是可以将它弄清醒的。"

这肥母鸡卖了个关子,并不跟我们讲太多,而是转头瞧向了小妖朵朵,说,小靓女,这里我来照应,它那里的居所门户大开,你过去瞧瞧,将那罪魁祸首给抓出来,让咱们看一眼,到底是何方人物在作怪!

小妖听到虎皮猫大人的恭维,习惯性地瞧了我一眼,然后喜笑颜开地将九尾束妖索一收,身子摇晃,朝地下钻去,再无踪影。旁边的凯敏和孙静惊讶极了,又是三观颠覆。孙静的嘴巴张得能够吞下一个鸡蛋,指着消失的小妖,颤声问道,那个小妹,到哪儿去了?

我笑了,跟她解释说,下去查明缘由了。

虎皮猫大人稳稳坐在这山神老儿的鸡窝脑袋上,安逸得很,然后斜眼瞧面前的孙静她姨奶,说,这老儿,可是你父亲?孙静她姨奶抑制住了悲伤,说,是啊,是我爹,这个——她看着面前这肥硕如母鸡的鸟儿,不知如何称呼,琢磨了一下,便从它的自称中寻找到了答案——大人,我爹他还好吧?

虎皮猫大人好话不说第二遍,点了点头。然后回头看向我和杂毛小道,说:"小毒物,小杂毛,情况不容乐观啊。我刚才从天往下看,算这山川走势,感觉到深渊的侵袭,已经越来越近了,再有三两年的工夫,只怕这天,就要变了……"

我们不解其意,问到底怎么了?

它沉默了一下,然后盯着我说,小毒物,你还记得耶朗大联盟,是怎么消灭的吗?我点头,说,南方小国叛乱,导致耶朗大联盟穷兵黩武,耗尽心力,最后被汉朝所灭。虎皮猫大人叹气,说,此番变故,可比那时候的劫难更加庞大,而且牵连甚广,所以……唉,先不谈,解决眼前之事,再说吧!

说话间,小妖从地下冒出来,左手上还提着一物,浑身毛茸茸,青草绿,脸型似人又似猴,眼神之中,尽是凶恶。

第三十六章　了却因果，子时果果还魂

这毛茸茸的东西，我简直是太熟悉了，一瞧见，便惊叫了起来："矮骡子！"

对！就是矮骡子，就是我们在青山界中，打过好几回交道的矮骡子。这种一向活跃于湘黔交界的山精野怪，竟然是导致此地的山神老儿迷惑心志的元凶，这真的是有些奇怪了。要知道，在我们的理解中，矮骡子向来都是暴躁、睚眦必报的山野精怪，聪明、狡诈，而且十分有组织性，也有迷惑普通人的能力。但是这山神老儿，可是真正的大人物，在它面前，矮骡子根本就上不得台面，地位之差，如同云泥。

每一个听到这事儿的人，都会觉得不可能，然而小妖手上提着的，恰恰就是那矮骡子。

不过我仔细瞧了一下，这矮骡子，跟我们寻常所见的矮骡子，仿佛有些区别。它脑袋上的头发灰白，眉目间，似乎更像人类。

小妖提出它来的时候，它还在昏迷，之后被摔在地上，醒了过来，伸手便朝着我扑来。我知道，我的恶魔巫手，最开始的由来，是矮骡子首领的诅咒，所以这类灵异生物，见到我，便如同见到杀父夺妻的仇人，不共戴天。不过它并没有得逞，身子被杂毛小道给一脚踩住，无论怎么翻腾，都动弹不得。

我抬起头，问虎皮猫大人，大人，这熊孩子，能够沟通不？咱们审一下呗。

虎皮猫大人呸我一口，说，你当大人我是神啊？你能够跟路边的小鸡小鸭沟通不？小妖提上来，是给你的恶魔巫手提升效用的，赶紧杀了，我们还有事情忙着呢。

我想也是，这矮骡子生性暴躁，哪里能够讲得通道理，蹲下身，一掌，印在了他的脑壳上。只听一声轻响，咔，这狂躁不安的矮骡子立刻就停止了动作，脑袋垂了下来。随着它蓝色的血液汩汩流出，我感觉到双掌之间，越加的阴寒和灼热。

物极必反，这两种感觉施加于别人，必定是难受得紧，然而我却并没有太多的痛苦，反而像给自己拔胡子一样，有着别样的爽快。

将这矮骡子正法之后，虎皮猫大人吩咐说，将这家伙的血，点在这山神老儿的额头上面，画一个日符出来。

所有人都瞧向了我，我知道这矮骡子的血液，有怨力，腐蚀性极强。当初我中诅咒，也是因为此，所以也不劳烦别人，伸出右手手指，蘸了蘸，然后开始抵住山神老儿的额头，开始画起符咒来。

倘若说茅山符圣李道子的符箓技法是在山峰之顶，而杂毛小道则在登顶的路途中，那么我，则只在刚上山的小道上。不过即使如此，受过相关技法培训的我，画个基础的日符,并不是什么为难之事。山神老儿虽为灵体,然而凝如实质,我的手指顶上去,有软绵绵的触感。

那个矮骡子死后,流的血也多,我一边蘸,一边写,很快就完成了这门差事儿。

整个过程,山神老儿被虎皮猫大人压制得根本就不能动弹,这让我十分佩服。这肥母鸡对付人与野兽,基本没有什么威胁,除非放大招,不然就是打一瓶酱油而已。然而一旦碰到这等灵体,几乎没有它老人家办不了的。

画完之后,虎皮猫大人的爪子紧紧扣住山神老儿的头皮,用了一个很高难度的动作,俯身下来瞧。它要看看,我画得是否正规。就这般瞧啊瞧,杂毛小道在外围布置的法阵,火焰都快要消失的时候,这家伙才开始念念叨叨起来。我离得近,想听个仔细,然而它这话儿,并非汉语,也不是我所了解的任何一个语系,我上一次听到这种发音,是虎皮猫大人当日在缅北山林中,跟血池怪物小黑天打招呼时用上的。没有人知道它到底在念叨什么。只见它摇头晃脑,浑身的羽毛都在动,不时兴奋地一哆嗦,像打摆子。

过了好一会儿,它大叫一声:"宋花星,还不快快醒来!"

此言刚罢,便用自己坚硬的鸟喙,往这山神老儿的额头,日符的正中心,猛然一啄,顿时有一声清脆的响声传出。

在这悠悠声响中,被虎皮猫大人牢牢控制住的山神老儿紧闭着的眼睛,突然睁开,里面如海般的血红,化作了晶莹剔透的黑亮,像星空,映照着人心。它的身子,发出"咔咔"的响声,仿佛骨骼炸响,接着一股黑气,被它从口鼻中喷出,悉数落在了我脚尖前面那具矮骡子的尸体上。顿时,一道漆黑如墨的光华闪现,然后这具矮骡子尸体,化作腥臭的脓水,往土地里面渗透进去。

虎皮猫展开翅膀,一下飞到了杂毛小道的肩头,回过头,正见到那个山神老儿将手中的骨扇一扔,伸出手,朝着孙静她姨奶摸去,悲鸣道:"这可是我家小桃?你……怎么变成这样了啊?"

从面相看,这是两个垂垂老矣的老人,就像我小时候,在村口见到的那一对土地公公和婆婆,然而两人的身份,却是父女。

如此见面,好不唏嘘,两人手拉着手,说了一阵儿话。讲的是土话,我听不懂。不过这时间并不长,那老儿与女儿适当叙完旧,开始看向杂毛小道、虎皮猫大人和我,继而拱手为礼,说道:"多谢三位援手之恩,倘若不是这位鸟大人帮我解脱,说不定,我就变成了那被心魔浸染的魔头,为害一方,最后断送了性命。"

这场合,自然是肥母鸡表现的时间,它挥挥翅膀,说无妨,救人于危难,我辈惯来如此。不过刚才我这两个小兄弟,将你神魂挫伤,你不要怪罪才好。

老头儿十分恭谨,双手作揖,连道不敢。

虎皮猫大人有话跟它讲,将它引到一旁,两人嘀嘀咕咕说了一阵,我们便在旁静等。虎皮猫大人惯来都自有主张,他不让我们知晓,自然有它的道理。差不多了,那老头儿回转过来,双手合十,一道青色的光芒游出,传递到了杂毛小道的掌间。

老头儿指着这缕残魄,说,这便是那女孩儿的灵慧之魄,道长你自取去,还望安顿妥当,不要让小老儿沾了因果,小老儿在此拜谢了。

它倒也是眼光通透,瞧得出杂毛小道的身份。杂毛小道将这青光往我胸前一引,放入槐木牌中,然后点头,说,此事既了,好自为之吧。

这山神老儿被我们一番围攻,又解脱了附身心魔,实力减消,神情委顿,早已摇摇欲坠。此间事情已了,我们也不便久留,将这周遭的火星给扑灭,不留隐患,然后寻出火娃,又等孙静的姨奶跟山神老儿又说了几分钟话,才带着一伙人,转身离开。

那山神老儿在原地目送我们,等我们爬上了山腰,再回头去看的时候,那里已经黑黢黢的,再无人影。

见到诸般神妙,年岁不大的凯敏难免有些兴奋,一路上问了我好几个问题。我一番剧斗,身体里的阳毒又有冒头的迹象,于是便行气疏通,不怎么搭理他,他心生敬畏,不再多言。

山路难行,而且还要照顾孙静她姨奶,以及两个好奇宝宝,我们走得难免慢些。不过一路上,凯敏终于不再对小妖朵朵的陡然出现,再有疑问。等到了凯敏家,正好是晚间十一点多。

此乃子时,我们并不停歇,依昨日的排场,再行摆弄,然后将凯敏的妹子平放于地,一番作法之后,杂毛小道将这一缕残魄,直接打入了张果果的脑门顶上,然后用温暖的手掌紧紧贴在这小女孩子的额头,闭上眼睛,不停念咒文。如此持续了几乎半个小时,杂毛小道脸上的汗珠不停冒出,然后滑落。

突然间,他高声厉喝道:"离家久矣,还不归来?归去来兮,来兮……敕!"

此话一落,那个闭目不言的小女孩儿脸上一阵暗红,突然开始大声咳嗽起来,凯敏的母亲慌忙将一个瓷碗拿过来,放在颔下。果然,从她的嘴巴里,吐出了几坨凝结成块的血块儿。这血块儿吐出之后,果果睁开了眼睛,黑亮,里面有着疑惑的神色,指着杂毛小道,问:"你是谁?"

见到自家女儿吐字清晰,思维正常,凯敏的母亲喜极而泣,拉着自家女儿的手,说,果果,这可是你的大恩人呐……话说到一半,她就抱着女儿,哭得死去活来。

凯敏的父亲在人群后面,没说话,将烟锅里的火灭了,不住地擦眼泪。

此番顺利解决,也算是了结了一桩因果,我们都很开心。凯敏和他的父母紧紧拉着我和杂毛小道的手,不住地感谢,之前晦暗的心情,都随着幸福的眼泪,一齐掉落。

我们当然也很高兴,不过还是再三叮嘱,说不要将我们的事情,透露出去。凯敏已然得知我们的身份,自然答应。

一番喧闹,到了凌晨,果果喊饿,她母亲又做了宵夜,我吃完,这才想起来问孙静的姨奶,为何会在那当口赶来。然而刚刚转头过去,这老婆婆,又迷糊了。

第三十七章　寨子的外人

　　孙静的姨奶又糊涂了。无论我们如何想办法，她都已经从一个夕阳未落幕的矫健老者，变回了初见时的那个糊涂老妇人。问她东西也很清楚，只不过记不得事，便是对我们，也只是拉着我的手，说，是好崽，好崽啊……

　　看着她这慈祥而无神的面容，我们心中不禁哀叹。

　　这老婆婆糊涂得可真是时候。她清醒时，为我们做了一件事情，就是利用她父亲留下来的黑珠子，帮我们找到了掳走果果残魄的山神居所；为自己做了一件事情，便是向我们求情，把她那被迷惑了心智的山神父亲，小命留下，没有被我们给降服弄死。

　　这两件事情完成之后就一问三不知了。这真是事了拂衣去，深藏功与名。让我们好不感慨。

　　她为何坚持要进山？她是否跟那个成为山神的父亲还有联系？她为何会在那关键时刻赶到？之前到哪里去了？

　　所有的一切，都随着她的糊涂，变成了悬案，至今未解。

　　是夜，很多人未眠，或者兴奋，或者激动，或者迷茫，或者好奇，然而这些感情都是旁人的，我什么都没有，浑身只有疲倦，阵阵困意涌上心头，哪里还有跟这些满眼求知欲的普通人，摆龙门阵的心思？便是向来都有着浓烈表现欲的杂毛小道，也是翻了白眼。在接过凯敏妈妈打过来的热水洗脸之后，我和杂毛小道向火塘旁边的众人告别，然后一同返回房间歇息。

　　一夜无话，也无梦，我呼呼大睡到清早，听到窗外有声音传来，我用脚踹杂毛小道，让他去看看怎么回事？

　　杂毛小道也是困倦得很，并没有如我所愿起来，而是扯着嗓子朝外喊，说搞啥子呀？

　　窗外传来了凯敏母亲的回答，说，两位师傅，是我家凯敏送他对象和姨奶下山去，本来他们想要跟你们告个别的，结果看你们睡得太熟，所以凯敏就不让她们打扰了，说去去就回，下午正好赶回来吃饭……

　　杂毛小道应了声哦，没有再说话了，而是扭过头来，看着同样睡意全无的我。

　　我们两个四目相对，感觉到后心发凉。

　　是的，由于逃亡的习惯，我们向来都会用最恶的想法，去猜度别人。凯敏今天这番不辞而别，确实有出去告密的可能。如果是这样，那么我们可真就危险了。不过我想起前天晚上，凯敏跟我们说的那一番话，以及他诚恳的目光。能够说出如此真诚话语的人，怎么可能会做这种事情呢？

我的脑袋里乱糟糟的，不知道该如何是好：选择相信凯敏，我们将有可能面对随之而来的危险；而选择怀疑凯敏，倘若我们的猜测是假，似乎又辜负了一个真诚待我的朋友。

不过杂毛小道向来是一个实用主义者，并没有将道德此事，作为自己的衡量标准。亲兄弟，明算账，他手一伸，歪向一边，摸索着，终于揪住了一头肥硕的鸟儿，挠挠肥母鸡的羽毛，说，大人，劳驾一趟，去侦察一番，看看凯敏是否可靠，随时来汇报消息。

美梦被打扰，虎皮猫大人一肚子的邪火，开始了为时十分钟的晨骂，各种损人不带脏字的话语，以及很直接明了的侮辱语言，全部都倾泻出来。

当然虎皮猫大人也是一个十分有素质的角色，一通火发完之后，立刻张开翅膀，朝着屋子外面飞去。它口中还骂骂咧咧，临走还不忘记损一下杂毛小道。十分有爱。

我的睡梦被凯敏的突然离去，以及虎皮猫大人杀伤力巨大的骂街声，吵得无影无踪。便与杂毛小道一同起来，洗漱一番之后，开始在房前的小院子里，练起功来。练功之说，有静功和动功，静功乃心法，乃时时刻刻的感悟与行气，而动功则是《镇压山峦十二法门》中的固体一节，如同瑜伽一般。

而杂毛小道则在我旁边练起了剑法，此君练剑，还没有他战斗时的剑法奥妙，整整一早上，他就练三个动作：

砍、割、刺。

这样最基本的入门动作，杂毛小道反复地练习，不厌其烦，不断地练着，几乎将自己的臂膀都练得抽筋。

我往日觉得杂毛小道必定有太多的套路，供人学习参考，到了后来，才知道杂毛小道已化繁为简，对这三个动作，有着真挚的理解。练多了，剑感便有了，剑感有了，杀人越货，降鬼捉妖，这些都是很妥帖的事儿。

扎马步、出剑、收剑……有的时候，练功就是这么简单，然而真正能够练出来的，又有几个呢？成功最根本的核心内容，就在于坚持。

中午吃过了饭，我和杂毛小道没有继续待在凯敏家，而是将重要的东西都带上，朝着山里面行进。说是去采集药草，其实就是先避开风头，免得被逮个正着；其次，我们还有一个目的，就是踩点，以免真的被人给指证了，到了跑路的时候，路况不熟，被人拿住。要是那样的话，到时候可真就贻笑大方了。

兵家三要素，天时在对方身上，人和也是，唯有地利，我们还可以周旋一二。

所幸，凯敏并没有去告密，他谨守住了自己的诺言，连对象孙静都没有告诉，反而是不断嘱咐孙静，不要将我们昨夜的超常表现，传出去。这些都是虎皮猫大人告诉我们的，当时我和杂毛小道已经走进了深山，对比着军用地图，开始研究着如何翻越横

断山脉,到达云省边境。

有的东西,看着很远,然而实际上,并非如此。我们甚至已经模拟了各种情形的逃路出处,肥母鸡悠然飞到我们面前,说凯敏这小子,在老丈人家被灌得酩酊大醉,起不来了。它今天跟了一天,感觉这个彝族小伙,为人相当不错,而且嘴严,所以它便没有继续盯下去,而是返回了。

事实也的确如虎皮猫大人的判断一般,凯敏在第二天下午回来了,还给家里面带了两挂兔子肉。这连吃带拿的,看来他老丈人家对他那是十分满意。

有了凯敏一家的掩护,我和杂毛小道便在这个几乎与世隔绝的村寨中,停歇下来。

南方的冬天,空气湿冷,地里面的冬白菜都挂了霜。农闲时分,村寨的人也没有什么娱乐活动,便走村串寨,到处摆门子,对山歌。我们总不能让凯敏家冷淡别人,只有能避则避。这样一来二往,大家也知道了凯敏家有两个客人,是凯敏的朋友,过来采风的,不过为人不太热情,所以也就隔着些距离。

凯敏的小妹张果果人漂亮,又聪明伶俐,歌子也唱得好听,在寨子里是风云人物,好多小娃子眼中的女神,不过她对我们蛮好奇,整天就像个小尾巴,想要跟着我们满山蹿。

为何是满山蹿呢?因为寨子太小,什么动静都挺大,所以做啥都不方便。到了山里面,遑论是练剑,还是练功,以及小妖、朵朵和肥虫子的出现,都不用避讳别人。

那几天,我一直勤加练剑,对于杂毛小道送给我的这个礼物,我有着异常的喜爱。鬼剑乃木剑,质轻势缓,即使镀上精金,对人或者动物,也没有多大的杀伤力。如何增强它的能力呢,一是巧妙地运用杠杆原理,熟练腕部的力量和技巧,二则是增积鬼力。

所谓鬼力,除了朵朵附身之外,还有就是纯阴之气。

如何协调这里面的平衡,达到共赢,这些还有很多的奥妙,需要我去挖掘。

我这边勤于练习,杂毛小道却总是静坐不动,仔细研究手上的那柄飞剑除魔。飞剑锻造的技术和原料,早在明末清初的时候,便已经失传了,之后再无记载。各个还在世间行走的名门正派,虽也有子弟携剑,但是少之又少,而且还是如李腾飞般,蒙了祖上的福荫。当然,他关注的重点,并不是在如何降服这把除魔飞剑上面。这飞剑可是老君阁最宝贵的财产,倘若被他收入囊中,只怕与我们无冤无仇的老君阁观主,都会坐不住,亲自出山来追我们。

做人留一线,日后好相见。这道理杂毛小道自然懂。

作为李道子符箓之道的传人,这柄飞剑最宝贵的东西并不在它本身,而是上面纹绘出来的各种神秘的符文,就是这些精细而晦涩的东西,使得一件死物,活生生地有了灵性,能够自己飞腾而起,依着御剑者的意念,斩杀敌手。

杂毛小道的研究卓有成效。这小子就是个天才,某日有重大发现,跟我叹息说,我们再去找个迷惑了心智的山神，灌入雷罚吧？我哈哈大笑。

　　山中不知岁月，不过麻烦就是麻烦，它终究还是会来临。在十二月末的一天晚上，我们吃完饭，凯敏告诉我，说今天寨子里来了一个外人，鬼鬼祟祟的。

第三十八章　收山货的人

堂屋里的火塘烧得太旺，我身中阳毒，不宜太过烤火，不如在坪子里待着畅快。听到这个消息的时候，我和杂毛小道正在凯敏家房子前面的坪子里吹风。

凯敏有些担忧地看着我们，说，那个人，往年常来我们这里收山货药材，这两年生意做大了，派的都是他手下的业务员，自己来得不多了。他今天来寨子里，就住在后寨王保子家，就是上回杀猪的那户。我下午过他们家门口的时候，那个人问东问西的，好像对你们很感兴趣。

杂毛小道问凯敏，是不是一个人？

凯敏点头说，是，那人下午到的，估计明天就会开秤收货，是一个人。杂毛小道点头，并不在意，只是让凯敏嘱咐家里人，嘴巴牢靠点，不要乱传。凯敏答应，此时听到他母亲叫他做事，便告辞了。见凯敏离开，我问杂毛小道，我们该怎么办？

杂毛笑了，说不要像惊弓之鸟，心理素质好一些，别惶惶不可终日。否则到时候人没被抓，精神却垮了，那可就吃亏了。不过凯敏的提醒也有道理，这两天要辛苦虎皮猫大人了，让它在进山的路上，多注意点。反正我们这地形已经勘探多日，到时候要跑，也不怕跑不脱。

我叹气说，跑路是没有问题，只是浪费了杨操辛苦帮我们准备的身份。要不是我身上这阳毒，当日我们直接乘火车或者飞机，飞抵边境，说不定已经在国外，逍遥自在了。

杂毛小道哈哈笑，说："你啊你，就是喜欢自怨自艾。也不想想，咱们身上这一堆东西，哪个都可以暴露目标，哪里能够坐得飞机？杨操的布置，顶多也就能够让我们度过这一段最危险的时间，多一些准备而已。"我想了一下，也是，然后问："那个胡乱打听我们的山货商人，要不要去确认一下？"

杂毛小道摇头说，算了，一个收蘑菇的，有什么好看的？

我们两个都打消了去找那个鬼鬼祟祟家伙的想法，然而那人却在晚上八点多钟的时候，自己找上门来了。

这是一个小眼睛、大脑袋，脸上布满了亲切笑容的中年男人。带他过来的王保子我们也算是认得，见到我们两个蹲在凯敏家的土坪子里，上前来打招呼。寒暄几句，跟我们介绍起他身边这个中年男人："小王、小林，这个是我们县的大能人，汪涛，他听说我们寨子里面有两个山外人，就过来看看，说不定是认识的；不认识，也想交个朋友……"

我听到汪涛这两个字,心中震惊,下意识地瞧了一下杂毛小道。

难得这家伙还面不改色地伸出手,用浓重的川普跟汪涛寒暄,说,是吧,荣幸之至。不过我们两个就是闲来无事,想在山里面过活几天的闲人,跟汪老板是没办法比的哦。

汪涛热情地跟我们聊了几句,凯敏的父亲见有客人来,便都叫进了堂屋,围着火塘聊天。

汪涛告诉我们,说最近生意太忙了,货不足,手下的伙计又有人家中有事,就进山来了。这山里面的寨子,晚上也没有个夜生活,他这个人生性爱交朋友,听说凯敏家有这么两个山外人,就过来交流交流,总比躺在床上,一觉睡到天明要好。说到这里,汪涛跟我们开玩笑,说两位老弟,你们可不是也进来收山货的吧?同行是冤家哦……

我们都摇头笑,说不是咧,哪个敢跟你汪老板作对。

汪涛这个人不愧是做生意的,确实很能说,天南海北地胡吹乱侃,不断地引导话题,然后不动声色地探我们的底细。

不过他厉害,杂毛小道也不弱,这些天来,面对外人,他惯于用川普来说话,而且他以前曾经对汪涛有过了解,知己知彼,自然知道如何对付。

在他们说话的过程中,我很少插话,一直在琢磨,这汪涛进山,到底是有意还是无心?作为一个山货贩子,他自然是消息灵通之辈,我和杂毛小道遭到通缉的事情,他必然是知晓的,而他偏偏还认识杂毛小道。当日我曾问过杂毛小道,他告诉我与汪涛只是泛泛之交,酒肉朋友。那么这个酒肉朋友,会不会为了那四十万的巨款,得了消息,进山来寻我们呢?

汪涛此行是恶意还是好意,这些我们都不知晓,只知道这老小子在盘查我们,这让我们十分不爽,不过杂毛小道一直在应付,倒也没有露出太多的破绽。对于凯敏的父母,这位汪涛自然是大老板,于是还温了些酒,给我们倒了几碗,彼此热络地喝了起来。

谈笑甚欢,不过我感觉脸上的面具越来越干燥了,虽然这里只有火塘里面的火光照耀,但是却也不由得着急。脑子一转,连着猛喝了两口酒,装作不胜酒力的样子,斜斜往后滑。见我这番模样,杂毛小道自然知晓,跟汪涛致歉,说我这王黎大哥,好喝酒,但是酒量也小,我先送他回房歇息。

听到这话,汪涛和陪着过来的王保子便也客气两句,起身告辞。

回到房中,我的醉态一扫,唤出朵朵,让她跟着那两人,去听一下他们到底说些什么。朵朵眨了眨水汪汪的大眼睛,很兴奋地点了点头,然后身子变淡,朝着窗户外飞去。

朵朵十点钟出去,到了半夜才回来。她听得很仔细,一个字都不敢漏,但是总结得并不好。也难为这个从生到死,不到十岁的孩子,我们费力听了一会儿,才知道汪涛和王保子回去之后，并没有说我们什么，而是在准备明天的收货，然后洗漱睡觉。

虽是如此，我们还是感到了威胁，要知道，汪涛交游广泛，倘若他真的回去提上一嘴，只怕我们就有可能暴露出来。我和杂毛小道商量了一下，这山里并不安全了，我们还得转移，至于去哪里，还得是滇南。

为何？第一，离边境线近，第二，那里的地形我们还算是熟。仅这两点，就值得我们去冒险。

从我们跑路开始，差不多已经过了一个月，气氛已经开始有所淡化，不可能有大规模的搜捕。这是好事，不过从麻秆儿甘胡和赵兴瑞等人口中得知，会有一个专门的队伍，对付我们，那队伍必定高手云集，而且具有足够的针对性。

当天夜里，我和杂毛小道商量妥当。第二天早上醒过来，没看到凯敏和他的父母，在门口洗衣服的果果告诉我们，她哥和父母去后寨的王保子家了，那里有个山外头的人在收山货，价格和在外面卖的一样，所以都去了。

我们没说什么，回房收拾东西。见到我们这般模样，果果吓了一跳，搓了搓冻得通红的手臂，进房间里来拉住我们，问怎么回事？我们说打扰这些天了，我们家里也有事，准备出山去了。

果果不让，说，不是说好一起过年的吗？小丫头一说话，眼圈就红了。这些天我们相处得极好，她很黏杂毛小道，觉得这个大哥哥很有本事，能教她很多东西。我们开玩笑的时候，杂毛小道还得意地跟我说，这可是他第一次，比我还有萝莉缘呢。

果果小孩心性，我们也不好多说什么，等凯敏等人回到家来的时候，我再次跟他们提起。凯敏的父母自然极力挽留，但是凯敏却知道汪涛的到来，将我们离开的心思勾出来了。于是他反过来劝说了父母和妹妹。问什么时候走，他送我们。我问凯敏，那个汪涛什么时候走？凯敏说明天吧，今天要收到天黑，完了之后，他要雇几个人，帮他把货挑下山，应该是明天早上。

我点了点头，说我们也明天早上吧，一起，也算是有个伴儿。

此事已定，我们又开始收拾东西。果果一天都是神情恹恹、眼圈儿红红的，像个小尾巴，跟着我们屁股跑。在这里住了大半个月，彼此都有些感情了，我们心里面也不好受，晚上的时候，凯敏的母亲给我们做了一顿很丰盛的晚餐，几乎是按照年夜饭的标准，有酒有肉，还有我们前几天从山上弄来的一头岩羊，也被凯敏的母亲置办了。

凯敏的父亲依旧话不多，端着一碗苞谷酒，跟我们说："小林、小王，你们两个是干大事的人，看得起我家凯敏，才在我们这个山旮旯里头，住了这么久。我嘴上不会讲，心里面为凯敏有你们这样的朋友，高兴！汉人有句话说得好，天下没得不散的筵席，我乡下人，嘴巴笨，又不会陪客，所以就先干了！"

那天我们喝了许多酒，凯敏和他的父亲酩酊大醉，次日清晨，我们趁果果没起床，悄悄出了村，准备先行一步，出了这山。

第三十九章　半路遇盘查

"王黎、林森，等一等……"

我和杂毛小道两人背着行囊，在凯敏的陪伴下，刚刚走到寨子口，便听到身后有人在喊我们。回头望去，只见汪涛快步走了过来，我们有些意外，看着这个男人走到跟前，也不说话。

汪涛热情地招呼我们，说这是要出山去吗？

我们点头，说是啊。汪涛拦在了我们的前面，说，两位，老哥我这里，有个活儿，要不要干？

杂毛小道眉毛一挑，说，汪老板，啥活儿啊？汪涛看了看我和杂毛小道，似乎在观察什么，然后说："是这样的，昨天收了不少山货，本来已经雇了两个寨子里的汉子挑出山，不过没想到收多了，还余了一点，两位若是能够帮忙，那么这一趟活，一人两百，怎么样，干不干？"

我和杂毛小道都有些意外，对视一眼，我还没有想清楚，却听杂毛小道笑着问道："哦，一人两百，这生意不错嘛。汪老板可真有钱……"

汪涛靠近一些，将头凑过来，低声说道："那倒也不是，不是看两位投缘吗？想着回程的路上，能多聊聊天而已。另外两个人的劳力，可只有一百二一个。你们莫说漏嘴了，我这里可不好办。"

杂毛小道说，好啊，这出山一趟，还能赚笔路费，正好。于是，我和杂毛小道各分到了一担货，用扁担挑着，里面包裹得严实，不知道是什么，反正沉甸甸的。凯敏本想送我们出山，不过我想着此趟可能会有事情发生，便极力阻止了他的同行。

行走在山道上，我和杂毛小道毕竟都有一股子气力，走得倒也轻松。汪涛是老板，便拎着一个装钱和单据的挎包，走在路中间，有一搭没一搭地找我们聊天。我有点烦这个市侩气息浓重的商人，所以走在了最前面，而杂毛小道没办法，只有陪着聊。

唯有走在最后面的那两个彝家汉子，低着头，吭哧吭哧地挑着担子，并不言语。从他们扁担弯曲的弧度来看，我知道他们两个的担子，是最重的。

说着话，汪涛开始回忆起峥嵘岁月来。说他几年前倒是认识一个奇人，那人来自道教圣地茅山，叫茅克明，是个茅山道士。当时要不是那位先生，他也不能平安地在这里收货。说起来，我倒觉得林兄弟，你有那位先生的气质呢……

杂毛小道表现得仿佛没有听过一般，只说是吗？天底下，竟然还真的有茅山道士

啊，会捉鬼吗？会捉妖吗？

他这纯洁的表情，让走在最前面的我看一眼，差点跌倒在地。

汪涛的眼睛很毒，喜欢盯人，总试图从我们的脸上找到一些表情来。然而人皮面具这东西虽然能够传达表情，但是他岂能瞧出我和杂毛小道这两个老江湖的内心。路程走了一半，杂毛小道也有点烦他了，脚步突然一停，将担子停靠在了路边，然后说汪老板，内急，我去找个地方解决一下，要不然大家伙儿先走？

汪涛愣了下，然后说，这样吧，我们歇息十分钟，你快点解决。

杂毛小道显然有些急，连背上的包都没有拿下来，匆匆往旁边的树林子里钻去。他背包里面，全部塞着我们最重要的东西，连我脖子上面的槐木牌，都在里面。我想过去看看。汪涛一把拉住我，似乎怕我跑了，说，他去解决肚子问题，你去看啥，不嫌臭啊？等等吧……

说完这话儿，汪涛掏出他的手机来瞧了一眼，嘀咕道："这什么破地方，还没有信号？"

杂毛小道并没有折腾多久，不到五分钟，就出来了。用草叶子擦手，然后很抱歉地跟大家说久等了。汪涛长舒了一口气，说没得事，人有三急，谁还不得有个事儿？杂毛小道重新挑上担子，然后朝我挤了一下眼。我不解其意，想悄悄问一下他，结果他又回过头去，招呼落在末尾的两个彝家汉子，说，两位大哥，你们累不累，要不要换个担子？

那两个彝家汉子摆摆手，要不得，要不得，会扣钱的哟。

见他们这般说，杂毛小道也不坚持，只是说累了找他，然后将肩头上面的担子换了下肩膀，装着吃力的样子，开始挑着，往崎岖的路上行去。我之前说过，进山的路，十分难行，按理说下山的时候会好些，但是肩膀上加上这沉重的担子，却是另一种说法了。前两天刚刚下过一场冬雨，山路湿滑，所以我们走得很小心，并没有因为自己一身技艺，便胆大妄为。

我继续走，心里面还在琢磨着事儿，便见到山路的尽头，走来了一个穿着青色道袍气宇轩昂的道人。这个道人的道袍金冠，华贵无比，仿佛是一个得道真人，然而走近一瞧，头发散乱，脸色苍白，双目无神，眉头紧锁，走路也有些踉跄，活脱脱的一个邋遢道人张三丰的形象。我见到此人，心中狂跳，脚步就有些踌躇，不敢前行。后面的汪涛见我停住，便在后面催促，说，怎么不走了？快点……

我深吸一口气，往下小心走去，看着青城山老君阁年青一代的第一高手李腾飞朝着我缓步走来，心中默念一声"灵！"一声真言出口，总算让自己的心绪平静一些，然后面带微笑，走向前去。

李腾飞有些心不在焉，我正准备跟这厮错肩而过，结果刚刚一碰头，他便拦住了我："停……"

我乖乖停住，用变声的普通话问道："这个师傅，干吗要拦着我呢？"

李腾飞抬起头，眼睛眯得狭长，仔细打量了一下我，再瞧向了我身后的杂毛小道，以及汪涛和另外两个彝家汉子，闷声问道："你们，是做啥子的？"

汪涛见有变故，连忙走上前来，拱手说道："道长，我们都是进山收山货药材的商人，小本买卖。您有什么吩咐，尽管直言。"

他也是个极有眼色的人物，知道在现代社会，穿成这样子的人，一般都有着让人敬畏的实力，得罪不得。李腾飞挑眉，然后斜眼瞅我，闷声哼道："小子，瞅着眼熟啊，我们是不是在哪里见过啊？"我将担子换了一边肩膀，嘿嘿地笑，说，师傅你是贵人，我就是个棒棒，我们哪里能够有缘见过哦，这是第一次。

李腾飞往怀里摸了摸，掏出一本带着国徽的证件来，在我们所有人的眼前晃了晃，然后说道："有关部门办案，我怀疑你们跟一起凶杀案有关，所有人，都停下来，我要检查你们的东西。"

我们都惊疑不定，回头看去，汪涛倒是有些见识，走上前来，瞧这证件，怀疑道："道长，你这证件，似乎有些不对劲儿啊？"他的话还没有说完，李腾飞便爆了："看清楚点，有关部门！懂不懂？所有人，把担子放下来，往路边靠，谁不听指令，我就治你们一个袭警的罪名！"

他这样凶，汪涛倒是不愿意了，伸手往前指，说，你这个假警察，牛啥啊？有本事一起出山，我们去报案，看看警察抓的是我们，还是你？

汪涛在宁南这地界，也算是个舞动风云的人物，而李腾飞此举，未免太过急躁了，我们都不言，看两人交涉。

然而李腾飞自从失去了飞剑除魔之后，耐心似乎也减弱了很多，见到汪涛这般不屑于他，顿时火从中来，伸手一掌，汪涛便轻飘飘的，如同踏在了云雾里面，还没反应过来，人已经跌入对面林子的荆棘丛中去了。李腾飞整治完汪涛，然后指着我的鼻子说："你，把你的担子放下，将你的背包全部解开，我怀疑你跟一个通缉犯，有关系！"

我回头瞧去，只见汪涛在荆棘丛中哼哼唧唧，而李腾飞气势太盛，也不敢违逆他的指令，跟着身后几人，将担子放下来，然后把背包拉开，给他瞧。

我背包里都是些换洗的衣物以及凯敏母亲准备的吃食和山货，所有东西，都放在了杂毛小道的背包里，所以并不惧什么，坦然给他看。李腾飞把手伸进去，将我那一打红内裤全数掏出来，仔细翻看，然后又将我担子上面箩筐的布袋解开，一阵翻弄。

他想找的完全没有。李腾飞急了，一把冲到我面前，揪住我的脖子，然后将我的上衣给撕开——也没有。我很无奈地抵抗着，说，师傅，师傅，适可而止，注意节操。李腾飞显得十分奇怪，然后将目光盯向了杂毛小道肩上的背包。我的心一紧，所有的有可能导致我们身份曝光的东西，包括李腾飞的飞剑，可都在那里啊。

这一下，我的心脏终于骤然收缩，不知道如何是好。

李腾飞指着杂毛小道的肩膀，一字一句地说道："放下它，打开来，给我看！"

他说了九个字,我紧张到不行,杂毛小道的脸色也有些怪。李腾飞等不及,一把把包抢过来,然后往里面看去。这一瞧,他居然大声地叫了起来。

第四十章　黑夜的希望

这李腾飞到底看到了什么呢？

其实李腾飞真正惊讶的，恰恰就是，他什么也没有看着。

一脸颓废的李腾飞道长望着满是换洗衣物和草药的背包，脑袋里面嗡嗡响，有些反应不过来。他刚才之所以会有这般蛮横的表现，就是有七成乃至八成的把握，认为面前这个脸色黧黑的老实男人以及马尾辫帅哥，就是他要追捕的两个通缉犯。结果两个背包一翻开，什么证据都没有，顿时就傻了眼，蒙了。

之后的李腾飞，便有了赌徒的心态，不肯服输，抓着杂毛小道的臂膀，使劲撸开，口中叨叨道："不对，不对——你们一定骗我的！你这个弃徒，你手上中了我一剑，我的除魔飞剑！一定还会有疤的！"然而当他把杂毛小道的两只袖管都卷上，看着杂毛小道一双光洁白皙、跟大姑娘儿似的胳膊，顿时就疯癫了。接着居然还想去扒这个杂毛的衣服："不对，不对。一定是我记错了，应该划到身上了，对！"

杂毛小道装得很无辜，像个柔弱无助的小姑娘，双手抱胸，眼圈一红，滚滚眼泪就流了下来："大哥，这大冷天的，别闹了！我真的不好那一口，呜呜……"

说话间，几乎陷入癫狂的李腾飞，已然将杂毛小道的外套扒下，掀开保暖内衣，露出了半边背膀来。看着毫无疤痕的一片白，李腾飞终于崩溃了，一屁股坐在地上，仰天长嚎："我的除魔啊……"

我看着垂泪欲滴的杂毛小道以及坐在地上像个孩子般哭泣的李腾飞，就忍不住想笑。虽然我不知道这到底是怎么回事，不过多少也估计得到，刚才杂毛小道尿遁，就是为了处理背包里面的黑货。而李腾飞之所以有这样的表现，无外乎是因为他将老君阁飞剑重宝丢了，心中的压力，比山还大。

说实话，李腾飞的实力比我和杂毛小道都强，而且还不是一点半点。装备上飞剑的他，带给我们的压迫感，比纵横西南几十年的慧明还沉重。不过李腾飞之所以会有如此成就，是因为他被老君阁重点照顾，是拿丹药喂出来的。他常年在山中修炼，畅想着和武侠小说里的少侠一样，一出山则名动天下。然而没有经过社会历练，遇事时的能力和处理手段，到底还是差了些，人情世故也不周全，所以才会变得如此极端。

见这个家伙发了癔症，我们都欢喜起来，被一掌击飞的汪涛从荆棘丛中爬起来，检查身体。除了被树枝划了些小伤之外，并没有受到多大的伤害。看来李腾飞之前脑子还是清楚的，手下留了情。汪涛也不敢跟这癫狂道人较劲，小心翼翼地越过他，然后用做贼的声音轻声叫道："走，我们走！"

我们连忙着将背包和担子收拾好，挑起担子，快步越过李腾飞，朝着山下行去。大概是确定自己找错人了，李腾飞并没有阻拦，只是在口中呢喃道："除魔，除魔……"

因为李腾飞这半路拦截的事件，我们的脚程也越发地快了，足足走了好几里地，才停歇下来喘气。杂毛小道故作关心地问汪涛，汪老板你还行吧？汪涛狐疑，又摸了摸自己身上的零件，然后跳了跳，这才长长舒了一口气，气急败坏地说道："这狗杂毛，真是练功练疯了。不敢惹，像他们这种人，最是厉害，我们快走！"

一路急走，也不叙话，到了中午的时候，我们就来到了孙静她们村子。

这里有一条土路，也有手机信号了。汪涛早已联系好了车子，让我们把货物放到车子后面，给那两个彝家汉子结了钱，然后问我们，要不要去县城？杂毛小道说去，汪涛挥手，说不嫌冷的话，上货车的后车厢，帮忙看下货。这车是辆绿色皮卡，双座加长的那种，我们也不客气，翻身上了后车厢。

车开起来，寒风阵阵，冷得人发抖。我见前面的汪涛和司机并不注意我们，又隔着车厢，便捅了捅杂毛小道，说东西呢？他展颜一笑，露出一口雪白的牙齿，说小妖拿着呢，约好了地方，有肥母鸡照应着，放心，比你我还安全。

我又问，你怎么知道李腾飞会在半路冒出来？杂毛小道哈哈大笑，说，你忘记了，那孙子的飞剑，可不是有个预警功能吗？

想到这一茬，我也不禁莞尔，心情愉快。

从孙静她们村子到达县城里汪涛开的门市，坐了差不多三个半小时的车。到了地方，我们跳下后车厢，已经是下午了。虽然一路上干粮充饥，但还是有些饿。汪涛招呼我们去吃饭，杂毛小道很礼貌地拒绝了，说，汪老板，你这里一堆货，我们就不便打扰了。

汪涛把工钱分别递给我和杂毛小道，就在我们转身离开的时候，汪涛突然喊了一声："茅克明！"

我一惊，不过并没有回头。杂毛小道更是波澜不惊，与我缓慢朝街边走去。刚走几步，又听到汪涛喊道："林森兄弟……"

杂毛小道这才回过头，问汪涛有什么事情？他脸上那表情，简直就可以上好莱坞星光大道了。

汪涛叹了一口气，说，没什么，只是感觉你的背影，跟我以前的一个朋友很像，以为你是他而已。我笑了，说，咱们十四亿人口，自然有相像的，不稀奇，汪老板倒是个念旧的人。汪涛接着我的话茬说道："我那朋友现如今落了难，不知所踪，想帮他都帮不了。唉，两位若是没去处，倒是可以去我那里待几天，难得这么投缘。"

杂毛小道却表现得很淡然，挥挥手说不用了，我们也出来这么多天，想家了，着急赶车呢。

听到他这么说，汪涛这才作罢，挥手告别。走出老远，我才问杂毛小道，这汪涛什么意思？是想帮你，还是想点你？

他摇头，说不晓得，人心难测。与其用这种生死抉择来考验他，还不如以后身份清白了，喝一顿酒，来的好。我点头，觉得确实是这么一个道理，问我们接下来干吗去？李腾飞既然到了那山里，我们的身份，可就不安全了。杂毛小道思虑了一会儿，说，打个电话吧。

我一惊，说，这可不行吧，虽然已经过了一个月，但是咱们案情特殊，说不定还有人盯着呢？杂毛小道笑了，说，放心，没人敢监听他的。我明白了，他是要给大师兄打电话。大师兄自从调到东南局，联络方式就变了。我们在街角一家IP电话门面里，拨通了大师兄秘书董仲明的号码，很快，杂毛小道就联络到了大师兄。

大师兄在电话那头的嗓音显得很沧桑，有些疲惫，不过得到我们的消息，十分高兴。在大概了解了我们的情况之后，他沉吟了一番，说他会通过门派里面的渠道，找到茅同真烈阳焚身掌的解法，到时候，会想办法通知我们的。

他将我们逃亡之后的事情告知我们，说杨知修那个老家伙发了疯，拼命给局里施加压力，而赵承风又乐于见到茅山内斗，于是推波助澜，才会让我们蒙冤。前期是闹得很凶，不过他这里的工作依然在做，局里面出现了好多不同的声音，而最重要的，是萧家大伯旗帜鲜明地站了出来。对于稳定边疆的重臣，上面不得不表示出姿态，所以负责追捕的部队开始撤了，关于黄鹏飞死因的调查也在重启，只不过白露潭的失踪，又给这件事情蒙上了迷雾。

现在西南局除了一个五人专案小组之外，其余的人手已经撤了回来。不过杨知修没有罢休，不但从茅山宗抽调了长老级别的高手，而且还联络西南与他交好的门派，出了重宝，广发英雄帖，参与围剿我们。所以形势依然危险。

大师兄告诉我们，再坚持两个月，明年开春，他和杂毛小道的师傅，茅山宗真正的领袖陶晋鸿就会苏醒。到时候，杨知修一定会完蛋，而我们身上的冤屈，才能洗脱。现在的重点，已经不是我到底有没有自卫杀人，而是杨知修不倒，我们就不能行走于阳光之下。

末了，大师兄问我们扛不扛得住，如果不行，他让林齐鸣过来接应我们。

杂毛小道看了看我，我摇头。他便告诉大师兄，说还行，先不用，好钢用在刀刃上。这一次，就当作是一次生死试练了。整个谈话过程，我们都没有告诉大师兄我们在哪里，也没有说明准备去何方，大师兄也没有问。聪明人之间，不用说太多废话。我们知道了，逃亡的日子，要持续到明年开春去了。不过对于曾经将自己逐出师门的师父，会不会出手帮自己，杂毛小道并没有把握，很是患得患失。

我倒是没有什么好担心的，第一次见大师兄的时候，还不是陶晋鸿吩咐过来救我们的？杂毛小道是当局者迷，我却能够感受到，这一对师徒之间，那浓烈的感情。

打完电话，我们刚准备起身，身子不由得僵住了——在我们对面的街上，久违的茅同真，正在和那个叫李东洋的警官，说着话。

第四十一章　山中苦行，顿悟反遭伏击

茅同真这个人，其实长得很有特点。之前说他精神矍铄，消瘦有力，这是抬举他，其实用一个成语形容最贴切，那就是"尖嘴猴腮"。

这种模样的老头儿，天生就带有些猥琐。脸上的痦子上长着几根稀疏的黑毛，眼睛习惯性地眯着，像一道狭长的缝，里面闪动着凌厉的光芒，一动，就如毒蛇。而跟他说话的，正是我们前些天在宁南的时候碰到的那个李警官。他跟我们伪装的身份熟悉，这两人走到一起，在路边交谈，我的第一反应便是我们的这个身份暴露了。不说暴露，至少也是被人怀疑了，所以他们才会走到一起。

其实早在李腾飞出现在半山道，我就知道我们情况不妙。要知道，凉山州一市十六县，这两个重要人物能够出现于此，说明他们确实已经掌握到了一定的线索。

对手的嗅觉实在太灵了，必须马上撤离！

我见到茅同真与李警官说着话，然后朝这边望来，赶忙后退几步，避开了他的视线。这种人的眼力，最毒辣，瞧到这里，也许从身形就能够联想得到。我和杂毛小道窝在那打电话的小店里好一会儿，见茅同真与李警官一起离开，渐行渐远了，才敢出来。

在店子旁边的巷道里，我和杂毛小道决定，赶紧乘坐汽车离开，然后中途下车，进山。到了山里，离开了行政的力量，荒郊野岭的，到时候大家可以尽施手段，估计也会安全许多。无论对方多强大，我们不是还有天吴珠吗？到时候，水遁便是。

商量完毕，我们在附近找了一家超市，买了些补给之物，然后小心翼翼地打了个车去长途汽车站。还没到车站，杂毛小道就捅了捅我，指着在车站门口一个头发稀疏的老头，低声说道："水蛊长老，司职刑罚，本名徐修眉，听他的匪号，你应该知道他的专长是什么了吧？"话音一转，他朝着司机喊道："出城，去城外五里桥！"

出租车不跑长途，所以我们也没让他载我们下乡。茅同真他们虽然提前在车站布置了人手，但是却不能沿路堵个遍。一般小县城的班车，你在城外的路上一扬手，试图赚尽每一分钱的司机都会停下来，问你去哪里。

很快，我们在城外搭上了一班车，坐了两个多小时，在宁南东边的一个乡镇下车，又转乘另一班车，到了隔壁县的一个镇子。如此折腾到了晚上，又避开人群，往人烟稀少的地方行去。

我们虽然如此周折，但是跟虎皮猫大人的联系却不间断，这方面的事宜，由杂毛小道来完成。他们俩之间，自有办法，不劳我操心。

我们在一个叫不出名字的小镇住了一晚，大清早天蒙蒙亮，我们便起来。溜出镇子，朝着山里面行去。因为之前我们一直对照着军用地图推演，又找过凯敏给我们讲解，所以倒也没有迷路。中午，小妖带着小伙伴们过来与我们汇合。

离开了我们，这个团伙其实过得更愉快。小妖是当之无愧的大姐头，不但火娃对她马首是瞻，肥虫子也是毕恭毕敬——毕竟屁股已经被弹肿了无数回；天阴阴，朵朵也出来凑趣，欢乐极了。

汇合之后，我们继续往南行走。一个人背着包，在崎岖山路里前行，叫做苦难；两个人，再加上一群可爱的小伙伴们在山里面跑路，却有些幸福。我的脑子很空，似乎能够放下所有的东西，将怨恨、荣辱以及思念，统统都抛下，专注于脚下的路，将体力合理分配。我行气，不断地运行山阁老留下的功法，特别是第三条。走得久了，脚步轻快，似乎练就了神足通一样，意念所达，身形如飞，而并不费多少气力。

当然，杂毛小道的速度，并不比我慢，似乎还要稍胜一筹。

正如他所言，这一番逃亡，对于我们来说，其实就是一次劫难，一次试练。因为生死攸关，我们并不敢有半点懈怠，所有的精力，都集中在了如何让自己变得更强大。毛主席曾经说过，凡事就怕认真。人一旦较起劲来，就会迸发出巨大的潜力，这话说得不假。

我感觉自己每天都在进步，不但是身体的，还有心灵上的。这茫茫的山川丛林以及幽静的气氛，如同佛音、如同清风，将我心灵中的尘埃洗涤，使其无垢无净，一片朦胧，仿佛与这自然圆润融合为一体。这种感觉难以描述，走到了后来，我甚至都忘记了自己是在跑路。每天夜里，找到一个背风的地方，或者是山洞，或者是凹地，或者在树林之中，我和杂毛小道商定第二天的目的地之后，便开始打坐，用意志运功行气，来抵御严冬的寒冷和苦闷。

而白天餐风饮露的生活，也不觉得有多苦，笑或不笑，哭或不哭，所有的感动，都在旅程中尽现。到了一月初的时候，有一天杂毛小道对我讲，其实这一趟获益匪浅，总比在东官毫无目的、浑浑噩噩的日子，要精彩许多。他说这话的时候，我深有同感。

人只要想开了，这种漂泊无定的生活，其实比安稳的日子，更加有趣。

当然，也仅仅是有趣而已。我们在山中行走数日，已然越过攀枝花，快要到达滇南省境内。到底不是铁打的，我们不得不戴上了人皮面具，到一个乡镇进行补给，然后找了一铺温暖舒适的床，好好躺上一整夜。不过我们并没有懈怠，因为我们的通缉令，已经被贴在了一面刷有"TCL王牌彩电"的白墙上，被过往的乡人瞻仰。

看来危机并没有解除，而且还有愈演愈烈的趋势。我们不敢确定目前的身份是否已经被曝光，所以还是不敢坐长途车，只是利用短途转移，然后走山路过境。

2010年1月初，我们到达了滇南省西北部。横断山脉群山茫茫，我们站在渺无人迹的山峰顶上，看着满天的薄雾，在天边连绵。风景秀美，灵气充足，小妖朵朵竟

然不肯离去，非拉着我们，说内中有宝，要在此盘桓数日。

她这一说，肥虫子和火娃立刻呼应。要知道，虽是冬日，在那丛林中依然还是有着好些食物，肥虫子这些天吃的身子胖了一小圈，不过也确实劳累，若是能够驻扎于此，自然最好。虎皮猫大人也发话了，说此地钟灵毓秀，似乎有成精的药材，既然追兵遥遥，那么就在此搜寻一番，说不定会有收获。

于是我们决定在附近找地方歇息，休息完毕之后，再轻装前进。这是小事，很快虎皮猫大人就在附近山峰的一处岩洞中，给我们找到了容身之处。有泉水，通风又温暖，确实不错，于是我们就落脚下来。

在山里，不去想外界的事情，思想就变得很简单了。干粮备足了一个星期，而山里面也有些蘑菇野菜，供人采摘。只是沿途的小动物们遭了祸害，小妖不时抓出一条冬眠的蛇来，剖净之后烤来吃，孜然、辣椒粉和盐这些，都有备齐，我们还带了一个小行军锅，山中野炊，别有一番风味。

除了蛇，还有各种各样的虫，蚂蚱、松节虫、石蚕以及其他，都是高蛋白的食品，还有鱼，两个手指到三个手指大的鱼，都有。在山里面，只要勤快，并不愁没有吃的。

虎皮猫大人信誓旦旦地告诉我们，它看到了一个何首乌娃娃，那玩意儿，倘若吃进肚子里，甭提多美了，小毒物身体里的阳毒，说不定就能够消解。就因为这句话，我们除了吃，还会到处晃荡，山峰沟谷里窜，找寻虎皮猫大人所谓的成精药材。

只可惜除了一些确实罕有的药材外，并没有其他。

可能感觉自己的牛皮吹大了，又或者不信邪，虎皮猫大人早出晚归，到处搜寻，看着都瘦了些。如此几日，全无收获，虎皮猫大人的口气都有些变了，软软的，不再洪亮，连骂人，都有气无力。不过我并不太介意，有的事情，太期待了，反而不会有什么好结果，保持平常心即可。而且在山中数日，打坐参禅，心中宁静，或许是前些日子的积累，某天夜里，我终于将茅同真那纸鬼引灯术上面的那道黑光，给消解了，总算是拿下一城。

然而就在为自己的收获而高兴的时候，我突然听到岩洞中传来了动静。眉头一皱，一跃而起，同杂毛小道一同躲入黑暗中，留下一堆摇曳火舌的篝火和一锅兔肉野菜汤。

有两个人出现在我们的视野里，一个是尽显落魄的李腾飞，另外一个，是一个略为肥胖，须发皆白的七旬老人。

第四十二章　这杀意，像酒

看到这个须发皆白、顶着一个腐败肚子、道士打扮的老者，我们心中的那一根弦，不由得又都紧绷了起来。

这个世界上，有一种深藏不露的人，他们通常长着一张路人脸孔，平淡无奇，然而总是会在最不经意的时候，掏出手枪，或者做出别的什么，让你知道他的厉害；然而还有另外一种人，他们就是星爷口中那种拉风的人，身上的每一根毫毛，都散发出与众不同的气质，就像黑夜里的萤火虫，怎么都掩饰不了他的不凡。在我们面前的这个老者，他就属于后者，一个让人看到，就觉得有沉重压力、呼吸不过来的人。

这气势如山、如海，如黑暗监狱中的那一道道铁门，让人不寒而栗。

老者停在了离篝火五米的地方，然后看着黑暗中的我们，平淡地说道："两位，出来吧……"

被人逮了个正着，以我和杂毛小道的脸皮，自然也不好意思等着别人来揪我们，于是施施然走了出来。杂毛小道是个长袖善舞的角色，看到这老者，挥挥手，说，嗨，李大长老，我们可有日子没见了。没想到竟然是您老人家亲自过来，抓捕我啊……

我一听这节奏，哎呀妈，这两个人居然还是老相识。我捅了捅杂毛小道的胳膊，说，认识？啥来头？

杂毛小道嘴巴不动，用低沉的声音在嗓子里说道："老君阁首席长老，李旭昭，除了观主之外的第二高手。"他的话，这首席长老也听到了耳中，肥硕的脸上露出了笑容，说，小萧，我们自黄山一别，已经有近十年时光了吧？当年翩翩少年，现在也已经长成了这副模样；当年的茅山奇才，现在却成了一个东躲西藏的通缉犯。道门弃徒。岁月荏苒，物是人非啊！

杂毛小道很潇洒地耸了耸肩，说，当年蒙您老人家教训，现在又出言讥讽，倒不知道你是想我啊，还是不想？

我一听，这两人刚一见面，就开始夹枪带棒地对攻，火药味浓重，想来当年即使认识，也是冤家。

李腾飞见到我们，眼睛都瞪了起来，刚要愤怒地撸袖子冲上前，却被李长老一把拦住。

看得出来，这首席长老的威严，还是十分管用的，李腾飞这么中二的青年，在他的面前，居然没有敢说半句话。拦住李腾飞，这位老君阁的首席长老眯着眼睛，瞧了一下我和杂毛小道，然后摸着雪白的胡须，说道："小萧，你若是愿意投入我青城山老君阁的门下，你们这场祸事，不如我老君阁来帮你扛。你看如何？"

敢情这位大长老过来，是挖墙脚的节奏啊？

不过拿杂毛小道和旁边这位中二青年对比，确实是太明显了。难怪这首席长老会说这话——即使两人都姓李。不过对于这邀请，杂毛小道只是"呵呵"以对，然后看着李长老说道："李大长老，您老人家差不多有数年没下山了，这一回，所为何来？你直接说吧，大家都很忙……"

李长老笑眯眯地指着杂毛小道和我，说，此番前来，是为了抓你们俩！

杂毛小道笑了，说："哎哟，我们两个小杂鱼，还能劳烦到您老人家亲自过来，是不是太给我们面子了？"他指着李腾飞，恨恨地说："这小孩打架，打不过，就叫大人，是不是有点儿太欺负人了？"

被杂毛小道这么一指，李腾飞一直积攒的怒火终于爆发了，大声叫道："我会怕你们吗？我会怕你吗？有本事过来，我们两个单挑啊！"

听到李腾飞这愤怒的话语，我就好笑，一个道人，居然说出街头混混的话儿来，看来实在是逼急了。

李长老不理会李腾飞的话语，而是将右手伸出来。他的右手上，只有三个手指，无名指和小拇指都没有了，齐根切除。他平淡地说道："此番前来，是杨知修答应了观主，说如果能够生擒你和这个疤脸小子，那么他会给我们一份龙筋，作为报答。当年黄山龙蟒一役，好东西都给你们茅山拿了，这点汤水，我们倒也是要的。不过，我们最需要的，是你从这劣徒手中缴获的飞剑。蒙祖上庇荫，老君阁才有这么一把，所以我才会前来。交出来吧……"

杂毛小道显得很无辜地耸了耸肩膀，说，哦，那把剑啊，扔茅坑里面了。

李长老的手伸到一半，听到杂毛小道这般调侃，脸顿时就黑了，眯着眼睛，瞧向了他，冷冷说道："你这是想在找死？"杂毛小道的回答也同样冷冰冰："你不就是过来，给我们送行的吗？"

这话说完，他从身后将雷罚一下拔出来，横剑当胸，说，来吧，让我萧克明领教一下，老君阁首席长老的厉害。

这话刚一说完，李长老那仅剩下三根手指的右手上面，立刻多了一把拂尘，白色的丝，红檀木的拂柄。

他似乎有些惊异于杂毛小道的强硬，不过仍然还是摆出了临斗的姿势，刚想要再劝说一二，旁边的李腾飞便已经大叫一声"还我飞剑！"冲了上来。

前面说到，即使没有了除魔飞剑，李腾飞也是一等一的高手。此刻他舞弄出了一柄笏。这笏又称圭简、朝板，原是古代朝廷上官员所执的手板，上面可以记事。在道教法坛上，仍尊古意，以示法师向帝尊奏告，高功登坛，双手捧笏，如对天庭。此后演变成了道家法器。瞧李腾飞手中的东西，分辨不出是硬玉还是象牙，反正十分凶猛，朝着杂毛小道当胸打来。

杂毛小道挥剑去抵，两相接触，立刻有一道清越的声音，传遍岩洞，不住回荡。这一声频率过高，顿时天地之间嗡嗡响，让人猝不及防，脑袋顿时就疼得厉害。

果然是道家二代，李腾飞这个家伙手中的法器，倒也不少。

这一打起来，我自然坐不住。喊了一声朵朵，在暗处的小丫头立刻钻入鬼剑之内，我的剑尖轻颤，朝着李腾飞的下盘刺去。李腾飞是个厉害角色，身手和功力，也都比我和杂毛小道高出好几分，此番打将起来，竟然能以一敌二，堪堪拖住我们。

一直在旁边围观的李长老，也果断出手了。他手中的拂尘一甩，角度刁钻，朝着杂毛小道的身子击去。杂毛小道早有防备，反手持剑去挑，然而那雷罚一拨，拂尘上面的白丝立刻化作了游蛇一般，全数将杂毛小道的雷罚给缠住，使其如陷深潭，拔也拔不得。

李腾飞见有隙可乘，手中的笏便劈头朝着杂毛小道的脑门敲去，气势惊人。

这李长老一出手，杂毛小道行动便受限制，我自然将鬼剑递出，抵住了李腾飞势大力沉的这一敲，口中高呼："有请金蚕蛊大人现身！"

肥虫子立刻光芒闪闪地出现，朝着李腾飞射去。

不过这两人早有准备，一摇身子，立刻有晃晃悠悠的铃铛声，从他们的身体里面传出来。音域宽广，如同佛音，有着不明的奥义，让人心中旷达。这声响一出现，肥虫子便停住了进攻，就连从角落悄悄过来偷袭的火娃，也惶然回转了身子，似乎对这种频率的律动，十分不舒服。这手段，应该就是常年在苗疆边地中与巫蛊斗争而总结出来的道门方法，而且貌似很有效的样子。

不过一对蛊虫害怕，小妖却没有顾忌这么多，一个飞踹，她便已经接近了李长老的身后。那足尖，几乎就要碰到了李长老宽厚的臀部。然而既然能够成为老君阁的首席长老，这个肥胖老道士，哪里能够没有防备的手段？只见他仿佛后面长了一只眼，根本就没有瞧，便很轻松地避开了小妖凌厉一击，而左手的食指和中指间，夹得有一张黄色符箓，正在徐徐燃烧。

没有人知道他是在何时点燃的符箓，然而这火焰安静燃起的时候，小妖却尖叫了起来："缚妖神符？"

我眉头一皱，这东西，莫不是萧家老爷子传给我的那缚妖咒所符箓实化出的成果？小妖最怕这东西，一边往后退，一边抱着头，似乎要裂开来了。我心中渐冷，看来对手是对我们的所有实力和手段，都有过了透彻的研究，有备而来的。只是，他们是如何找到这儿来的？

既然是如此，唯有拼命，才能够战胜敌手了。我心意一决，便咬着牙，提着鬼剑冲向看着毫无攻击力的李长老。这个家伙才是真正的敌手，如果能够将他收拾了，那么脾气暴躁、脑子缺根弦的李腾飞，不是我们的对手。

见到我弃开李腾飞，冲着他来，李长老嘿嘿一笑，将左手的符箓朝着小妖一甩，然后大声笑道:"小火鸡,你居然认为你旭昭爷爷是软蛋,随你捏?那你可就错了!"

说话间,他已经将缠在杂毛小道剑尖上面的拂尘收了,然后朝着我的脑袋,一把扇来,厉绝得很。我陡然间,感受到了浓烈的杀意。

这杀意,像酒。

第四十三章　首席大长老

首席长老李旭昭的动作，简直就入了化境。

他的拂尘如游蛇，吞吐不定，一下子便化作万般丝线，朝着我的脸上撒来。我心中冷笑，这拂尘，能比我那镀了精金的鬼剑，还厉害？当下也不犹豫，回剑便削，欲将那万般丝线，悉数切落。然而一般道家用拂尘的家伙，都是以柔克刚的太极高手。正当我准备用速度取胜的时候，他的拂尘突然一抖，画了个圆弧，然后拂尘的万千丝线，直接打在了我的手腕之上。

唰——

此一声响动，我的手腕立刻火辣辣地发烫，回剑后撤，下意识地瞅了一眼，才发现从手肘到手腕，整个外衣袖子上，都有密密麻麻、无数道细碎的血痕，竟然都是被蕴含在这拂尘上的劲气所破。

不愧是老君阁除了观主之外的最强者，仅仅一招，便将我重创。

肥虫子见前冲无望，我又受了外伤，便回转过身来，钻进我的体内。有一股淡淡的愤怒以及想要更加强大的信念，从它的身上传来。

我能够理解，苗疆巫蛊，被佛道两家压制多年，流传至今，甚至还不如东北萨满出名，主要还是因为传承断代了。因手法骇人，上层阶级持续压制，苗蛊以及各蛊毒传承敝帚自珍，以致弱者越弱。最后被人家参透弱点，死死压制。

然而身为金蚕蛊王，肥虫子自然有着自己的尊严，受了挫折，所以才会越加地渴望强大。

我抽身后撤，自然有杂毛小道上前顶住，李腾飞见我受了伤，以为能找到便宜，便持笏前击，想要将我拍死。这笏上有蒙蒙白光，散发着强大的道力，想必也是经过长久祈祷诵念，而凝聚成的法器，或者也是由先人传承。不过肥虫子入体，我便如同大力水手吃了菠菜，顿时一阵鸡血沸腾，眼睛大亮，右手换左手，鬼剑前刺，将这凌厉攻势一举荡开。

然而毕竟是年代久远的法器，上面传来的巨大震荡，让我的左手一阵酸麻，几乎想要把鬼剑扔掉。我咬着牙，抵制住这种软弱的冲动，渗血的右手往怀里一掏，当头朝着李腾飞照去："无量天尊！"

一大蓬蓝光照耀，场面诡异之极，然而从李腾飞身上，突然有掺着淡白色的青光耀出。此乃符文运转，而且即使没有这符文，李腾飞一个道士，我的震镜也奈何他不得。是我昏了头，竟然将面前的道人当作了鬼怪。

李腾飞哈哈一笑，脚步沉稳，再下杀招。他今次也是起了浓重的杀心，为何？他本是一代天骄，然而初出茅庐，不但没有技定天下，反而将自己师门重宝给丢了。而刚才首席长老的一番言语，似乎对我和杂毛小道还十分欣赏，竟然甘愿顶着杨知修为代表的茅山，想要将我们收入门墙，这可对他，形成了巨大的压力。

　　有人面对竞争对手，欢迎备至，因为这样可以让自己提高，做得更好；有人则大肆打压，诬陷诋毁，有一个，弄死一个，唯我独尊，方才爽利。李腾飞这一起杀心，动作立刻凌厉许多，疯狗一般，招招致命。我手上有伤，疲于应付，不由得步步后退。

　　李腾飞是老君阁年轻一代的第一高手，便能将我逼得如此狼狈，而作为老君阁除观主之外最厉害的角色，那首席李长老，岂是易与之辈？

　　我这边危机四起，杂毛小道也是拙于应付。李长老手上的拂尘，变化万千，而且力道大气凶猛，杂毛小道嘶吼几声，眼睛瞪得跟牛眼一般，将手中的雷罚数次挥起，沟通雷意，朝着首席长老的身上刺去。然而这老家伙年岁虽大，身体素质或许已经开始渐渐衰退，但是道力确是蕴积日久，根本就不怕力量的拼斗，硬桥铁马地刚对刚，一番拼斗下来，天生一身牛力的杂毛小道也受不住这震荡，连身后撤。

　　至此，我方明白，道家一流高手的实力，大门派的底蕴，确实不是我这个无师无门的小杂鱼，所能够比拟的。这简直就是压倒性的实力，我所有引以为傲的手段，对于心中禀正的正道高手，其实并无多大威胁。偷袭或有成功，正面对拼，实在是黔驴技穷，不知如何是好。

　　不过作为一个山区的边民，我的血液里，有着祖辈流传下来的悍勇，被逼到了角落，心中也放下了顾忌。俗话说"光脚的不怕穿鞋的"，有着肥虫子作后勤，论起拼命，李腾飞确实不如我够狠，够没底线，我的脑海里瞬间回忆起了慧明当日使用九字真言的那种状态，心情沉静下来，口中低呼一声："统！"

　　随着这音波从喉咙中发出，于耳边回荡，整个人的血液都不由得沸腾起来，一拳就朝着李腾飞的脸上砸去。或许是真言加持的缘故，我的这一拳，正好中了李腾飞的左脸。我感觉自己像打在了一根木桩子上一样，拳骨火辣辣地疼。我的手疼，李腾飞的脸自然也疼得厉害。他本来已经算死了我的拳路，然而不曾想到我居然还会陡然爆发一下，左脸顿时肉眼可见地肿了起来，乌青，像个馒头。

　　我这爆发性的一拳，似乎有些过重了，李腾飞的眼睛眯了一下，身子颤抖，显然是有些应激性昏厥。不过到底是高手，他很快就清醒过来，左手前挥，防止我趁机偷袭，右手攥紧那法器笏，又朝我当头打来。我拼着被这一击的可能，左手鬼剑递出，朝他大腿扎去。这般悍不畏死的打法，将比我厉害几层楼的李腾飞吓到了，只见他稍一犹豫，往后避开。

　　然而鬼剑之上，有朵朵引导，刁钻得很，一剑，便扎在了李腾飞的大腿上，血花溅出。不过我的右手却还是被李腾飞的笏砸中，仿佛有千钧之力传来，我觉得自己的骨骼一阵发酸,几乎要裂开一样。两败俱伤!

正在这个时候,与小妖一起跟李长老纠缠的杂毛小道突然一声厉喝:"疾!"

我往后退去的瞬间,感觉到一股隐约的雷意,从雷罚上猛然窜起,朝着李长老蔓延开来。然后只见那个家伙的拂尘一抖,直击而上。雷意狰狞,然而拂尘千根丝线张开,如同肥虫子那特有的暗金色氤氲,显露出平和中正的气息。这两股力量的对冲,最后的结果是雷意全消,而首席长老的拂尘,被电得跟非主流少年的爆炸头一样,不成体统。李长老将手中的"绵羊毛毛球"一甩,单掌竖立,直击杂毛小道胸口。那速度,那力道,那时机把握……不愧是老江湖,只一下,便瞅准时机,将杂毛小道给一掌击飞。我发现杂毛小道腾空而起,顿时火冒三丈,不管跌倒在地的李腾飞,持剑便冲:"狗东西,弄死你!"我这也是激愤,然而这一剑却也集合了我这些日子来所有的思念和剑意,气势如虹。

然而我快,李长老更快,四处张开如棉花糖的拂尘如闪电一般,朝我拿剑的左手腕一拍,击中,然后飞起一脚,将我也给踹飞。

我的后心重重砸在岩壁上,本以为要吐一口血,然而却是软绵绵的。原来是小妖朵朵在后面扶住了我。

这小狐媚子也杀红了眼,眼睛里闪耀着各种诡异光芒,露出雪白的牙齿,哼说道:"你可惹火小娘了,小娘我要拼命了——火娃!"她高声叫道,火娃腾的一下,蹿到跟前来摇头摆尾。小妖高高举着雪白的臂膀,准备搏命,旁边突然伸出一只手,拉住了这小狐媚子。

是杂毛小道,他口中满是鲜血,人却站得笔直,盯着面前这个肥胖的老道士,突然露出了笑容,大声说道:"切,不就是一柄飞剑吗?至于闹成这样吗?李师叔,这飞剑本来是我缴获的,按照行内规矩,自然也是归我所有。不过既然是您开了口,那么这个面子,我不能不给,你若要,拿去便是!"

这话说完,他倒也光棍,从黑暗中将背包拿过来,掏出了被我们封印住的那柄青铜飞剑,慢慢地,递给首席长老。

老道士怀疑有诈,小心翼翼地接过来,然后将封印的袋子挑开来,将那一把无柄飞剑拿于手中。正待观察,趴倒在地的李腾飞屁股像是长了弹簧,一下就跳了起来,顾不得大腿还在流血,口中惊呼道:"我的除魔!"

这真挚的感情,如同父亲见到了被拐卖多年的孩子。

李腾飞的手一张,那边除魔立刻禽动起来,然后剑身一顿,倏然出现在了李腾飞的手中。一剑在手,天下我有。李腾飞的气势顿然强大很多,眼神发亮,脸上也出现了狞笑,盯着我们说道:"你们两个,让我如此难堪,如今,唯死尔!"此话一落,他口中念动经诀,手掐剑诀,准备杀上前来。

千钧一发之际,"啪"的一记耳光声响起,这个不可一世的青年才俊,被突如其来的一巴掌,甩了个蒙。

第四十四章　密林迷踪，敌人纷至沓来

这一记耳光，正好甩在了李腾飞的右脸，丝毫不留情面。

清脆而响亮的声音过后，便是一阵吸冷气的嗤声，在李腾飞的脸上，肿现出一片与左脸对称的淤青来。这一巴掌是来自自家门派的二号人物，李腾飞有些蒙了，手中反扣着的飞剑，不断地颤抖。首席长老到底积威甚重，李腾飞心中戾气升腾，然而却终究是抵不过恐惧，捂着已经变成猪头的脸，声音都变成了哭腔："为什么打我？"

这胖道人冷哼了一声，说："我也讨厌打不赢，就叫家长的人！"

这话说完，他又补充了一句："我还没有死呢，这里的事情，轮不到你来作主。"听到他的话，我心中一动，感觉似乎有转机了。杂毛小道早就有所预料，虽然浑身疼得控制不住地发抖，但是脸上却是笑容洋溢，伸出大拇指，说道："到底是正宗的修道者，您老人家才是个明事理的人。这飞剑，自打由小侄代为保管之后，除了屏蔽封印外，并没有动过分毫。您也看得出来，我若是想与你们老君阁为敌，直接将它往哪个粪坑里面一扔，过个三五日，那剑灵必然就会受到秽物污染，使用不得，哪里能够如现在这般凶猛？"

我心中一动，当初我确实有意毁了这剑，一劳永逸，然而杂毛小道借口研究，没答应。原来他除了临摹上面的符文，居然还存得有这般心思。

这老道士看着笑眯眯，像个弥勒佛，不过他刚才的出手，却让我明白，这并不是一个简单的角色，骨子里，有着足够的坚毅和果决，以及阅历。他会被打动吗？我瞧向李旭昭长老，他倒也没有被杂毛小道这一番说辞打动，而是眯着眼睛瞧着杂毛小道。

过了一会儿，他才说道："看来近十年的浪荡生涯，并没有将你给掩埋。不错，没有了师门教导，你的身手和意志，竟然比往日进步还大。不是传闻你的一身修为，全部都给废了吗？"

杂毛小道淡淡地摆弄着手中的雷击桃木剑，说道："我当日在黄山龙蟒一役，修为尽毁，又被逐出师门，本来确实是个废人。不过天无绝人之路，我正好遇到一个奇人，给我算了三卦，其一曰不可归家，遗祸亲朋；其二曰红尘炼心，浪荡随我；其三曰龙行于野，大利东南。他老人家道尽天机，方才有了我今番成就。这些年的路，我是一步一步地踏过来的，时间越久，越能够感动于这凡尘世间。最浅薄的事务，也是最动人的真理。故而，我才明了，修真，唯修真我，修本性，修道德，方能有大成就。"

杂毛小道说着这话,老君阁这首席长老的脸色,却凝重了起来。他不理旁边那个双颊肿胀的弟子,眼睛眯成了一条缝,过了好久才问道:"我若将你擒下,你又待如何?"

杂毛小道的嘴角浮现出一丝轻蔑的笑容,说道:"无他,玉石俱焚尔。"

他说得决绝,自有一股惨烈之气,扑面而来。我心中一跳,知道这老兄所言非虚,他一旦认真起来,说话都是掷地有声的狠厉。李长老当然不是一个怯弱的人,眉毛一挑,语气变重了许多:"我李旭昭活了八十多年,还从来没有被一个小辈,这么威胁过。哈哈,不错,在这中华故里,年轻一辈中,厉害的角色如密林,然而可当翘楚者,算得上你们两个。你们倘若能够活下去,日后的成就必然比我高,不过既然结仇了,我何必留你们的性命?"

杂毛小道却笑了,嬉皮笑脸地说,李师叔,你既然没有杀心,我们之间的因果又了结了,你何必还来吓唬侄儿我呢?

老萧这个家伙倒也是个人物,情绪转换自如,刚才还准备搏命,此番又开始亲热地叫起师叔来。只是这李长老都八十多岁了,难道陶晋鸿的年纪,比他还大?不过他这般嬉闹,李长老却也不好再虎着脸,轻叹了一声,说:"我此番捉拿于你,江湖人便会说我以老欺小,不成体统;老道我也是个要脸皮的人,说来说去,倒是丢人;而且我与陶兄,也算是故交,你虽被逐出门,但多少也算是跟他有些情分,看在他的面子上,我今天便不插手了……"

这番话说完,他补充一句道:"说到底,还是你小子懂得做人,没有毁了这飞剑。不然便是我答应,我师兄也会拿剑过来砍你的……"

杂毛小道拱手为礼,肃容道:"多谢师叔成全!"

见李长老板子高高扬起,轻轻落下,旁边的李腾飞瞪大了眼睛,不敢置信,忍不住出言说道:"长老,就这么放过他们,我们怎么对赵局长交待?"

李长老被这二愣子气得胡子都翘了起来,大声喝骂道:"你需要跟他交代什么?你脑子里面进水了吗?白吃了三十多年的饭,什么都搞不懂,回去给我关禁闭半年,再把你送到西北去,吃几年沙子,你这个成不了大器的家伙!"

李腾飞实力很强,装备上飞剑,并不比这首席长老差多少,不过胆子却不大,被训斥一番后,唯唯诺诺地像个小媳妇,低头说道:"我知道了……"

训完自家子弟,首席长老回头瞧着面露笑容的我们,说,你们先别高兴太早,我不抓你,但是不代表别人不能够抓到你。杨知修已经派了两位长老,还有好多门派的高手前来,我回去之后,会将消息传出去,以补偿腾飞退出的时间损失。所以,你们……好自为之吧。

听到这话,我和杂毛小道都大吃了一惊。确实,老君阁跟我们没有什么仇怨,也没有什么交情。

李旭昭不抓我们,想来也是顾忌不知生死的陶晋鸿的想法。但是他未必会卖我们多少面子，所以这消息，一定是会传出去的。见他们两人转身欲走，杂毛小道连忙上前追问道："你是怎么找到我们这儿来的？"李旭昭露出了憨厚的笑容："门派大秘密，我岂能随意告知于你？"

说完，他仰天长笑道："荆山已去华山来，日出潼关四扇开……我走了，不过还是希望能够看到你们两个逃出生天的精彩故事，哈哈！"

我和杂毛小道、小妖朵朵冲出洞口，只见两人已然翩翩远去，不一会，竟然不见了踪影。

这老家伙此番前来，不但讨回了门中重宝，将我和杂毛小道弄伤，让我们折了面子。而且在最后，还卖了我们一个人情。如此的便宜事情，饶是这家伙年过耄耋，也忍不住老怀大畅，美滋滋的。听得李旭昭长老的告诫，我们都不敢久留，将身上的伤稍微处理一番之后，然后赶紧回洞收拾。虎皮猫大人贼兮兮地跑进来，问，走了？

我一边收拾东西，一边没好气地说，刚才正需要你支援的时候，你跑哪儿去了？

虎皮猫大人讪笑，说，这样的家伙，以前见到大人我，气都不敢大声喘，不过现在大人我体格不行，弄不了他，即使过来，也只是打一壶酱油而已。闲话少说，逃命吧，我刚才瞧了一下那两个家伙的脚程，不出几个钟头，追兵便至。

李长老不说自己是如何找到我们的，这使得我们疑神疑鬼，总感觉到自己不安全了。于是我们不再久留，朝着西南方向行走。在我们缴获的地图中，翻过眼前的群山，我们将到达闻名已久的旅游名城丽江。再沿着这个方向行走，我们就会到达怒江傈僳族自治州，翻过莽莽的高黎贡山，就能够到达缅甸。在那里，我们能够找到去仰光的路，或者到达李家湖在仰光的分公司，或者直接去缅北的苗寨，都行。

当我们走到了下半夜的时候，寂静而黑暗的山林中，突然传来了一声清脆的响声。这是脚踩在了干燥树枝上面的声响，在我们左边不远处的一个地方。听到这动静，一直在快速赶路的我和杂毛小道背脊都凉了起来，黑暗中互看一眼，然后朝着草丛中隐去，而在我们头顶的虎皮猫大人则展翅高飞，从空中俯瞰情况。小妖朵朵挥手，有植物生长的声音，而朵朵则深呼吸，将自己隐匿起来。

我们很自觉地各自藏了起来，杂毛小道接过我手中的遁世环，激发，然后将我们的气息掩藏。

大家全都屏息，过了差不多十几分钟，有一队穿着厚厚冬服的人，从我们来的方向，快速走来。那夜只有半弦月，点点星光，然而因为朵朵的缘故，我却能够将来人的面目打量清楚。在这一队人里面，我看到了茅同真，看到了徐修眉，还有好几个生疏面孔。

不过这生面孔对于我来说算是生，但是对于杂毛小道来讲，却是老相识了。只见他的手紧紧攥成了拳头，似乎很激动。又或者说是紧张。

当这支队伍即将从我们前面经过的时候，茅同真突然举起了手，让所有人都停了下来。

第四十五章　成精何首乌

这支队伍，到了我们面前不到十米的地方，突然停了下来。

我和杂毛小道都知道如果直视对方，会给人一种聚焦的不安感，很可能就会暴露，于是只有强忍着抬头的想法，不看过去，只用余光扫描。我心中止不住地狂跳，天知道他们怎么会来得这么快，难道他们其实早就已经锁定了我们的方位，在得到老君阁的通报之后，立刻赶过来的？

那个脑袋上没有几根头发的老者徐修眉，望着举手示意停下来的茅同真，问道："老茅，为什么要停下来？"茅同真张望四周，鼻子抽动，然后点名问了一个人："夏宇新，有没有感觉到他们的存在？"

有一个穿着黑色中山装的瘦高个儿走上前来，然后从怀里拿出一个红铜小风车，放在头顶。那风车转动，不时散发出微微的黄光。借着这黄光，我瞧得仔细。这瘦高个儿年轻人，竟然是我们在东官湾浩广场的地下室里，和黄鹏飞、曹彦君一同出现的那个家伙。我大概记得，他和黄鹏飞是同门师兄弟，都是师出于实力仅次于大师兄的杨坤鹏门下，我某次听曹彦君提起过他，好像是在那次事件不久后就回茅山宗再次修行了。没想到在此地，又见到了他。

他大概是因为跟我们有过交道，所以被杨知修硬塞进追捕小组来的吧？

我对他印象不深，似乎是一个很低调的人，当日所有的风头，都被黄鹏飞给抢了。被茅同真点名，夏宇新将风车举高，然后收回来，恭声答道："回禀茅长老，此地确实有妖气停留，如果'验妖旋灵'所示无误，那么他们应该刚刚从这里经过，只要继续向前，相信他们根本就逃不出我们的手掌心了。"

听到夏宇新的话语，茅同真连说了几个"好"字，心情大畅，回头对着徐修眉说道："自十二月份来，这两个小子借助能在水中呼吸的法器，两次逃脱。几经周转，竟然突破重重包围，跑到了这里来。如果此番再给他们跑了，只怕我们下次抓捕的地点，就要越境，去跟那些整日玩尸体和虫子的南洋降头师打交道了。所以我们务必要在此次，将这二人抓捕归案！"

徐修眉淡淡望着前方的黑暗，嘴角似乎有傲意："我来了，他们再入水，也跑不了了！"

一个多月的时间，茅同真的脸面屡遭挫，听到此言，顿时大喜，拱手说道："有劳徐师弟了。"

徐修眉摆手谦让，说，这是分内之事，师兄不必多礼。

两人一番谦让，志得意满，继续朝前追去。待这一行走了好一会儿，我和杂毛小道才从草丛中站出来。我低头看了小妖一眼，知道此刻他们主要是通过追寻妖气，而小妖和朵朵身上，都有草木成精的精怪气息，所以才被追踪查询到。

　　小妖也是极为明了的。她竟然提出，由她将气息释放开来，将追兵引走。

　　她这提议引起了我和杂毛小道的一致反对。我笑着挠了挠她的头发，说："得了吧，抓不到还好，抓到了，到时候我和你萧叔叔还不拼了老命地自投罗网啊？"话不多说，我让小妖和朵朵各自入了六芒星精金项链和槐木牌中，然后与杂毛小道折向，朝着另外一个方向行去。

　　此地正处于横断山脉的腹地，山峦高耸起伏，林深茂密，路难行。脱离了茶马古道那种现成的路和两个朵朵的引导，深一脚浅一脚地行走，我们的速度并不快，奔行了一个多小时，才翻过三个山头。听到远处有缓缓的水流声，我们十分兴奋，跑上前去，发现仅仅是一条刚漫过脚踝的山中小溪，并不足以将我们的气息掩藏。不过有水便有源，我们决定朝着上游行进，如果有山中暗流，我们或许可以在里面，躲过风头。

　　即使追兵近在咫尺，我和杂毛小道的心情倒还算平静。要知道，在黑漆漆的夜里，莽莽的群山中，莫说是找两个人，便是找寻一支刻意隐藏起来的军队，那都是一件十分困难的事情。

　　我们沿着溪流往上行，走了差不多半个小时，突然杂毛小道拉着我的胳膊，朝着旁边的草丛中拽去。我不解其意，不过依然顺势隐蔽起来。刚刚蹲下，便见到茅同真和夏宇新两人从斜里杀出，朝着前方追去。我的心猛然一跳，没想到我们差不多拉出了十多里的距离，居然又被他们给追上了——这到底是什么原因？

　　寂静的夜里，我们也不敢说话，只是用眼神交流，不过我从杂毛小道的眼睛中，也看到了迷茫。

　　难道……大师兄送的那东西，有猫腻？

　　我看向了杂毛小道紧握在右手的遁世环，这个青铜圈被他激发，不断发出一种与周围炁场相合的气息，将我们掩盖住，源源不断，毫不停歇。

　　遁世环没有问题，那么到底是什么，暴露了我们的方位呢？茅同真和夏宇新走得也快，身形飞掠，与林中的草木发出"唰唰"的声响，朝着我们原本行进的方向追去，不一会儿就消失了。我擦了一把额头上面的冷汗，捅了捅杂毛小道，说，那个夏宇新，到底什么来头，追踪术竟然这么厉害？

　　杂毛小道摇摇头，说不知。

　　他离开茅山的时候，夏宇新入门不过一两年，记忆中就是个三棍子打不出一个屁的蔫孩子。至于他手中的风车，想来是以前茅山宗一个叫做"千里独行"的前辈所有，是用来追寻妖气的法器，跟孙静姨奶奶手中的那颗黑珠子，貌似差不多。

　　我咽了咽口水，说，那徐修眉呢？所谓的水蛊长老，到底有什么本事，会说"即使到了水里,也能够将他们给生擒住"的大话?

杂毛小道苦笑,说,他并没有说大话,在我没有离开茅山的时候,他就已经是茅山水性第一的人物了。据说已经修炼出了水肺,能够在水里待上三天三夜,不停歇。

我大惊,说,你莫不是在说笑话,没有天吴珠这样的逆天法器,人怎么可能在水里,待那么久?

杂毛小道不屑地说道:"瞧你这眼皮子。所谓修行,不就是深度发掘人体的奥妙吗?人是从水里面来的,远古记忆里就能深潜,天赋异禀者,如浪里白条张顺,'水底下伏得七日七夜,水里行得似一根白条',便是如此。我离家多日,修眉师叔是否能比那天赋异禀者还要厉害,就不得而知。不过有一点可以肯定,那就是即使到了水里,也是一番恶战,免不了的!"

他说这话,我心中惊疑的同时,也在祈祷不要与那个长得像条鱼的水虿长老碰面。

我们都估摸着茅同真与夏宇新离去的时间,正待起身离开,突然从他们消失的方向,又传来了一阵急切的脚步声,这让我们的心,不由得又提了起来。事出反常必有妖,这到底是怎么一回事啊,难道我们真的被夏宇新给看了个通透,藏身无处了?

想到这一点,我和杂毛小道都不由得有些惊恐,要是如此,我们还跑个毛啊,直接跟他们拼了算。就在我们两个咬着牙准备拼命的时候,在我们的视线尽头,突然出现了一道淡黄色的光芒。它行进得并不算迅速,像兔子一样蹦跶,忽明忽暗,不过在这黑夜中,还是很清晰。

那道黄光沿着溪水前进,离我们越来越近,我虽然不知道是什么东西,但是突然想明白,有可能并不是我们暴露了,茅同真他们追逐的,是这道黄光。果然,一道黑影从视线尽头疾掠而来,像一只猎鹰,瞧这种速度和身形,正是那夜朝我们发动进攻的茅同真——再靠近一些,真的是他。

只见他的脸上,露出了一种莫名的兴奋,如同高速奔行中的猎豹,眼中就只有这道黄光。两者越来越接近,那道黄光突然一摇,准备往土里面钻去。

茅同真放声大喊:"宇新……"

从他的身后突然射出一道白色的光芒,正好击中了那块土地。这一下,那黄光一滞,再也进入不得,吱吱叫了一声,竟然朝着我们藏身的方向,奔逃而来。我的脊梁绷紧,紧张到了极点。突然听到嗖的一声响,那道黄光凝滞不定,停在了我们藏身草丛前的三米处。

听到脚步声传来,我们都不敢再看了,紧紧低伏在地面上,不敢动弹。

这时前方传来了紧急的脚步声,接着是一阵小心的处理,茅同真似乎将那东西给收了起来,而夏宇新也走近了,有些惊喜地问道:"这可是成精了的何首乌?"

茅同真说然也,失之东隅收之桑榆,没想到那两个小贼没找到,倒是碰到这宝贝。

夏宇新大声恭喜，而茅同真也是有些志得意满，说："此遭真是赚了。我的烈阳焚身掌，孤阳不长，那些阴魂已然谐和不了。有了这个，我的瓶颈，又能够突破了。"我和杂毛小道默默听着，不过听到成精何首乌的时候，杂毛小道的身子，突然剧烈地动了一下。

第四十六章　天雷滚滚，弃徒终究翻脸

我认识杂毛小道的时间不算短，而且这两年几乎天天相处，知根知底。向来沉稳淡定的他，身子这突然反常的一动，我就知道他在想什么。

虎皮猫大人曾经说过，我中了茅同真的烈阳焚身掌，虽然服用了五年天山雪莲为药引的方子，但是也仅仅能暂时地压住毒性，不让其随时发作。普通凡药，并不能够解除这如同附骨之疽的阳毒，若想真正痊愈，必须要寻找合适的灵药。

何谓灵药，那便是吸取天地精华，吸食日月光辉的药草。

当日我们停在这山中，就是因为小妖说这山里面有灵气，而虎皮猫大人则直接指出是一株成了精的人形何首乌，倘若能够采摘到，我身上的阳毒，立刻可解。

虽然我表面如同常人，实则不然。要知道，茅同真所练的这门功法，十分阴毒。那阳火附于本身的真气之内，病发时，行气于身，便如同烈火灼烧，而且日夜蚕食，不多久，就会变成一个废人，整日高烧。虽然没人提及，但是大家都在为了我的病症，在着急。

杂毛小道这几日的主要精力，虽然都在研究飞剑的构造符文，但是在寻找虎皮猫大人口中灵药的时候，却是最为认真，拿着一根木棍子，恨不得将这几座山头的犄角旮旯，都翻个遍。然而我们如此勤力，都找寻不到，在这逃亡的关键时刻，那人形何首乌竟然被对头给抓住了，造化弄人，何等讽刺？

所以真正令杂毛小道有此异动的，是他的内心中，在天人交战。是的，如果我想得不错，他应该是想着趁机偷袭茅同真，然后将那人形何首乌，给抢夺下来。只是，这茅同真可是个极端厉害的角色，我们又刚刚给老君阁的首席长老虐了一遍，身上有些伤，此刻再将自己的身形暴露，只怕就太过危险了。想到这里，我伸手去拉杂毛小道，想要阻止他。然而我的手拉了一个空，杂毛小道就像一头伏地蹲守的猛兽，刹那间就露出了爪牙，从草丛中蹿出，一剑挥出。

唰的一声，这道凌厉的剑招便在这夜空之中，如轻雷炸响。

我脑子一下就懵了，然后听到了一声栽地的声响，知道杂毛小道这一击，算是得手了。当下也不犹豫，从草丛中暴蹿出来，见到茅同真滚地葫芦一般地往后边滚去，而夏宇新则提着一把木剑，上前迎战。夏宇新的剑技，不如杂毛小道五成功力，而杂毛小道又是猛然暴起，心中有着一股劲儿，剑势凶猛而凌厉，三两下，就将夏宇新给搅到了一边去。

不过杂毛小道的目标，并不是这个夏宇新，而是在地上翻滚的茅同真。

要知道，茅同真着了道，一是因为我们的气息有遁世环遮掩，让他的氽场感应失去了效用，而初得人形何首乌的惊喜，让他也放松了警惕，才会被杂毛小道一剑刺中大腿，雷意激发，下身顿时一阵麻，跌倒在地。若论其实力，这位茅山长老，可是比我们要高上好几层楼。

杂毛小道朝着地上翻滚的茅同真袭去，而我正好迎上了被杂毛小道甩开的夏宇新。回过神来的夏宇新大叫一声："是他们！"然后挥剑袭来。

到底是茅山的出师弟子，夏宇新的实力，仅仅比黄鹏飞差一点儿。我用鬼剑与他拼了两剑，感觉到一时半会，还弄不翻他，而前面茅同真已然开始翻身起来。我心中急迫，也顾不得脸面，口中大叫道："小妖、朵朵、金蚕蛊、火娃，出来助阵！"

我这一番高呼，顿时五彩光华闪现。白色的小妖、青蓝色的朵朵、暗金色的肥虫子以及黑中带红的火娃，一齐涌了出来，朝着夏宇新冲去。

首先接触夏宇新的，是肥虫子，此君尤爱下盘贴地飞行，然后上冲。

夏宇新虽然实力仅仅稍逊黄鹏飞，但是身上的宝贝，却远远不及，除了怀中的红铜小风车以及手中的制式桃木剑之外，似乎只有一张腰牌。这腰牌，虽然也有防蛊驱疫的功效，然而似乎对二转过后的肥虫子，威胁并不大，故而还没待小妖和朵朵上前围殴，他便惨嚎一声，脚步错乱，朝我挥舞的剑，也变得软弱无力。

肥虫子一击得手，小妖和朵朵也拍马赶到。这一对小萝莉看似乖巧可爱，然而却是刁蛮狠辣之辈。劈头盖脸，对夏宇新就是一阵胖揍。那拳头，跟身体接触的沉闷声响，瞬时传出，如同打击沙袋一般——砰、砰、砰；至于火娃，它扇动翅膀的频率太低，从启动到到达，目标已经被如影粉拳包围，插不进手。它又不敢跟这两位小姑奶奶抢生意，于是在外围绕圈，嗡嗡地飞行助威。

可怜夏宇新刚刚神情淡定、高手风范地跟我过了两手后，便被我唤出的这群苗疆小伙伴们，一照面就撂倒了，腹中绞痛，无数痉挛朝他的神经处蔓延过来，天旋地转。相比之下，他受到的那如暴雨的拳打脚踢，倒变得不是那么难受了。

他本来还想装一回英勇，绝不叫苦，然而三两秒后，肚子里的那肥货开始翻云覆雨，夏宇新终于忍耐不住地大声叫喊起来："啊、啊、啊……"

就在夏宇新开始杀猪一样地大声叫喊之时，我已经迎上了翻身爬起来的茅同真。茅同真使的依然是铜棍，舞动如飞，将我和杂毛小道第一波凌厉的攻击，给全数化解。他的身上隐隐有青光浮现，显然是见到了夏宇新的惨状，害怕自己也被那条没有节操和下限的肥虫子，给攻克了菊门，污了一世之清白，方才如此。

这铜棍属于钝器，而我和杂毛小道手上的鬼剑和雷罚，虽然各有厉害，但是针对的是灵体鬼物，对人，并没有多少威胁。拳怕少壮，棍怕老郎，一棍在手，虽然下盘的脚步仍然有些凝滞，但是茅同真已经安然度过了最开始的惊慌阶段，见到我和杂毛小道一齐露面，他不惊反喜，一边挥舞着铜棍，一边肆意地大笑道："你们两个老鼠，终于出来了，可让贫道好找。这一回，你们还想逃脱吗？"

我盯着他的身体，发现人形何首乌已经被他给收起来，也不言语，加快了进攻的步伐。杂毛小道倒是接过话茬来，冷冷说道："茅师叔，交出你怀里的何首乌，我可以饶你不死！"

茅同真一脸错愕，继而反应过来，一棍荡开我们，似笑非笑地说道："原来如此，你是为了用这人形何首乌，来治疤脸小子的阳毒，才拼死出来的吧？不错，不错，我一直在想，为何陆左没有毒发，影响逃路进程，却没有想到竟然是你，知晓缓解之法，看来我那李道子师叔，实在是教了你太多不该知道的东西了。只是，你凭什么以为，你们两个就能够要了我的性命呢？"

他并不知道虎皮猫大人的高明，以为我到现在还生龙活虎，是因为李道子传了私。不过他终究不认为我和杂毛小道对他有任何威胁，故而一边将铜棍舞得风声呼呼，一边大声斥责。

此老能够如此骄傲，自然还是有着足够强大的实力。他气沉力足，铜棍与我们交击，往往会传来巨大的力量，而他的身形也在短暂的凝滞后，开始灵活起来，更加威猛。时而耍棍，时而出掌，将我两人给牢牢缠住，而赶过来的两位朵朵，被他铜棍的法力逼迫，近身不得。

杂毛小道动了真火，大喊了一声"赦"！声音雷动，竟然在雷罚上面，激发出蓝色的电意，不断尝试朝着茅同真的要害刺去。而我也仔细回想着这些日子的感悟，以及对九字真言的理解，开始通过真言加持的方法，来增强进攻强度。

我和杂毛小道的一番狂攻，终于让茅同真感受到了压力。

在被我和杂毛小道各刺中一剑之后，他终于抽身后撤，从怀里掏出一物，往上一扔，顿时一道焰火冲天而起，将夜空染得漂亮。这是召集援兵的节奏，我和杂毛小道对视一眼，大喝一声，顿时开始搏命起来，疯狂前刺。这时，茅同真口中喃喃自语，双手掐诀，一双眼睛突然翻起了白眼。

"不好！"杂毛小道大叫道："乩童上身了！"

这铜棍本身就是乩童装备，用倒刺破血，以夺煞气，茅同真会这一招，也不稀奇。不过这老小子竟然求援，倒是让我们好生着急，再加上这乩童上身，我们想要拿下人形何首乌，基本上就没戏了。

他真是打得好算盘。

杂毛小道突然脚踩七星，横推罡步，一剑指天，口中急念道："三清祖师在上，三茅师祖返世，神剑命汝，常川听从。敢有违者，雷斧不容。急急如律令，赦！"

就在杂毛小道念出第一句话来的时候，茅同真那白色无神的眼睛，顿时变黑。这个家伙居然还能够转换自如，他大叫一声："你这弃徒，敢？"话音刚落，天上突然有一团黑云冒出，一束磅礴的雷意，从半空中，蔓延下来！

第四十七章　神剑引雷，山穷水尽无路

茅同真毕竟是茅山宗里的十大长老之一，若论自身实力，比我和杂毛小道加在一起，还要高上好几截。若是往常，我和杂毛小道，自然入不了这位眼高过顶的长老法眼。这正是一开始接触的时候，他根本就没有想过呼唤援兵的原因，而是一心想要将我们两个给擒拿。不过胜败之事，并不仅仅是如同棋盘上那般鲜明，任何一点细微的小事，都有可能影响整个事件的走向。杂毛小道的引雷之术，乃茅山不传之秘，就连大师兄也不曾习得，而此番竟然由杂毛小道施展得出，岂能不让他惊讶万分？

茅同真的脸上闪露出了惊容，仰头一看，只见一道游蛇一般的叉形雷电，从头顶的天空，扑落而下。这蓝色的雷光耀眼，中正磅礴，倘若是被这玩意儿击中，便是修为再高一倍，也是硬扛不住的。人们用修辞手法的时候，形容快，都说快如疾电，这东西转瞬便至，刹那间，就到达了茅同真的头顶。杂毛小道此举，其实是已经动了杀心。现在老道不死，我们便亡，没有人能够想得到后果。仇恨就像火药桶，既然他们已经点燃了火焰，那么不管是谁先来，都会爆炸的。

我往后闪，心中不是滋味。然而就在这时，我看到茅同真突然从怀里掏出一个黑布袋子，往上面一抛，接着人就朝地上滚去。

出乎我们意料的是，那雷电并没有随着茅同真而去，而是直接劈在了那个黑布袋子上。雷意湮灭，而后转化为轰隆隆的一阵爆响，在这溪边蔓延开来。

我瞬间想到了，那个黑袋子里，装的正是我们要寻找的人形何首乌，既然成精，那么必然就违反了天道。这落雷，虽然是杂毛小道以雷罚剑意召下，但却依然还是遵循了天道，在打击的优先度上，最终还是选择了人形何首乌，而不是身为人类的茅同真。

见到目标被雷劈中，定然已成焦炭，没有效用，杂毛小道毫不犹豫，拉着我的衣袖，转身狂奔。

茅同真滚落在地，精、气、神，皆被那狂暴的雷意所伤。想要站起来追，结果刚一站直，又软软地跌倒下去。

我们开始朝着山路的侧面跑去，早在雷罚高举的时候，小妖和朵朵他们便已经躲在了那里，以免误伤，此刻一接应到我们，便朝着黑暗前进。

此番偷袭，本来就没有什么预案，我们跑得匆忙，真是慌不择路，一道肥硕的身影落下。虎皮猫大人沉声叫道："左转，左转！他们的援兵要过来了！"

我们听着这话，吓得开始拔足狂奔，感觉在不远的身后，似乎有人正在急速追来。在我的炁场感应中,那人的脚步稳健,气息悠长,显然也是一个长老级别的高手。而且,茅同真仅仅是被雷意所吓,过一会儿,定然还是会追上来的。他有类似纸甲马的装备,比脚程,我们哪里能够拼得过他?再加上其他人,天罗地网,我们如何能够逃得过?

不过虽然这是万分危急的境地,我却也没有责怪杂毛小道贸然暴露的情绪,反而在心中有着浓浓的感激之情。要知道,聪明如他,自然也是想到了此事后果的,只是想着拿到那人形何首乌,便能够治愈我身上的阳毒,所以才会如此。

我们朝着东边跑了不知道有多久,突然听到身后有一道劲风袭来,连忙闪身,但见一条头上有瘤的巨大蛇灵,正朝着我们,张嘴咬来。

这蛇灵凶猛,腰身足有人身般粗,身长好几丈,嘴巴一张,一百五十度,竟然有一米之宽。这蛇灵虽为灵,然而却也能够咬人,在被我们避开之后,尾巴一扫,我猝不及防之下,被重重甩到,身子就腾空飞起来。

砰、砰、砰……

我一连撞断了好多小树,最后摔在了泥地里,浑身疼痛欲裂,然而也不敢待着不动。刚要翻身起来,突然在那泥地里,伸出四五只手,将我给紧紧按住。我大惊,奋力仰卧起坐,然而我刚刚将身子抬起一点点,就有更大的力道,将我重新按回去。

我明白了,人再快,还能够快得过鬼?身为茅山长老,哪个没有一些手段?

正在我拼命施力的时候,一张西瓜头的可爱小脸,出现在我的身旁。

是朵朵,这小女孩子用洁白的牙齿,紧紧咬住下唇,明亮的眼睛里面满是泪水,支吾道:"不许、欺负、陆左哥哥!"她双手一舞,立刻有好多虚幻的手影挥动,朝抓着我身体的手拍去。

倏然间,我感觉到抓住我两只胳膊的鬼手缩了一下,顿时就点燃了恶魔巫手,朝着剩余的手抓去。我这恶魔巫手,专门针对的就是这类灵体,一抓便抓了个正着,再加上朵朵的帮助,我感觉全身松动,立刻翻身而起,将那手往上一拉,便从泥地里,拔出了一个黑乎乎的人影来。

见过地翻天的五鬼搬运术,我对这一类的恶鬼,也是有所了解,心中恼恨刚才被压在地上动弹不得的糗状,顿时也不留情面,左手一点燃,那浓黑如墨的灵体立刻一阵扭曲,嘴巴张得巨大,接着化作了灰烬。

朵朵也抓住了一个,小丫头此刻的脸都变成了青黑色,掐着那头恶鬼的脖子,口中呜咽道:"欺负陆左哥哥的人,不是好人;欺负陆左哥哥的鬼,你、你……去死吧!"说话间,她已然运用了《鬼道真解》上面的术法,将这恶鬼一震,弄得烟消云散。

这里还有一头鬼,在泥地里,见到同伴这般惨状,顿时也吓得魂飞魄散。鬼不怕死,但是怕烟消云散,于是抽身便撤,再无踪影。

我这时才捡起地上鬼剑,返身回去,寻找杂毛小道和小妖朵朵。

两人正在与那头蛇灵大战,好不精彩,看得我热血沸腾,提剑前冲。刚走两步,从左手边就冲出了一道黑影,手中一点寒光,朝着我直袭而来。我吓了一大跳,反剑撩了过去,铛的一声响,巨力传来,我往后面退了好几步,稳住身型,抬起头,才发现竟然是那个水蛊长老徐修眉。

这个脑门上面没几根毛的茅山长老,手握一根青铜分水刺,朝着我猛力扎来。我勉力抵挡几下,便感觉有些不支,在我身后的朵朵双手朝天托起,凝结出一道蓝色的光芒,朝着徐修眉甩去。徐修眉用青铜分水刺抵挡,身形一凝。杂毛小道从斜里冲出,朝我叫喊,说你和小妖去对付蛇灵,我来挡住他。

我应了一声,抽身而去。见那蛇灵衔尾而来,左手便往怀里将震镜掏出来,一声"无量天尊",顿时将那蛇灵给定在当场。跟在后面的小妖手中白光一闪,那根九尾束妖绳,便朝着蛇灵飞了过去。人身一般粗的蛇灵,被骤然束起,顿时在地上翻滚,不住地嗥叫。

此刻,茅同真已然携着一众子弟,从西面的坡脚,冲了上来。

杂毛小道似乎用什么招式,逼退了徐修眉,然后退身到我身边,大声喊道走。我转身跟着他往上奔逃,小妖朵朵见状,手一勾,那蛇灵立刻撕心裂肺地嗷嗷叫,巨大的蛇身竟然朝着爬上坡来的茅同真他们滚去。接着白光倏然,九尾束妖索又缠绕在她的腰间。

我们继续奋力逃,一路往上走,狼狈得很。

追兵在我们身后二十几米处,不紧不慢地跟着。茅同真似乎也有些害怕杂毛小道再来一次引雷,那个时候,可就真的避无可避了。于是也不冒头,随着众人在后面。

而徐修眉却是大声叫嚷起来,不断喝骂。原来被我和朵朵联手弄死的那两只恶鬼,竟然是他蓄养的,虽然感情不如我和朵朵这般亲密深厚,但是却也是跟随多日,费尽心血,自然痛心疾首。除此之外,那条蛇灵,也是他豢养的,此番被小妖折磨,伤痕累累,险些误伤了同门,怎叫他脸上有光?

紧要时刻,虎皮猫大人也没有再隐藏身形了,从空中俯冲下来,为我们引路:"上,朝上跑……"

我想不清楚,为何我们要往上跑,跑得越上,不是越往绝路上奔吗?

不过凭着这肥母鸡一向以来的信誉,脑子空空的我们也来不及思虑,唯有听从,跟着疾奔。这一追一逃,足足奔行了差不多二十分钟,茅同真有些不耐烦了,他差不多也能够估计到杂毛小道没有再一次引雷的能力,于是身形一错,似幻影,朝我们疾冲过来。

杂毛小道倒也淡定,面不改色地返身,将雷罚高举,口中高念道:"三清祖师在上,三茅师祖返世,神剑命汝,常川听从……"

这话一说出口,茅同真脚下一慌,兔子一般缩了回去。

杂毛小道一边往前跑,一边厉声警告道:"茅师叔,你若再敢前逼,休怪小侄不念旧情,将你劈死!"茅同真刚才慌张回缩,略有丑态,此刻也恼羞成怒,大声喝骂道:"好你一个弃徒,竟然偷学得神剑引雷术,还不快快束手就擒?"杂毛小道不理他,与我朝着山上奔走,再行了几分钟,突然脚下无路,前面,竟然是一道断崖。

第四十八章　衔尾追击，呼麦召唤巨兽

　　见此情形，杂毛小道无比悲愤地仰首望天，长啸一声："难道天要亡我吗？"
　　我也无比悲愤地仰首望天，长啸一声："肥母鸡，你坑我？"
　　在空中飞翔的虎皮猫大人，差一点就掉落下来，气急败坏地骂道："一对傻瓜，你们就不知道往下看吗？"
　　我站在断崖边，听得这话，一边防备着茅同真等人逼近，一边低头往下看，只见百丈落差间，有一道隐隐的白线，像反光。那是一条河，并不宽，也不知道深浅，我望一眼，便感觉心中发麻，还未反应过来，便听到杂毛小道回转过身去，雷罚指天，大声喊道："今天是死定了。不过便是死，也要找几个垫背的，你们谁来，陪我老萧一同上路？"
　　他说得铿锵有力，悲愤欲绝，举着已经引不了雷的雷罚，朝着追兵缓步走去，气势逼人。
　　这世上不到万不得已，没有几人是不惜命的，尤其是像茅同真、徐修眉这些老江湖，位高权重，江湖地位也有了，犯不着跟我们这两个穷途末路的小杂鱼同归于尽，故而连连后退，厉声警告他别乱来。看着杂毛小道这气势，搞得我真以为他还能够引发出一道天雷呢，结果就在追兵纷纷后撤的那当口，他突然猛然转身，如风一样，飞掠过我的身边，低喝道："跳啊！"
　　我咬紧牙关，掏出了天吴珠，招呼旁边的小妖等人，然后与杂毛小道牵手，朝着断崖口一同跳去。
　　在我们冲出悬崖的瞬间，茅同真等人已经反应过来，快步前冲，然而终究是慢了一拍，我和杂毛小道已然急速往下坠去。
　　在跳出山崖的瞬间，我几乎以为自己要死了，同样的经历我也有过几次，但是每当这样的事情来临，我的心脏都会瞬间停止，口中大声地尖叫起来。急速的下坠中，我竟然产生了幻觉，感觉自己生生砸在了峡谷的江边石滩上，身子的零件四散，血肉模糊，脑浆洒落一地，小妖和朵朵抱着我的头颅，在哭泣……
　　突然，我听到有一道扑通的响声，一阵庞大的阻力出现在我的身上，一顿，又一缓。接着又有地心引力，将我们给拉到了水底。
　　我全身的血液都在往头皮上面涌去，感觉呼吸潮湿，压力从四面八方逼迫而来。过了好一会儿，我才反应到自己已经跌落到了江河里面。这峡谷中的江水汹涌，将我们给推往下游。随波逐流的我们，持续往下，我长长地吸了一口潮湿的空气，然后拉了拉杂毛小道的衣袖,激动地说,老萧,我们逃出来了吗?

他也是惊魂未定,远远没有表现出来的镇定,回过头,疑惑地说:"啊,是吗?"

我哈哈大笑,感觉到无比的畅意,说,你这个家伙够能演的,将茅同真那几个老杂毛,吓得一愣一愣的,果真是有当年长坂桥头张翼德的风范,无限装波伊啊!

我俩说着话,小妖和朵朵、火娃紧紧地围在我的身边,突然江水一阵震动,仿佛有什么东西砸下来一般。

杂毛小道脸色一变,大声惊叫道:"不好,徐修眉那个老家伙,也跳下来了!"

这话一说,我们感觉到了惊慌,奋力往下游"奔跑"。足足行了十几分钟,汗出如浆,心脏一直怦怦跳个不停。水中行走,需要适合水性,不然会十分费力,黑漆漆的河水里,也不知道南北与西东,我们唯有顺着下游走,想着尽早地逃离追兵。

如此行了半个小时,感觉身边的水流没有那么湍急了,我们的心情才平复下来。

我往黑乎乎的身后瞧了一眼,故作轻松地捅了捅神情严肃的杂毛小道,说,你的那个水蛊师叔,也不过如此嘛。刚才从上面跳下来,没有把他给摔晕吧?善泳者溺于水,他若是溺死了,茅山不会把这笔账算到我们头上来吧?哈哈……

我的笑话并不好笑,杂毛小道的脸色依然绷得紧紧,沉声叹气,说道:"你是不了解他,以他的能力,你就是把他扔进太平洋里去,照样能够活着游回来。"

听他说得凝重,我的心中不由得发慌,说,真这么厉害?

杂毛小道坚决地点了点头。在我左手边的朵朵,突然仰头,朝上看去,面露惊容。我也抬头,只见一个黑色的人影,正好浮在了我们头顶的上空。

见我们抬头看去,便有一道分水刺,破开周遭的水浪,朝着我握着天吴珠的右手刺去。

这道一直悬浮不动的黑影,当然就是徐修眉。他这一路上,竟然不知从什么时候起,就跟一只真的水蛊般,在我们身边,若不是朵朵察觉异常,竟然没有谁能发现收敛气息、如同盘踞毒蛇的他。这蓄积已久的一刺,让我心中胆寒。为了保持在水中不离散,我和杂毛小道紧紧地互拉衣袖,而我的右手又拿着天吴珠,鬼剑已然收拾到了背包里放着,我缩回手,杂毛小道的手却及时伸了出去,快如闪电,想要抓住这握分水刺的手腕。

然而徐修眉的水战经验何等丰富,哪里会让人抓住自己的把柄?手腕一抖,水刺便朝着杂毛小道削来。

天吴珠的作用,如同水肺,但是并没有排斥功能。在杂毛小道往后一退的时候,徐修眉借着力道,竟然挤进了狭窄的避水珠范围里来。这地方狭窄,他手上又有一把灵活而尖锐的分水刺,所以一时间,我和杂毛小道胸口,各中了一记,鲜血渗了出来。

不过很快我们就反应过来,开始与他纠缠,小妖和朵朵也气愤地施展了手段,一时间,各种术法齐出。唯有火娃,它在水中怏怏,根本就提不起劲儿来,只能给我们

提供照明。

所有人一齐还击，徐修眉虽然厉害，却也并不自傲，懂得取舍，返身闪入黑沉沉的河水里，遁入虚无之中。

徐修眉的消失和他的到来一般，悄无声息。我们停止了奔走，知道在这水中，无论怎么逃，都敌不过徐修眉。因为，这里是他的主场。我凝住气息，开始让自己的心情舒缓下来。过了一会儿，四周悄然无声，唯有不明所以的鱼儿，在我们身边游荡。

也有水草，从上游落下，避开天吴珠形成的圆形气囊，朝着外边滑落。

然而徐修眉已然悄然无踪影了，无论我们用目力，还是炁之场域的感应，都感觉天地之间，唯有我们存在，所有的一切，都是静悄悄的，让人感觉到分外的孤独。

徐修眉成功了，他的断然撤离，在我们的心头，深深扎上了一根倒刺，让我们不敢动弹，也不敢不防备，小心翼翼，疑神疑鬼。

未知的敌人，才是最可怕的敌人。倘若他就站在我们面前，哪怕是如同小黑天一样的级别，我们也不会如现在这般焦躁和恐惧。

过了差不多五分钟，杂毛小道突然跟我低声说道："上岸！"

确实，上岸总好过在水中干等。徐修眉长于水战，到了岸上，我们或许还可以与他一搏。于是我们两个，开始缓慢地朝着岸边移去，这河宽二十几米，我们往岸边移动，并不需要多久。刚刚一迈开脚步，便听到前方突然一道炸响，我下意识地一偏头，顿时一道拳头大的鹅卵石，擦着我的额头掠过。

朵朵打出一道光芒，我定睛望去，见到一个浑身裹满水草的人形黑影，正在奋力朝着我们扔石块。这是刚才在泥地里按住我身子的漏网之鱼，此刻在水中却甚为嚣张，大块大块的鹅卵石，就像鱼雷一样袭来。

我们用剑拨开，冲上去，那家伙却远远地吊着我们，像蒙古人的骑射，就是不跟我们接触，保持距离。小妖是个火爆脾气，气得肺都炸开了，大叫一声，脱离了天吴珠形成的水肺，朝着那水鬼袭去。

道家驭鬼，由来已久，驯服之后的鬼魂灵体，可称符兵、道兵，叫法不一，性质类似。小妖一出，我拦都没拦住。同一瞬间，我的耳朵骤然炸响，有一种空灵的声音，就像蒙古族最著名的歌唱技法"呼麦"，这种源自古老祭祀的声音真义，在我的耳朵边，轰鸣起来。

音波在水中的传播，是以水流的形式，我们周围的水都开始波动起来，不住颤抖。杂毛小道脸色大变，让我赶紧朝着岸上跑去。我不解其意，不过也照着做。杂毛小道告诉我，这是徐修眉的独门手段，习自西省密宗格鲁派的噶陀、噶美两寺，是一种用低沉喉音来唱诵经咒的传承方法，用来召唤助力，十分厉害。

他的话都还没有说完，我们就感觉到河水翻涌，不断地抖动着。

一股强烈的危机感，从不远处一波又一波地袭来。杂毛小道的背脊一弓，大叫一声走，然后把我往前推去。我猝不及防之下，往前飘去，在我刚才停立的地方，倏然

065

飞出一条婴儿臂般粗细的黑色触角,唰地一下,冲过来。我操控天吴珠,往水面浮起,朵朵往前面一挥,黑黝黝的河面上,突然有了一束亮光。在这亮光照耀下,一个庞大如快艇般的凶恶鱼头,在水面上沉沉浮浮,那人头般大小的眼珠子,闪耀出碧绿色的光芒来。

第四十九章　那一刻，我飞了起来

　　浮出水面，见到这巨大鱼头的巨兽之时，我的心中猛然一跳。这货，不就是我们曾经在青山界的耶朗祭殿里，碰到过的那个恐怖的鱼吗？

　　当时它可是将我们一整队人马给弄得九死一生，我差一点就挂在了那暗河之中。倘若不是虎皮猫大人用耗尽精力为代价，召唤出了不死鹦鸡这种传说中的大拿，将其秒杀，只怕我们当时已经葬身鱼腹，哪里还有那么多后来的故事？

　　再次面临这样恐怖的对手，我的心中仍旧是满满的恐惧。

　　大人上次唤神，已然是元气大伤，昏昏沉沉好久，到了后来，差一点都要挂了。经过大半年时间的恢复，方才好一些，不过依旧是没有精神。此次，我们还能够指望大人，再来一次吗？在惶恐的同时，看着面前这个满嘴利齿，脖子处尽是摇晃的青黑色触手的大家伙，我一对比，发现它只是比青山界的那一头，小一点点。

　　天啊，我们到底有没有这么倒霉啊？徐修眉的这一声呼唤，竟然将这么恐怖的家伙，从老巢之中，给弄了出来？

　　我记得我穿的可是红色底裤啊？

　　心思闪动，就在一念之间，心中巨震的我还来不及想太多，一条黑色触手，便朝着我们这边，飞速射来。我赶紧沉下水底，朝着江边跑去。杂毛小道一直跟随着我，在这样的怪兽面前，他的心中也不淡定了，大声催促，说快走，快走。

　　虽然有避水珠抵消阻力，但是我们哪里能够有那河中鱼那般灵活机动？刚刚迈出几步，我的脚下一紧，竟然被一条触手给圈住了右脚脚踝，然后一紧，一股庞大的力量便传过来，将我往后面拉拽过去。

　　所幸杂毛小道的炁场感应也是无比灵敏，就在我的脚踝被圈的那一刻，他果断出剑。这一剑如同风雷，而且也有蓝色的雷意从剑尖处逼透出来，堪堪击在了那有着无数吸盘的触角上。

　　不知道杂毛小道使出了什么手段，还是这雷罚里面的雷意，正好克制住这种来自《山海经》传说中的鱼，仅轻轻一触，我脚脖子处一松，那触手居然缩了回去。说时迟那时快，接触就在短暂一两秒钟，然而我的上身，还在保持前进的状态，所以一下子就控制不住重心，重重地摔倒在了河底的水草里。

　　这一摔，让我有些方向感迷失，还未反应过来，便感觉到一直守在我身边的杂毛小道好像在跟谁交手，唰唰几下，竟然有巨大的法力波动传来。

　　我爬起来，眼看着杂毛小道就要冲出天吴珠形成的水肺范围，大声提醒他不要出去。这个哥们的水性其实不好,以前还是个旱鸭子,所以我的心都快跳了出来。不过好在他与那对手也是一触即收,返身回来,将手中的剑一震,抖落数滴鲜血。

紧急时刻,他并没有说这个对手到底是何物,而是紧张地冲我大喊:快,快上岸。

在说话的当口,他手中的雷罚又连出了三剑,每一剑,都准确地点在了前来袭击我的那些青黑色触手上。与人对战,雷罚不过就是一把带着电棒功能的木剑而已,然而对付这些神志鬼怪的恐怖之物,它却有着让人敬畏的力量。之前我们在青山界挡住毫无办法的鱼,此刻几次出手,竟然都被杂毛小道给挡住。

哦,我错了,对付鱼还是有一招绝对有效,然而我和杂毛小道却都没有那个条件了。

情况紧急,我心中虽然还挂念着奔出天吴珠中,去追杀厉鬼的小妖,但是却也顾不得太多,奋力点地,朝着岸边快速奔行。一步、两步、三步……很快,我们就浮出了水面,那河水刚刚只能够漫到我的胸口。杂毛小道很激动,轻身朝岸上冲去。此刻,从下游突然冲来一道阴影,如东风重卡,朝我们急速撞了过来。

人的速度,终究还是不如这常年在水中生活的鱼,而且当时根本就避无可避,我和杂毛小道别无选择,果断地将手中的木剑祭起,朝着前面这凶兽挑去。

杂毛小道临危不乱,手中的雷罚,稳稳地朝着这头鱼碧油油的左眼处刺;我的剑术到底还是初学,心理也没有稳定下来,鬼剑前挑,欲将提前冲过来的青黑色触手削断一条。当时的情况快得让人反应不过来,当我的鬼剑顺着纹理,削下触手末端的一节须肉时,我的身子也被鱼重重撞到。

砰——

在碰撞的瞬间,我能够感受到自己身体里面的骨骼,在痛苦地呻吟,似乎快要碎裂一般。而后,我的身子腾空飞了起来,带着水花,朝着上游七八米处跌去。在空中,我看到杂毛小道也被撞飞了起来。不过他显然是有所准备的,身子紧缩,在腾飞的那一刹那,才将四肢张开,像一只鸟儿,好似在飞翔。

咕嘟……

我又跌入水中,感觉四面八方,都是黑暗,在我的周围感受不到任何人。

我将天吴珠收入怀中,手中紧握鬼剑,担心杂毛小道的安危,果断浮出水面,然而却看不到杂毛小道的身影,那条巨大的鱼正在我目力所及的下游,奋力地拍打着水面,利齿密布的大嘴里,有如同婴儿般的痛苦叫声传出来。这声音频率密集,让人不寒而栗,浑身的鸡皮疙瘩,不要命地涌出来。

一个小小的身子,在我前方,张开双手,散发出隐隐的黑雾,护卫着我。

是朵朵,她当日所受的癸水之力,便是由虎皮猫大人将青山界的那头鱼斩杀之后,凝练精华而得。此刻的她,本源的力量,与那头鱼同源,这样的气场,让鱼有一点疑虑,故而没有第一时间再次伸出触手。当然,想来也是因为杂毛小道刚才的那一

剑得了手,此刻的鱼眼睛受了重创,无法分辨。

我心中大定,叫了声朵朵,让她跟着我往河边跑去。就在我离那河岸还有四五米的时候,突然发现在下游出现了一个人头,湿漉漉的身子正奋力往岸上游去。看他那被水浸润,乱草一样的头发,我便知道是杂毛小道。然而我还没来得及惊喜,心脏便骤然一紧,只见刚刚从痛苦中挣脱出来的那条鱼,已然再次冲到杂毛小道身前,张开巨大的嘴巴,朝着杂毛小道咬去。

"小心!"

我朝着他大声喊着,见到他身子一挺,竟然从水中站了起来,然后有一股血一样的红光,在夜空里照耀开来。骤然而起的光亮,让我忍不住闭上眼睛。

虽然闭上,不过我的心中又是担忧,又是期冀,希望杂毛小道的血虎红翡里面那头来自远古的血虎,能够给他抵挡一二。就在同时,我感觉身边的暗流涌动,一阵寒意,从我的左侧滑了过来。

我猛然一惊,瞬间意识到这一次攻击,应该是来自将鱼召唤出来的徐修眉。心中巨震,我下意识地将手中鬼剑前绕,抵消这一击偷袭。

然而身为茅山水战中最厉害的水蛊长老,他的伺机一击,哪里是我能够抵挡的?就在我的鬼剑与他的分水刺撞到一起的时候,从黑暗处,冒出来一掌,正中我的后心。这手掌劲气喷涌,力量不大,但是却如同一个顶级的煽动者,将我血脉中被压制的阳毒,在那一瞬间,引爆出来。

轰——

我感觉浑身的血液,仿佛都在燃烧,倘若不是在这冰寒的河水中,我估计自己肯定同那个被火娃焚烧的二娘子一样,整个人已燃烧起来。徐修眉在水中的速度实在太快了,在我中了他蓄力引导的一掌,防守顿失之后,分水刺连着出击。他并不想杀我,所以仅是朝着我的手脚几处要害,猛力扎去。

疼!疼!疼!

我连中四刺,浑身又如同火烧,感觉天地一下子就塌了下来。

就在此刻,朵朵赶来,朝着徐修眉咬去。徐修眉也玩鬼,哪里能够被朵朵伤着,反手一制,欲将朵朵擒住。朵朵被驱赶,躲入鬼剑中,操纵鬼剑,与徐修眉相斗,竟然堪堪抵住了他的进攻。

我在背后被印一掌后,整个脑袋如同一锅沸腾的热粥,根本就想不了许多,感觉好像跟徐修眉又斗了几个回合,然后突然嗡嗡嗡一响,那条鱼又缠上来了,将我的脚踝抓住,往空中一甩。

我昏迷了,最后的记忆,是我飞了起来,好高、好远……

第五十章　公道人心，迷蒙似见贵人

人倘若失去知觉，那么这世间所有的一切，就都变成了虚妄，变成了浮云，变成了我们根本无法去把握的一切。

闭上眼睛，就是天黑，就是寂寞，就是无边无际的黑暗。

也许一万年，也许亿万年，也许弹指一挥间，当我模模糊糊地恢复意识的时候，感觉浑身冰冷，不知道自己身处何方。身上痒痒的，有泥土和鱼腥草的味道，往我的鼻子里面钻。眼皮仿佛被线给缝住了一样，死死的，怎么都睁不开。我几乎用上了吃奶的劲儿，才缓慢睁开，有刺眼的白光，照耀在我的眼珠子上，眼球疼痛欲裂。

我隔了好久才适应过来，入目处，是朵朵那张带着关切表情的可爱圆脸，宛若天使。

"陆左哥哥，你终于醒来了，好些了吗？你吓死朵朵了……"

见到我醒过来，朵朵欢呼雀跃，不过她动作的幅度偏小，也不敢太大声音。我微笑着点了点头，这才发现还是在水里，周围水草蔓延，天吴珠散发的水肺场域缩小了，将我给紧紧裹住，外面的天色已经大亮，天气阴沉沉的，似乎老天的心情很差。

我张了张嘴，感觉喉咙里面一团火，辣得很，干咽了一下唾沫，才发觉身子仍然在烧。

朵朵大概是看到了我难受的表情，留有泪痕的脸似乎又要哭了，她左手提着鬼剑，右手拉着我的手，说，陆左哥哥，你还好吧？

我自然不好，不过也没有更差。握着朵朵柔嫩的小手，我的心情好了一些，然后问她："杂毛叔叔呢，小妖姐姐呢，虎皮猫大人呢？"

我这一连串的问题，让朵朵的泪珠又流了下来，她哽咽地说道："不知道，当时太乱了。我看到你飞了起来，又落到了水里昏迷，害怕极了，就紧紧裹护着你，脑子一片空白，只想着奋力离开。然后我带着你，逃了一夜，到了这里才安全了一些，然后你才醒了过来……"

朵朵因为没有读过多少书，逻辑思维能力一直都不是很强，说话也有些不清楚。不过听到她一番述说，除了并不知道朵朵带着我逃离险地的细节，我大概明白了自己的处境。

那就是说，我与杂毛小道、小妖、虎皮猫大人他们，失散了。唯有朵朵，还有我体内的肥虫子，陪伴在我的身边。而此刻我身体里面的阳毒，已被徐修眉那特有的掌法给勾动出来，将我的全身都给燃烧，行不得气，如同一个废人一般。穷途末路，这

才是真正的穷途末路啊！

  此刻情形，让我不由得回忆起最初身边只有这两个小东西陪伴的日子来。那个时候，我是多么的快乐，心思单纯，唯一的目标，就是让朵朵变回一个正常人。而现在……

  天上没有太阳，身边没有手表，我也不知道几点钟了。想起生死未卜的杂毛小道和小妖等人，我心如火焚，忧虑得不行。不知时间，不知地点，我什么也不晓得，于是想着爬上岸去，想办法打听他们的消息。我潜身越过水草，往河边的草丛中游去。刚刚接近岸边，一冒头，一块巴掌大的鹅卵石就贴着我的头皮划过去。

  扑通一声响，石块在我前面一米处入水，无数的波纹拍打在我的脸上，来回荡漾。这突如其来的石头吓得我背脊发凉，全身瞬间就僵直起来。

  我身处大河旁侧，岸边有很多茂密水生植物的根茎，上面有茂密的叶子遮掩，倒是看不到我的身影。不过我这刚一冒头，便有石头袭来，怎让我不惊？两三秒钟之后，我定下心神，听到一个略为熟识的声音从头顶传来："马四，你也别上火，沿江寻人这事儿，就跟钓鱼一样，要耐心，急急躁躁，说不定陆左就在你的眼皮子底下，你也是看不到的……"

  这声音迅速在我的脑海中对号入座，很快，我想到了。它属于夏宇新，那个曾经被肥虫子严惩的家伙。

  "我马四会稀罕那颗琅邪补气丹？找不到就找不到呗！"一个粗豪的声音响了起来，说话的应该是夏宇新口中的马四。他们两人缓步朝我藏身的岸边走来，驻足，马四问道："小夏，你身上的伤，还好吧？"

  夏宇新似乎了揉身子，还哎哟地喊了一声。马四有些不满，说，小夏你都受了伤，茅长老还叫你出勤，真的是将人当作牛马了。夏宇新呵呵笑，说，没事，这一呢，此番寻找确实少不了我，谁叫那"验妖旋灵"在我手上呢？受了师门恩惠，自当效死力；其次，我的伤看着吓人，但都是外伤，他们手下留情了，下手知道轻重，而且都没有给我种蛊下毒，所以我还能够坚持。

  听到这里，马四长叹了一口气。他似乎有些意兴阑珊，悻悻说道："说到萧克明和陆左，其实倒也是两个不错的爷们。我们这边接到的命令可是格杀勿论，都已经到了这个分上，他们还留着手，不肯要人命。由此看来，他们确实有可能是被冤枉的。别人我不知道，黄鹏飞那个家伙，他不去惹祸就算好了，还被人蓄意杀害？这简直就是太可笑了！小夏，你曾经被安排跟黄鹏飞，一同去了南方，你自己说说，是不是这个道理？"

  夏宇新好像不愿意谈这些，直说，不晓得。听你这么说，确实是这个道理。

  马四顿时就来了兴致，声音压低，说："小夏，你不觉得这里面有猫腻吗？要知道，黄鹏飞被杀现场最重要的目击者，那个叫白露潭的女人，在陆左逃跑的第二天就失踪了，而话事人派出这么多人手来追捕，闹出这么大动静来，这里面……"

夏宇新并不搭话，马四耐不住兴头，接着说道："我可是听说了，萧克明当年被逐出师门的事情，另有隐情。这次追捕，好多人私底下纷纷传言，说萧克明学得有掌门和传功长老才会的神剑引雷术，而且他还深得前传功长老李道子太师叔的真传。当年，本来是被当作掌门人来培养的。杨话事人此番异动，除了是为了报自家外甥之仇，更重要的目的，恐怕是要谋夺掌门之位……"

说到这里，马四的嘴被夏宇新用什么给骤然堵上了，支支吾吾的。夏宇新慌忙地说道："马四，我的四哥哟，这事情太严重了，我们两个私底下都不要提及，免得说漏了嘴，遭了祸端啊！"

见夏宇新这么谨慎，马四有些不耐烦，他一把推开夏宇新，恨恨地说道："许他做，就不许人说？我马四这辈子成就不高，除了这臭嘴，就是因为这些老家伙封闭保守，不肯传授。倘若我入的是青城或者龙虎山，以我的天赋，说不定也有萧克明那么厉害了！哼……"

夏宇新苦笑，说，马四，现在萧克明已经落入两位长老之手，关押在丽江，大局都被掌握了，如今就只待将陆左那个身受重伤的小子给抓到，无论生死，我们都准备回山了。你说的这些，要是万一被话事人晓得，只怕不但是你，便是咱们的家人，也会受到遗祸，你何必多言？老老实实做事便是了。

我心中剧震，杂毛小道竟然被擒住了？他是为了让我和朵朵能够逃离，舍命拖延，才会如此吗？

没想到一夜之间，竟然发生了这么多的事情，不知道小妖和虎皮猫大人，怎样了？

我还待再听一下其余人的下落，然而岸边的两人又聊了几句，话不投机，便不再言，朝着河的下游，缓慢走去。过了好久，我才失魂落魄地站起身来，爬上了河岸。朝着四周望去，有农田，远处也有人家，青山绿水，好一派人间美景。

然而想到杂毛小道被生擒，而我此番模样，诸般困境，心中就有一阵又一阵的难过袭来。此处遍地都有眼线，我也不敢上岸。过了一会儿，我见远处似乎有穿着制服的人行过来，赶忙翻身入河，不敢怠慢，继续朝着河的下游行去。

我当时的想法只有一个，那就是既然杂毛小道被关押在丽江，那么我便去丽江，就算是死，也要将他给救出来，可不能够让他出事。

我循着下游走，头昏昏沉沉，越走越感到乏力，浑身又冷又热，脑子里一会儿想到驰骋风云的岁月，一会儿又想到与朋友温馨平淡的日子，过一会儿，又要小心翼翼地防备那个据说在水中厉害到了极点的水蛊长老徐修眉寻迹而来，于是整个人的精神，似乎在行走中，就有些垮掉了。

我依然还在前行，但是魂儿似乎已飞了一半，朵朵唤我，我也听得不是很清楚，只感觉自己走得越久，血液就越沸腾，身上难受，仿佛就要炸了似的。

不过我就是停止不下自己的脚步，脑子里总是想着我的那个兄弟，在被折磨着。

有一种信念在支持着我,走下去。
　　记忆到了后面,就越加地模糊了。行尸走肉一般,无力思索——这并不是我本来的状态,只是当时被阳毒烧坏脑子的我,已然分不清楚自己的选择,到底是否正确。终于,我又晕死过去,不知道过了多久,似乎恢复了一些意识,感觉到有人在推我。我睁开模糊的眼睛,看着面前一张熟悉的女人脸孔,脑子空空的,一股热流激荡,又晕了过去。

第五十一章　他乡遇故知

我昏昏沉沉好几日，意识模糊，不知道时间过了多久，只晓得我似乎被一个熟悉的女子救上了岸，接着被安置在一个房间里，然后有人喂水喂饭地小心伺候着，十分周到。

那段时间的记忆已然被截断了，现在无论我怎么回忆，都回想不起来，只记得在醒过来那一刻，当我睁开眼睛的时候，看到加藤亚也在给我额头换上冰镇过后的洁白毛巾，然后单手托腮，认真地看着我，而另外一只手，则在摩挲着我左脸上的刀疤，小心翼翼。

我接触到加藤亚也的眼神，她好像在端详一件珍贵的艺术品，认真而充满迷幻。那璀璨得宛若天上繁星的黑色眼眸中，有一种说不出来的迷人魅力。见到我醒过来之后，她开始有些惊慌。仿佛一滴红墨水，掉进了水池里，俏脸儿瞬间就被晕染成了红色，像秋天的苹果，让人有咬一口的冲动。

略微慌乱的加藤亚也站起身来，双手一会儿放在胸前，一会儿又放在背后，像个小学生，不知该往哪里放才好。过了好一会，她才镇定下来，看着虚弱无力的我，恭谨地含笑招呼道："嗨，陆桑，又见面了，请问你感觉好一点儿了没？"

我感觉喉咙干痒，说不出话，跟上次一样，喊着一声"水……"，便再也无声。

加藤亚也点头说了一声"哈伊"，然后转身过去，不多时，捧着一杯清茶，将我小心扶起来，然后吹凉了，送到我嘴边，小声说道："陆桑，请慢用。"

这茶汤经过加藤亚也轻轻吹动，没有那么烫了，喝入喉咙中，感觉格外清香。没多久，我在加藤亚也的帮助下，将一杯茶汤喝完，精神好了许多，这才打量周遭的环境。这是一个被改造过的老宅厢房，充满古代民居格调的同时，又多了许多现代气息的电器和设施，有一米阳光从窗帘间隙洒下，点点暖意，即使我这个没有多少艺术细胞的家伙，也能够感觉到其中的美感。

看来这里并不是医院，也不是囚室，到目前为止，至少它是安全的。

我下意识地往胸口摸去，槐木牌还在，朵朵在里面安详地睡着。似乎感受到了我的担心，加藤亚也微笑地朝我点头，说："她没事的，你放心。"我曾经说过，加藤亚也的话语里，有一种很怪的口音，不过听着很迷人。我奇怪，问："你知道……她？"加藤亚也点点头，说："是啊，我可是在原宿神宫里面专门学过的哦，你可瞒不了我的。"

我笑了笑，说，原来也不准备瞒你。是你救了我吗？

加藤亚也说，是的。她的眼睛水汪汪的，仿佛会说话，回答的时候，特别认真。跟我回忆道："两天前，在江边碰到你，那个时候，你都已经烧得迷糊了。我把你带了回来，找神官帮你瞧病，他居然说陆桑你小命不保了！又用冰水敷了两日，我天天祈祷着你快些苏醒过来，没想到你就醒过来了，呵呵……"

我摸了摸鼻子，说，你家神官说得对，我确实是一个快要死的人了……咦，你怎么会在这里？

加藤亚也不好意思地笑了，说，我跟父亲大人闹翻了，就一直说要去看捐资修建的那个学校，便偷偷跑出来了。

我下意识地说了一声"哦"，然后反应过来，问，为什么闹翻？

加藤亚也告诉我，她父亲加藤一夫，自从她弟弟原二死后，就一直很颓丧，终日隐居在富士山中不出。后来她醒过来了，她父亲就变得很高兴，不过后来，她发现父亲渐渐开始关心起她的婚事来，经常安排各种青年才俊，给她相亲。亚也并不喜欢这些门当户对的政商要员子弟，也不喜欢那些傲气的职业经理人，被骚扰得多了，就有些厌烦，于是在上个月初，"偷偷"跑到中国来。

她的家族在丽江有一处产业，参加完那个学校的成立仪式后，便住在这里，游山玩水，倒也清闲。

我笑了，说，你父亲这是在招上门女婿，想要你赶快生一个大胖外孙呢。

加藤亚也有些苦恼地埋怨，说她父亲也真是的，想要家族的延续，那么就再找一个新妈妈吧。她才二十一岁，可不想为了赶紧生一个宝宝，就嫁给一个不爱的男人。看着满面苦恼的加藤亚也，我不禁觉得这个做了四五年植物人的女孩子，似乎有些小女孩子的可爱。

不过看她身边还安排得有神官，便知道加藤一夫虽然急迫地想要找一个女婿，但是却也不敢把她逼迫得太急，恼了这个最为亏欠的女儿。

我翻转了一下身子，感觉到身体里面的灼热和烦闷，似乎随着面前这个温柔可人的女孩子的出现，变得不再那么难受。想起自己逃犯的身份，我下意识地往外面望了一下，然后想要翻身下床。见我这般动作，加藤亚也连忙按住我说，你这是干吗？

我苦笑说，亚也小姐，可能你不知道，我现在正在被官方通缉，如果继续留在你这里，可能会给你添麻烦的……

加藤亚也依然执着地将我按在床上，认真地解释道："陆桑，你放心，我知道你现在的身份，但是我相信你是被人冤枉的。你受了很重的伤，不能够下床，目前最重要的任务，就是安心养伤，其他的事情，不用怕，我来给你解决！"

听到这个表面柔和的女孩，一字一句地说出这么多话来，我的心头一暖，不由得有一丝感动。要知道，我当初与她的父亲和弟弟，相处得并不和谐，而救她，一是为了遵守当日与临死的原二的一个约定，二来也是顺手而已。当时帮助别人，从来没有想过要被报答，但是加藤亚也冒着巨大的风险维护我，让我真的拥有一种打动人心的美丽感悟。

这世界上，赠人玫瑰，手有余香，因果报应，从来循环。

我不再说话，说多了反而会显得矫情，只是点了点头，说声谢谢。加藤亚也笑了，这笑容，如同向日葵一般灿烂，她站了起来，跟我说她去外面看看情况，问一下神官，我这病该如何治疗。她像个快乐的小精灵，开心地跑到了门口，突然回过头来，盯了我一会儿，然后躬身说道："以后拜托叫我琴绘吧，这是我的小名！"

说完，她轻轻合上了房门，脚步声渐远。

我深呼吸，能够闻到空气中，有一点点的香气，像紫罗兰，又或者是少女身上那种天然的味道，心情变得好了许多。

我在舒适的床上躺了一下午，感觉身上虽然还在持续发热，但是似乎被抑制了一些，想来是这两日加藤亚也给我喝了点药。这个女孩子的出现，让我晦暗的心情，多了一些阳光。山重水复疑无路，柳暗花明又一村。只要我还活着，还自由，那么，一切就都有希望。

我现在需要的，是冷静，是谨慎，毕竟杂毛小道是从犯，介入并不算深，虽然杨知修醉翁之意不在酒，但是他此番大费周章，剑指的是杀害他外甥的我。如果抓不到我，他的面子，就折了。

所以我并不需要太过激动，而是要小心潜伏，静待机会。

我在那个有着阳光的下午，静静躺着，到了窗户间的阳光渐渐变得昏黄，加藤亚也走了进来，问我要不要出去吃饭，她可以介绍一些人，给我认识。我点头，掀开被子，披上旁边准备好的一件米色大衣，下了床。加藤亚也走过来，要搀扶我，被我婉拒了。

虽然脚踩在地上，犹如棉花，但是我还是咬牙坚持着，让发麻的双腿适应之后，缓步走向门口。

在亚也的带领下，我们穿过一条挂着宫灯的长廊，绕过两个古意盎然的房间，来到了餐厅前。进了餐厅，我见到在怒江山中那个废弃傈僳族山村中遇见的矮个儿瘦老头织田信玄以及他的徒弟足利次郎。

当日他们在山谷中，被邪灵教追杀，九死一生，护送加藤亚也的人，便只剩下了照顾她的上衫奈美和护卫武田直野，其余人都不见踪影，我以为死了。后来在病床上才得知，死的是那个劲装少女安室由子，而织田信玄和足利次郎因为跌落山崖，反而保住了一条性命。

当日杀害山民的赤松等人，已然伏诛，而织田和足利两人在加藤一夫的不断周旋之下，终于被保释出来。虽然不太喜欢这两个脸上似乎抹白灰的日本神官，但是人在屋檐下，不得不低头。我跟他们打了个招呼，然后落座吃饭。吃的是小日本的寿司和生鱼片，虽然有各种蘸料和芥末，但并不如在地下暗河中，朵朵给我们做的小鱼儿好吃。

  因为相互之间,都看不上眼,所以席间气氛一直都不对劲,好在有加藤亚也在旁边周旋,倒也没有那么尴尬。宴席过了一半,突然走进来一个黑西装,跟加藤亚也叽里咕噜说了几句,她的脸色顿时大变,豁然直起了身子,朝我喊道:"你们的有关部门,来人了!"

第五十二章　同病相怜的战友

听到这话，我的脸色一变。这节奏，还真的是上天入地，生死相迫，鼻涕虫一般，甩都甩不脱啊。

织田信玄也站了起来，不过他的脸上倒没有多少慌乱，而是镇定地将餐桌下面的一块方砖，给撬了开来，然后冲我低呼了一声。我除了几个常用的日文单词，其他的一律不知，不过估摸着是让我钻进那个洞去，情况紧急，于是也不犹豫，翻身钻进了桌子，然后手扒着青砖地面，将身子缩了进去。

这通道有坎有梯，并不高，我很快就到了下面，脚刚一落地，便见到一个戴着黑框眼镜的年轻人，正诧异地看着我。瞧他西装革履、一丝不苟的打扮，我就确定是一个日本人。果然，朝他打招呼，他也没有搭理我。我并没有在意这个家伙，而是环顾了一下四周，发现这是一个宽敞的空间，三室一厅，有呼呼的换气扇声音在响动。有沙发，有电视，还有一箱箱的生活物资。这日本人在此处，倒是准备得挺周全的，简直就将我们抗日战争时期地道战的精髓给学了去。

不过在这和平时期，偷偷摸摸地弄这么一套可供藏身的地下室，看来这些日本人所图很大啊。这里，应该是加藤一夫的一个秘密据点吧？

不过，从加藤亚也刚才见到织田信玄那股动作的惊讶程度来看，她应该是没有涉及什么的。我心中本来有些不爽快，不过想到要不是加藤一夫他们前人栽树，哪有我这后人来乘凉，如此方便？很快我就将心态调整过来，把这儿当做了自己家，不理会旁边这个愣住神的黑西装，开始四处溜达起来。

我到底还是心忧上面的情况，于是开始有重点地找了一下。很快，我看到在我刚刚下来的通道旁边，有一排耳机筒。我走过去，看到上面贴着有好些个标识，有的是汉字，有的是日文。我抓过那个黑西装，凶神恶煞地问道："你的，餐厅，是哪个的干活？"那个人摇头，表示听不懂我的话。我指了指上面，他恍然大悟，给我挑了一个耳机，让我戴上去。

我刚把耳机戴上，便有清晰的声音从里面传了出来："很抱歉打扰各位的用餐，是这样的，我们听说贵小姐在1月6日，曾经去过江边？"

这个声音，便是我曾经潜伏在水草丛中时，听到的那个粗豪的声音，他似乎……叫做马四。这个男人也是茅山派出来追捕我的其中一员，不过从他的口中，似乎对我和杂毛小道有着同情，并且对指使自己过来的杨知修，有着强烈的不满。当然，他的不满，显然是因为杨知修以及上层的大佬，对他的关注不够，并没有朝他倾斜资源。

至于同情心嘛，虽然有，但是有多少，我还真的不得而知。

对于一个陌生人，我还真的不能够下定义，如果杂毛小道在，说不定他与这个师侄认得。不过听马四称呼杂毛小道的口气，想来两人也并不是十分熟络的那种关系。

马四过来追查我的行踪，不过加藤亚也并没有怎么回答问题，而是装作一问三不知。旁边似乎多了一个翻译，由织田信玄说，而翻译则在旁边字正腔圆地转述着。这监听器的质量十分出色，我简直就像在地面上旁听一般。

织田信玄这个小老头有着天然的狂傲，天然的优越感，开口就是私人庭院，闭口就是外宾待遇，然后又给马四提了几个人名，似乎是加藤家族在这一片所认识的权贵名字。我往日其实蛮讨厌这种外国人高人一等的病态社会现象，看到了就忍不住想骂娘，然而此刻享受到其中的好处，心中又暗自舒心。

看来什么政策，该如何实行，还是主要看执行者的立场。屁股坐在哪里，心自然就向在哪里。

此言打住。单说马四跟织田神官的一番交锋，彼此都彬彬有礼，保持克制，最后马四好像四处看了一下，检查一番，然后告知这些日本人，如果见到我的踪影，请立即通知公安机关，由他们来处理问题。

织田答应了，勉力应付了一下，然后让翻译将马四给送走，不过他诚意欠缺，居然连餐厅都没有出去。

过了一会儿，那块方砖又被撬开，加藤亚也在洞口朝里面喊："陆桑、陆桑，安全了，你上来吧？"

我将耳机递给了黑西装，不管他听不听得懂，说，小子，你可不能够听我房间里面的声音哦，不然，揍你！

他瞪着眼睛，表示不知晓。我没办法，只有说道："Thanks."

他的脸上挤出了一丝笑容，很大度地挥挥手，说道："That's all right."我肚子里面没单词了，便没有再跟他继续扯淡，往上面爬去。

钻出洞口，我看见织田信玄在跟加藤亚也激烈地争执着，这老头儿的地位似乎有些高，不然以日本人的尿性，敢跟主家这么说话的，没有几个。

我听不懂叽里咕噜的日语，但是也知道他们争执的对象，应该就是我。估计织田认为我是个大麻烦，催促加藤亚也让我走开，然而加藤亚也执意不肯。两人争执了一会儿，织田瞥了我一眼，一声不吭地离开了，而亚也则冲我歉意地鞠躬，说，陆桑，抱歉，让你受惊了。

加藤亚也的话语，让我浑身暖洋洋的，日本女性从小所受到的教育，还真的是让男人舒心。

我问她，没有给你们添什么麻烦吧？

加藤亚也摇头说没有，这里是她加藤家的地方，所有的一切，都是由她这个大小姐做主的，只要我愿意，可以一直住下去。如果能够在这里过春节，那就更好了。听到她这般说起，我才想到，刚刚看了一下日期，今天是1月9号了，再有五天，就是中国人传统的春节了（日本人自明治维新之后，没有阴历，也不过春节，只过元旦）。

年中的时候，我还在犯愁如何忽悠到一个女生，陪着我一起过年回家，去给我母亲一个交待。现在接近年关，我竟然身负重罪，正在逃亡的路上。

不知道身在黔阳的父母，身体可好，心情是否愉快呢？

少年不识愁滋味，为赋新词强说愁。然而当我真正明了诸多的苦难，心如金坚的时候，唯一让我伤神的，也就只有生我养我的父母了。

过了好久，我才收敛情绪，跟加藤亚也草草聊了几句，然后扶着墙，返回房间。

当天晚上，加藤亚也端着织田信玄给我弄的汤药，也不知道是啥子，浓稠如汁，泛苦清凉，喝下去之后，我身体的温度似乎降了一些。亚也似乎对我的故事十分好奇，而一路憋屈的我，也急需一个倾诉的对象，说一说心中的冤屈，于是我们当天晚上聊了很久。其间，我反复地强调，我一定要将杂毛小道救出来，死不足惜。

加藤亚也是个外表美丽、心地善良的女孩子，而且有着足够的好奇心。说得高兴时她给我喝彩，说得悲伤时，潸然泪下，说到我被人冤枉、被白露潭诬陷的时候，这女孩子紧紧咬住饱满红润的嘴唇，嘀咕着几句日本话，我这回倒是听懂了——这就是著名的"八格牙鲁！"

当然，我讲的东西有详有略，这是长期小心谨慎的结果。不过所说的一切，已经足够将整件事情，讲得一清二楚了。

加藤亚也动情地拉着我的手，说，陆桑，你受苦了，没想到，你这么年轻，就经受了这么多的苦难，让我好心疼啊……

我听这话有些不对劲，连忙摆手，脸上挤出笑容，说，没事，我这不是还活着吗？而且还很自由！

加藤亚也抹了一把眼泪水，说，你现在的修为尽毁，还怎么去救你的弟兄呢？

说到这里，我的心中一沉，扪心自问：是啊，我没有受伤的时候，尚且敌不过追兵。此番杂毛小道被擒，看守的都是茅山系的高手，而且还有高墙围堵，我一个半残废，快要死了，拿什么去救老萧呢？

我没有再说话，那夜的谈话，以我们两个的沉默作为结束。

我在加藤亚也位于丽西江麓的宅院里，养了两天伤，被分水刺弄出来的伤口差不多痊愈，阳毒虽然凶猛，但是好歹也被勉强控制了。第三天，我央求加藤亚也给我弄了一个假头套，然后给自己化了一下妆，偷偷溜出宅院，朝着市区看守所的方向行去。我不知道杂毛小道究竟被关在哪里，按理说，看守所应该是一个重点区域。

我人生地不熟，实在找寻不到。后来实在没有办法，来到了一个电话亭，准备拨打董仲明的电话，试图从大师兄那里，获得杂毛小道的消息。不过我还没有找到能够打电话的地方，突然就被一个行色匆匆的男人给撞到。我身子发虚，被一撞就倒了，那个男人伸手过来扶我，我一瞧他那年轻而刚毅的脸孔，顿时大惊失色："小周？"

第五十三章　神秘帮手，性命危在旦夕

　　虽然我为人向来谨慎，而且又是在这处处危机的时刻，本不应该这般失态，贸然暴露自己的身份。然而当我看到面前这个男人时，却不得不大吃了一惊。

　　是的，他便是我们上次出征青山界时，一同生还的武警战士小周。当时因为亲手将疯狂的贾微杀死，使得他后来遭到客老太疯狂的报复，先是被诬陷，锒铛入狱，后来碰到机会，从运送的囚车中逃脱。他的经历，跟我有些类似，同病相怜，不过唯一不同的一点是，他为了活命，将阻挡自己的押运军人枪杀了。

　　我很早就看出了小周这个人，是个狠厉果决之辈，不敬权威，要么能够成长为基层部队坚实的骨干，要么就是有着毁灭倾向的亡命之徒。他就像《血色浪漫》里面的冷血杀手宁伟，有一股亡命徒的气质。

　　与当日比，小周的脸更加黑了，留着浓密的络腮胡子，眼神清亮，但是总是在滴溜溜地转动，时刻防备着四周的人。都说世界很小，不过能在这古韵古香的丽江街头，偶遇另外一个通缉犯，我仍然感觉到有一些诡异。

　　毕竟一起出过任务，也共同生活了一段时间，小周显然也认出了我，他抓着我的手，说，陆哥，没想到会在这里见到你。

　　我说，是啊，你别紧张，我只是路过，对你并无企图。

　　我看到小周的腰间鼓鼓囊囊，显然是有枪的。有着逃亡经历的我，能够明白小周这些杀人逃犯的心理，那就是两个字"够本"。谁也别惹他，不然有一个杀一个，够本就行。

　　我往日不惧，但是现在阳毒在身，比正常人还不如，所以也只有好声开导小周，不想让他误会。

　　谁知道小周却是淡淡地笑了笑，说，晓得，陆哥你现在的身份，跟我一样，满大街都是通缉令，谈不上谁抓谁。

　　我一愣，继而笑了笑，说，哦，原来你知道啊，那就好。他说得夸张，一路走来，我也没有瞧见一张。

　　小周引着我往巷子里面走，说，现在风头这么紧，你居然还敢出来，胆子不小嘛。

　　我笑了笑，没有说话，心里并不愿跟小周有太多的交集，想要离开。然而小周突然说出了一句话："陆哥，你是想要寻找萧道长吧？如果是，我倒是可以帮你。"当小周说出这话来的时候，我的眼神凝聚，瞳孔收缩，紧紧地盯着他黝黑的脸。

小周露出了憨厚而无害的笑容，说，陆哥，你若是有意，请随我来。

我心里面顿时就感觉到奇怪。不过以小周通缉犯的身份，并不能够将我怎么样，想着冒一次险，或许别有转机，于是跟在他后面，一同前行。小周对这一片地区十分熟悉，带着我在街头巷尾缓行，不时地绕过古老的建筑，在青石板上踏行，走了差不多二十分钟，他带我来到一家木质牌坊的茶楼。

接近春节，游人也多，不过这里面喝茶的人，却是屈指可数。他要了一间单独的茶室，然后又跟伙计嘀咕了几句。那伙计眼睛一亮，说，好嘞，顶级云雾茶，您雅间请……

在淡雅的茶室落座，我望着正在燃香的小周，感觉这个曾经的武警战士，如今的杀人逃犯，十分不简单。

时间有限，我也不跟他绕圈子，直接问他："作为一个在逃的犯人，你不应该知道这么多信息的。我很好奇，你逃亡之后的经历，以及你为何会在此处，并且还知晓萧道长的事情？"小周笑了，说，陆哥，其实你应该能够猜得到，我仅仅是一个想帮助你、也能够帮助你的人，所以你才会过来的。既然是这样，我是什么身份，并不重要，是不是？

我点头，说，好，那么你知道什么，说来听听。

这时雅间的房门被轻轻推开，走进来一个明艳动人的年轻女人，明眸皓齿、笑容盈盈。她穿着服务员天蓝色的旗袍，端着茶具，给我们表演了一番功夫茶。沏好之后，将两盏茶杯放在我们面前，白嫩的手指点了点，眼珠子摄魂一般动人，然后说了一声请慢用，起身离开。

不知道为什么，我总感觉这个漂亮得像女明星一样的女人，她的身份，应该并不仅仅是一个服务员。不过显然小周并没有给我太多思考的时间。他直接掏出了几张照片和一卷地图，然后还有几张建筑设计图来。我拿起最上面的那一张照片，只见昏迷的杂毛小道五花大绑，被人从车上押下来，朝门的方向押去。照片上我认识的，除了杂毛小道，还有茅同真和徐修眉，他俩似乎在角落交谈着什么。

另外两张照片，一张是一大片建筑物和树林；另外一张，是一栋单独的三层建筑外景，是夜晚，有几扇窗户，散发着温暖的光芒。

我稳定住自己的心情，抬头望向了小周，他并没有在意我眼中的疑惑，而是自顾自地指着茶几上面的这些，说道："萧道长于六日中午，被押运到了鸿宾会馆，这个地方是有关部门的一个临时驻地。为什么没有安排在监狱或者是看守所，这个一来是因为萧道长的身份，二是条件不错，监管的人生活质量有了保证，第三，估计应该是在此设套，等着你自投罗网。"

他瞧我面无表情，继续说道："我们有内线确定过了，萧道长情绪良好，而且并没有受到什么不公正待遇，不过他双手双脚，被铐上了九十公斤的手脚镣，行动应该有问题。看看这些，这是鸿宾会馆的建筑图、地下设施管道图以及其他，相信对你应

该会有帮助。"

看到这一切，我便知道与小周的相遇，肯定不是偶然。

显然，有另外一股势力，在盯着我们，而并不仅是官面上的那一伙人。见我没有说话，小周继续滔滔不绝地说道："给你讲一下背景，茅同真这个人，并不是杨知修一系的，他就是个独来独往的茅山道士。性格刻薄寡恩，一生未娶，专注修行，完全凭着实力，坐上的长老席位，谁也不讨喜欢。不过他此次被杨知修忽悠下山，应该还是因为黄鹏飞的缘故。黄鹏飞小的时候，很得茅同真的喜爱；至于徐修眉，不知道你晓不晓得，他的孙女，便是黄鹏飞未过门的妻子……"

听到小周给我讲的这些弯弯绕，我心中虽然在叹息此间的复杂关系，但是更加惊疑的是我面前这个年轻人居然能够知晓这么多秘闻典故，他显然并不仅仅是一个人，而是有一整个团队，在背后支持。

我虽然心急杂毛小道的安危，但是对于这种无事献殷勤的人，我心中自然知道，他们如同魔鬼，或许会帮你完成一些事情，但是他所要索取的，远远不是我所能够给予的。

为此，我不由得再次对面前这个年轻人确认道："小周，你到底是什么身份？"

小周望着我的眼睛，诚恳地说道："一个想要帮助你的人。"

他不说，但是我心中大致有了答案，没有再纠结这个问题，而是直接询问道："你们打算如何帮我？"

小周笑了，说道："你决定什么时候行动，我们便帮你潜入，引开看守的高手，让你将萧道长救出来。"我又问："你们需要什么报答？"小周表现得义薄云天的样子，摇头说道："不用，我只是因为跟陆哥你有相同的经历，所以才会出手相帮，并非心有所求。"

我伸出手，与小周紧紧相握，眼角拼命挤出了眼泪，说道："谢谢！"

道完谢，我与小周商定好了联络方式，然后起身与他告别。

出门时我看到走廊尽头，那个美丽的曼妙女郎，双手捧在心间，冲我微笑，仪态万方，看得我心中一团火。离开茶馆，我低着头走过好几条街，仔细确定了身后没有人跟随之后，打了个的，折回了加藤亚也宅院附近。

刚一回去，我就看到加藤亚也正在门口，焦急等待着我。

她的小脸儿，显然有些过于紧张，见我进来，问我怎么样了？

我怕人监听，拉她到庭院角落，将我刚才碰到的情况，跟她讲明。加藤亚也听完后雀跃，说，这世上，还是好人多啊。我苦笑说，若真的如此，就好了。这个小周之前跟我虽有交情，但是万万没有到这个分上。我的怀疑是，小周已然加入了某个组织，所以才会如此费尽心力拉拢我。他现在也是一个修行者了，我虽然行不得气，但是气场感应，并没有丢失。

听到我说的话，加藤亚也捂着自己的嘴巴，说什么也不敢相信。这便是加藤亚也的可爱之处，单纯，不谙世事，心性并没有被太多世俗的东西给污染。

我们又聊了几句话，突然加藤亚也小心翼翼地问我："陆桑，你有没有觉得自己的身体，有什么不适？"

我摸了摸自己的胳膊，叹息，相比以前，我现在根本就是一个废人，而且身中阳毒，命在旦夕，时时刻刻都处于高烧的掌控中。我难过，顿时感到颓丧不已，整个世界都灰暗下来。而见到我这般样子，加藤亚也竟然比我还要伤心，晶莹的眼泪立刻充满了眼眶，然后滑落下来。

过了一会儿，她突然忍不住了，大声哭喊起来："陆桑，织田老师说依你现在的病情，可能活不到元宵节了……"

第五十四章　心魔逆转，迷梦抚琴

织田信玄这个日本老神官，虽然并不是一个容易相处的家伙，但还是有一些真本事，不然也不会被加藤一夫派过来，随行保护他们加藤家唯一的嫡系传人。

我虽然已经觉察到了那阳毒正在疯狂地侵袭自己的身体，但是因为身处局中，仍然还保留有最后一丝幻想，想着我不会死去，或许还有能力救出杂毛小道。然而织田以一个局外人的身份，却毫不留情地将我的病情，给直接点了出来——活不过元宵。

那么也就是说，我只有不到两个星期的性命了。

此刻的我，伤痕累累，根本就行不得气，如同一个废人，我拿什么去拯救杂毛小道呢？想来，茅同真他们也正是因为预料到了这一点，并没有增强搜索力度，找人四处布点侦查，而是静静等待着我的死讯。因为在他们的眼中，我已经是一个死人了。

当天晚餐，我并没有吃多少，即使是加藤亚也特意叫来了云省米线，我也只是吃了几口，一点儿胃口都没有。

我从来没有像那天一般绝望，感觉自己所有的依靠，都没有了。我无论如何，都用不上劲，使不上力，感觉无所不在的压力，从四面八方席卷而来，让我崩溃。陷入绝望之后的我，思想开始天马行空起来。我甚至想到，要不要利用金蚕蛊，制造大片的瘟疫，然后以这些患者为要挟，让茅同真给我治伤，并且将我和杂毛小道给放了？

这种极端的想法一出现，我的心就开始飘飘然起来。

是啊，我是一个真正的蛊师，像我这样的人，为什么要去跟那些顶级门派的宿老比较身手和法器呢？我最擅长的领域，不就是蛊毒吗？他们这些顶级大拿有防蛊秘法，但是平民百姓没有啊。如果我用这些人的生命作威胁，茅同真会不会妥协呢？

草草吃完晚餐，我返回房间，一个人坐在窗前仔细地想。

一开始，我的心情极端暴戾，心底里仿佛有一个声音在不断地呐喊：为何要忍耐，为何要退让，为何要让自己变得如此狼狈？那些老百姓的命，哪里有我的珍贵？即使要死，也要拉上几千几万人，为我陪葬，让那些在后面耍弄阴谋诡计的人瞧一瞧，就是他们的打压，才使得这些无辜的人，送了性命！他们，那些高高在上的官老爷们，应该对这些人的死亡，负有不可推卸的责任！让那些狗东西也尝尝被人逼到绝境的时候，像我这样的小人物，会给出怎样凌厉的反击！

我坐在窗前想了一阵，心里被怒火燃烧得暴戾无比，复仇的快感一波一波袭来，感觉血都要燃起来了一样，恨不得马上就出去，就在鸿宾山庄附近给人下毒，那才爽快。

就在这个时候,我的房门被敲响了,接着加藤亚也的声音在门外响起:"陆桑,我能进来吗?"

我心绪未定,闷声说可以。门开,加藤亚也端着一杯清茶和一碟小点心,走了进来。

她边走边说道:"陆桑,你是不是有什么心事?你……啊,你的眼睛怎么了?"

我的心情激动,难以平复,不过还是接口说道:"什么怎么了?"

加藤亚也将茶杯和碟子放在桌子上,然后翻出一面镜子,递给我。我接过来,往里面一看,只见镜子里面的那个男人,面目狰狞,戾气嚣张,一双眼睛通红,丝丝渗血,陌生得我都不认识。

我揉了揉自己僵硬而阴鸷的脸,深呼吸,心中暗惊,想着我怎么会变得如此恐怖?不断地揉脸,又深呼吸,我感觉心情平复了许多,加藤亚也扶着我坐下,然后坐在我对面的床边,用她那双深邃的眼眸凝望着我,轻声说道:"陆桑,你是不是很难过?"

在加藤亚也这如同清风般的微笑面前,我也没有多做隐瞒,将手中的镜子放下,然后双手捂住脸,背靠着椅子,贪婪地吸了一口气,感觉难受,又叹了起来,说道:"唉,我的一生,已经足够精彩了,没有白活。只是贪心一点儿想,如果能够一直活下去,其实也挺好。在这人世间,我有着太多的牵挂,放心不下。"

加藤亚也小心翼翼地问:"陆桑,这世界上,到底有哪些人,值得你去牵挂啊?"

她这个问题让我有些没防备,我揉了揉脸,苦笑。思索了一会儿,开始数起来:"首先是父母啊,家人,还有朵朵、小妖以及我的金蚕蛊;然后是朋友老萧以及我在南方、在家乡的那些朋友。当然,还有所有帮助过我的人,比如琴绘小姐,你。"

我说这话,本来是应景的客气,不过加藤亚也黑亮的眼眸,突然就朦胧起来,似乎有些含羞,小心翼翼地说道:"陆桑,琴绘的命,是你救的呢。而且,你是原二临终嘱托的人,是他最信任的朋友,我帮助你,是应该做的啊。"

阴阳协调,听到加藤亚也带着怪异口音的话语,我心中的愤怒,一点一点儿解开,似乎感觉浑身都放松了许多。虽然她对我和原二之间的交往有着一些误会,但是我并不打算澄清。很多事情,立场不同,就没有绝对的对与错。聊了一会儿天,加藤亚也突然红着脸问我:"陆桑,你的心上,难道没有特别舍不得的一个女孩子吗?你谈过几次恋爱?"

我听到,然后看着面前这个美丽清纯的姑娘,不由得一阵心神摇曳。然而想到自己的病情,不由得心伤,苦笑着回忆起来。在小美之前,我曾经谈过两段恋爱。第一段是初恋,那时刚刚出来打工,喜欢上一个叫姜盈的女孩子,懵懵懂懂就处上了,不过那个时候什么也不懂,也给不了那个女孩想要的幸福,结果她最后跟了别人。之后便放浪形骸,如工友所说的那样游戏花丛,不过都没长久,不值一提。真正的第二段,是个比我大两岁的女孩子,她教会了我很多东西,感情也很深,然而被伤得更

深；从此有些克制，后来我又遇见了小美……

　　我是一个十分内敛的人，并不喜欢随意表达自己的情感，做更多于说，所以即使是杂毛小道，也不曾听过我说的这些。不过在这即将死去的夜里，面对着一个美丽如月、皎洁如水的异国姑娘，我却感觉自己像一个话痨，将自己年轻时候的过往，缓缓地，讲述出来。

　　在说起这些的时候，我的心中，并没有当时所感受到的悲痛和神伤，只有淡淡的遗憾和浓浓的感恩。我很想感谢那些在我生命中留过痕迹的朋友，是她们让我短暂的人生更加的丰富多彩。那一张张或者清晰，或者已经模糊的脸孔，以及或者浓烈或者淡然的过往，现在看来，都化作了轻轻的一声叹息。

　　说完了我的情感经历，我兴致不减，又谈起了我的那些朋友，老江、阿根、杨宇、马海波以及阿培、孔阳那些打工岁月认识的工友……他们都是普通人，但是给了我那么多关怀和温暖；我谈到了小的时候，谆谆教诲的老师、终日玩闹的伙伴，还有许许多多的故人。谈到这些的时候，我突然为自己刚才的决定，感到强烈的内疚。

　　一个人，倘若因为自己的委屈，就把一己私愤，发泄到无辜者的身上。那么，这种行为，跟畜生，有什么区别？我所做的一切，并不是为了那些身居高位的家伙，而是为了身边那些普普通通的朋友，为了人世间的美好和善良。我怎么能够迷失呢？

　　说到最后，我的额头滚滚发烫，后背却是一阵发凉。

　　我望着眼前的如玉美人，望着窗外的雅致美景，想着自己普通而又不平凡的一生，心中叹息说，倘若此刻死去，那就死去吧。我心已安，何必牵强？无愧于心，即便是死去了，那也没有什么好后悔的了吧……

　　像我这般要强的男人，这样的倾诉，是很久都没有出现的了，在这临终之时，在这个能够听懂我所说世界的女人面前，我像一个孩子，滔滔不绝地讲了很多话。到了后来，我甚至都记忆不起自己在讲什么，只记得话越来越少，而脑子却是越来越昏。

　　因为阳毒的侵袭，我开始迷糊起来，感觉面前的女人也开始变得模糊，一会儿变成了初恋，一会儿又变成了小美，有一会儿似乎还变成了小黑天、蚩丽妹，以及雪瑞……还有小妖？或者别的什么……

　　总之我生命中遇见过的好多女人，都轮番出现。昏昏沉沉，我感觉自己快要死了。

　　最后，我似乎看到了黄菲在我面前，眼泪盈盈，贝齿咬着红嫩的嘴唇，充满了无限的诱惑。我不由得想起了跟黄菲在我们县城新街口的那一套房子里，一夜癫狂，游龙戏凤，所有的激情和少儿不宜，都狂涌上了我的心头来。我深呼吸，生怕自己把面前的美人儿吓坏，然而眼睛却是直勾勾的，紧紧盯着那娇嫩的红唇。

　　红唇的主人开口了，她似乎在问我："你喜欢我吗？"

　　我已经烧得没有意识了，用近乎呻吟的声音说道："喜欢……"

　　紧接着，我感觉到自己的嘴唇，被同样火热的温暖给紧紧堵上，热情如火。

第五十五章　脱胎换骨，茶馆相约解救

2010年1月10日清晨，我坐在床头，凝视着从窗帘间隙漏出的温暖阳光，半天没有说话。

在七八个小时之前，我还以为我必死无疑了。然而当我一觉醒来，大梦一场后，却发现这些日子来，压在自己身上的那份沉重压力，居然全部都解脱了——对，我说的是全部！

不管是茅同真施加在我身上的阳毒，还是历次激战时或多或少留下的暗伤，还是我之前在怒江山中爆发时破碎的经脉之疾，都在一夜之间，全部消失不见了。

不但不见，而且在我的身体里，约莫下丹田的位置，居然出现了一股磅礴沉稳的力量。这力量不知为何，与我所修习的功法异常妥帖，如同一汪清泉，随着我行气的过程，不断地洗涤着我全身的经脉，将这些能够行走力量和气息的通道，不断地拓宽——若用一个形象的比喻，那么以前只是一条乡间马路，而此刻，却已经是省级公路了。

这样的进步是显而易见的，使得我更具有爆发力，也极大地加强了我的反应力和肢体协调力，再也不会出现思维和身体的脱节了。我无法用语言来形容这种整体的感觉，握紧手中的拳头，我能够沉稳地把握住身体里所蕴积的力量。我很清晰地认识到，这并不是回光返照，而是一种实打实的强大。太不可思议了！用一个很简单的比喻，那就是以前的我，如在水中行走；而此刻，则自由地在明媚的阳光下，欢畅呼吸。

世界都是美丽的，它的每一个地方，都充满着动人之处；每一个侧面，都有着至纯的真理。这是我从来都没有见过的角度，也是我从来没有明悟过的视角。

世界依旧还是这个世界，只不过，它似乎变得十分不同了。看山是山，看水是水；然后看山不是山，看水不是水；再然后，看山还是山，看水还是水，这是佛陀的境界。然而世界变了吗？亘古以来，皆是如此，变化的，不过是我们的心灵而已。

有时候，境界可以提升力量，也有时候，力量可以引导境界，两者相辅相成，缺一不可。

我的生命正在怒放，如同破茧重生的蝶。它因我自以为必死而沉寂，却在迷迷糊糊醒转之后，陡然到达了一个前所未有的巅峰。而这所有的一切，到底是什么缘由呢？

我本是到了濒临死亡的节奏，怎么到了现在，竟然像吃了菠菜的大力水手，浑身

充满爆炸性的精力?

我使劲儿回忆,但是或许是高烧才退的缘故,脑子却是一团浆糊,根本就想不起来了。依稀记得昨天晚上,似乎跟加藤亚也谈话到了很晚,过程不得而知,反正是掏心掏肺的,之后就完全没有意识了。我心中悄悄地以为会有一个旖旎的美梦,然而早上起来的时候,看着整洁的床和我身上整齐的衣物,完全打碎了我的猜想。

我忍不住地笑自己刚才的想法,似乎太过于猥琐和龌龊——我怎么会这么想呢?

天上会掉下馅饼来吗?这完全是三流电视剧的情节,哪里可能在现实中发生?

我似乎想起一些线索来,然而有的东西,就像你一个熟人的名字,明明就在嘴边,却偏偏想不起来。我挠着头好一会儿,终于放弃了,站起身来,将衣服穿好,准备去找加藤亚也了解一下。我出了房间,走到庭院中,正好见到足利次郎这个少年,拿着一把木剑舞弄。那气势,颇有日本人惯有的狠厉果决。

我看了一会儿,趁他歇息,问加藤小姐在哪儿呢?

足利次郎很是奇怪地看了我一眼,并没有答话,而是继续拿着那把日本木剑练,放肆砍杀,仿佛那空气中,有他的仇人一般。我看着无趣,想起来他好像不懂中文。过了好一会儿,我看到一个经常陪伴加藤的女仆,便拉着她问。女仆告诉我,小姐昨天陪我喝酒到很晚,回房睡觉,到现在还没有醒过来呢!

我昨天喝酒了吗?我拍拍脑袋问自己,然而却没有一点儿印象。

倘若是寻常女孩儿,我直接跑到房间里面唤醒便是,然而加藤亚也的闺房,可是她父亲都需要批准才能进去的地方,我唯有强忍着心中的疑问,想着等亚也醒过来,再问她。加藤亚也这里得不到答案,我心中惶惶,然而充斥在体内的力量,又让我忍不住想要干点什么,于是回房弄了一身行头,将自己的身型体貌都做了改变,溜出门去。

我并没有直接去那个茶楼找小周,而是按着记忆中的地点,让的士司机带着我,去鸿宾会所的外围,逛了一圈。

那是一个坐落在半山腰的封闭建筑群落,山水秀丽,风景迷人,而且周遭的景致,也很有丽江特色。我并没有就近观察,而是坐着出租车一晃而过。然而就在这短短的时间里,我能够看到好几处暗哨,交相呼应,而且还能够隐隐感受到几股强大的气息。这些,都是我以前所不能够体会到的。亲自目检,大致知道了地点和周遭的环境,我又让出租车载着到了茶楼附近。

在这古城中有些地方不能进车,我便下来,谨慎地绕了几圈。看得出来,追捕者似乎对自己的实力太过自信,也执着地相信着我活不久的猜想,所以一路上,并没有太多的眼线。

不知道是不是由于现在有钱且有闲的人多了,春节临近,游客反倒是多了起来。看到那些悠闲的外地客人从这条古意盎然的长街前走过,我就不禁有些羡慕。很多事情,没有经历,就不知道珍贵。只有当它变成了一种梦想,一种奢侈品,想要而又得不到的时候,才会懂得珍惜曾经的拥有。

我带着感伤,缓步走进了那处茶楼。小周一个通缉犯,自然不便抛头露面地出来打杂。我找来伙计,对了一句暗号,那个伙计若无其事地喊了一声雅间有请,然后将我引到了上次谈话的房间里。

我安坐,静静等待,过了好一会儿,木门被推开,走进来一个女人。这个女人长得娇柔美艳,有一种极度诱惑的魅力。她风情万种地走进来,在我的对面坐下,然后仪态万方地泡着茶。我不说话,只是看着她娇柔白嫩的手指,在茶盘上面不断地舞动着,赏心悦目,不过并没有如上次一般,心中有一团火在烧。我的心情平淡如水,待到她将茶汤泡好,递到我的面前,我接过来,吹了三下,一口饮尽,然后问道:"怎么称呼?"

"我姓刘,你叫我刘小姐便好……"刘小姐熟练地给我续杯,然后说道:"周笑宇出去办事了,所以今天,由我来接待你。"

我面前这个魅力十足、不知年纪的女人,看着如同普通人一样,但是却给予我极度危险的直觉。

我深呼吸,点了点头,说,不知刘小姐,你在你们组织里,大概是一个什么样的地位?

见我这般问,刘小姐不由得笑了,脸上媚意十足,说,你是不是觉得我不够格啊?这样说吧,我可是要比小周高好几级哟。我只是路过,办点事,本来你们这事儿不归我管的,不过既然小周提出来了,就帮帮你也无妨。说吧,你过来,到底有什么想法?

我沉默了一下,说上次小周说的事情,我考虑了一下,决定就在大年三十晚上动手。不知道你们这边,能不能够配合?

"大年三十?"

刘小姐的眼珠曼妙地转动了一下,捂着嘴巴,吃吃地笑了:"你这个调皮鬼儿,就连一个年,都不让人家好好地过……不过呢,这确实是一个不错的时间节点。咱们中国人嘛,讲究的就是一个节日气氛。每逢佳节倍思亲,虽然心中有所提防,但是总免不了会放松……好的,这个我可以答应你。"

这个时间敲定了,我们便开始商量起细节问题,虽然我知道自己在与虎谋皮,但是送上门的便宜,不要白不要。我在茶馆里,与刘小姐商议到了中午,反复确定了很多东西,对营救的地点,也在图纸上做了熟悉。

最后我提出一个问题,即他们有没有可能将杂毛小道给掉包?

刘小姐很得意地回答我说不会,他们有内线在里面,如果有情况,会随时通知他们的,放心。

我不再多言,起身与刘小姐握手告别。她的手温润柔滑,似乎还用小拇指挠了一下我。我习过相人术,像她这种面相的,裙下之臣不知凡几,我就不再凑这个热闹

了。于是当做不知，离开了茶楼。

　　出于谨慎，我依然在茶楼的街道附近，绕行了几圈，独自走到了一处僻静之地，偷偷躲起来，等待了好久，并没有见到有人跟随而来，心中方才安定。我差不多已经猜想到，这小周以及神秘的刘小姐，多半就是邪灵教的成员，至于施恩于我，想来也应该是看上了我这把手艺。

　　我这种人，对付高手还不行，但是对付普通人，简直就是大杀器。

　　这种人才，正是他们所需要的。

第五十六章　伙伴团聚，共谋营救事宜

邪灵教要招揽我？想到这个可能，我就忍不住想笑。

要知道，自打我知道世界上有这么一个地下组织以来，似乎八字不合，总是与之冲突。无论是在湾浩广场破阵，还是黑竹沟里交手，南方省的来来回回，又或者是与王姗情、周林、青虚一干人等的恩怨，以及跟萨库朗、鬼面袍哥会和各大邪灵教鸿庐的交锋，从来都是对手，几乎没有朋友。

在我眼中，邪灵教这个组织正如它的名字一样，处处都透着邪意。我虽然同样也是一个不怎么为正道接受的蛊师，但是对邪灵教那种"不把人当人"的核心价值观，十分难以接受。

人之所以为人，文明社会之所以谓之文明，盖因在漫长的岁月里，已然形成了一整套的法律和道德体系。天理人伦，不可违背，不然整个社会体系都会崩塌。

我们对这个世界所有的认知和改造，都要符合人类文明一整套的价值体系。倘若只是为了自身的强大，而将"人"来作为实验品，肆意而残忍地杀害，吸取怨力，强大本体，如此的行为，便是邪、便是魔，我绝对是不肯与之为伍的。

这便是我最后的底线，也是我在临死的时候想明白的道理。

回去的路上，我一直在想一个问题，那就是如何利用邪灵教的力量，然后不沾因果地将杂毛小道给救出来。说实话，虽然感到自己的实力上了一个很大台阶，但是因为没有跟人斗争过，所以我并没有足够的信心去面对茅山二老中的任何一位，更遑论在重重包围中，将杂毛小道给拯救出来。我一个人的力量，实在是太有限了。而倘若我与邪灵教沾染上了关系的话，虽然他们给的说法，是出于义愤出手帮我，但是到了后面，他们绝对会通过手段，坐实我已经加入邪灵教的事实。

从小熟读四大名著中《水浒传》的我，对这种入伙的伎俩，实在是太熟悉不过了。

如果真的到了那个地步，那可就不再是人民内部矛盾，而是实打实的敌我斗争关系。到了那时，即使大师兄和萧家使尽吃奶的气力，也定然是洗脱不了我的罪名。

我心乱如麻。然而孤身一人，又没有个商量的伙伴。正无头绪之时，突然感觉到头顶黑光一闪，下意识地滑步平移，闪到了一边儿去。一只肥硕的黑影砰然撞到了地上，然后一声惨叫响起："傻冒！"

虎皮猫大人的陡然出现，让我惊喜万分，不过因为着陆过急、过重的缘故，大人似乎坠机了，伸直翅膀和爪子，在地上挺尸呢。我慌忙蹲下来，用手指捅它绒毛下的

肚腩："大人，嘿，大人……肥母鸡！你……"

我的话音未落，虎皮猫大人翻转身来，躺在地上就破口大骂："你才肥母鸡呢，你全家肥母鸡，你一村子的肥母鸡……你这个小毒物，忒狠毒了。咦，我家小媳妇儿怎么样了？"

好久没有听到虎皮猫大人骂人了，在这温馨的重逢时刻，我感到有浓浓的温暖，浑身洋溢着莫名其妙的归属感。

将我臭骂一顿，爽利了嘴皮，虎皮猫大人抖抖身子，站了起来，然后围着我绕了一圈，口中不断地发出啧啧声响来："小毒物，大人我还担心你要挂掉了，满世界找你，没承想你竟然脱胎换骨，变成了这般模样。便是那龙涎水，也没有这般功效呀，好似被本尊坛城的密宗活佛，给你施加了宝瓶灌顶、秘密灌顶、智慧灌顶、句义灌顶此四续部之无上瑜伽之灌顶一般……"

这肥母鸡说的话有些饶舌，我躬身请教，它却不言，说太深奥，以我的学术修养，望尘莫及，一知半解地授予，反倒浪费。

它逼问我一番，我也说不出个所以然来，颠来倒去，不清楚。后来肥母鸡似有所思，不再问了。说小杂毛被他们给抓住了，小妖和火娃得以逃脱，现在正在某处，它带我过去，一同商量营救事宜。听到这消息，我的心情豁然开朗，紧跟在虎皮猫大人身后，亦步亦趋。没多时，来到一处偏僻的街巷，停留在了一处废屋前。这废屋的门口，写着租赁售卖的联系电话，主人早已搬离，尽显荒凉。

我翻进屋子里，里间大部分已空，地下凌乱，散落着杂物和废报纸。在角落，我看到了盘腿而坐的小妖，还有围绕着小妖不断盘旋的火娃。见我进来，小妖适时睁开眼睛，面露惊喜："陆左哥哥……"她站起来，跑到我身边查看我的身体，和虎皮猫大人一样，她也很快发现了我的变化，欣喜地问缘由。

我本身也糊涂，说不清楚，拉着小妖的手，激动得难以自已。

这个时候朵朵也出来了，跟大家互诉离别。我这边的情况简单，不过就是朵朵带着我逃遁，然后被加藤亚也救起，而虎皮猫大人它们这儿，就有些复杂。

虎皮猫大人告诉我们，当日它一直跟在上空观察，但是因为并无办法，唯有默默跟随。后来到了关键时刻，就是我被抛飞的那一刻，杂毛小道将血虎唤出，堪堪敌住那恐怖鱼，然后返身与徐修眉纠缠，不让它去对昏迷过去的我补刀。

血虎为魂兵灵体，而鱼却是宿年水怪。杂毛小道是后学末进、茅山弃徒，徐修眉是一方大佬、领袖人物，又专注于水战。如此一对比，胜负很容易便分晓，而小妖那时正被徐修眉的水鬼缠住，要不是虎皮猫大人催促她逃离，说不定也被擒获了。

它说得平淡，但是其中凶险和惊心动魄，我却能够想象得到。

这几日虎皮猫大人与小妖落脚于此，昼伏夜出，一边想办法与杂毛小道联系上，一边四处搜寻我的消息。

我看着虎皮猫大人脏兮兮的皮毛，心中难受。这几天，不但我经历了生死绝望，它们一定也经历了同样的心路历程。在严寒和绝望面前,唯有团结,相互抱紧,方能相互取暖。时间危急,我也不多说废话,将我遇到小周和茶馆的神秘势力,做了通报。虎皮猫大人说由它来侦查这些人的身份,而让我带着小妖和火娃回去。

商量妥当,小妖裹着火娃进入了六芒星精金项链,和我一同离开了这处废屋,而虎皮猫大人则在问清了我地址后,振翅高飞,继续侦查。我回到藏身处,正好赶上了饭点。餐桌前,加藤亚也、织田和足利都看向了我。

看到加藤亚也精致的俏脸,我不知道说什么话好,还是她主动站起来跟我打招呼:"陆桑,斯米嘛塞,不知道你什么时候回来,所以……"我微笑着说没事,而加藤亚也则招呼旁边的女仆,给我拿餐具和食物。我偷偷地打量加藤亚也,发现她跟平时似乎也没有什么不同,依然乖巧地给我布菜。见我偷瞄亚也,织田老头子顿时气得吹胡子瞪眼,一副看不惯的表情。

我也是饿了,顾不得旁人目光,胡吃海嚼,将桌子上面的大部分食物都一扫而空。

一老一少两神官恼恨地离席而去,反倒是加藤亚也,笑吟吟地对我说,男人就是应该吃多一点,这样才有力量之美。我喝了一口酱汤,然后盯着加藤亚也说道:"琴绘,昨天晚上,到底发生了什么事情,为何我会在一夜之间,竟然恢复健康了?"

亚也笑了笑,却问道:"陆桑,你既然对那位黄菲小姐那么思念,为何不去找她,让她重新做你的女朋友呢?"

她这莫名其妙的话语,让我猝不及防,"呃"了一声,不知道说什么好,亚也将手放在桌子上,说,昨天陆桑喝醉了,一直在叫黄菲的名字呢……

我说,是么,我们有喝酒吗?她很认真地点头说,是啊,清酒,喝了个大醉。

我顿时就感觉莫名的诧异,感觉自己记忆出现了差错,沉默了半天,说,难道我的病情,就是喝一顿大酒,就好了?这也太讽刺了吧?

不过亚也很快就给出了答案:"是我逼着织田老师,拿出了家传的宝贝,在你昏迷过去之后,治好了你的。"

加藤亚也显然并不想施恩于我,那宝贝是什么,有多珍贵,她并不愿意描述。

事已至此,我也没有什么说的,只是对她表示了感谢,说以后有任何事情,只要不违反原则,赴汤蹈火,在所不辞。加藤亚也欢喜,说本来这只是为了报答我曾经救她的恩情,不过既然陆桑这么说了,她可是要记下来咯。

我点头,说君子一言,驷马难追。

离春节已经没有几天,身体既好,我便开始准备营救杂毛小道的相关事宜。其间加藤亚也询问我,是否需要帮助,她可以央求织田老师和足利次郎,一同参与。我摇了摇头,这二位对我越来越不待见,我这人,向来不愿意欠陌生人的人情,还是算了。

而且,在此期间,我和虎皮猫大人、小妖已经拟好了一个绝妙的计划,成功率十

分高。

唯一让我心情有些不好的,是小妖这几天似乎不怎么待见我,整日与朵朵嘀嘀咕咕,也不知道在说什么悄悄话。

第五十七章　下水道中，救友不避腥臭

2010年1月13日，是中国农历的除夕。除夕又称大年夜、除夜、岁除、大晦日，是中华文化圈中农历新年前的最后一天，也是最受中国人重视的一天。有钱没钱，回家过年，它造就了地球上最庞大的人类迁徙活动。在大多数中国人的心中，它是一年中最重要的日子。

团圆，是这一天的主题。

不过对于我来说，这天还有另外一个意义，那就是：这天，是我们定下来，营救杂毛小道的日子。

在此之前，小周那边有消息过来，说茅同真不知道因为什么，说已经确定了我的死亡，准备在大年初三那一天，将杂毛小道押送到锦官城去。这也就是说，如果我们再不出手，只怕就没有机会了。

下午时分，我与加藤亚也两个人，再加上朵朵和小妖，共同吃了年夜饭。

日本厨师被强制休息了，这顿饭是朵朵做的，很香。我也是极力控制自己的食欲，才没有吃得撑住。对于朵朵的这门手艺，加藤亚也大为赞叹，说以后有时间，一定要跟可爱的小朵朵学习厨艺。

不过说起来也是奇怪得很，朵朵是个很乖巧的孩子，惹人怜爱，无论是谁，看到她，都会发自内心地喜欢。但对于加藤，朵朵表现得有些冷淡，并没有和别人交流时的那般乖巧。至于小妖，她从来都是个傲娇的小娘子，对所有的漂亮姐姐，都不太爱搭理，所以我并不奇怪。

饭后，天色已黑，我告别了加藤亚也，背着行囊，离开了这里。

此番出走，我不打算再回来，免得拖累亚也。离别的时候，我没有说什么，不过当我看到加藤亚也那一双水汪汪、会说话的眼睛，能够感到一丝莫名的情绪。这情绪，让我心中发堵。在我的背包中，有她给我的三万元现金，这是跑路的费用，还有行动准备的东西。

因为早有计划，我直接乘坐出租车，到达了鸿宾会馆的附近。

之前跟小周和刘小姐沟通过，我们分头行动，他们负责引开守卫，我负责突入，将杂毛小道救出。因为是过年，所以一路上都有鞭炮的声响，到处张灯结彩，披红挂绿，十分喜庆和热闹，我在外围的阴影处徘徊了一会儿，并没有见到小周他们的身影。

蹲在角落里，我望着天空不断升起的火花，手一挥，小妖提了一个袋子给我。这

是潜水服,亚也托关系弄来的。我迅速将这橡胶材质的潜水服穿在身上,然后将那个袋子藏好,让火娃看守退路,找到附近山庄的排污管道,往里面钻去。

下水道的气味,自然是极不好闻的,天吴珠虽然能够避水,但是里面污浊腥臭的气息,却并不能够过滤,所以我唯有咬牙强忍着。所幸此处的地下设计做得不错,排污管道倒也宽敞,能够容我前行。我开始有意识地让自己的注意力,不要集中在身边的这些黄的白的污秽之物上,而是仔细地回忆起小周提供给我的地下管道设计图纸来。

同行的有小妖和朵朵,她们在帮我打着手电,照耀前方的路。

至于虎皮猫大人,它老人家则在外围支援。为何说是外围呢?虎皮猫大人告诉我,在这一片空域里,有三头白背兀鹫——就是上次在宁南县城猎杀的那玩意儿——在巡逻,它害怕打草惊蛇,所以一般不会抵近。而且双拳难敌四手,虎皮猫大人再厉害,也不敢说自己能够撂倒这么多扁毛畜生。

在狭窄而潮湿的地下管道中,爬行了好一会儿,又与无数老鼠和蟑螂擦肩而过,曲折弯绕,我终于来到了关押杂毛小道的那处建筑底下。从小周那里得到的资料中,我得知关押杂毛小道的这处建筑,总共有四层:地上三层,地下一层。

上面暂且不提,地下一层,除了有储物间和工具房、电机房外,还有三个房间和一个大厅,是专门用来关押相关的嫌疑犯的。而我之所以会选择从那肮脏的下水道进入,最主要的原因,就是因为这一条路,是可以直通地下室的。

虽说可以直达,但是到了室内,排污管道骤然缩小一大圈,我观察了一下,几乎要用上固体里面的缩骨功,方能够挤进去。

我犹豫了一下,回望后面,小妖点了点头,钻了进去。我折回主通道等待,突然听到有声音从头上传来,是对话,模模糊糊,听得不是很仔细。

那里是一处铁栅栏的空当,有光和淅沥沥的水落下来。我悄然爬过去,听到这声音,正是马四和夏宇新两人。这哥俩儿似乎有些喝高了,扶着墙,往这地漏里面尿尿。我接近的时候,马四正在跟夏宇新抱怨:"……这大过年的,干吗还搞那例行公事的巡查?他茅同真和徐修眉,不是说陆左中了烈阳焚身掌,必定会毒发身么,还这么谨慎,不是拿我们耍着玩吗?"

夏宇新不断地打着饱嗝说,四哥,你哪来这么多牢骚,叫你做就做呗,应付应付而已。

马四沉默了一下,说道:"小夏,说实话,再这样下去,茅山就不是茅山了。我想出山,去跟陈志程大师伯混。"

"陈师伯?他跟话事人是针尖对麦芒,相互都瞧不上眼,话事人未必乐意呢……"

"不乐意能咋地?老子直接夜投过去,生米煮成熟饭。这件事情我想了很久,一直没下决心。主要呢,还是舍不得你和张欣怡、小豆荚他们几个。说句掏心窝子的话,你也知道,四哥嘴臭,容易得罪人,但是你们从来不嫌弃,也不生我的气。四哥嘴上不说，但是心里搁着呢。"

马四咽了咽口水，叹气道："不过这一次出来，就为了次内斗，大动干戈，耗尽精力，好像这陆左和萧师叔是小佛爷一样，我心寒了！我跟萧师叔接触不多，本来以为就是个上不得台面的弃徒，然而这段时间才晓得，这真的是个铁打的汉子！徐长老的勾魂神针，便是那痊侗大妖夜小色，也哭天喊地，神魄分离，他愣是一声也不吭，硬生生挨着……"

显然，马四对杂毛小道，已经产生了由衷的佩服之情，听到他这番话，我又是愤怒，又是自豪。

"说的也是，这个萧师叔，确实是有一股吓人的劲儿。瞧他这番模样，日后的成就，未必会比大师伯差！"

夏宇新难得地说了一句不圆滑的话，然后跟马四低声说道："不过他错，也就是错在太优秀了。木秀于林，风必摧之。嗯……马四，我们是兄弟，跟你说一个事儿。咱们做人呢，要低调一些，你既然已有离去之心，就不要太拼命了。比如今天，倘若发生了什么事情，你千万不要往前面凑，丢了自己小命……"

马四有些迷糊，打了几个饱嗝，说，啥事啊，今天？

夏宇新呵呵地敷衍了几句，没有再言。两人解完手后离开，而我的心中，却多少有了些答案——这个夏宇新，应该就是小周和刘小姐口中的内线吧？

他们这个组织还真的厉害，要知道，茅山宗子弟的挑选，定然都是经过谨慎甄选的，非莫大缘分不收。寻常人等，若想入门，便是搜遍整个句容茅山，也摸不到那真实山门的半点痕迹。然而他们竟然能够将夏宇新这样的嫡系弟子给收买策反了，可见其渗透的功夫，比普通的组织要厉害得多。我不由得担忧起将杂毛小道救出之后，我的计划若是成功，刘小姐她们若是对我们纠缠，那无疑又多了一股可怕的敌人。

正在我胡思乱想之际，我的衣角被拉起，转过头，小妖硬声硬气地对我说道："杂毛叔叔在地下室，不过那里间有布置，我恐怕打草惊蛇，没有进去。"

得到这个消息，我浑身一阵激动，暂且放下所有的担忧，先集中精神，将杂毛小道给救出去再说。

打定主意的我赶忙回身，深呼吸，将自己的身子变得柔软，朝着伸出建筑的地下管道爬去。管道里面的液体黏稠，无数秽物从身边流过，这段旅程有多恶心，我不再详细讲述，只是至今回想起来，仍有一种不想吃饭的减肥效果。不多时，我已经到达了目的地，在我的头顶，有一个巨大的防臭地漏盖，上面有清新的空气呼呼传来，还有光。

我看不到上面的情景，但是却并不惊慌，而是紧紧闭目，将精神凝于祖庭神海处，平心静气，开始观想。

所谓观想，即是将自己特有的精神，也或者说是魂力，集中在一处若有若无的空间中，然后在非物理空间的场域里开始蔓延，去触摸自己想要了解的事物。这种方法，类似于道家的天眼，或者佛家八识心王中的神目通修炼。不过它出自山阁老那一篇一千九百三十七字的《正统巫藏—携自然论述巫蛊上经》，我往日晓得，但是并不能够使用，至现在，却可以尝试一下。

随着观想持续，很快在我的脑海中，玄之又玄的空虚之地，出现了一个人，一个闭目而眠的老道。这老道脸型狭瘦，脸上的痦子上有几根杂毛，口中默默念着经诀。

突然，他睁开了眼睛，在那浑浊的眼眸中，闪现出了一丝凌厉的凶光。

第五十八章 脱囚之战，发现另一个囚犯

当茅同真睁开眼睛的时候，我的心脏突然剧烈跳动。

然而很快我就反应过来了。此等观想，完全就是个人主观、形而上的存在，茅同真未必能够知道我在观察他，而且即使有感应，他也绝对不能确定我的位置。我心中大定，便见到一个穿着黑色中山装的男人，从楼梯处冲下来，然后我的脑海中，响起了他的声音："茅长老，发现有敌人潜入会馆，实力很强，我们已经折了几位师兄弟了！"

茅同真的眼眸黑得发亮，里面一点红光闪耀。他霍然起身，问，徐长老呢？

答曰：喝得有点多，在看春晚醒酒呢。

茅同真右手一伸，那根铜钉扎满的施法棍立刻如有灵性一般，出现在了他的手掌上。茅同真冷冷一笑，傲然说道："本来以为他被阳毒烧死了，没承想还活着，而且还找上门来了！这次将此獠生擒，便可回山，好好修行了！嘿嘿，宇新，你和他们几个看好嫌犯，我去去便来……"

这个黑中山装男子，正是夏宇新。通过刚才在外边偷听到他和马四的谈话，我差不多已经确定了，他便是小周口中的内应。

至于他为何放弃名门正派的身份，转投人人喊打的邪派，这我就不得而知。待观想到茅同真已然远去，心中默算了一下他与来袭者可能交锋的时间之后，我睁开了眼睛，口中突喝一声："行动开始！"

话音一落，小妖立刻突前上冲，双手一挥，那块不锈钢的防臭地漏顿时随着旁边的水泥，脱落下来，砸在了水道中。我纵身一跳，双手抓住了斑驳的地板边缘，一用力，轻松翻身，便来到了地下室里。

此处是一个狭窄的备用机房，里面有笨重的电机和凌乱的杂物，粗粗的电缆线在墙上和地面密布，如同蜘蛛网一般。

整个房间里一股子机油味，不过比起下水道里面的味道，简直是好太多了。我穿着干式潜水服，戴着潜水护目镜，此刻也不打算摘掉，快步走到了备用机房的门口。此处的门被反锁住，拧不开。不过这也无妨，朵朵透过孔隙，将门锁给断然拧开了。

我推门而出，见正对着的大厅中，有三个男人，两个道装，一个黑色中山装，里面并没有夏宇新。

见到这么一个潮乎乎、臭烘烘的家伙，从封闭的电机房中冲出来，看守们脸上的表情顿时就变得十分丰富，诧异、惊讶、恐惧以及……嫌弃，不一而足。

好吧，说实话，刚刚从下水道里面钻出来的我，连我自己都嫌弃。

生死关头，争分夺秒，我也没有废话，闷不吭声地冲上前去。天门扛，腰脉提，箭步前拱，朝着第一个反应过来，向我冲来的那个小道士袭去。我全身劲气激发，拳出如龙，身如弓，冲在拳顶、戳在指梢、切在掌沿、踏在掌根。一团一展，一合一开，一收一放，像头放出笼的豹子，瞬间就跟那个小道士撞击在一起。

茅山宗在中原属于顶级道门，门下弟子，能够出山行走的，都是精英人才，不同于学过一招半式就出来行走江湖的冒牌货，手底下自然是有真功夫的。不过不知道是我的蓄意待发、威势过猛，还是因为浑身脏兮兮的形象导致这个小道士心中生厌，气力不聚，两拳相交，这人竟然被我一拳打断臂骨，复起一脚，直中胸口，人便往后面飞去。他越过前冲而来的同伴，啪的一声，重重砸在墙壁上，竟陡然停顿了一下，这才软软地滑下来。

打人如挂画，气凝于背，这是内家拳的高级表现，然而却被我在短瞬之间，爆发出来。一击得手，我顿时豪气横生，信心满满，迎击上那两个手持木剑、正在跟朵朵和小妖交锋的看守。

能够在此处看押杂毛小道，实力自然不会有多差，那个穿着青色道袍、跟朵朵比斗的中年道士倒还一般，而那个穿着黑色中山装的精干男子，却是极端厉害。他与小妖朵朵交手了两个回合，竟然还占上风。要知道，以小妖的实力，在我看来，抛开其他的装备和法器不计，可以说比集训营时期的我，要厉害好几个等级。

不过我很快发现，这个小子胸口隐隐发青光，似乎有种类似于杂毛小道本命血玉的东西，给他自身的力量，作了加成。这人身手不错，一招一式，精准而果决，眉头紧锁，神情严肃，颇有大将风范。倘若是以前，我定然跟他好好切磋一番，然而此时的主要目的，却是救人，当下也不客气，冲上前去大声喊道："何方高人，报上名来！"

那人神情一肃，中规中矩地拱手应道："茅山掌门座下弟子，龙金海，江湖人称玉面……"

他这名号还没有报完，我已然跨步逼近，飞起一脚朝他心窝里踹去。

见我如此无耻，他又惊又怒，快步后退，挽了一个剑势，大声叫道："果然是个乡下小子，一点规矩都不懂，待我来教训一下你！"为了营救方便，除了震镜，我其他什么都没有带，见他一剑刺来，我滑步左闪，让出一个空当来。而就是这一闪身，我已逼近沉身与朵朵较量的中年道人。

那中年道人留着两撇胡须，颇为威严，有点像李亚鹏版《笑傲江湖》中的岳不群先生。不过他手底里的功夫，并没有岳先生那么过硬。茅山道士，抓鬼拿妖，本是必备的功课，然而面对着鬼妖朵朵，他却发现自己的手法均无效用，顿时就慌张起来。

我往他这边后撤之时，此人正好中了朵朵的一记冰莹蓝光，浑身僵直。我顺水推舟，扬起手，一下砍在了此人的脖颈上，劲气吞吐，那人眼睛一张一闭，身子就软软地倒了下去。解决完了两个,我回过头来,见到那个本来还有些骄傲的龙金海,已然开始回身跑了。

此人既然声称是茅山掌门座下,那么必定是杂毛小道的师兄弟,自然也是厉害人物。他若咬牙硬抗,破釜沉舟,还能够与我战几个回合,如今胆气丧失,只想逃命,我哪里还会惧他?

当下我也不犹豫,深呼吸,气行于足下,感觉有力量在脚下爆发,顿足前冲,缩地寸移。我倏然冲到了龙金海的身后,右手五指撮直,当头就是一掌印下。

危急时刻,他的反应倒也灵敏,回身出手来挡。他此举略微慌乱,哪及我凶猛爆发,顿时被我一掌击退好几步,摔倒在走廊尽头。他刚一落地,旁边立刻出现了一道身影,手起掌落,印在头顶上,龙金海的喉咙里顿时一阵"嗝嗝"的叫声,脓痰吐不出,于是双眼翻白,昏死过去。

小妖将此人弄昏,伸手往他的脖子里掏,摸出一块墨绿色的玉符来,瞧了一眼,眉头一皱:"本命玉?"

这本命玉锁定生辰八字、磁场信息,终生绑定,谁拿了也没用,她随手扔在地上,在我还没反应过来的情况下,踩了一脚,竟然将这玉给碾碎了。我来不及制止,只是喊了一声"啊",然后心中叹息。这小狐媚子,最近的火气有些大,毁人宝贝,这仇可结大了。

不过当务之急是救人,我也没有教训她,匆匆朝着走廊跑去。

刚走几步,我突然往旁边一闪,通道口那里突然出现一个制服男子,朝着我刚才待的地方,接连开了四枪,巨大的枪声在房间里回荡。小妖反应过来,飞起一腿,将这人给踹飞到角落,制止了这枪声。我经过龙金海的身边,从他的腰间摸出一串钥匙来,然后往通道走去,在那里有三间囚室,杂毛小道就在其中一间。

朵朵冲得最前,很快就找到了末间,然而她的脸上倏然变色,大声叫道:"杂毛叔叔……"说话间,一大股莹蓝色的光芒在她手中凝聚,往里面甩去。

我吓了一大跳,赶忙冲到门口。陷入昏迷的杂毛小道躺在床上,脸色苍白,刚才没有露面的夏宇新居然坐在床头,准备往他口中放置一颗猩红色的药丸。朵朵的这一击,将猝不及防的夏宇新定住,我飞快冲进去,将那颗药丸夺下来,一闻,一股蠹虫的腥味传来,顿时勃然大怒,手掌果断将夏宇新打翻在地。

夏宇新停顿一下,又摔倒在地,已然恢复了知觉,一边往后翻滚,一边大声叫道:"陆左,我是来帮你救人的!"

我心中厌恶,死死地瞪了他一眼,然后俯身看了一下杂毛小道,见他脸色苍白,呼吸不顺,翻开眼皮,眼球往上翻,显然是着了道。我将他背起来,转身往外面走,夏宇新在后面紧紧跟着,大声喊道:"唉,你从哪里来的?你怎么逃出去?我真的是过来接应你的……"

我毫不停留地冲到了刚才的大厅处,而小妖和朵朵在整个区域搜寻了一下,没有发现杂毛小道身上的所有东西，想来是被收起来了。而这个时候，夏宇新也扶着另外一个虚弱的囚犯，走到我眼前来。

第五十九章　战蛇灵

当时的情形危急万分，茅同真和徐修眉随时都有可能回来，我本来应该马上遁走，然而见到这个穿着和老萧一样灰色囚服的老家伙，顿时就停下了脚步。

这个家伙，居然是吴临一，那个曾任医科大学教授、西南局少数几位权威蛊师之一的吴临一！

他怎么会落入这般田地，被人囚禁于此呢？难道，他果真如我们之前想象的一样，就是鬼面袍哥会的第四号人物、首席大蛊师？

我的心中，有着满满的疑问，瞪着面前这个形容憔悴猥琐的老东西。

他倒是没有昏迷，不过浑身无力，神情恹恹，眼窝子里满是堆积的眼屎，似乎经受了难以言叙的折磨。夏宇新见我疑问的目光，浑身有着一股凝重的气息，锁定他们两人，慌忙解释道："陆左，陆左，还记得跟你联系的刘小姐吗？我就是她口中的内线，此番前来，就是配合你，解救出你朋友萧克明的，不要误会！"

原来如此，我想明白了，刘小姐和小周之所以提出来帮我，原来他们主要的目的，是吴临一！

我看到他眼神闪烁，或有些疑虑。我知道他在心惊，为何我会变得比他想象中的厉害。不过我并不理会小人物的心理，只是指着吴临一问道："你，是不是鬼面袍哥会的首席蛊师？"

吴临一神色惨然，不过倒也淡定，说然也。

我顿时有些气急败坏，倘若不是身后还背着昏迷的杂毛小道，怕他有什么闪失，我肯定上去，啪啪就给这个家伙一个大耳光，以解心头之恨。

要知道，我如果不是被吴临一这个老乌龟算计到了西南，便不会入了那耶朗祭殿，就不会与鬼面袍哥会的人血拼，也不会被黄鹏飞乘虚下黑手，失手反杀之，更不会有后面那些一系列的逃亡和冤枉。所有的一切，如果追根溯源，吴临一这个狗贼，可以说是我们落入这步田地的重要推手！

如此的仇人见了面，哪里能够不眼红？

见我一双眼睛冒着火，吴临一反而笑了，说，陆左，你觉得冤屈，我便不冤了？想我吴临一，出身于苗蛊世家，自小异于常人，博古通今，中外兼容，攀爬了四十余年，一辈子小心翼翼，终于坐上了纵横川中鬼面袍哥会的第四把交椅，风光一时无二。然而邪灵教出了个掌教元帅小佛爷，天纵奇才，手段无双，竟然在短短时间，削藩整合，中枢集权，而我们这些打拼江山的老人，却成了踏脚基石……

他的声音悲怆："我这冤屈，又跟谁说去？"

吴临一似乎饱受打击，悲声连连，夏宇新见他这般失态，不由得劝解道："吴老师，您就别悲恸了。小佛爷这不是派我们过来，救你了吗？你知道吗？为了救你，小佛爷将刚刚出狱的魅魔都给派来了，您看看，这可是天大的面子呢……"

他边说，边扶着吴临一往楼梯口走去，还一边劝解我："两位，跟上来，我带着你们出去，有什么仇怨，那都是过去的，现在这会儿，我们可是站在同一战线上……"

我不理他，追上前，问，吴临一你是怎么进来的？

吴临一惨笑，说，还不是因为你？萧老炮跟陈魔头这两个家伙联手逼迫，中央调查组来人，东窗事发，逼得我一路逃遁，最后在这里落网了。

我见吴临一浑身乏力，想来他也是经历了一番折磨。想着留他，还能够给翻案留下证人，便没有再起杀心，背着杂毛小道，转身朝着角落的机电房跑去。

夏宇新见我与他背道而驰，顿时急了，大声叫道："唉，你们要去哪里呀？"

回答他的，是一道沉重的摔门声。

邪灵教这名头，太臭，沾上一点儿，就如同鼻涕虫，甩都甩不脱。我与邪灵教有着太多的龃龉。这件事从一开始，就只是相互利用，并没有想过要与他们同流合污，更不用说是什么自己人。我之所以能够隐忍不发，不与之翻脸，是因为前几天有过布置，他们并不可能逃得过官方的控制。而像吴临一这种人，死在我的手里，还不如落在官方手中。那时候，他反而就像一根刺，能够深深地扎在某些人心中。

我将铁门关闭，然后将这门锁从里面，用电缆线死死捆住。

背过喝醉到无意识的酒鬼的朋友可能晓得，昏迷的人浑身发软，没有骨头一般，不着力，很难背。于是我将杂毛小道放平，掐了一下他的人中穴。我掐了几下，并无动静，小妖跟上前来，往杂毛小道体内打入一道青木乙罡，他浑身一震，还是没有醒转。

我无奈，唯有双手合十，高声唱诵道：有请金蚕蛊大人现身……

十秒钟后，杂毛小道悲鸣着醒转过来，睁眼瞧见了我，开口就是一顿软弱无力地臭骂："你大爷的，小毒物……"

我嘿嘿一笑，也来不及再叙离别之情，将他又背起来，然后跳下了下水道。

跳入下水道，这段距离一人爬行，也难以通过，唯有我在前面领路，小妖和朵朵在后面，用法力裹着全无气力的杂毛小道，往前移动。

去的时候，可比来的时候速度快多了。因为囚室遭劫，虽然有夏宇新作内应，但是此处为重中之重，看守者定然会有所防备，打响警报，随之而来的反扑一定会异常激烈。即使有夏宇新和吴临一在外面，帮我吸引注意力，但是我这边若不赶紧逃开，一定会被衔尾追击，咬住不放的。

要知道，那个刘小姐，也就是夏宇新口中的魅魔刘子涵，她可是才被小佛爷从白城子中救出，即使有着底蕴深厚的邪灵教支持，短时间内她也定然回复不了巅峰的状态，战斗力未必比茅同真和徐修眉中的任何一个，高上多少。而且在组织的地盘上，他们未必敢就耗下去，自然是稍微吸引一下注意力，便赶忙逃遁的节奏。

所以我唯有赶紧跑，逃出战团，方能够避免随后而来的追杀。

有着这样的紧迫感在，我们很快就爬过了建筑下面的狭窄管道，来到了会馆的主干下水道里。路过刚才偷听夏宇新和马四说话的地方，从地漏上面，传来了斗法的那种轰然响动，威力甚大，有让人惊恐的轰场震荡，从上面传递而来。

在肥虫子的帮助下，杂毛小道恢复了一些意识，也能够抓紧我。我没有再作停留，在两个朵朵的帮助下，拉着他往回路逃去。路行到一半，前方无数蟑螂奔逃，我突然感觉到一股惊悸，下意识地回过头去，但见身后的黑暗中，突然亮起了两盏绿油油的灯光来。小妖也感受到了异样，回手一照，手中的强光手电立刻将后路照得通透。

那对绿幽幽的光芒开始变得晦暗，而一条巨大的怨鬼蛇灵，出现在了我们的后方。在小妖灯光照过去的瞬间，这头蛇灵突然张开巨口，蛇吻几乎有一米长，上面是密密麻麻、交错生长的雪亮利齿，非常吓人。这蛇灵，我们曾在川滇交界的山林中见过一面，当时的它被我们狠狠教训了一番，不敢造次。

然而此一时彼一时，在这狭窄的空间里，我们连转身都困难，哪里有施展的空间？而这蛇灵，却是如鱼得水。它蛇吻巨张，好几丈的身子隐于暗处，然后挺直身子，朝着我们这边，挺射而来。

情况如此危急，简直就糟糕到了极点，不过我还是极力稳定下来，将杂毛小道的身子往前一推，然后大声喊道："小妖、朵朵，照顾好你萧叔叔……"

此话说完，一阵腥风顿时迎面扑来，我震镜在手，一翻，一声"无量天尊"，蓝色光芒大放；而此刻，那头巨大的蛇灵已然扑到了我的面前，张开的嘴巴，几乎就要将我给吞噬。

我半坐着身子，在巨吻合拢之时，将这嘴巴给上下撑了起来。

"哐当"一声响，震镜跌落在地上。而我则用手和脚，将这惊人的咬合力给死死扛了下来。

一人一蛇灵，在力量的领域里，这并不是两个可以相提并论的对手，然而此刻，我却感觉到有一股洪荒之气，从小腹下面的下丹田开始往我的双手掌心处聚集——左手希望，右手毁灭，这两个符号突然在我的心中开始游动起来，一波又一波的能量，开始集中在我的手掌心，化作了寒冷，与灼热。

嗷——

那蛇灵在翻滚，嘴巴里面如同匕首一般的利齿在颤抖，里面的信子不断舔舐着我的脸，不过无力，显然是被我一双恶魔巫手给镇住了。那蛇灵身长四五丈，痛苦起来，将整个下水道弄得翻江倒海，污水秽物四处飞溅，前后开始唰唰地掉砖头。

小妖在前面喊:"小毒物,你再不弄死它,我们就要被堵住了!"

我一愣,嘿,这小狐媚子居然这么没礼貌?我这一生气,双手的劲力就大了许多,在临界点的时候,奋力一撕,阻力冲破——我的双手交错,那头巨大的蛇灵头颅,竟然被我撕裂,崩溃了。

空间里,回荡着一声凄厉而痛苦的叫喊声。这声音,我听出来了!是徐修眉那个老泥鳅!

第六十章　江湖行走，发誓从不管用

这蛇灵是徐修眉用秘法炼制。道家炼制此类灵体，都喜欢披一个好听的名字，以示正统，例如神兵、符兵、道灵之类的，一听上去就有档次，宝相庄严，正义凛然。实则还是同类的东西，与东南亚那些黑巫僧的性质，区别不大，或许仅仅在凶险程度上来说，要安全一些。不过想来这蛇灵，也是跟徐修眉的精神有着十分紧密的联系，以致一旦泯灭，施术者便受重创。

听到下水道中那一声熟悉的凄厉惨叫，我有着抑制不住的快意涌上心头。虽然这次没有与徐修眉直接对上，一报当日水中拼斗落败之仇，但此番将这蛇灵弄死，可谓是除了一大害，左膀右臂被斩断，徐修眉必然会心痛万分。

其实这也是运气。要知道，在这狭窄的下水道中，我周转不开，然而却正是此类长虫的最佳战场，倘若不是我小腹中那股磅礴如气海的神秘能量场域作了支持，得以将恶魔巫手驱动得如此强大，这恐怖的蛇灵，说不定早就将我等的血肉，给吞噬个干净。

此时此刻，即使小妖朵朵冲上，也抵不住这家伙一时的爆发。

那神秘能量与我身体的契合度，已经达到了我完全没有想到的地步。一时间，我望着化为无数零落白光消散的蛇灵残骸，愣了起来。身后伸出一只手，紧紧拽着我，喊，走啊。我这才回过神来，看到小妖关切的脸蛋，心中不由得多了一些温暖。

继续往回路爬行。这回我们的速度慢了一些，因为刚才蛇灵已经将这下水道给震塌了一小半，前路上不时有砖石跌落，阻碍进程。我终于从之前的那个排污口，爬了出来。打量四周，一片黑暗，有远处的灯光，微微将我脚底下照亮。

负责留守看行李的火娃嗡地一下，飞了过来，跟我亲昵地蹭了一下，因为受不了我身上那一股浓烈的巨臭，又振翅飞远。

在小妖、朵朵的配合下，我将杂毛小道扶到了空地上，平躺着，问他还好吧？

他浑身无力，没精打采地看了我一眼，然后无声地点了点头。

我不知道他在里面遭了什么罪，不过也不打算问清楚。此地不宜久留，我将身上的干式潜水服脱下来，扔进排污口，叫了一声"火娃"，这个小纵火犯立刻麻溜地飞过去，毁尸灭迹，将其焚烧殆尽。

在我脱潜水服的同时，朵朵从手中激发出一道莹蓝色光芒，朝着杂毛小道身上刷去。这光芒，没有任何攻击力，只是将他身上的污迹给洗刷干净。我望了一眼排污口中熊熊燃烧的火焰，俯身下去，准备将杂毛小道背上。刚刚把他双手扶上肩头，便听

到杂毛小道在我的耳边，费力说了两个字："有鬼……"

冰凉的气息吹入我的耳朵，一听这话，我全身都不由得绷得紧直，想起了在江城时，他中的那个叫做控尸降的邪术。我心中巨震，想着茅山二长老，不会对杂毛小道使上这么卑鄙的手段吧？

然而就在我一念闪过间，一股庞大的阴寒之气，已然从我的身后，传了过来。我感觉到自己的脖子骤然一紧，被掐住，顿时就窒息了，血液流通不畅，脑袋变成了乌紫色。好浓重的煞气，熏得我脑袋一阵发昏，天旋地转，腹中翻腾！

我费力将脖子上一双铁箍扳开，贪婪地吸了一口清新的空气，肺部舒张，顿时新力涌起，与这双手作着较量。两者相持，突然身后的呼吸变得阴寒，瓮声瓮气地说道："陆左，你真的来了！没想到啊，老茅的烈阳焚身掌不但没有把你烤焦，反而让你变得这么厉害，这是什么道理？"

我死死地抵着脖子上面的双手，转过头来，看到杂毛小道一双扭曲到了极致的恐怖脸孔。朵朵和小妖已然冲了上来，一人扯手，一人扯脚，想要把中邪了的杂毛小道放倒。然而此刻的杂毛小道，力量却空前强大，如若蛮象，集我们三人之力，一时间也难以将他制服。我正待用力，小妖却慌忙喊停，焦急地告诫我，说，这里面的手段狠毒，并非靠外力，而是透支萧大哥的潜力，倘若我们蛮干，将他制服，只怕以后会留下暗疾，再也难以恢复。

我一边在与如同鬼怪般嘶嚎的杂毛小道作抗争，一边大声问怎么办？

两相用力，我和杂毛小道滚到旁边的草地上，翻滚几圈，他将我压在下面，居高临下地狂笑道："哈哈哈，你以为算无遗策的我，就真的没有布置吗？我的勾魂银针，哪里是你这等旁门左道的野路子，能够参透的？"

看着杂毛小道那张熟悉的脸孔扭曲成这般模样，而且还用徐修眉的口吻说着话，我不禁怒火中烧。其实中邪了的杂毛小道并不可怕，若不是怕伤着他，我此刻便将他给撂翻在地，牢牢制服了。然而徐修眉做此番布置，定然是看中了我们投鼠忌器的心理，拖延时间，好让他本尊，带着大部队赶过来，将我们一举擒获。

越是慌乱，我越应该平下心来。这样想，我口中立刻念了一遍九字真言，然后口中大喝了一声："灵！"

真言出口，激荡的心情顿时平复下来，不动不惑，临事不动容。接着我很快感觉到，这邪气，全部都来自杂毛小道头顶上，有几处诡异的黑气凝而不散，肉眼不可觉，唯有炁之场域，方能触摸。

"头！"我朝着小妖大叫一声，小妖飘到上空，一看，回答我："萧大哥头顶上有三根银毫，细微之极。"

我焦急地大声问道："能拔不？"小妖摇头，说不能拔，一拔，说不定真的魂魄就散了，只有用特殊手法，方可一试。听到我们两个的对话，中邪的杂毛小道脸上挤出生硬的笑容："你们就等着死吧，我们马上就能够找到你了！"

听到这一茬，我心中剧震，便想着使用什么手段，先将杂毛小道弄晕再说。

就在此时，在我们左边的五米处，一道黑影从天而降，轰然砸在了草地上。此物跟前几天虎皮猫大人与我重逢时的降落方法是一致的。不同的是，这一次，骨头碎裂的咔嚓声以及血肉四溅的惨状一起出现，鲜血将在地上翻滚的我和杂毛小道，溅满一身，血腥味浓重。

我余光瞟去，黑乎乎一米多长，是头黑羽毛的扁毛畜生。我想起虎皮猫大人跟我说起过的白背兀鹫，顿时往天空瞅去，只见一道巨大的黑影子，从天而降。

唰……咚——

物体从高空跌落，除了空间落差，还有巨大的重力势能，那一声让人牙酸的撞击声响起之后，第二头白背兀鹫，也一命呜呼。正在我想高呼虎皮猫大人万岁的时候，我突然看到在第二头白背兀鹫的身上，竟然还伏卧着一只肥硕的身影。

头顶风声大作，一道巨大的黑影从极远处，呼啸而来，朝着这身影抓去。而第二头白背兀鹫身上的那个身影，却已然没有多少力气动弹，只是翻身，朝着地上滚去。我大叫救肥母鸡，便见那头最后的白背兀鹫头顶上，出现了一个粉雕玉琢的小女孩，脸色青獠，掐住了那头巨大扁毛畜生的脖子。这鬼手阴恻，幸存的白背兀鹫抵受不住，便开始朝上升，而朵朵则在试图控制它的脑域，拼斗激烈。

我放下心来，大声叫道："大人，你还好吗？"

肥母鸡从暗处哆哆嗦嗦走出，脚步都有些摇晃，摆摆翅膀，调侃道："这三个少妇真的是如狼似虎，大人我老了，有点扛不住。倘若是再年轻几年，大人我非把它们弄得，直叫妈妈……"

这家伙开着黄腔，摇晃着走过来，近了些，我才发现大人浑身都是血，羽毛脱落了一小半，有一截都遮不住，露出疙瘩肉来。大人浑身浴血，那血浆干涸之后，让它变得难看得很。没有经过刻意遮掩，我能够看到大人身上，有好几道抓伤，可见凶狠。

大人到杂毛小道的身边，看到正在与我较劲的这家伙，勉强挥动翅膀，飞到半空中，嘴在杂毛小道的脑袋上啄了几下，然后使劲儿一吸，一道尖锐的叫喊声出现，接着所有的都化作数缕黑气，钻入鼻中。

而与我生死相搏的杂毛小道，终于不再挣扎，昏睡过去。

我正只待夸奖一下虎皮猫大人，只见它身子一歪，也朝旁边倒去。一直在旁边小心翼翼观察的小妖赶忙伸手一扶，将虎皮猫大人搂入自己怀中，小心地察看了一番，跟我说脱力了。我点头，背着被大人诊治妥当的杂毛小道，往会所西北处的民居小巷里跑去。

没走多久，我便听到身后的空中，有衣袂飘动的声响传来。我心中大惊，回头望去，从会所的方向，有一道身影，如流星飞来。借着远处的灯火，我瞧见，来人正是茅同真。

他踏风而来,有赫赫的冷笑传入我的耳中:"小贼,没想到你竟然还没死?而且你竟然还敢勾结邪灵教。此番若不能把你留下,我茅同真,还真的是没有脸,在这江湖上行走了!"

第六十一章　对掌碰硬，再战烈阳真人

大鸟一般的茅同真从天而降，青色的道袍在夜空中猎猎作响。在他身后的十二点钟方向，有一束烟花冲天而起，黄色的、红色的和白色的焰火炸开，闪耀夜空，映照出他明暗不定的面容来。

这厮有一种可供加速的法器，疾速奔来，人未至，声先到，话音落，漫天已是那红通通的肉掌。不愧是茅山宿老，他的速度如同一道青线，转瞬袭来，双掌拍出，便有铺天盖地的热意，如同炎夏，朝着我呼呼袭近。

不知道为何，往日我对这个老头儿是十分恐惧的，根本不敢与之放对，远远瞅见，便想着逃开。然而此时，见到杂毛小道这般模样，心中就不由得怒意横生。我斗志昂扬，手往背包后一招呼，鬼剑倏然而至，斜斜挑起，拔剑、出鞘、抖腕、挺刺……动作行云流水，一气呵成，如同吃饭喝水，自然反应；剑光寒肃，角度刁钻，浑然天成，竟然有几分杂毛小道的气势。

茅同真避无可避，双手交错，一指骤然弹在了鬼剑之上。

叮……

鬼剑虽为木身，然而却外覆罕有精金，一弹之下，竟然有剑走龙吟之回响，初听为"叮"，而后整个耳膜，都在嗡嗡作响。

茅同真脸上的表情得意快意。然而他罄尽功力的一弹，却并没有将我的鬼剑弹飞，它只是在稍微回转之后，旋了个剑势，收缩剑身后，复如毒蛇出行，刁钻地朝着茅同真三剑，直指要害。茅同真武艺精湛，修为高深，冲势急转，攻守自如，即使在我凶猛的攻势之下，也如鱼得水，似囊中取物。

而我，虽然剑尖沾不了茅同真的衣袂，但是这集中全力的拼斗，却使得我心灵与那鬼剑开始高度契合起来。

杂毛小道往日养剑，吞吐日月、日夜养息，能够将那雷罚视若爱人，整日陪伴，将那死物凝视成了生命中不可分割的一部分，使之渐渐产生了灵性，如指臂使。我初得鬼剑时，只是凭借其本有的特质以及锋利，再就是让朵朵附身于上，凭气引剑，就其本身而言，并没有与之亲近的感应。这一是逃亡时期，没有什么精力；二则是未掌握法门，习剑的时间也不长。

所谓剑者，正为纲，奇为辅，君子之道。学则易，精则难，我本来是远远触摸不到其中的精要和境界，然而在此刻，生死存亡之际，倏然间，感觉那上面，似乎有一股潜在的意识，跟我真正沟通起来。

我与茅同真过了几手,两剑将其迫退,鬼剑依然兴奋地颤抖不停。

　　这兴奋不但来源于我的斗志,也来源于鬼剑里面本有的力量在共鸣。我将背上的杂毛小道往后一抛,大叫小妖接着,根本就没有回身去看,提剑便往前方刺去。茅同真本来以为能够在几招之内,便将我给擒住,然而这一番交手下来,我不但没有落败逃跑,反而斗志昂扬地挺身冲上,顿时有些诧异。

　　他一边朝着身后虚空抓去,一边惊疑地问道:"陆左小贼,你到底打了什么鸡血,怎么会如此厉害?"

　　与人拼斗,特别是与比自己厉害许多的高手交锋,最忌分心,精神意志不集中,被人趁了空隙。我又不是什么修心的高人,打架之前,还要论啥劳什子机锋,打打诳语,更何况沉默的敌人更加可怕,于是闭口不言,也不与他多说半句,挺剑便冲,朝着这厮的双掌砍去。虽然我的阳毒在加藤亚也的治疗下,莫名好转,但是下次未必还会有类似的好运气,所以我对烈阳焚身掌十分顾忌,对茅同真的这双肉掌,也是重点照顾,弄得他不断后退。在退到第五步的时候,他突然从黑暗中,掏出一根精致狰狞的铜棍,与我的鬼剑重重撞击在一起。

　　钝器与木剑相遇,巨力陡生。我凭着凌厉的力道,竟然将茅同真那根扎满铜钉的檀木棍儿,生生砍出了一道裂口来。

　　法器被损,茅同真浑身一震,须发皆往外面飘散,又惊又怒,大叫一声"啊!"

　　我感到有磅礴的道力,从棍身上蔓延开来,似触电,麻酥酥的,搞得我浑身的毛发往外舒张,眼前一阵黑。就在这一黑的瞬间,与我鬼剑相交的铜棍倏然收转,然后一道凶猛的棍风,朝着我的脑袋逼来。

　　我眼睛虽闭,然而全身的毛孔皆在舒张、呼吸,感受着无所不在的气流涌动,于是一个硬马铁板桥,避开了这一击,下丹田的气海涌动,将袭入全身的道力震散。睁开眼睛,我发现茅同真竟然瞬间烧了三个纸符人偶,蓝色的火焰在冷冷地闪耀,迅速化作了三道人形气流,转为无踪。

　　身为茅山长老,茅同真不但武艺精湛,道术也堪称非凡,那三个烧成灰烬的符纸人偶融身于空气之后,迅速对我形成包围之势。我刚刚翻身站稳,一道凌厉的劲风,就朝着我的后腰袭来,而后左边一道,右边一道,加上前面的茅同真挥棍直戳,竟然是四面埋伏,八方来风。

　　见他使出这般伎俩,我不惊反笑。我陆左自出道以来,这一点一点儿的名头,可不是光凭着拳脚打下来的,而是在我身边,这众多的小伙伴的功劳。我一向是群殴的佼佼者,哪里能惧他这一手。心念一动,我并不理会身周的那三道隐形符灵,而是只攻茅同真,转瞬间,以快打快,又过了好几招。

　　与此同时,肥虫子张牙舞爪地从我胸口浮出,扑向左边,火娃点亮身子,冲向右边;而我的身后,传来了小妖的娇喝,一道青光闪现,生生拖住那道疾风。

　　见我人数不落下风,对我基本熟络的茅同真并不诧异。他唇上胡须抖动,瞅见小妖怀中昏迷的虎皮猫大人，顿时嘴角上翘，身子一个后空翻，半空中，赤黄白黑四道令旗，射向四周，钉住阵脚。甫一落地，他脚踩天罡，步踏七星，手中铜棍指天，怒吼一声："四相封魔！"

声音一落，空间顿时一震，周遭的民居巷道，疏动树影，瞬间化为昏暗，周围浓雾翻滚，阻力增强，如行水中，无数黑雾变换触角，朝着肥虫子、火娃和小妖一同卷去。见阵布好，茅同真哈哈一笑，横棍身前，指向我："屁大点小儿，竟然如此厉害。看来此刻不把你废了，后患无穷啊！"他狭长的眼睛眯起，抖棍朝我疾冲而来。

阵中空气凝滞，我行动受阻，唯有咬牙搏出一剑，朝着前面挡去。然而在此阵中，此消，则彼长，我的鬼剑被倏然荡开，茅同真贴身拍出一掌，手心殷红，高声狂叫道："再吃我一掌，看你死不死！"

看到这厮的狂妄之态，我心中冒出一大股无法压抑的愤怒。烈阳焚身掌又如何？老子跟你拼了！

这世界上的拼命基本分为两种，一种是送死，一种是激发潜能，而我此刻，则属于后者。怒火中烧的我下盘一稳，提气、收腰、拢背，所有的劲气都沉于丹田位置，顿时就有一股荒而苍远的气息，从我的小腹升腾而起，然后迅速凝聚于左手。

这是一股我根本掌控不住的爆炸力量，它不断旋绕，使得我的手掌肿胀发麻，然后闪电一般，条件反射地拍出，生生与茅同真的手掌交印在了一起。

对掌！硬碰硬，实打实，一边是练就了接近一甲子的烈阳焚身功，三茅后裔亲传，一边是深渊魔物诅咒，莫名功力陡增。我这一掌拍出的刹那，都预想着自己的胳膊青肿，灼热阳毒灌入。然而当我的左手与茅同真灼热发烫的手掌接触时，我感觉到下丹田那一股苍凉荒芜的气息，竟然开始喷涌而出，对着蔓延开来的灼热阳毒，迎击直上，席卷而去。

砰！

这是一声巨响，如同乡下死人时放的那种铁炮，接着周围空间震荡，炁场动荡不安。我做梦也没有想到，我与人拼斗，竟然能够弄出这么大的动静来，跟跄退了两步，才发现茅同真脸色晦暗，蹭蹭蹭，一连退了四步，身形剧颤，似乎勉力控制了一下，方才站稳脚跟。

我难以置信地看了一下我的手掌，上面莹蓝透亮，那两个代表着"毁灭"的耶朗古文，似乎都要游动跳跃起来。我竟然在刚才的对掌中，在力量上，完克一向狂暴的茅同真，不但取得了优势，而且还将那阳毒给震散了！

这是什么节奏？

这情况，不但我不相信，茅同真也惊呆了。他难以置信地看着我，愤怒地大叫："怎么可能？"他的胡子一抖一抖，眼睛转动，突然一跺脚："封魔！"一震之下，天地晃动，左右颠倒，在我们面前，裂出一条巨大的裂缝来。

第六十二章　朵朵破阵，长老重伤奔逃

封魔阵成，并非是将人困在此地，而是有着诸多让人受制的手段。这件事情，我本来已经有了心理准备，然而看到地上突然裂出了一道小半米的裂缝，心里还是猛地一阵悸动。

裂缝产生，里面顿时就有翻涌的黑气喷出，那黑气的浓度黏稠，让人心惊肉跳。我往后退了两步，小心地回望了一眼正在照顾杂毛小道和虎皮猫大人的小妖。只见这小狐媚子将杂毛小道平放在地上，然后抱着昏昏沉沉的虎皮猫大人，将那根九尾束妖索当成了鞭子，手腕一抖，啪啪作响，女王范儿十足。

小妖将周遭的黑雾触手驱散，隐隐地制住了其中的一个隐形纸符之灵；肥虫子周身散发着暗金色的氤氲，丝线缕缕，已然将一头人形灵体给扯住。厉害的金蚕蛊大人如同最高明的琴师，在一点一点儿的拨动间，那头恐怖的符灵变得越发淡薄；火娃个儿小，已然化作了一条红线，绕着一处空当不停飞舞，有隐约的热力，将空间中的阴寒驱散。

小伙伴们虽然不敌茅山宗的顶级道门长老，然而对付这些小角色，却是游刃有余。

我终于看到了我的对手，两个如同霹雳布袋戏里面的玩偶人物，常人身高的一男一女，裹挟着滚滚黑雾，从地缝中跳了出来。与此同时，从阵中的四个方向，陡然传来了四股隐隐的威严气息。在我的感应中，除了一股有些游摆不定之外，另外三股，让人心底里又是一沉。

这四股气息我自然晓得：东方苍龙、西方白虎、南方朱雀、北方玄武，这是茅同真当日在山中，洋洋得意地向我显摆的。只可惜当日被虎皮猫大人一招"托马斯甩屎"给破掉，然而其中的威力，绝对是我以前所不能够抵御的。

茅同真此人虽然刻薄寡恩，却极爱说废话，见到己方这两个古怪的布袋戏玩偶站定在自己身边，顿时底气大盛，脸上带着大佬般的微笑，指着我说道："进了我这阵中，即使你打了鸡血，吃了灵药，大德活佛灌了顶，也绝计逃不出我的手掌心。哈哈，束手就擒吧！我还可以留你一条生路。"

我望着面前这个年近花甲的白胡子长老，呼了一口气，终于将自己心头的疑问，说了出来："茅长老，我与黄鹏飞之事，最重要的过错并不在我，我是在自卫，是被冤枉的。这一点，我想你和很多人都知道，为何定要苦苦相逼呢？"

茅同真的眉毛一掀，说，哦，你果真对鹏飞没有一点儿杀心？

我将手中的鬼剑一挽,隐隐地压制着那两个散发着冷漠气息的玩偶,说道:"我屡次救了黄鹏飞,甚至救了进洞的所有人,如果我真的有杀心,他早就不能存活到想要乘虚杀我的时候。我就不明白了,你们这些人,是被什么魔障蔽了双目,这等小孩子都能够看出来的东西,竟然还视而不见,听而不闻?"

鬼剑前挥,斩断一缕黑雾,我咬牙切齿地问道:"你就不怕,污了自己道心?"

茅同真沉默了一下,将手中的铜棍指向了我,说道:"我如何行事,岂是你这等邪魔外道的小贼,所能够揣度的⋯⋯"说完这话,他看着我依旧不屈的脸,淡淡地说道:"你不要怪我,成王败寇,这就是真理!许多事,小孩儿,你不懂的!"此话说完,他身边的那两头木偶脸色僵硬,朝着我冲了过来。

我的怒意升腾,终于止不住了:"原来如此!原来如此!是不是谁掌握了力量,谁就可以肆意妄为呢?没有了道德,没有了法律,所有的一切,都只是力量的搏斗是吗?是不是掌握了暴力,就可以践踏一切,包括人的财产和尊严呢?这就是你的道?"

一股压抑不住的洪荒之气,从我的下丹田中,升腾而起,然后遍布于我的全身。这气息,类似于金蚕蛊所给予我的力量,不过更加原始,也更加浓郁,充满了我浑身的经脉。

那两个木偶一般的家伙冲上前来,手一扬,数道看不见的细线,在空间里剧烈抖动。倘若我被割到,必然就是被大卸八块的下场。这两个家伙,是我所见过的,通过简易阵法召唤出来的阵灵中,最恐怖的阵灵之一,气息僵硬,阴森寒冷。不过我却也不怕,鬼剑一震,朝着前方嚯的一声刺去。

在我腹中力量的灌注下,此鬼剑似乎转化为了小型"黑洞"一般,对着四周的阴灵之体,有着强大无比的吸引力,那些堪比最锋利刀刃的无形之线,瞬间就变得软弱无力。

一剑破线,两木偶动作僵硬地冲上前,一样的黑虎掏心,从不同的角度朝我攻来。我举剑平削,刚一接触,顿时火星迸射,巨大的力量从削碰处传过来,让我止不住地后滑。而茅同真则大叫一声,铜棍举过头顶,朝我砸来。恰是此刻,有三声不似人音的凄厉惨叫,从我身后传来。

小妖、肥虫子和火娃,已将那三道纸符阴灵给弄得烟消云散。

我的眼睛血红,感觉眼前的一切都化作了虚实线,景物已经不再是景物,而是能量的强弱,一种强大自信席卷上了我的心头。站稳脚跟的我稍微平移两步,接着飞起一脚,竟然将冲过来的茅同真逼退一旁。这时,那两个木偶人已然冲到了我的近前,朝我抓来。我将鬼剑朝着它们的头顶一斩,削断了联系,然后将鬼剑插入背包,点燃恶魔巫手,一手一个,将那两个木偶人的脖子给掐住。那一下,我感觉自己仿佛擒住了两只花斑吊额的猛虎,奔腾不休的力量,通过双手狂涌而来。

见我竟然一下子变得如此凶猛,伸手便将他所凭恃的阵灵擒住,茅同真极为震惊,大叫一声:"怎么可能?"

他急着想冲上来。而此时肥虫子和火娃已然摆脱了牵制，一左一右，飞抵前方。二转过后的肥虫子，噬尽万骨的火娃，一直都是茅同真所深深顾忌的，不然他也不会一开始就启动四相降魔阵，牵制这两个小家伙。见此情形，他也慌忙稳下脚步，身子一抖，有一股青蒙蒙的光芒附身，逼得双蛊不敢上前。

蛊毒危害巨大，稍不小心着了道，这也是上层建筑无数年来，对我们一直压制的主要原因。茅同真虽有秘法，但是也不敢托大。他将铜棍一收，手并剑指，遥遥定住了火娃，口中念念有词，似乎想像上次一样将火娃策反。小妖见此，杏眉一竖，也开始与之对念起来，争夺对火娃的控制权。

在短暂的时间里，双方陷入僵持。

这时，我已然用恶魔巫手将手中这两头具有恐怖力量的木偶融化。这段时间虽然漫长，而且艰难，我几乎以为自己都扛不住了，但是奇迹出现了，这两个往日足以将我给弄得死去活来的古怪人偶，最终还是在我手中化作了缕缕黑烟，消失不见。

两股气息，从我的掌心流入。我感到自己体内的力量，似乎又在累积了。恶魔巫手，杀的黑暗生灵越多，吸引的仇恨便会越重，而力量，则越加强大！

正在与小妖争夺火娃操控权的茅同真见此情形，口中猛然吐出了一大口血，眦眦欲裂："你……"这一句话没有说完，他头昏脚软，恨声大叫："苍龙白虎朱雀玄武，速来助我！"此话音一落，那施加于我身上的压力，顿时又沉重数分，而茅同真则往后面跳去，隐入黑暗。

几股庞大的气息在暗处的角落流动，我的心骤然提了起来，倘若茅同真此番真的驱使了四相，那么我就危险了。

一道虚弱的声音从我身后传来："小毒物，左七右五，单跳！"

我一激灵，这是虎皮猫大人，左道组合的阵法资深顾问，我毫不犹豫地按照大人的指示开始做。"右三退四，连走三步！"大人开始不断地下达指令，我依次照做，身上的压力居然开始逐步缓解。茅同真在暗处冷笑，说："你便是知道法门又如何？没有外力助你，这一辈子，你都走脱不得！"

虎皮猫大人哈哈一笑，说，没人助我？朵朵……

话音一落，一道鹰啼从我们头顶落下，飓风扇过，黑影浮动，有呼呼的风声吹来，虎皮猫大人的声音也骤然高亢了："小毒物，左七，手扶地下，拔！"我照做，顿时摸到一道令旗，拔将起来，周遭的昏黄顿时消失无踪，大人又命令："折断……"

喀——

阵法消失，我面前六米处，茅同真朝天狂喷着鲜血，仰天长叹："啊，怎么可能……"

虎皮猫大人大声叫道："小毒物，阵法被破，他身心俱疲，擒下！"我错步而上，哪知茅同真火符一燃，身形就化作虚幻，不见踪影，唯有地上一大摊的血，预示着他曾经重伤于此。

我心中发苦，这等老贼，果然还是有脱身之计的。正待回转去扶杂毛小道逃遁，从转角处又出现一个黑影，朝我叫了一声，丢了一个包裹过来。

我抄手接过来，笑了。

第六十三章　战后余波，共享除夕之夜

　　来者是一个身形娇小，穿着鼓鼓囊囊肥厚裤子的女子，正是我集训营中的带队教官，尹悦。

　　见她出现，身为通缉犯的我并不紧张，朝她点了点头，然后将右手上面的包裹，翻转过来看。别的没有瞧见，杂毛小道的那把雷罚，正好斜插在里面。尹悦见我准备解开包裹，上前来制止，急匆匆地说道："老萧的东西，都在里面了。别忙瞧，徐修眉那老乌龟见那边大局已定，急着想要跑过这边来。前后来了两拨人，都给我挡回去了。先跟我走，到地儿了，再跟你说！"

　　她的右手一扬，一股黑色的粉末缠绕到我的身上，而后面被小妖扶起来的杂毛小道，也被洒了一身。

　　"防止被跟踪，那边有个剑阁天师教的追踪高手，吴临一就是落在他的手里，不得不防！"尹悦跟随大师兄办事日久，行事也有一股雷厉风行的气势。她往后瞅了一眼，然后带着我们，往巷道里钻去，临行还不忘关心我："陆左，没受伤吧？"

　　我回答没事。往旁边瞧，朵朵掐着那只白背兀鹫的脖子，一提，那头扁毛畜生就展翅飞了起来。她低声喊道："陆左哥哥，我代替臭屁猫，给你们在空中放哨啊！"朵朵高飞，而小妖则将杂毛小道扶上了我的背，然后抱着虎皮猫大人说道："走吧，后面有大批人马，要追过来了……"

　　我扭头瞧了一眼灯火辉煌、不断有警报声尖锐响起的鸿宾会馆，咧嘴一笑，跟随尹悦遁入了黑暗中。

　　因为急于赶路，尹悦并不与我言语。她的身形飞快，如同灵狐，在这古城巷道里，钻来钻去，几乎都没有一点儿停顿，宛若鬼魅。瞧她这般模样，我便知道其中的利害关系，十分重大。显然大师兄并不想留人话柄，不想让外人知道他插手此事，并且帮助了我和杂毛小道这两个通缉犯。

　　这也怪不得她，我刚才与茅同真的缠斗，确实费了不少宝贵的时间，后面追兵汹汹，使得我们此刻的情形异常紧迫，稍一停留，便有被缠住的危险。好几次，我们都是藏在黑暗的巷子或者石桥下，方才稍稍避过追兵的。

　　佩戴上了本命玉的杂毛小道，终于舒缓了气息，精神也凝聚了一些，坚持让我把他放下来，在我和小妖的搀扶下，朝西奔走。如此走了差不多半个小时，在黑暗中，越过了小半个城区，追兵再不见踪影，尹悦的脚步放缓，我才跟她搭上话："尹姐儿，这一次来了几个弟兄？"

尹悦回过头来，深深看了我一眼，说，这次接到你的通报后，由老林带队，张励耕、我、白合还有余佳源，在总部的五把剑，都出动了。

我点头，说了声哦，便不多言。如此规模，林齐鸣自然有很多可以操作的空间，想来这次将邪灵教的人制住，把握很大。俗话说得好，无事献殷勤，非好即盗。小周在丽江街头找到我，除了是想要找到一个可以共同搅和、解救吴临一的助手之外，其实也是有将我拖下水的想法。

看过《水浒传》的朋友应该知道，这拉人下水的门道，五花八门，多得令人发指。不过文学往往还不如现实精彩，缺德书生吴用的伎俩，未必会有邪灵教多。我倘若抱有侥幸心理，与他们合作，各取所需，只怕即使能够将杂毛小道救出，也定是一瓢污水泼上身，这辈子都是个亡命天涯的命。

所以早在遇见邪灵教的时候，我就开始计划着如何摆脱他们的控制，又能够将杂毛小道救出。一人计短，二人计长。我抓破脑袋也没有办法，只好求助了大师兄。于是在他的一番布置之下，情况变成了知情人得到邪灵教偷袭会所的消息，从北京总部接手他职位的林齐鸣那里，抽调人手，然后谁也没有通知，过来埋伏，将劫人想逃的邪灵教众，给一举逮个正着。

这便是我之前所说的布置，也是我宁愿从那秽臭不堪、污水横流的下水道爬进爬出，也不愿意跟着夏宇新和吴临一从新开辟的绿色通道离开的原因。

因为从那里走，一抓一个准。

我心情愉快，尹悦的情绪其实也是蛮高的。因为去年年中的集训营被袭和白城子监狱越狱事件，事情闹得太大，红头文件一发，大肆打击，邪灵教便藏匿身形，化整为零，使得越来越难以寻找和发现。此番消息确凿，伺机而动，收获自然十分的大。而且他们还可以经过这一事，绕过地方，直接将吴临一给掌握在手里。

这样一来，我罪名洗脱的希望，又多了一层保证。

我和尹悦稍微聊了一下，她表示刚才战端一起，她便溜到了档案室，将杂毛小道被封存起来的东西给卷了个包，然后过来找我。不过在路上耽搁了一下，而后又费尽心力将朝我那边过来的追兵给阻拦了一下，所以才会来得晚。至于在另外一边的战斗，她也不知晓，不过应该不会有什么差池。

说话间，我们已经来到了一处独门独户的宅院，她掏出钥匙，左右看了一下，然后将门打开，让我们进去。

见我疑惑，尹悦解释说，白合老家就在丽江，这是白合家以前的房子，她父母后来都搬到春城去了，不过这宅院没有卖，而是留了下来，每年会过来住一段时间。他们初来乍到，也没有个安全的落脚之地，也就在这儿将就了。

白合是以前跟随大师兄办事的七个得力助手之一，我通常叫他们七剑，在缅北山林中也见过一面，不过相交不深。

这房子挺大，进了屋子里，尹悦让我们在堂屋安坐，她要打个电话，询问一下战况，让我们先歇息一会儿。见她离屋，我转向杂毛小道，嘿嘿笑，说，老萧，你在里面受了什么苦，怎么现在瞧着，一副萎了的样子？

我和杂毛小道说话，从来都是这个调调，他也不在意，反驳我，说："萎个毛！想要重新废我功力，这决定只有杨知修那个老杂毛才敢做，徐修眉和茅同真这两个屁股坐歪的长老，还没有这个胆量。大爷我只是被长时间的麻醉和催眠，习惯性的腿软，适应几天就好了。"

他头顶上的"神针锁魂"，已然被虎皮猫大人给破解，此刻神情虽然萎靡，不过眼珠子倒是透亮，显然正如他所说，并无大碍。至于脱力的虎皮猫大人，被放在茶几上，找了一下桌子上，啥都没有，咕哝着骂了一声娘，便不再言，昏昏睡去。

我与杂毛小道久别重逢，聊了一下分离之后的事情。从杂毛小道口中，我得知他的受刑，倒不是因为我的缘故，而是因为徐修眉和茅同真，想要知晓他是如何习得那神剑引雷的秘术。说到这里，他颇为自得，众人皆以为是李道子或者他师父亲授，实则不然。

当日李道子赠他三张符箓，最珍贵的便是用来诛杀降头师巴颂的那张雷符。杂毛小道的引雷技艺，悉数都是从那符箓上面，经过七八年的琢磨，观想而来。

听到杂毛小道的话语，我不由得为这个兄弟的天赋惊叹。同门皆以为高不可攀的不传之秘，竟然是他由符箓上面，那些如同鬼画符的纹路中所习得，真的是让人心生各种羡慕嫉妒恨啊。

又聊了一会儿，尹悦回到堂屋。告诉我们，此战邪灵教来了六个人，遭受伏击之后，两人战死，两人遭擒，领头的魅魔重伤而退，唯有一个家伙全身回返。邪灵教内应夏宇新被擒住，而吴临一则在反抗中被斩断左臂，现正在抢救中，应该问题不大。至于她们这一方，因为早有准备，所以损失不大，但还是有一个叫做马成名的茅山弟子，阵亡……

马成名？是马四吗？想到那个嘴巴毒辣、但是心里面依旧善良的马四死去，我心中不禁有些难受。

尹悦还告诉我，在与邪灵教交手的过程中，徐修眉屡次分心，结果被魅魔削掉一只耳朵，而茅同真被阵法反噬，同样也受了重伤。

她笑嘻嘻地告诉我，这两个老头，在茅山宗里跟陈老大，向来都不好对付。此番出了这般状况，不知道杨知修那老杂毛，作何感想。

茅山二老的受伤虽然并非只是我一个人造成，但总的来说，我算是罪魁祸首。此番下场，也算是报了这一个多月来，被他们追得像老鼠一样东躲西逃的仇怨了。我看到杂毛小道欲言又止，知道他想问我为何病患全消，功力大增，不过当着尹悦的面，也不好提及。

谈完这些，尹悦说她刚才出来，名义上是追击敌人，到了现在，需要归队。她让我们在此歇息一二，明天早上再过来看我们，商量接下来的事宜。我们点头，送她到门口。

　　这老宅虽旧，无人住，但是不知道是哪个有心人，竟然给提前在偏厢房的餐厅里，准备了吃食，八九盏碟子里荤素皆有，微波炉热一下即可。中间一个红铜小火锅，也有酒。我和老萧草草洗漱，然后坐了下来，将虎皮猫大人唤醒，朵朵、小妖、肥虫子、火娃，我们围着热气腾腾的火锅，在这个逃亡的夜晚，共同度过了2009年的除夕夜。

第六十四章　情人佳节，来年共赏樱花

久别重逢，酒逢知己。然而老萧身上有伤，浅饮则止。倒是这菜，被他来回扫荡，连吃了五大碗，还真符合他刚从牢里逃出来的饥荒贼形象。

虎皮猫大人神情怏怏，但经过朵朵的一番包扎和按摩，美得眼睛都眯住了，开心地直叫唤，不过声音猥琐，活像一个素了几十年的老光棍儿。

此番行动，除了过程有些让人反胃之外，总体来说，还是相当完美的。我们不但将杂毛小道给救了出来，还将试图拉我下水的邪灵教给反坑了一把，并且将茅山二老狠狠教训了一番，相信接下来的追捕强度，会弱上一些，因为暂时没高手了。

不过我们也面临着一些困难，其一就是杂毛小道身上的暗伤，虽然虎皮猫大人给它破了"神针索魂"，但是在这些日子的被擒生涯中，徐修眉偷偷摸摸地动了些手脚，使得他无论是功力，还是经脉，都受了一定损伤，不但是虚弱，而且说不定会影响以后的修为；其二则是虎皮猫大人，它以区区鹦鹉之身，单挑三头白背兀鹫，终究载体太弱，被弄得一身的外伤，飞是飞不起来了，须得养一段时间的伤，才能活蹦乱跳。

不过这都还不是什么特别着急的事，最严重的，莫过于我们此番，将邪灵教给晃得不轻。

因为我的举报，使得邪灵教偷鸡不成蚀把米，不但没有将吴临一给救出来，还折了不少人，甚至连魅魔都受了重伤。以邪灵教睚眦必报的性格，只怕我已经上了邪灵教的黑名单了。我们既定的行程，是往南，前往东南亚，但是在那里，邪灵教的势力更大。我们倘若露面，估计很快就会被邪灵教源源不断的报复给堆死。

一番大战，众人皆有些疲惫，并没有秉烛夜谈的兴致，既然此地安全，那么我们便先歇息，明日再说。

一夜无话。第二日我早早起来练功，在小院里耍了一套拳，杂毛小道靠在窗边看了一会儿，惊讶地问我，这是走了什么狗屎运，突然就百毒全消，功力陡增了？我便将分别之后的事情，悉数告知于他。他摸着青色的下巴，呵呵笑，说日本人若真有这等厉害的宝贝，为何往日不直接用来救那日本美妞，还留着给你尝鲜？

见到这家伙笑得猥琐灿烂，我说我怎么知道？这件事情，我头疼得很，怎么都想不起来。

杂毛小道还待说我几句，院门突然传来一声动静。我和杂毛小道心中都是一紧，我一个纵身，就跳入窗内，将木窗小心关合，透过缝隙往外看。

院门打开，又复关闭，来者有三人，两女一男，分别是尹悦、白合和林齐鸣。看到这三人，我们紧绷的心放松下来，打开房门，迎上前去。

尹悦昨天是见过面的，林齐鸣和白合却是久别重逢，好是一阵寒暄。在堂屋中各自落座，林齐鸣说昨天一事，还没有收尾，全城都在搜查，他很忙，便开门见山。说着，林齐鸣从兜里面摸出一个长颈的洁白陶瓷瓶子，递给杂毛小道，说陈老大得知他落入徐修眉手里，定然会受一些罪，这里面有天山神池宫的"百花补气丸"三颗，服用之后，可消除暗疾，增长功力。

杂毛小说道接过来，有些动容，拱手为礼，说，还请转告大师兄，克明承蒙关爱，多谢了！

我见他如此郑重，不由疑惑，便问，这玩意儿很有效？虎皮猫大人在旁边不屑地说道："天山神池宫出品的，自然是灵药中的极品了，小明服用过后，不几日，应该便可痊愈了。"

天山神池宫，东海蓬莱岛，十万大山的苗疆万毒窟，这三个地方都是曾经辉煌一时的修行圣地，比之天师道、悬空寺，茅山、崂山、青城山、龙虎山等至今仍然存在于世的名门正派，更加出名，也更加神秘。只不过월盈则缺，消失于世间久矣。唯有星星点点的传闻流出，大家也只当是流言笑话，小说家言，并不当真。我只晓得在"十二法门"中记载，真实的苗疆万毒窟，是耶和后裔所建，消失于元末明初，其他的我所知也不多，便不在这里献丑，扰乱视听了。

林齐鸣见我问起，也笑而不言，从怀里拿出一只折好的信封，说，陆左，这是陈老大收集到的烈阳焚身掌的解法，不过我看你精力充沛，好像用不着了吧？

我伸手接过，拆开来看了一眼。这方子果真古怪，要用少女的下宫血，倒与恶魔巫手的排毒之法，有着类似的地方。我收起来，拱手为礼，说，要的，免得以后再中了茅同真的一掌，还是没得治。

将这两物交给我们后，林齐鸣突然走到堂中，朝着我和杂毛小道，长躬到地。

我们都有些不知所措，连忙起身过来扶他，问这是怎么回事？

林齐鸣告诉我，他是代陈老大和组织，向我们表示最大的歉意。此番我们蒙冤受苦，除了黄鹏飞是一根导火索之外，更多的，还在于我们卷入了陈老大和杨知修，关于茅山宗话事权的争夺，以及与西南赵承风的双雄之争。

林齐鸣还告诉我们，说大师兄正在收集证据，蓄势待发，而杨知修现在昏招迭出，相信用不了多久，我们便可得以翻案。而此事，能够极大地促进杨知修的倒台。到了那时，我和杂毛小道便能够恢复名誉，光明行走于阳光之下了。

我有些苦恼，说，如此一来，那我们岂不是成了众矢之的？杨知修只怕会施行最后的疯狂。那么接下来的追杀力度，只会更强，一定要将我们办成铁案，这可如何是好？

林齐鸣沉吟了一下，然后问道，你们接下来的计划是什么，能够透露一下吗？

杂毛小道说，本来是准备往南，出国，到东南亚去，然后再看看能不能到英国或者澳大利亚避一段时间难。不过现在陆左为了救我,已经得罪了邪灵教,他们在国内尚能够收敛一二,若是到了东南亚,那追杀只怕会层出不穷,不得安宁了。所以,现在便有些头疼。

林齐鸣双手一拍,沉声说道:"入藏!"

我和杂毛小道同时抬头盯着他,问此话怎讲?林齐鸣告诉我们,他来的时候,跟陈老大通过话,陈老大有过交待,说万路不通,唯有入藏。在茅山的十大长老中,茅同真和徐修眉排名靠后,倘若杨知真的恼恨,应该会派武力强横的刑司长老下山。到了那时,只怕是他也阻止不了。但如果入了藏地,邪灵教和茅山,都不能够渗透,找寻不得气息,推算不了天机,定然能够在那里休养一段时间,不受骚扰。

林齐鸣看着我和杂毛小道,说他已经安排了一辆车,在日喀则也联络了一个朋友,如果我们同意的话,明日清晨便可出发,避开接下来的全城搜查。

我和杂毛小道对视一眼,表示同意。既然大师兄那里有安排,那遵循便是,也好过我们整日像无头苍蝇一样乱转。

商量完毕,林齐鸣也不再言语。他接替的是大师兄在总局的职位,不过因为能力的缘故,权柄缩小了很多,凡事都需亲力亲为,事务繁忙,不便久留,跟我和杂毛小道紧紧握手之后,留下尹悦陪我们,带着白合匆匆离去。

尹悦开始跟我们介绍起那个将会收容我们的人,他叫南卡嘉措,在日喀则是一个三流的皮货商人,陈老大曾经在年轻的时候,救过他的命。藏民重义,恪守诺言,所以此番前去,一定会得到很好的安置,不用太担心。

说到这里,尹悦将随身带的一些关于西省宗教、政治和风俗民情的内参卷宗给我们做参考,然后谈及明日的行程。我们将会待在一辆满载百货的货车后车厢里,从检查站经过,然后一路前行,折转几处,最后到达日喀则。到时候,会有人过来接应我们的。

交待完毕,尹悦还给我们做了一顿饭,谈了谈最近的经历和体会,中午方才离开。

到底是大师兄,一番安排,滴水不漏,我们也放了心。杂毛小道身体虚弱,服用了百花补气丸之后,盘坐在床上一整天,我则无聊地在房间里走来走去,心里面一直浮现起加藤亚也的身影。我想既然已经救出杂毛小道,是不是去跟她报一声平安呢?

除此之外,我心里还是有着一点儿疑虑,想要从加藤亚也那里得到答案。

我并不是那么容易健忘的人,自然想起了在怒江崇山中,白纸扇罗青羽对加藤亚也的评价。想来想去,我也感觉阳毒解除,功力陡增,似乎跟这个有着极大的关系,只是不知道加藤亚也为何对我有所隐瞒。白合家的老宅子,离加藤亚也那里并不算远。入夜,我悄然潜向那里,却发现人去楼空,仅留下两个粗手粗脚的妇人。

经过询问,她们告诉我,说小姐和织田老先生等人,今早就启程去了大理。

我的心中恍然若失,一个人在黑暗中呆立了很久。过了好一会儿,之前我在地下室碰到的那个黑西装走过来,递了一张纸条给我。我展开一看,纸条上面有着歪歪扭扭的一行字:陆桑,你说你欠我一个人情,那么明年三月若有空,去日本,陪我赏一次樱花吧。

我突然想起来,今天2月14日,正是西方的情人节。

第二十八卷　藏边鬼妖

第一章　入藏，思乡

说书唱戏劝人方，三条大道走中央。善恶到头终有报，人间正道是沧桑。

这著书立传的事儿，与上面这一段俗语一般，都有劝人向善的作用。然而我2009年的那一段经历，却并没有按因果报应的路子行文，使得很多朋友看得憋闷，觉得不爽。然而世事无常，人心思变，凡事都没有绝对的对错，而在于角度不同。在我看来，2009年近半年的瘫痪，让我更加能够思考强者和弱者的存在；而年末的那一段逃亡经历，又使得我的心性，磨砺到了坚忍不拔的境界。

那是一段宝贵的经历，弱者从来只是抱怨，而强者，却能够不断地在逆境中，逐渐成长。

李腾飞一身修为，然而身处温室，终不能够有大成就；我一介半路出家的野小子，却能够逆袭茅山宗的长老，这便是"危险有多大，机遇便有多大"的道理。

这是一种乐观向上的态度，也是我想传达的东西。

2010年的农历新年初，我和杂毛小道，在林齐鸣的安排下，乘坐一辆运送百货物资的货车出了城，朝着西边行去。后车厢里，空气流通不畅，又闷又冷，不过我们却并不介意，将睡袋固定在车壁上，然后钻进去，眼睛一闭，摇摇晃晃间，便逃出了追兵的包围圈，朝着神秘的西省行去。

我和杂毛小道两个苦孩子，从西川到滇南，一路上几乎是用铁脚板走过来的，一路追追打打，所以沿途虽然风景瑰丽，山水秀美，但是却无心欣赏；而此时，心情舒畅，一出了丽江，我们便挤到了前面的驾驶室，与司机老孟聊天，享受着旅程的乐趣。

我们走的是滇藏线，一路过了香格里拉、德钦、芒康，最后来到了有"西省粮仓"之称的日喀则。这个位于藏南的地区，是雅鲁藏布江及其主要支流年楚河的汇流处。它有着以珠穆朗玛峰为首的冰峰雪山，风景秀丽的原始森林带，交相辉映的神山、圣湖、草原，充满神秘、传奇色彩的名寺古刹，独具特色的后藏人文风习。所有的一切，虽然都只是走马观花，但是却给了我们不一样的感受，仿佛是到了另外一个世界。

起初我们还有一种被迫逃亡的委屈心理，到了后来，看着蓝莹莹的天以及视线尽头的雪山草海，心中便觉得，这辈子，能到藏区来一趟，真的不枉一生。

路上的风景美丽，但是我却并不愿意多费笔墨，人类的语言在这些美丽的东西面前，显得如此苍白，尤其是我笔力不足的时候。唯有亲眼看见的人，才能够真正地有所体会。

两天后的一个下午，我们到达了日喀则地区的一个县城。

下了车，我们帮着卸货，司机老孟找到商家嘀嘀咕咕半天。过了一会儿，有一个脸膛红黑的中年男人走了过来，跟我们热情打招呼，自我介绍，说他便是南卡嘉措，他已经得到了信儿，已经在这里等我们一天了。

我们接下来的时间里，都要靠这位中年男人庇护，所以我们也很热情，与南卡嘉措握手。

告别了一路上对我们照料有加的司机老孟，南卡嘉措带着我们上了一辆小型货车。他告诉我，这车是他平日里用来倒皮货和毛毯用的，现在是冬日，最严寒的天气，该宰的牲口都已经宰了，剩下的就是过冬掉膘，所以没有什么生意，就过来接我们了。

杂毛小道问他知不知道我们的事情？南卡嘉措露出了憨厚的笑容，说不晓得，也不想晓得。他呢，欠陈老哥一条命，所以陈老哥嘱托下来的事情，照办就是了。他的话让我们皆心安，本来以为他是一个商人，行为举止会十分油滑，结交的关系也多，怕走漏了风声，现在一见，倒也妥帖。

南卡嘉措的老家在牧区，车子一路行去，路况并不是很好，差不多开了四个小时。摸黑到了地方，整个村子并没有多少人，背靠着山坡的向阳处，有几十户人家。南卡嘉措的家在村子的东头，条件不错，是间大宅院。

车停门前，有几个人迎了出来。眯着眼睛热情招呼我们的，是他的婆娘艾琳卓玛，旁边有个老妇人是南卡嘉措的母亲，还有三个小孩儿，两女一男，都是南卡嘉措的子女。南卡嘉措这个人很好相处，一路上的闲扯，使得我们的关系都已经很熟络了。在孩子们的簇拥下，我们进了正屋，他老母亲便端过来一个热水壶，摇晃几下，在木碗里，给我们倒上熬煮良久的酥油茶，热气腾腾。

因为之前了解过一些习俗，所以我和杂毛小道并不忙喝，而是等南卡嘉措给我们介绍他的家庭成员：十三岁的大女儿叫多吉，二女儿叫拉姆，最小的儿子才六岁，叫丹增。西省崇佛，这些名字都来自藏传佛教，普遍得很。

之后他母亲催促我们品尝，这才端起碗来，先在酥油碗里轻轻地吹一圈，将浮在茶上的油花吹开，然后才呷上一口。

我往日没有喝过这玩意儿，只觉得一股怪味直冲脑门顶。不过我知道，藏族人比较重视客人的反应，倘若矫揉造作，只怕人家虽然收留我们，但是未必喜欢。于是硬着头皮，又喝了第二口，方才感觉似乎有点意思。

杂毛小道虽没喝过，却安然自得，十分享受这种食品。一连喝了三大碗，才美美地打了一个饱嗝，作罢。

喝完酥油茶，南卡嘉措带着我们来到专门腾出来的客房，里面的两铺床已经收拾妥当，上面的毛皮褥子堆叠，显得十分暖和。我们放下行李，整理了一番，便被叫过去吃晚饭。那一天的主食是煮好的牛肉，大碗，混合着青稞糌粑吃，并没有什么蔬菜，饮料也是青稞酒和酥油茶，整体来说，有些偏腻。不过我和杂毛小道也不挑，加上做得确实不错，于是吃了个肚儿圆。

晚餐是联络感情的重要时机，我们一边吃一边聊，十分开心。南卡嘉措的几个孩子都有些怕生，偷偷地瞅我们，而当我看过去的时候，便将头死死埋起。南卡嘉措爱怜地摸着自己小儿子的头，说等丹增到了八岁，就把他送到这里的白居寺，念几年佛，性格就会好很多了。

"白居寺？"

我似乎听过这个名字，便问起。南卡嘉措告诉我们，白居寺始建于十五世纪初，是藏传佛教的萨迦派、噶当派、格鲁派三大教派共存的一座寺庙，意为"吉祥轮胜乐大寺"，寺中有驰名中外的白居塔，殿堂内绘有十余万佛像，因而得名十万佛塔。

神秘的藏传佛教，群雄辈出的密宗，听到这些，即使是我们这些有了一定境界的修行者，也不由得肃然起敬，向那曾经的历史和荣光致意。

我似乎想起些关于白居寺的信息，不过往深处思考，却想不起来。杂毛小道笑了笑，说我们若有时间，可以去瞧一瞧嘛。我点头附和，说是要去看一看的。

吃完晚饭之后，我们回了房间。藏区每年的十月到次年三月，都极为严寒，南卡嘉措担心我们受冻，特意给我们又搬过两床被子来，然后与我们交谈，说起一些在这里住的忌讳。我们听得认真，一直谈到了深夜，南卡嘉措才离开。

待安静了一些，我将朵朵和小妖唤了出来。两个小丫头在房间里闹了一圈，然后聚在窗前，朵朵望着外面黑乎乎的天空，小心翼翼地跟我商量："陆左哥哥，没有月亮，朵朵可以不用练功了吧？"

我不同意，月亮在与不在，都停留在我们的上空，更何况我们现在还身处于海拔三千米以上的高原。

我见朵朵噘着嘴巴不愿意，便唤出肥虫子来，让它监督朵朵用功。肥虫子狐假虎威，围着朵朵就是一阵唧唧叫唤，火娃散发热量，人工供暖，虎皮猫大人则窝在床上，挺着肥硕的肚子叫骂："肥肥，你若敢欺负我家小媳妇儿，看大人我不把你吃掉！"

房间里闹成一团，而我看到杂毛小道缓缓走出房间，便跟了出去。

两个人站在房门口,看着外面黑沉沉的天空,我问他伤势好一点没?他点头,说大师兄给的药不错,再过一个星期,就成了。

见他神情落寞,我担忧地问怎么了?杂毛小道长叹一声,说每逢佳节倍思亲,我都记不得自己上一次在家过年,是什么时候了。听他这般说起,我也不由得叹气。过年过年,我这里出了事,只怕我家里面,连过年的心思都没有了。

两个男人,靠墙而坐。房间里一片喧闹,而门口,则静谧无声。我们身处空气稀薄的高原,在视线尽头,有高耸入云的山峦。这便是我们要一直待着的藏身之处,一个神奇而荒凉的地方。两个男人,静静瞧着远方,我们彼此都以为,我们会平淡地在此地生活着。然而我们终究是没想到,老天从来不仁慈。

第二章 湖神，喇嘛

我们在这个藏南牧区小村中平静地生活着，有不用担惊受怕的美梦，有纯朴善良的藏民，有放眼辽阔的山水和天地，还有无穷无尽的悠闲时光，除了食物比较腻烦之外，倒也没有什么可以抱怨的。

南卡嘉措的三个孩子都已经开始熟悉并且接受了我们，我曾经放在背包里的两斤巧克力，现在也正好拿出来哄小孩，效果十分的好。没多时，几个孩子就开始围着我和杂毛小道，屁颠屁颠儿地喊叔叔了。

不过这巧克力并非是白吃的，我们会求多吉和拉姆教我们藏语，不求精通，但是要求在日常生活中，多少也能够听懂别人的交谈和话语。

这段时间里，我并不只是在这里闲着逗小孩儿。离村二十里的地方，有一个淡水湖，风景绝美。站在山上，远远望去，如一片莹蓝莹蓝的镜子，清澈极了。自从我们知道之后，便每天早早地跑到湖边去练剑，十分惬意。这湖并不算什么，藏区据说有一千四百多个大大小小的湖泊，而在日喀则地区，就有西省三大圣湖之一的羊卓雍湖，镶嵌于群山之中。

这个我们私底下称之为"天湖"的湖泊，并不算大，是由雪山上面的雪水融汇而成，手放在里面，冰润清澈。湖边有许多祭祀之物和石堆，都是附近的藏民和寺院的僧侣过来，祭拜湖灵的。在藏区，不论是苯教信徒，还是藏传佛教的信奉者，一般都认为神灵聚族而居，且多在高山之巅，但圣洁的雪山湖水中，也有着让人敬畏的神灵存在。

之所以来这天湖，一是因为此处风景秀美，湖边有草茵和大片的原始森林，二来人迹罕至。在冬天来的人更少，不受打扰。我们一般很早就过来了，练剑，一练就是一整天。

那段日子，我对鬼剑的练习，几乎达到了痴迷的程度。剑不离身，有事没事就拿出来摩挲一阵，与其亲近，以身养剑。我已然知道了自己身体里，多出了一股很厉害的力量源泉，它与肥虫子的力量十分契合，相辅相成。不过我并不能够立即掌握，除非是情绪爆发，或者入定，方能够引导出这股力量，化为己用。

前面的逃亡生涯，我无时无刻不在期待着自己变得强大，此次停顿下来，有了时间，几乎就变成了一个练功狂人，除了一个人练剑外，还拉着杂毛小道，过来给我喂招。

我习的就是茅山宗的入门道家剑法，无论是心法，还是剑技，并不算高明，粗浅得很,不凭蛮力,杂毛小道能够很轻松地将我完败;但倘若我开始引导体内的力量,他的剑便很容易地被我打飞,惹得他跳着脚骂娘,说我不地道。

杂毛小道除了陪我练剑之外,还开始琢磨起如何在雷罚之上,篆刻出引导飞剑的法阵来。不过此番秘术,失传已有几百年,杂毛小道即便是天纵奇才,也不可能在短时间内琢磨透彻,而此类研究极需安静,于是对我不胜其烦。

当然,我倒也不缺少对手,杂毛小道不理我,还有小妖。

与杂毛小道相比,小妖的出手刁钻诡异,而且通常都是以快打慢,具有强烈的个人风格。这小狐媚子最近不怎么肯理我,对待我的态度,跟以前我坐轮椅时,天差地别。不过每次我叫她出手对练,都肯,而且小丫头出手,如同真的一般,咬牙切齿,相当狠辣,倘若我不是和她熟识的话,直以为我们这搏斗,是仇人在追杀呢。

不过也正因为小妖这种假戏真做的态度,给了我极为强大的压迫,因为每次如果不全神贯注,身上就会挨上一拳。她出拳精准,打在身上虽然并不影响行动,但是疼,劲力涌出,有让人忍耐不住的剧痛。往往一场架练下来,我总是会鼻青脸肿,泪流满面,就像被十八条大汉,齐抡过一遍似的。

然而随着时间推移,我逐渐地开始融会贯通起来,小妖能够欺负我的次数,越来越少了,往往打了大半天,都够不着我几次,而即使够着了,我也能够在紧要关头,将这攻击最大程度地化解开去。每到这个时候,小妖就会耍赖,运用起青木乙罡,唤出青草,将我的双腿缠住,然后冲上来,将我揍个痛快。

任我感情再如何迟钝,也感觉到小妖似乎在赌气,虽然不知道为了什么。

不过也正因为如此,经过这一段时间的训练,不光是我,她的能力也得到了很大的加强。这个小狐媚子虽然天赋极高,但是有些慵懒,似乎并没有怎么勤力练过功。朵朵是个笨孩子,我说什么她都肯听。但是小妖却像是青春叛逆期的少女,说得多了,她反而厌烦,听不进去,所以唯有逼迫,不断地逼迫她,才能使她进步斐然。

虎皮猫大人翅膀受了伤,本来是飞不得的,但是它却并不甘寂寞,说没来过藏地,总是闹着到处跑。它受伤了,也不打紧,朵朵却还有一个降服的白背兀鹫。

这扁毛畜生当初在丽江就不见,都已经被我遗忘了。没想到在某一天,它竟然从天空中斜斜飞了下来,虎皮猫大人跟它一番交涉之后,摇身一变,竟成了大人暂时的坐骑,四处翱翔。

我还真的不晓得,朵朵居然有这等本事,美得虎皮猫大人天天宣扬,说它是吃软饭的小白脸,老婆的宝马,它没事就可以骑上一骑,怎一个爽字了得?

当这厮厚颜无耻地宣称自己是"小白脸"的时候,我们所有人都望着这头花花绿绿的肥硕鹦鹉,不说话。这只鸟儿,脸皮已经厚到刀枪不入的境地了,地球人已经无法阻挡它吹牛了!

练剑累了,我们就去湖里面捉鱼来烧烤。藏民们相信鱼是湖神的化身,一般都是不吃鱼的,所以这里的鱼儿尤其肥美,而且好抓。吃腻了牛羊肉,我们蹲在湖边一处背风的角落,将那油脂肥厚的湖鱼串起来,架在火堆上面烤炙,那油脂大滴大滴地落下,又是一阵急火,烤熟之后,香气四溢,味道鲜美极了。

不过为了照顾民俗和宗教情绪,我们也并不敢张扬,只是悄悄地做,一饱口福。

南卡嘉措以及村子里的所有藏民,都笃信藏传佛教,衣食住行,都很有意思和特色。此处便不细说,基本上我们都能够相安无事,和平共处。南卡嘉措的家人和邻居,对于我们这两个外人,也保持着热情和好奇,没事与他们聊一聊,学着说一些藏语,这样的生活,倒也还是蛮不错的。

如此过了大半个月,连我这个心思复杂的家伙,都已经喜爱上这种简单的生活。

我个人感觉,离天越近,欲望越少,就越单纯。

一月下旬的某一天中午,我们并没有去天湖边练剑,而是在家里面,陪着三个小孩儿讲外面的故事。多吉、拉姆和丹增对于这个话题,十分感兴趣,经常问些诸如"香蕉可以烤着吃么"、"猴子是不是跟人一样"之类的奇怪问题,在他们的认知世界里,所有的一切都充满着神秘,而我和杂毛小道,则是无所不知的老师。这天中午我们依然在聊天,一边讲故事,一边学藏语,突然听到外面一阵喧闹,好多人在喊叫,也不知道发生了什么事情。

我的背脊不自然地弓起,杂毛小道也站了起来,叫多吉出去问一下,发生了什么事情。就在我们小心翼翼的戒备中,多吉领着南卡嘉措走了进来。

见我们疑惑地望来,南卡嘉措沉重地告诉我们,后村巴桑家的二儿子,上午追羊跑到了天湖附近,失踪了。巴桑和几个村民前往湖边察看,在湖边发现了鱼刺和鱼骨头,有人说是他家二儿子惹怒了湖神,所以他被湖神给吞噬了。巴桑回来之后,老婆哭成了泪人,大家伙儿商量着去白居寺里,请有大功德的喇嘛出面,求那湖神,将巴桑的二儿子归还回来。

吃鱼?惹怒湖神?我和杂毛小道面面相觑,这说的,不就是我们这两个吃货吗?

不过作为两个小有成就的修行者,湖神一说可信,但是也不能偏信。我们在湖边晃荡了大半个月,并没有见到什么奇异的现象和气息,哪里来的湖神呢?不过人倒也是真的失踪了,这么大冷天,不找不行。我跑出屋子,朝空中吹了一个口哨,顿时有一个黑点在天空中隐隐浮现,继而变大,最后风声一响,那只苦波伊的白背兀鹫降落在场院里。

我跟它背上的驾驶员说起此事,肥母鸡正巧没事儿做,闲得慌,也不讲条件,叫了一声"得令",便再次飞向了空中。

南卡嘉措知道我们的事情,但是并不言语。全村只有他家有车,于是便被叫着,和村中两个比较有名望的老人,朝着白居寺的方向行去。虎皮猫大人答应得爽利,然而到了傍晚,都还没有消息传来。入黑时分,我们听到喇叭的声音在响,出门一看,南卡嘉措的小货车在村口出现。过一会,车子开到我们的面前停下,从车子里,走下两个穿着猩红僧袍和戴黄色帽子的喇嘛来。

第三章　湖畔，羊尸

这两个喇嘛，一老一少。老的有六十多岁了，愁眉苦脸，眉毛垂到了眼角处，脸膛红得发黑，蒜头鼻，形容威严；而那个小喇嘛看着似乎还没有到二十岁，眉目清秀，眼睛晶莹透亮，脸上并没有普通藏民那样的高原红，反而是白皙细腻，皮肤比我的还要好。换一个说法讲，这个少年喇嘛，像个娘们儿。

车停在了院门口，南卡嘉措和巴桑，还有村子里随行的几个老人正在跟两个喇嘛说着话，那个老喇嘛突然转过头，直直地盯着我。

他似乎朝着旁边问了一句，南卡嘉措跟老喇嘛解释，说的是藏语。

我通过这些天来的突击培训，大概能够听懂"外面"、"朋友"几个字眼。老喇嘛点了点头，身子一动，朝我们这边走了过来。

"年轻人，"他用一种古怪的腔调跟我对话，"你身上有邪魔！"

我心中一惊，下意识地摸了一下胸口的槐木牌，然后看看面前的这个老喇嘛。只见他的身上，隐隐透出一股森严的磁场光芒来。常人并不能见，但是我，却能够感到有微微的炁场震荡，显然他也是一个修行者。不过我很快回过神来，嘴角含笑，说道："不，它不是邪魔，是你心头的执念！"

那个小喇嘛听到我的言语，嘴角竟然流露出了一丝笑意，不过他并没有说话，而是在一旁，静静地看着我们，气度不凡。看来白居寺对于此次事件十分重视，派出的喇嘛，都是很不错的高手。

南卡嘉措在旁边给我们介绍，说，陆左，小萧，这是白居寺的堪布班觉上师，是我们村子专门请过来，处理白天那事情的。我点点头，双手合十，以作敬意，老喇嘛深深地瞧了我一眼，然后温和地说道："无目无宁，你还要好好自度吧！"

说完，他转身，跟着众人，朝着巴桑家走去。

我不由得好笑，这个老喇叭倒也不是迂腐之人，他能够看出朵朵的存在，但是并没有如某些自命不凡的正义人士一样，非要除之而后快，只是告诫我一番。如此看来，倒也算是一个极为有趣的人。

我们目送着众人离开，这一老一少两个喇嘛，给我留下了很深的印象。他们跟那些所谓名山古刹里的和尚有很大的区别。总体来说，应该说是凡尘俗世的味道淡一些，配合上他们那一身红色的喇嘛服装，让人心中，产生出一种宗教的威严感。当然，最重要的是，他们身上，有虔诚的法力震荡。

对比之下，我们寻常所见到的那些和尚，十个有九个半，并无什么本事，顶多也

就是能够把《楞严经》背诵个遍而已。

我们心中好奇,不知道这两位喇嘛前来,能不能够将那个据说已经被湖神吞噬了的藏族小孩,给找出来。过了好一会儿,南卡嘉措返回了家中。他告诉我们,两位上师今天晚上会在巴桑家歇息,第二天清晨出发,去天湖边查寻踪迹。届时,村子里的大部分人,都会跟随着一同前往。

这是大场面,我和杂毛小道面面相觑,都决定打死也不说出,那些被发现的鱼骨头,是我们的功劳。不然,我们即使不被打死,也要被那些唾沫星子给淹死。

听到父亲的话语,多吉、拉姆和丹增都欢呼雀跃,说明天一定要去瞧个热闹。南卡嘉措拦着这几个发疯的小孩,说不能去,明天说不定是什么情况呢,要万一出事儿了,他还好,归于净土,三个小孩儿,跑都不知道怎么跑。这话说完,旁边顿时一阵委屈的哭声传出。

我和杂毛小道不再理会,返回自己的房间休息。子时,虎皮猫大人才带着一身寒露回来,说方圆百里都转了一个遍,并没有见到什么人,要么就死了,要么就躲哪儿藏起来了。

巴桑家的二儿子,是个十六岁的半大小子,正是天不怕地不怕的叛逆期,说不定还真的能够做出这种事情来。没找到,我也不再计较什么。这世界上有太多不如意的事情,尽尽人事就好了,贸然在人家的地盘上大包大揽,说不定还会惹人厌烦。我们还是等等,看那两个喇嘛有什么办法吧。

次日清晨,我很早就起来,练了一套拳,然后与杂毛小道、南卡嘉措共同吃了点酥油茶和糌粑,到村头汇合。此番前行,除了两个喇嘛和巴桑一家人外,还有三十多个藏民,都是一个村子的。有人还挑着酥油茶、糌粑和油煎果子,当作祭品。

二十里地,说远不远,说近自然也不算近,我们往日来回轻快,而此刻却是在后面慢腾腾地磨蹭着。进山无车,唯有靠行走。那两个穿红袍的喇嘛在最前面领路,脚步沉稳,两人手中都有一个古朴而华贵的暗金木柄转经轮,不停转动。这东西亦称为"玛尼解脱轮",其中装藏经文或咒语,右旋转动,即等同念诵,有消除业力之功效。

我们前面的藏民,几乎人手一份,一条长龙行走,都在默默地念着经文,周身散发着淡淡的念力,虽不多,但都朝着最前面的两个喇嘛身上集中。

看到这幅场景,我终于明白大师兄,为何要安排我们到藏区一行。

世间之法,追本溯源,无外乎念力凝聚,都是思想和意念集结而成的东西。它虚无缥缈,然而又无所不在。诸天神佛,无人能见,或许有、或许无,然而你只有信了,它才在,你不信,它便不在。这便是一人力短、众人力长的道理。古今有多少才华横溢之辈,然而能够让人铭记的,大多都是那些开宗立派之辈。

为何?此乃集合天底下的信民,吸收力量的不二法门,信者多,力量则愈盛。

如今,几次经济浪潮,将国人的思想冲击得面目全非,唯利是图,没有了精神信仰。而在藏地,这样一个普通的村子里,便有无数信徒存在,转动经轮,心地虔诚。

教兴则人强,这些喇嘛之所以会如此厉害,大抵也是这个道理。

一行人,庄严肃穆地朝着天湖进发,路上默默,唯有转经轮响。

虽然我们走在人群的最后面,但是我总能够感觉到,在路上遥遥领前的那个老喇嘛,一直在关注着我。他从未回头,然而我却能够知晓他的关注,从来都没有离开过。我朝杂毛小道很无辜地笑了笑,除了湖边的鱼骨头跟我们有关之外,那藏族少年失踪之事,真的跟我们毫无关系。

哥们儿这回真的是躺枪了。

除了那两把金色的转经轮之外,我看到两个白居寺来的喇嘛身上,各有一件法器。老喇嘛背着一个瓢形的布袋,看轮廓,里面想来应该是嘎巴拉碗,就是那种用死去的高僧大德颅骨制成的法器;小喇嘛左手转经轮,右手则拿着一根不足一米长的禅杖,这禅杖红铜铸成,上面环扣四五个,丁零零作响,很是清脆,如果我没有猜错,这东西,应该是密宗的金刚降魔杵。

到底是知名大寺院,拿出手的东西,都让人看着眼馋。

行了将近一个半小时,我们越过了落叶森森的树林以及蜿蜒流淌的小溪,终于来到了天湖边。

这个几平方公里宽阔的小湖整体看上去并不算大,如同镶嵌在群山中间的明珠。正好有太阳升起,很罕见,远远望去,感觉湖面上波光粼粼,闪耀着金子一般的光芒,让人忍不住想赞叹。

南卡嘉措之前给我讲了一个传说。据说这片湖水,是南方神山库拉日杰的眼珠子,它是通往世界各处江河湖泊的中转站。中华二龙脉,它是其中的一道关节。在很久很久以前,这湖中曾经出现过一位来自东方的公主,自言:泛舟西湖,结果风雨飘摇,醒来时便到了此处。附近乡人得闻,便相互传颂,说这面湖,可直通天下,乃天湖。后来公主与当地的一个土司成婚,而天湖的名字,便慢慢流传下来,直至如今。

村子的老人找到了我们上次烧烤的地方,将熄灭的篝火以及散乱丢弃的鱼骨头,指给两位喇嘛看,然后大声谴责巴桑家的二儿子触怒了湖神,不但自己的小命不保,而且还会连累到村子里面的所有人。巴桑和他的婆娘则跪在地上,亲吻着两位喇嘛的鞋面,祈求原谅,并请他们帮助自己,救出他可怜的儿子。

看到这一幕,我心里面有些不是滋味。吃鱼的事情,是我和杂毛小道干的,巴桑家的老二,明显是被冤枉了。

老喇嘛和小喇嘛显然已经习惯了这般的场景,过了好一会儿,小喇嘛劝导了几句,然后那个老喇嘛越众而出,朝身后挥挥手,众人齐退,老喇嘛则站在湖边,对着前面悠悠的湖水,开始念起经文来。

念了十几分钟,平静的湖面突然咕嘟咕嘟地冒起气泡,又过了一会儿,有一具羊尸浮现。

这羊尸,几乎只有骨架子。

第四章　剑脊鳄龙

瞧见这具羊骨架从水中浮出,在远处观望的村民们顿时就哄闹起来,开始止不住地议论。巴桑拉着南卡嘉措的手,激动地指着水面惊叫道:"就是那个,那羊就是我们家丢掉的,就是它!"他激动得手都不知道该往哪里放,而南卡嘉措则苦着脸,不知道如何劝慰他才好。旁边同来的村民在小声议论,有人似乎说巴桑家的二小子必死无疑了,有人在说上师波仁切好大的本事,不愧是佛陀的使者,口中一念,湖神就给面子,将牙缝里面的肉,都给飘了上来。

我和杂毛小道心里都有些疑虑,要知道,我们在这湖边练剑、玩耍、捕鱼,已有了大半个月,倘若里面真的有古怪,只怕早就将其揪出来调戏了,何必还要等人出了事,让这两个红袍喇嘛出风头呢?

我心中各种疑问,不由得走上前去,那个小喇嘛见我们即将走入湖边,突然前行两步,手中的金刚降魔杵平伸,一字一句地说道:"上师作法,不要上前!"

这是我第一次听到小喇嘛说话,他汉语不好,不过声音清脆,果真很娘。

我们离湖四米多,差不离能够瞧见那羊尸灰白色的骨头上面有巨大的咬痕,骨架之下,有黑色的鱼儿托着。瞧见这情形,我大概知晓了,那老喇嘛并非是请到了湖神前来问询,而是能够沟通鱼类,将里面的骨骸,顶托起来。

羊尸浮起,老喇嘛依然还在念念有词。从侧面观察,我发现,他口中的每一个字传出来,水面上的波纹就会扩散一圈。不多时,整个真言场域在空气中不断叠加,不断积累,到了一个临界点的时候,突然间,在他身前十米处,一道水柱轰然炸出,冲天而起。在那道白色的水柱中,我看到了一条五米多长的铁甲巨鳄。这鳄鱼,浑身均是黑色的厚重鳞甲,与我们所见到的寻常鳄鱼不同的是,它嘴如鹰喙,背上有三列发达的锯齿状脊棱,在肋盾和缘盾间有一排较小的鳞片,腹圆如龟,尾巴长而尖锐,如鞭。

这怪物从水中乍起的时候,所有围观的村民都惊讶得一声大叫,纷纷朝后方退去。

我看到那头铁甲巨鳄往下掉落的时候,它的眼睛中,有着不属于爬行动物的奸诈和精明,就像一个工于心计的狐狸。当它重新跌入湖中的时候,巨大的水花又再次出现,雪白、巨大的水波,朝着岸边涌来。老喇嘛往后退了几步,朝着小喇嘛喊了一句:"不可能啊!这种剑脊鳄龙,怎么会出现在天湖中?"

小喇嘛回答:"莫非这天湖地下的通道,已经被触发了,所以这洞庭湖底的怪物,才会涌过来？"

我和杂毛小道都听不懂两人在掰扯什么，只看到一道黑影，从湖面下，倏然滑了过来，顿时就紧张了。我的手往后伸，将鬼剑缓缓拔出，横于身前，看着那道黑影子在水中静止了两秒钟，突然就冲出了水面，巨大的水花四溅，凶兽张牙舞爪，朝着老喇嘛扑来。

五米长的鳄鱼，说起来可能大家没有什么概念，但是这样的长度，在鳄鱼中，真的就是巨无霸了！站在近处观摩，简直就是太有视觉冲击力了。我下意识地往后退了两步，才发现那鳄鱼溅起的水花，竟然大部分都落不进老喇嘛的周身范围里，想来这个老喇嘛周身的护体劲气，已然达到了外放的境地。他脚步一动，根本就没有怎么用力，人便往身后滑动了三米，避开了这巨鳄的猛力咬合。

巨鳄雪白的牙齿咬了个空，发出让人牙齿发酸的响声。而那个小喇嘛不退反进，错开了扑面而来的劲风，左手上面的转经轮收起，右手的金刚降魔杵，圆环的杵头已然敲击在了巨鳄的双目之间。

别看他年纪轻轻，长得又清秀，手上的功夫，却不是虚的。敲击之下，那巨鳄高高昂起的头颅突然就重重砸落在了湖边的草地上，发出了一声凶狠的嘶吼来，嗷……

这声音，有点像头笨驴在嗥叫，四只爪子紧紧攥着地上的青草，尾脊梁末端上那根带刺的尾巴像蝎子一样弯曲，竖了起来，朝着再次挥起金刚降魔杵的小喇嘛扎去。

"唵、嘛、呢、叭、咪、吽……"

天空一声炸响，老喇嘛口中突然出现一阵轰鸣声。人也瞬间错身而过，化作了影子，手上结印，一掌击在了巨鳄圆鼓鼓的腹部。"呱"，一声青蛙叫般的声音响了起来，尾鞭落空，那鹰喙鳄头回转过来，亮出密密麻麻的雪亮利齿，朝着老喇嘛咬来。

老喇嘛往后退开去，口中叫唤那个小喇嘛："这剑脊鳄龙太过凶猛，退！"

一老一少两个喇嘛开始狼狈而撤。这个时候，杂毛小道动了，他像一头饥饿了多年的猎豹，一旦发动，立刻就有种一往无前的惨烈气势，只是他手中并没有提着雷罚，而是紧紧攥着那把卡车底盘钢改制的篆刻刀，朝着巨鳄的眼睛扎去。

显然，杂毛小道和我一样，对于那双闪现出邪恶光芒的眼睛，十分地看不惯。蓄势而发的杂毛小道超出了巨鳄的计算范围之外，于是就在错身而过的一瞬间，那把篆刻小刀，真的扎进了巨鳄左边那颗墨绿色的眼珠子里，将玻璃体给捅了个稀巴烂，巨鳄巨大的颅内高压，将其瞬间引爆。

这一下可就真的惹火了那头巨鳄，一甩头，偷袭成功的杂毛小道还没有来得及拔出篆刻小刀，整个人就被撞得飞了起来。不过这个家伙的轻身之法也算是高明，伸出双手，接触到甩过来的鳄头，借势一跳，整个人的身子在空中陷入收缩状态，像一个弹球一样飞出。

此时，我已经手持鬼剑杀到。

在湖边的日子里，我勤于练剑，鬼剑与我已经熟络得跟朋友一般。因为角度的关系,我根本来不及找到这巨鳄的弱点,精金剑尖从那厚质鳄鱼鳞甲划过,顿时火花四溅,让人牙酸的摩擦声响出现,越往后,阻力便越大。然后我往左边后退了好几步,一根摇摆的骨质化尾巴,贴着我的脸面猛然划过。

铛——

小喇嘛见如此混乱,再次果断出手,金刚降魔杵重新出击。

此时的巨鳄,已然痛得狂性大发,翻滚不已,使得降魔杵只打到了鳄尾一节,发出金铁交鸣的响声来。这五米多长的玩意儿一旦发了脾气,满地打滚,就如同一台没有刹车的碾路机。以它的体型,我们根本没有敢与之交锋者,唯有在周围牵制,然后朝南卡嘉措他们这些打酱油的藏民们大声喊叫,让他们不要靠近,免得伤及无辜,丢了自家性命。

场面一时混乱不堪。慌乱中,小喇嘛扭到了脚,被那头巨鳄疯狂追咬。老和尚手持嘎巴拉碗,从里面抹弄出油膏状的液体,抹在自己的额头上,口中还在念念有词。我见小喇嘛眼看就要被巨鳄咬到,连忙伸出手,抓住这个清秀少年的红袍,朝我这边拽过来。

喀……

剧烈的咬合声出现,小喇嘛差一点就被这张开足有一米的巨嘴咬到。

突然,杂毛小道口中呼出一声:"咄!"雷罚出手,一道蓝色的雷光透剑十几公分,直击在了巨鳄的脊梁骨上。那畜生浑身一震,似乎有些麻痹。老喇嘛也完成了加持仪式,口中含着藏传佛教的六字真言"唵、嘛、呢、叭、咪、吽",浑身金光,佛陀的威严从他的身上传出,双拳一展,朝着巨鳄的脊梁骨锤去。

那巨鳄也是极其聪明,感觉到危机来临,形势不利于自己,立刻回转身,朝着湖面退去。

老喇嘛见状,大喊:"拦住它!"然而这畜生五米多长,回返的冲势如重型卡车一般,我并不敢拦,只是出了一剑,将其背脊上面的角质化锯齿,给削了一块下来。不过,我不敢拦还真有敢拦的,小喇嘛竟然出现在前方,双手合圆,观想出一道不动明王印来,结果还没有功成,便被一撞飞出,跌倒在了湖边的滩石上。

见那条巨鳄以迅猛的威势冲回水中,杂毛小道连忙冲到湖边,将小喇嘛拉离岸边,以防那畜生杀一个回马枪,将小喇嘛给吃了。

看着湖面上的水纹渐渐变浅,继而无形,我们都长松了一口气,而巴桑则跪在了地上,号啕大哭,悼念自己的孩儿起来。

杂毛小道走到他身前,淡淡说道:"也许,你儿子还没有死呢……"

第五章　湖祭，入水

看到如此凶猛的怪物出现，巴桑本来都已经哭哭啼啼，在旁人的议论之下，好不容易收敛情绪，准备接受这个现实。然而杂毛小道的话语，又让他生起了希望，慌忙跪起身来，抱着杂毛小道的大腿，说，你说的，可是真的？

杂毛小道并不言语，而是转头瞧向那长眉老喇嘛。

这个脸上满是皱纹和愁苦之色的老喇嘛走上前来，说，是的，那头剑脊鳄龙的身体里，有两条生灵的生命圆轮，不过他并不确定那是被吞下去的人，还是这条剑脊鳄龙已然怀了孕。

老喇嘛上前与我们两个施礼，盯着我们，说，想不到，两位不但是修炼真义的同道中人，而且还是拔了尖的高手。不过，你是怎么确定他儿子在里面的呢？

杂毛小道耸了耸肩，说他看到那头畜生的肚子里，有一个人头的印子。

我略感奇怪，说，这活人进入那条大鳄鱼的肚子，进去的过程，免不了要被咬上几口，在胃袋里，又会被胃液腐蚀融化，巴桑家的二小子昨天就已经失踪了，这么久的时间，人哪里还能够活下来呢？杂毛小道摇头说不知道，他只能够感觉到那腹中尚存气息，但是为什么，他也没见过这等古怪的鳄鱼，不知习性。它不会是上古留下来的凶兽吧？

我们两个议论，那老喇嘛则上前来，跟我们解释说，这巨鳄，在佛经上记载的名字叫做迦罗陀，是八部天龙里迦楼罗的食物，又唤作剑脊鳄龙，狡诈如狐。它本是大江大湖深处水眼的镇守凶兽，是上古遗种，也属于龙种，初生时只有小拇指大，每过五十年就长一米，这一头，应该有两百五十年到三百年的寿龄。

这种凶兽有一个习惯，就是它从来不吃死物，只吃带血尖叫的生灵。如果猎物太多，一时吃不完，也会将其吞噬至体内腹腔中温养存留，等到饿了，再反刍出来，将其活活咬杀。所以，那孩子有可能还没死。

我叹息，说，真的是长知识了，天底下，竟然还有这等奇怪的物种。

那老喇那眉头一掀，却说道："这凶兽并不是我们高原上的土著，它只是一个迷路的客人而已。"

听他这么说，我知道他想提及天湖的传说。天下水脉皆通透，这是风水之说里，常常提及的事情，这我也能够理解。小时候学习《自然》课的时候，书里面讲到，水蒸气升空，然后在全球循环，所以是流动的。然而从地质学来讲，这显然是不可能的。不过我也不好反驳他。

小喇嘛将手掌抚摸在巴桑的头顶,神圣而庄严,然后目光望着远方的湖面,平静地说道:"它没有走远,就在水里面,窥探着我们。"

南卡嘉措上前问,现在该怎么办?

他指着身后的那些藏民,说,要不要祭祀湖神,请求它的原谅,将可怜的莫赤给放出来?

这剑脊鳄龙的名字里,既然沾了一个"龙"字,自然是极有灵性的东西,换句话说也就是狡猾。它在岸上,我们尚且奈何不了它,更何况在水里?那个小喇嘛听到南卡嘉措的提议,想了一下,然后望向老喇嘛,老喇嘛瞧了一眼,然后沉吟着说,好吧,先祭奠湖神。

我发现一件很奇怪的事情,那就是我本来觉得这老喇嘛和小喇嘛是师徒关系,但现在看来,老喇嘛似乎十分尊重小喇嘛,两人在一起,反而隐隐以小喇嘛为尊。

得到了上师肯定,人们纷纷将背负过来的祭物,摆在湖边的草地上,然后开始诵经祈祷。我和杂毛小道在旁边抱剑而立,看着这些虔诚的信民,感觉到有些不可思议。要知道,在我的家乡,倘若是看到这样的怪物,早就一哄而散了,就如同在罗聋子的坟头上一样,分分钟渺无人烟,哪里还会如现在这般,虔诚地伏地祈祷?

我想大概是他们相信自己信仰的神佛不会抛弃他们不管,所以才会如此安定吧?信仰这东西,有人可以从里面获得安详和勇气,有人却通过它求取钱财和地位,如何看待?各凭自己吧。

祭祀,诵经,引导仪式,两个喇嘛引领着这些藏民,开始了庄严肃穆的湖神祭拜。

这是一种难以言传的感觉,每一个人都将自己的心神沉浸进来,然后那些微薄的念力经过一种古怪的方式,投影到了喇嘛身上,然后喇嘛再通过藏密六字真言"唵嘛呢叭咪吽",激荡到空气中,将意念行洒于天地间,沟通万物。

这样的方式,让人称奇,难怪大师兄再三建议我们一定要往藏区一行,原来此处高手的法子,竟然是如此神奇,而且能够让人有所思,有所悟,可以从里面,得到自己的收获。

如此祭祀,差不多有大半个小时,我和杂毛小道并没有参与,只是远远地望着,同时警戒着湖里。所谓艺高人胆大,那巨鳄虽然恐怖,我们却并没有太多的惧怕之心,头疼的也仅仅是如何将其擒获,将巴桑家的那个二儿子给救出来。这里面本来没有我们的事情,不过正所谓救人一命、胜造七级浮屠,我外婆也曾对我有言,要积德行善,我们虽然跟那个藏族小伙子没有见过几次面,不过既然撞上了,自然还是要管的。

完了之后,老喇嘛告诉巴桑,说想要救他的儿子,有可能需要血祭。

何谓血祭?就是把有生魂的大型牲口,驱赶到湖边,然后与湖神沟通,置换回他家儿子。巴桑满口答应,问需要羊,还是牦牛?老喇嘛告诉他,保险一些,还是牦牛吧，不一定能够成功，得先试试。

巴桑咬着牙说行，他这就回去，赶在晌午口过来。

老喇嘛驱赶周围的藏民，既然湖神已经祭拜过了，就让他们一同回去。在藏地，喇嘛说的话很有权威，于是大家都纷纷上来告别，准备回返。南卡嘉措叫我们同回，我摇了摇头，说不，这边还需要我们。自从刚才与两位红衣喇嘛一起斗了那恐怖的剑脊鳄龙，周围的人看我们的眼神中，便多了一些敬意，南卡嘉措也是如此，于是没有坚持，与我们挥手告别。

众人离开，背影越来越小，湖边恢复了平静，我望着这一块如同蓝色镜子的湖面，默默不语。有谁能够想到，在一个小时以前，这样美丽的湖水深处，会突然蹿出一条闻所未闻的怪物呢？

老喇嘛走到了我们面前，指着远处草丛里的那一堆鱼骨头说，这鱼儿，是你们吃的吧？

我摸着鼻子说，何以见得？

老喇嘛笑了，一张满是皱纹的老脸笑成了灿烂的菊花，说，这里所有的人，都不吃鱼，因为我们认为，这鱼，是湖神的分身。杂毛小道也是一个光棍货色，点头说，是我们吃的，不过那条大鳄鱼，你不要说是因为我们吃鱼，才把它引出来的。

老喇嘛摇头说，不是，这剑脊鳄龙刚来没多久，与你们无关。不过我有一个问题，刚才那剑脊鳄龙浑身湿漉漉，我们多少都沾到一些湖水，为何你——他指着我——身上却连一点儿水，都没有呢？

我感觉不到老喇嘛的敌意，于是笑了笑，说，你觉得呢？

老喇嘛眼睛里面有着敬畏，说，在你身上，我感受到了江河湖海中生灵的力量。年轻人，你的身份是一个谜，我能够感觉到你身上有好多种力量汇集、几世交叠，让人看不透。不过，我也能够感觉到你表达的善意。我想，你或许有解开目前困局的法子，对吗？

我笑了，说，是的，如你所见，我可以入水，如同行于地上，不过这剑脊鳄龙实在太过厉害，如果没有绝对的把握，我并不敢轻易下水。

"果真？"

老喇嘛大喜过望，回头看了一下小喇嘛，小喇嘛点了点头，然后接下我的话茬，说道："其实我们有可以降服那头凶兽的方法，只不过当时情况太过于紧急，而且当着普通教民，不好施展。如果你能够带我下去，那么接下来的事情，就全部都交给我吧。"

我看了一眼这个清秀的少年喇嘛，他的眼中透露出自信，便点头说，既然如此，那我们便下水吧。

这天湖不大，我们商议了一番之后，慢慢地朝着水下走去。

因为天吴珠所形成的水肺范围不大，所以杂毛小道和老喇嘛便在岸边看着。我左手反扣天吴珠,右手拿着鬼剑,小喇嘛则提着金刚降魔杵,在我身边紧紧跟随,好奇地看着身边的湖水被排斥,形成一个两米见方的水泡来。

往前走了四米多,水已然漫过我们的头顶,周围的景色发暗,碧水幽幽,而脚下,则是堆积的泥土和沙石、水草。走了几分钟,我们到了湖心。下面宁静,静寂无声。突然,一道黑影,乘风破浪,从前方游弋而来。

第六章　舍利，遗迹

若在地上，行动方便，可战可逃，我并不惧这货。然而入了水底，行动多少都受那水力的影响，我心中就有些不踏实了。瞥见一道颀长的黑影，从我们头顶滑过，我顿时身子一弓，准备迎接这货的雷霆袭击。然而它似乎对刚才我们围殴它的情形，心有余悸，并没有直接扑上来，而是恍若游鱼一般，无声行过，遁入黑暗中。

这货身躯足有五米多长，倘若是果断来袭，只怕我们两个根本就顶不住。无他，纯粹肉体力量的对比，就不在一个层次上。

那剑脊鳄龙潜藏在黑暗中，不时地游弋东西，静静不作声，让人心中压抑。不过我这边一惊一乍，死死防守。小喇嘛却是不慌不忙，手上的金刚降魔杵，根本就没动一下，与我形成了鲜明的对比。他一开始还与我一般，四处张望，过了一会儿，居然仰头四十五度角朝上，眼睛轻轻眯起，嘴角洋溢着灿烂的笑容，似乎在享受这种陌生而美好的感觉。

看到他这种文艺范十足的动作，我就有些火大，像这种人，火烧上房都不急的慢性子，让我一阵无语。

我往四周瞧去，黑压压的水底，除了青绿色的水草还在随水漂荡外，连那些懵懂无知的游鱼，都不见了踪影，显然都是被这突然闯入的凶兽，吓得四处逃散了。我容忍了这个清秀小喇嘛两分钟，终于不能再忍了，推了一把他，说，唉，你不是说你来搞定这条鳄鱼吗？赶紧的啊……这湖底里，好玩吗？

"好玩！"

小喇嘛睁开眼睛来，陡然间，宛若天上的星辰般璀璨夺目，有说不出来的美丽。这种美丽，不是男女之间的异性相吸，而是人类对于美的那种单纯而执着的赞叹。

这个清秀小喇嘛望着头顶上的粼粼波光，嘴角噙笑，用他那并不标准的普通话，激动地说道："我自从有意识以来，便一直梦想着，攀上最皎洁的雪峰、潜下最宽阔的湖底、飞上我们目力所不及的天空……我师傅说，如果我能够练至虹化，这些愿望便能够实现了。所以我从懂事起，便一直都在努力用功。没想到，今天竟然能够提前实现。这种感觉，就像走了捷径，我佛在头顶眷顾，有一种神圣的感动。"

我苦笑，说，小弟弟，现在咱们可是在救人，什么感悟啊、修心的话语，能不能以后再说？

小喇嘛一本正经地回答，可以。不过话音一转，又跟我说道："生活中的一点一滴，都有让我们感动的东西在，只有善于发现这些感动，我们的心境才会逐渐地靠近佛陀，成为觉者，足自觉、觉他、觉行圆满，如实知见一切法之性相，成就无上正等正觉之大圣者……"

我听得头大，咬着牙，看着这个随时传道的小光头，问道："干不干活？不干活，我就上去了！"

见我摆出一副撂挑子的架势，这小喇嘛终于不再啰嗦，道了一声："现在就开始。"

他双手合十，从怀中取出一串佛珠，盘坐在地，口中念起经文来。这串佛珠，大部分是藏红色的琉璃珠，在最下端，有三颗规则不一、形态各异的白色骨粒。这骨粒莹白透亮，最中间的一颗，上面天然的黑色纹垢，竟然形成了一张威严的佛陀脸孔来，栩栩如生。小喇嘛念着经文，整个人都仿佛沉睡过去，唯有一阵又一阵的能量磁场鼓荡，磅礴至极，显示着他的存在。

我心中震撼，倘若我猜得没错，这白色骨粒，便是被外界传得沸沸扬扬的舍利子。

何谓舍利子？它的印度语叫做驮都，也叫设利罗，译成中文叫灵骨、身骨、遗身，是一个人往生，经过火葬后留下的结晶体。当然，不是人人皆可结成舍利，这玩意儿，最早单指佛教祖师释迦牟尼佛，圆寂火化后留下的遗骨，而后才泛指有大功德、大造化的高僧，一定是成就果位的觉者火化的遗骨。

这个世界上，能够结成舍利者，古往今来，都没有几个。他们的遗骨，要么被放在各个国家级的名山古刹中，做镇寺镇塔之宝，要么遗失不见。有几颗，能够被人制成法器，像这般使用呢？

顿时间，我便对这个小喇嘛的身份，好奇起来。要知道，能够用得起舍利子佛珠的人，那地位，可能要比岸上的那个老喇嘛，高贵好几级呢。这个年纪轻轻的小喇嘛，到底是凭借着什么本事，成就这样地位的呢？

正当我胡思乱想之际，在我身边盘坐着的小喇嘛，身上的红色袍子突然一振，有一股说不出来的威严力量，以他为中心，向四面八方散去。这是一种难以言说的感觉。我浑身酥麻，只感觉整个脑子里都是嗡嗡嗡的佛音，仿佛有万千佛陀在我的耳边梵唱，鼻下生香，是檀香，也有莲香，让人茅塞顿开，欢呼雀跃。万般色彩汇聚于此，骤然幻化出一个红、橙、黄、绿、青、蓝、紫的七色光环，中央虚明如镜，悬于小喇嘛的脑后，简直是拉风到了极点。

我在那一刻，仿佛感受到了佛经中，那弥勒佛于兜率宫前讲经的盛景。人世间各种美好的事物，一应出现，又有威严，如此一番产生与幻灭，让人的心境起起伏伏，竟如同过了好几个春秋。

我终于能够明了，这个小喇嘛如此淡定的原因了。

这个家伙，竟然有迷惑众生、引领无数信徒的讲经法能，此法能比起那密宗最高深的醍醐灌顶之法，更加难得。因为是天赋，或是转世重修之身。而他之所以让我带他入了这湖底,只是因为在湖底,经诀在水中的传播,比在空气中更加显著,使得那头剑脊鳄龙,能够尽快得闻,不至于深潜某处,找寻不得。

这佛音梵唱,如同仙乐,天籁一般,让人听得飘飘欲仙,直欲随之起舞,或者双手合十,皈依我佛。我在旁边眯着眼睛,感觉自己心灵尘垢,一举洗刷。听得正是爽利,突然发现眼前一颗牛珠子般的亮光,电灯泡一般,泛着绿,里面竟然全数都是敬畏和景仰,满溢渴慕之情。这家伙,不就是我们刚才一直要找寻的剑脊鳄龙,此番藏族小伙儿失踪的罪魁祸首吗?

它之前,一股子邪恶,仿佛地狱里面钻出的恶魔,而此刻,竟然就像一个纯真的孩子,嗷嗷叫唤一声,如同小狗儿,眼中尽是讨好之色。小喇嘛并不理会这些,他似乎完全沉浸到了自己的经文里,梵唱不止。那七色佛光,竟然将整个湖底,照了个光彩透亮。

而也正是这一照,我发现,在黑漆漆的湖底里,竟然有几个又黑又深的大坑,分占几处,里面有汹涌的水流泄出,与周围的水温似有不同,大坑周遭寸草不生。目光放远,我居然看到了一个黑色悬棺,分不清是什么材质,似乎是石头,而且还是上佳的黑曜石。

不过那黑曜石悬棺一闪即逝,继而被旋转不定的水流淹没,刚才所见如同幻境。

耳边的佛音渐渐减缓,我低下头去,只见盘坐在湖底的小喇嘛睁开眼睛,站了起来。我刚想跟他说两句话,没想到他的眼睛,直勾勾地盯着左边二十几米的方向。我也跟着瞧过去,看到一只巨大的手,掩映在水草中。

小喇嘛将那串舍利子佛珠收入怀中,手一招,那条五米长的剑脊鳄龙居然将身子一拱,钻入了我们脚下,将我们托了起来,朝着左边游去。我还在感叹小喇嘛的神奇,便感觉身边的景物陡换,不多时,已经被托到了二十几米远的地方,落下来。

小喇嘛并没有下剑脊鳄龙的背,而是俯身,去摩挲那只巨大的手。

这手巨大,上面遍布着水草和暗绿色的斑纹,材质应该是铜的,只有一只,作揖单立,其余的部分,则被湖泥掩盖住。小喇嘛很是激动,他伸手往巨手旁边扒动,将泥土推开,显露出那只手掌下面的全部。我观察了一下,感觉像是一具铜佛雕像,大概有三米多高吧。

这里离湖面,足有七八米,小喇嘛还待继续扒,我拍了拍他,指着身下的那头剑脊鳄龙的肚子,表示先救人再说。他同意了我的看法,摩挲了一下这头巨大的畜生,剑脊鳄龙嗷嗷叫了一声,朝着水面浮去。

重回湖面,我们在离岸边远远的湖中心出现。杂毛小道正在岸上烦躁地走来走去,见我们冒起,大声地打招呼,高兴得又蹦又跳。小喇嘛催促身下那畜生往岸边行去,结果它便如同快艇,倏然前往,很快就到了岸边。我还没动,那个小喇嘛很激动地跳下鳄身,朝老喇嘛行礼,大声说道:"上师,湖底里,有黑暗灭法时代的佛像和经书!"

第七章 救人，迷梦

何为黑暗灭法时代？

在 7 世纪中叶，松赞干布娶了尼泊尔尺尊公主和唐朝文成公主，两位公主分别带去了释迦牟尼八岁等身像和释迦牟尼十二岁等身像，以及大量的佛经和工匠，从此藏语系佛教大兴。然而凡事有盛必有衰，公元 842 年，苯教徒将国王赤祖德赞谋害，拥戴其兄朗达玛为赞普，掀起了一场大规模的灭佛运动。在这场运动中，大量不事生产的僧人被迫还俗，持弓打猎。寺庙被毁，或者移作他用，佛像被钉上钉子，扔进了水里面，大量宝贵的佛经和文物被烧毁或扔到水中……

这次灭佛运动，代表着前宏期的结束，导致西省百年的佛教传播和发展，都陷入了断层、停滞的状态。

通过之前尹悦给我们提供的内参资料，我得知，这次灭佛运动是每一个西省僧侣心中，永远的痛，那些遗失的珍贵佛像、经书和文物，一去不再。历史飘渺，上千年斗转星移、山河变迁，未曾想到竟然会在天湖底下，又能够重见，怎么能够让他们不激动呢？

这些我们都能够理解，于是便不再管这大小喇嘛在旁边两眼冒星星，我跟杂毛小道两人开始围着这头变种大鳄鱼，打量起来。

别看这条剑脊鳄龙对小喇嘛像哈巴狗一样乖顺，对我们却是凶恶得很，背上的角质剑脊不断地抖动，鼻孔里喘着粗气，喉咙里有着气息摩擦的粗粗声响，像咆哮，又像是警告。

杂毛小道刚才与之交手时，扎在它左眼中的刻刀，还笔直地插在上面，昭显着双方的仇恨。剑脊鳄龙的独目中有种阴毒的怒火，倘若不是刚刚臣服于小喇嘛的佛光威势，只怕现在又要扑将上来，与我们厮斗了。两个喇嘛兴奋地交谈了几句，看到这边剑拔弩张，赶紧停止交流，跑过来，小喇嘛摸着剑脊鳄龙粉嫩的鼻孔，不断地念动经文，小声安慰着。

这条巨大的剑脊鳄龙喘着粗气，没多久，还是平静下来，只是左眼附近的肌肉，不停地收缩。它显然也是被伤及了要害，忍不住疼痛。

看到这东西的伤势，老喇嘛叹了一口气，走上前来，将袖子挽起，从怀里掏出那口嘎巴拉碗，然后将它覆在伤口上，念动经文。随着时间的推移，那颅骨做成的碗中，有如油脂一般的液体滴落，聚在了地上这头畜生的左眼上，那破碎的玻璃体，竟然被固定住，不再痉挛抽搐了。

老喇嘛吩咐了一声,小喇嘛将手掌放在了剑脊鳄龙的额头上,轻轻摩挲,然后握住那把刻刀,一下,便将其拔了出来。这刻刀被拔出来之后,刀刃上面还有一层浓胶一般的液体,黄色的,黏稠如蜜。

老喇嘛叹了一口气,反过身来,将刀柄递给了杂毛小道。

杂毛小道接过来,看到两个喇嘛一副悲悯天人的表情,忍不住抱怨,说,生死相搏,自然用尽全力,你们有这降服之法,早说出来,这畜生哪里用吃这么多的苦?他说完,将刻刀在草地上抹了一把,见不干净,便跑到湖边去洗涤。

当他返回的时候,我们已经围着这头剑脊鳄龙,在做研究了。

经过老喇嘛的治疗和小喇嘛的抚慰,这头畜生的情绪终于稳定下来,懒洋洋地趴在地上,伸展身子,然后翻转过身子来,将隆起的肚子,露给我们看。

它腹部的黑色鳞甲没有那么硬,略微柔软,从外面看,呈现出一个蜷缩的人形,正随着剑脊鳄龙的呼吸而律动着。我问那个眉毛长长的老喇嘛,有什么办法,将里面整个少年给救出来?

老喇嘛望向那个清秀的小喇嘛,小喇嘛点了点头,然后将头附在这条巨鳄的耳朵边,轻轻地说了几句话。

这边说完,那剑脊鳄龙便猛摇头,嗷嗷地叫唤。

杂毛小道将湿润的刻刀在自己的衣袖上抹了抹,不解地问,这畜生可是不乐意?

小喇嘛摇头,说它不是不乐意,是因为受了伤,全身的神经系统被震得紊乱崩溃,导致它无法将肚子里面的人给反刍出来了。我笑了笑,说,这家伙既然有这神奇的功能,怎么又变得时灵时不灵了,这到底是何道理?杂毛小道也在旁边嬉笑,说,你们是怎么降服这头畜生的,看来它还是藏了私,不然还不赶紧弄出来,恐伤了无辜者性命?

小喇嘛挠挠头,不好意思地说道:"它刚才中了我两杵,这法器伤害力不大,不过有延时震伤的效能,估计现在开始发作了。"

杂毛小道笑了,说,这一回,可跟我们没啥关系了。

老喇嘛打断我们的谈话,他右手摸着那起伏的人形肚皮,眉头皱起,急迫地说道:"它刚才受创过重,体内的自我调节功能已经完全紊乱了,使得包裹活物的脏器少有氧气输入,现在看,快要枯竭了,如果再拖一段时间,只怕将人救出来,也活不成了……"

他话没有说完,不过我们已经被他提出来的问题给惊到了,若真是如此,我们可该怎么办?

杂毛小道并没有半点儿犹豫,他对这个丑陋的爬行动物有着天然的反感,又或者说,他对所有被唤作"龙"的生物都十分不喜。刚刚收入怀中的刻刀又掏了出来,在他右手的指尖上飞舞了几圈,然后停住,指着那腹部说道:"要不然,由我来客串一把妇产科男医生,给这个家伙来一次'剖腹产'?"

老喇嘛不同意，说，巴桑家的儿子是一条生命，我们面前的这条剑脊鳄龙，也是一条生命，而且它还皈依了我佛，更是不能滥杀。这剖腹不但会将它的护身气场给切开，留下遗祸，还会迫使它奋起反抗，逃脱出我们的控制，到时候，还是会害了它腹中的生命。

　　这可如何是好？见到两个喇嘛左右为难的样子，我的心思一动，说，这剑脊鳄龙只是食道神经没有了效用，如果我们能够从外而内，帮助它蠕动肠道，是不是就可以将那孩子给反刍出来了？

　　老喇嘛点头，说，理论是如此，只不过，我们怎么办，难道自己也爬进去，将里面的人，往外面拽？

　　我笑了笑，说这你就不用担心了。两位，这里有一句话需得你们同意——我可以为你们刚才的手段保密，但是你们也需要为我保守秘密，可好？两个喇嘛二话不说，单手而立，诵了一声佛号，称是。

　　有了这两个人的保证，我便也不顾忌许多，双手合十，大声唱喏道："有请金蚕蛊大人现身！"话音一落，肥嘟嘟、金灿灿的肥虫子出现在半空中，稍微一停顿，便朝着那剑脊鳄龙的口中射去。

　　骤然吞进这么一个小东西，那剑脊鳄龙大吃一惊，残留的眼睛瞪得硕大，嗬嗬地叫，显然是被吓着了。肥虫子一闪而逝，然而两个喇嘛却看了个一清二楚，老喇嘛惊恐地指着那一道流逝的金光喊道："波比瘤般虫？"

　　我并不理会他们的惊讶，走上前，只见这剑脊鳄龙腹中的那一大团鼓起，开始往上走移。一开始还只是一点儿一点儿，肉眼难以瞧见，到了后来，这剑脊鳄龙那又短又粗的四肢开始游泳一般地滑动，从腹部到喉咙，开始有规律地收缩。过了几分钟，它狭长的鹰喙嘴巴，张得巨大，从里面，滚落出一大团黏黏糊糊的东西来。

　　这东西在湖岸旁滚了几圈，最后舒张开来，竟然是一个浑身挂着各种黏糊腥臭液体的少年。

　　他的眼睛没有睁开，只是脖子变得通红，继而青紫，双手往自己的脖子里抓去，不停地痉挛抽搐。这是醉氧。因为在那剑脊鳄龙的肚子里待了一天，他身上的味道又酸又臭，难闻极了。小喇嘛赶紧上前去，又是泼水又是解衣，总算是让他舒缓过来。

　　睁开眼睛后的藏族少年，跪在两位喇嘛的面前，又跪又拜，叽叽喳喳，口中各种感激和赞美。

　　在喇嘛的劝说下，那少年惊魂已定，平复心情，说起自己的事情。无外乎是追羊到湖岸，结果被吞噬，并没有多少曲折。他也是运气好，倘若剑脊鳄龙先吃的是他而不是羊，只怕此刻他已经葬身鳄腹了。在冰冷的湖水里将他洗净，小喇嘛与巨大的剑脊鳄龙依依惜别后，不再停留，往回走。老喇嘛找到我，说他们会返回寺中，然后组织人手来确定和挖掘黑暗时代被沉毁的佛像和遗物。到时候，可能需要我们帮忙。我并不愿，要知道，我们现在可是逃犯身份，本来就应该低调些，此刻若是大张旗鼓，只怕会招惹麻烦。

老喇嘛一辈子精研佛法人心，自然知道我们在担心什么，他当即向我们保证，说他会为我们的一切保密，并且在有可能的情况下，为我们提供庇护。

说到这里，我方才答应，说到时候看看。往回走的路上，我们碰到了赶牛的巴桑等人，见面又是一顿欢腾。回到南卡嘉措家，诸多庆祝，暂且不提。

当夜，我不止一次地梦到了一樽巨大的石棺，在水里悬浮。

第八章　传道授业

　　晚上是在巴桑家里喝酒庆祝,藏族同胞热情得很。那大碗的酒,一杯接着一杯地劝,那青稞酒喝得我口中苦涩,虽未醉,但是却难受得紧。

　　一夜怪梦,第二日早晨,我起床来,没来由地感到心慌。

　　想了半天,我找到杂毛小道,将昨天在水底里的经历,结合昨天晚上的梦,给他讲了一遍。

　　杂毛小道挠着头,想了好一会儿,问我说,好像听我前几天也说起过,梦见自己躺在一个棺材中,也是沉于水底,这回也没有什么区别啊?我说,这回不是,这回是在外面看到那巨大的悬棺随着水流,漂来漂去,跟我昨天在水底里见到的那一樽,几乎一模一样。

　　杂毛小道跟我确定不是幻觉之后,开始疑惑起来。

　　要知道,藏传佛教讲究"菩萨布施,不惜生命",这是从佛教故事中"尸毗王以身施鸽"及"摩诃萨埵投身饲虎"的佛经故事中得来的。在藏区,没有土葬,何来棺材?

　　我仔细回忆,还是确定,那一口棺材我似乎在哪里见过,十分眼熟。

　　这好奇感挠得我痒痒,然而杂毛小道提出返回天湖底去察看时,我又不愿。

　　那头剑脊鳄龙虽然被那小喇嘛用舍利子的佛光给降服了,但并不代表它改行吃素了。有那小喇嘛在,它还能够收敛戾气,其他时间,它却未必甩我。更加可气的是,为了给那两个红衣喇嘛面子,我们还不能够伤害它,免得到时候白居寺翻脸。强龙不压地头蛇。我们还是两个通缉犯,又得开始跑路,这才是我所不愿意的。想到这里面的诸般曲折,我咬着牙,说不去了,管它什么水中棺,关我屁事?

　　杂毛小道哈哈大笑,说也是,那天湖说得再悬乎,关我们什么事情?

　　谈完这些,我们又开始揣测起那个小喇嘛的身份来。

　　杂毛小道猜测那个小喇嘛,可能是一个没有登记在册的活佛。这里讲的活佛,可不是单指那位布达拉宫的主人,而是汉族对藏族地区一些转世修行者的称谓。藏族教义有中法身、报身、化身三身之说,法身不显,报身时隐时显,而化身则随机显现。归其要义,便是说佛法高深、成就果位的僧侣,在弥留之时,会通过灵魂转移,转世重修。这样的转世尊者,便是活佛。

　　不过一般的活佛,因为要继承他前世的宗教地位,通常会举行盛大的宗教活动,并且报批自治区政府审核,不会有这种隐了姓名的活佛在。回想起来,我竟然还不晓得那个小喇嘛叫什么名字,而且从南卡嘉措等藏民的反应来看,显然这小喇嘛也不是很出名。

不过也正因为如此,才显得更加神秘。

我们两个猜测了好一阵,都不得其意,便不再想,反正那两个喇嘛对我们,并无敌意。

我在南卡嘉措家门口练了一趟拳,关节松动,神清气爽,汗水化作水气,在头顶上空腾起,凝而不散,化作一条似是而非的长虫。杂毛小道坐在门口的石头上面,看着我练,笑说,小毒物,你这功练久了,会不会自己也化作一条虫子了?

我呸他一口,《镇压山峦十二法门》中的固体一节,这老小子也曾听我分析讲解,学了一二,说这晦气话儿,真的是找不自在。我不管他,一跺脚,那把鬼剑便跳入我的手掌中,一剑在手,化作游龙,我便舞得疯癫,只感觉处处皆是敌人,让鬼剑敏锐的意识指引着我,一时间眼花缭乱,剑光四闪。这一趟剑练得我浑身气血翻涌,感觉有使不完的劲儿,在身体里蔓延。这种强大的感觉,让我兴奋不已,最后一声长啸,这镀了精金的锐利剑尖,陡然抵在了一个少年的喉结处。

顺着剑尖往上移,我看到了一个红脸膛的藏族小伙儿,他一脸紧张地看着我,用磕磕巴巴的声音喊道:"恩、恩人……"我想了几秒钟,才想起来,这个藏族小伙儿,就是巴桑家的二儿子莫赤。昨天他浑身都被那腥臭的黏液裹挟着,黄的白的,恶心得紧,我瞅第一眼,便不想见第二眼。回来之后,在巴桑家吃烤羊宴,这个小伙儿也因为受惊过度,早早地歇息了,所以没怎么瞧见。

莫赤此番过来,是来拜师的。他用并不标准的汉话跟我们交流着,说他想找一个师父,教他本事。听人说我们昨天和两位上师一起,战那湖里的神灵。回来的路上,上师对我们也多有夸赞,所以就过来求我们了。

杂毛小道蹲在门口,像村口的闲汉,问莫赤干吗不去寺院里面学呢?那里有本事的人多着呢,何必跟我们两个外来客?

莫赤红着脸说,他小的时候也去过寺院,被说没有佛心,结果给赶出来了。

他拎着手里面两挂风干的牦牛肉,跪在地上,说,两位师傅,你们就收下我吧,教个一招半式的,徒儿伺候你们一辈子。

我和杂毛小道自然不允。我是因为开了金蚕蛊这外挂,寻常人很难习得这些,至于蛊师,我还真的不算合格。而杂毛小道,则是师门规矩,虽然茅山宗将他逐出门墙,但是不得私自收徒的规矩,他必须守。便是教我的各路法门,也都是他萧家的,或者寻常的大路货。

然而那莫赤认准了我们两个,将风干牦牛肉往我们手上一塞,便厚着脸皮爬起来,跟着屁颠屁颠儿,嘘寒问暖,各种搭话。像跟屁虫一般,《士兵突击》里的许三多,也不过如此。我们不搭理他,也不生气,"师父师父"地乱叫,完全就不是我们印象中,憨厚寡言的藏族同胞形象。

杂毛小道走南闯北，什么人都见过，人情世故方面做得通透，不管怎样，都是呵呵一笑，不过我却不成。怎么讲呢，我这个人有些吃软不吃硬，这莫赤倘若是提着刀子，明火执仗地跑过来，我倒也就干脆了，然而他这一副死缠烂打的架势，却让我有些不好拒绝，也不便摆出高人的架势训斥他。

　　到了中午，在南卡嘉措家里，一同用过饭后，我蹲在茅房里解决个人问题，这藏族小伙儿在门外边，用蹩脚的汉话跟我讲他放羊时，"大黑"和"小黑"顶角打架的趣事。我终于投降了，哭丧着脸从茅房里面跑出来，跟他说教他一手，至于能学多少，这就看各人本事了。

　　莫赤兴高采烈地又蹦又跳，咧着一口白牙笑，觉得是自己的诚意，感动了我。

　　杂毛小道也在一旁怪笑，觉得我被这憨厚的小伙儿折磨得快疯掉，也是一件趣事。进房间的时候，他捅了捅我的胳膊，嘻嘻笑我说，小毒物，你前辈子如果是个女孩子，只怕是好追得很啊。我瞧着这个家伙一脸贱笑，就气不打一处来，顺手给他回了一个中指。

　　在我和老萧的房间里，我们迎来了四名学生，除了死缠烂打的藏族有志小伙儿莫赤之外，还有南卡嘉措家的三个小屁孩。

　　我不让他们叫我师父，也表明教的都是些小玩意儿，不过在浓重的宗教气氛渲染下，这四名学生还是显得十分认真。我主讲的，自然不是害人的蛊术，而是"十二法门"中，对于九字真言的论述。

　　这九字真言，"灵镖统洽解心裂齐禅"，本就出自密教的"九会坛城"，乃如来三密之随一语密，总谓法身佛之说法，学起来也简易，能入定，是洛十八吸取它教之所长而传下来的，我用着也熟稔。经过这么久的体悟，以及慧明和尚的言传身教，多少也能够论述到精要，故而一一示下。

　　一堂课讲得我口干舌燥，下面的学生也是囫囵吞枣，杂毛小道和虎皮猫大人在旁边看热闹，笑得歪东倒西，我这才感觉到为人师长的辛苦。我讲课，言简意赅，一切皆以实践为主，在将各真言的手印、发音和境界描述都讲授一遍之后，我终于说出了筹谋已久的话语："今天的内容就是这些，回去自己体悟，勤加练习，如果没有气感生成，不觉佛音，就不要再来找我。世间没有捷径，唯有靠自己的悟性和努力，方才会真正成为有本事的人！"

　　四个小徒儿躬身退下。杂毛小道则哈哈大笑，说"世间没有捷径"，这句热血的话从你口中说出来，我怎么觉得那么讽刺呢？

　　不过经我这一番布置，莫赤还真的没有再过来烦我们了，于是便又过了两天悠闲的日子。晚上吃饭的时候，南卡嘉措告诉我们，巴桑家的二小子自从被救回来后，整日就疯魔了一般，口中念念有词，吃饭睡觉，皆是如此，问他什么，都不答，不晓得要不要再请上师过来瞧一瞧。

　　他家三个小孩儿，加上我和杂毛小道听到，都不由得会心一笑，不再多言。

第九章　虹化佛光

　　天湖深处的佛像似乎十分珍贵，使得白居寺那两个修为高深的喇嘛，当天激动不已，回来的路上，转经筒的平均转速，都快了一个等级。我和杂毛小道本来以为他们回到寺中后，会立刻带人过来进行挖掘工作，然而左等右等，过了好几天，都没有半点消息，似乎这件事情，根本就没有发生过一样。

　　这种反常的事情，让我和杂毛小道都有些心慌，想着那两个喇嘛不会是通过某些渠道，得知了我们两个的身份，然后把消息，通知了特勤局吧？

　　心中有鬼，自然看谁都心怀叵测。我们连收山药的汪涛都不信任，更何况是这萍水相逢的人？于是我和杂毛小道表面虽然淡定，但是也开始有意识地加快囤积干粮的速度，准备着往山里跑路的计划。

　　与此同时，热爱巡逻侦查事业的虎皮猫大人也重任在肩，它的工作量那几天几乎大了一倍，重点监控主要通道，一旦有什么风吹草动，必然会第一时间过来，通知我们。

　　我开始有意识地储备起体能来，没有再像前些日子一样，将自己逼迫到潜能的极限，累得像条死狗。通过对山阁老留在怒江山洞里那本《正统巫藏—携自然论述巫蛊上经》中所遗留的第三套心法的研习，我的单体速度，已经得到了很明显的提高，近期开始朝着威尔岗格罗那般敏捷的战斗风格挺进。

　　那些天，我们都心惊胆战，草木皆兵，连睡觉都不是很安稳。唯一让我觉得有意思的，便是那个叫莫赤的藏族少年。

　　人都说"不疯魔，不成活"，此话果真不假。莫赤自从我跟他讲解了密宗九会坛城中的真言之术后，便开始疯狂地实践起来。他果真如南卡嘉措跟我说的一般，整日里都在喃喃自语。一开始是除了吃饭，其余时间都在念叨，便是在睡觉的时候，也将这九字真言，当作了催眠曲，日夜不休。如此过了三天，他开始沉默了。

　　当然，这沉默不是因为他悟了，而是因为声带受损了。养了两天，可能是憋得太久，他喊出第一字来的时候，感觉浑身的血液，都随之震荡，嗡嗡嗡，如同寺院里的大钟在敲响，浑身都在战栗，呼吸也细长了，人在那一刻，几乎像是要飞起来一般。

　　莫赤第一时间飞奔到了我们这里来，心情激动地告诉了我们，他当时的感受。

　　他的情况让我们十分惊讶，特地对他进行了一系列针对性的测试，发现他竟然已经有半只脚，踏进了这一行当里来。也就是说，九字真言，已然将他的精气神给凝聚到了一起，感应了天地。

这是一个奇迹，唯有根骨好到极点的奇才，方能够在这么快的时间里，感受到这些。不过莫赤显然并不属于这一类，不然他也不会在小时候，就给寺庙刷下来了。这情形引起了虎皮猫大人的关注，为此它老人家难得地有时间，给莫赤号了一下脉。

莫赤对于我们的崇拜，与日俱增，所以见到这么一个肥硕如母鸡的鸟儿一边骂咧咧，一边给他号脉摸骨，也觉得是很正常的事情，睁大双眼，也想知道个究竟。

结果很出乎人的意料，虎皮猫大人告诉我们，这莫赤原本的资质，确实是平凡到了极点，而且是属于下乘的那种。真正让他有所改变的，正是前几天的那段经历。在剑脊鳄龙的肚子里待了一天多的时间，他不但没有死，反而因祸得福，根骨得到温养，又受过小喇嘛的一招佛光普照，开启了慧根。于是，他在迷迷糊糊之中，竟然误打误撞，傻人有傻福，有了这番上佳的资质。

他高兴，我和杂毛小道自然也是开心不已。正所谓无心插柳柳成荫，能够成就如此因果，也是一件大福缘。

面对着莫赤激动的情绪，我给予了他适时的鼓励，以增强自信心。然后将那九字真言的运用和理解，给莫赤再次详细地讲解一遍，让他勤加练习，等他达到了最粗浅的境界之后，再过来找我。莫赤欢天喜地地离开了，一脸幸福。

有时候，越是像他这么简单的人，反而越能够得到足够的快乐。

在两个喇嘛离开的一个星期之后，白居寺来了一个没有戴黄帽子的普通僧徒，过来找到了我们。他显得有些急匆匆，说得并不多，只是讲两位喇嘛没有时间过来打捞湖中遗物，需要跟我们重新确定一下日期，最近还会在这山村里吧？我们答是，随时恭候。这个僧徒松了一口气，说那便好。他转身准备启程，我们问起，到底发生了什么急事，会让两位喇嘛，都没时间过来呢？

这个僧徒沉默了一下说，寺里面有一位林赛格西（一种僧人称谓），近日将飞入清净刹土，全寺僧人都在等待，所以没有时间过来。

飞入清净刹土？我的眉头一跳，而杂毛小道则是前跨一步，抓着那个僧徒的僧袍，说道："可是高僧虹化？"

那个僧徒点头，说是的。见到我们眼中露出的表情，他迟疑了一会儿，说："堪布班觉上师说，如果二位有空，可以到寺内一观。"听到这句话，杂毛小道的眼睛都放起了光芒来，说真的可以吗？

来之前我们曾经看过内参，所谓虹化，是指修行藏密至大圆满，圆寂时，肉身会化作一道彩虹而去，进入佛教所说空行净土的无量宫中。藏传佛教之所以繁荣昌盛，一部分原因是不断地有奇迹出现。这高僧虹化之事，或者肉身变小、遁入虚空，或者仅仅留下指甲、牙齿与头发，或者留下几寸肉身，此法之关键，一在修为，二在业力，妙不可言，乃藏传佛教密宗的绝对真秘，常人哪里能闻，那老喇嘛居然会邀请我们，这还真的让人称奇。

那僧徒显然也不能够理解老喇嘛的决定，不过他地位低下，单纯的路人甲，所以虽然奇怪，也不敢有什么意见。

　　虹化的高僧一般会在圆寂七日前，有所感应。接着就是不饮不食，沐身净体，等待时间的到来。我们问这僧徒至今已经有几天了，他回答我们，说今天已经是第六日了。听到这句话，我和杂毛小道忙不迭地去收拾行李，然后与南卡嘉措说起。他十分羡慕，开着小货车，送我们赶过去。

　　路上的时候，我想到一个问题，那就是如此佛法庄严的圣地里，抛开我们通缉逃犯的身份先不谈，朵朵一鬼妖，小妖一麒麟气血孕育出来的精怪，金蚕蛊一蛊虫，还有虎皮猫大人这不鸟不妖的家伙。这四个小东西，身份密不可言，倘若是碰到哪个脑子一根筋的角色，岂不是要将我们，给生吞活剥了啊？

　　当我把这个顾虑说给杂毛小道听的时候，他点头称是，然后拍着我的肩膀说，小毒物，它们就交给你照顾吧，这次观摩，就由我来勉力而为吧。到时候有什么现象和感悟，我一定会全部转告你的。

　　我啐了他一脸唾沫，说，这等机会，我怎么可能错过？为了公平起见，要不然，咱们抓阄？

　　杂毛小道还没有回答，旁边的虎皮猫大人便抗议，说他老人家对于虹化，也只是听过没见过，此番机会，自然不可失去。小妖和朵朵也在各自的寄身之处闹意见，要不是怕旁边的人吓坏，将车开翻出去，小姐俩儿说不定就蹦出来，拳打脚踢了；便是肥虫子，也几次溜入我的菊门，以示威胁。

　　最后无奈，我和杂毛小道合计了一下，觉得老喇嘛应该是已经看透我们的底细，但是并没有多说什么，还要请我们去观摩，显然也是默认了，此番前去，想来是没有什么危险的。怕只怕，邀请了我们，也邀请了别人，倘若到时候来了官面上的人，我们还需要小心应付才是。

　　杨操之前送给我们的人皮面具，我一直放在背包里，一会儿到了地方，我们便小心一些，倘若不妙，先戴上，应付一下才好。反正这是一次对这个世界和另外的世界了解的上好机会，说不定，我们能够通过现场观摩，获得更大的机缘。所以，冒这危险，其实也是值得的。

　　路况不好，小货车晃晃悠悠，到了下午才到达白居寺。

　　白居寺属全国重点文物保护单位，也是一处旅游胜地，平日里进寺里去，光门票都要六十大元。不过正月时分，藏区寒冷，游客倒是不会有几个。我们下了车，刚一落脚，便见到门口的周围，站满了一圈人。

　　我不知其意，杂毛小道却用手捅了捅我的腰间。

　　我顺着他的手指，抬头望去，只见在吉祥多门塔方向，有隐隐一道虹光悬挂，七彩颜色，从西到东，不长，但是却刚好能够瞧见。

　　看到这种神秘现象，本来准备返回家中去的南卡嘉措，脚都走不动了，仿佛生了根一般。

第十章　僧舍追兵

这门口围着的一圈人里面，有藏民，也有附近做生意的汉人，还有几个背着厚重行囊的背包游客。在最外面，有好几个藏族小孩，向每一个路过的人要钱。也有人想往里面挤，但是门口站着两个僧人，似乎在劝告这些人。

藏民对这些僧徒自然是很尊敬的，即使激动，也听从，汉人便不怎么乐意了，大声嚷嚷着，表达着愤怒和不满。不过无论他们是求情，还是斥责，或者撒泼，都没有效果，那两个穿着红袍的僧徒，就是不肯放人进去。

看着佛塔那边的七彩虹光，南卡嘉措的呼吸粗了，就是不肯走动，拉着我和杂毛小道的衣角，可怜巴巴。我知道，我和杂毛小道过去，也只是看个稀奇，顺便与自己的功法修行做一个印证。但是像南卡嘉措这种佛教徒却不同，这可是他一生的信仰，面对着这种神迹，他哪里能够回去？

不过当我和杂毛小道用求助的目光看向那个报信的僧徒时，他摇了摇头，表示不行。

他说班觉上师只说了请两位来观摩，至于其他人等，他也没有得到授权，所以不能够帮这个忙。听到这句话，南卡嘉措脚步都有些不稳，这个四十多岁的男人，像个孩子一般的无助。不过他最后还是挣脱出来，噙着泪，咬着牙，一步三回头地转身离开。

不知道为什么，看到南卡嘉措的这个样子，我的心里面蛮不是滋味的。不过那个僧徒显然并不觉得，他带着我们，绕过门口，朝着后面的侧门行去。进了寺庙，他跟我们施了一礼，说两位上师这几天都没有空闲，估计要到晚上才会过来看你们。我这边先给两位安排僧舍，暂且住下，等待明日大典，可好？

没人看着更自由，我们自然是满口答应下来，说好，好的，麻烦小师傅了。

那僧徒又施一礼，说无妨，请随小僧前来。

他带着我们，绕过各种建筑，缓步前行。来的路上，我们已经接触过了，这个小子根本就是个闷油瓶儿，三棍子打不出一个屁，所以也不便发问，只是好奇地四处打量。

这白居寺的主体建筑，也就是以措钦大殿和吉祥多门塔（十万佛塔）为中心，然后分呈古巴、琴各洛、洛布干等十六个扎仓。藏传佛寺内有严格的习经制度，设有专门研究佛学学科的学院，藏语称为"扎仓"，意为僧院。总体看上去十分庞大。因为朵朵这些小东西，我们心中有碍，也不敢大声招摇，低着头，像受气的小媳妇儿，除了不断用余光四处扫量之外,便只是跟着前行。

或许离虹化盛景还有一天的时间,而且关闭正门的缘故,路上的人并不算多,我们所担心的事情,也没有发生。不多时,我们来到了一处整体偏黄的建筑前,那个僧徒将我们领到里面的一个房间,交代了一些注意事项和忌讳之事,然后行礼离开。

走进房间,很简朴的僧舍,除了几张陈旧的唐卡外,并没有什么值得一提的东西。

我和杂毛小道将行李放好,坐在床榻上,心中略有些忐忑。人因未知而恐惧,在这个传说中的佛门圣地里,花钱买门票的游客们,只能够感受到对藏传佛教的新奇和肃穆,而我们,则被那股无所不在、浩大中正的佛堂气息,给压得心头沉甸甸的。

旁门左道,在这种环境里,在心理上,先天就低人一头。

我咽了咽口水,也不敢将两个朵朵放出来玩耍,只是关心蔫了吧唧的虎皮猫大人,问它感觉还好吧?

肥母鸡冒出一句川普:"我信了你的邪!这个地方,怎么感觉这么熟悉,大人我可是从来都没有到过西省的啊,怎么会这样?"

我摸了摸它肥硕的肚皮,感觉似乎还好,便不再理。问杂毛小道,说一路上,有没有感觉到什么异常?

杂毛小道点了点头,说,是的,高手众多,有的甚至是堪比茅山长老级别的,不过都没有露面,隔窗一瞥而已,只是好奇,没有敌意。至少没有浓烈的敌意。

我们已经知道,在这一座寺庙中,并不像常见的寺庙,是一人当家,垂直式管理。而是萨迦、格鲁、噶当等各教派,和平共存于一寺,每派各有几处扎仓,所以即使是被人邀请前来,我们也不能够横着走,需得小心谨慎地过活着,以免被人揪到痛处,不然无法参加盛典不说,还给扭送官府,到时候,可就得不偿失了。

不过做人低调,这事儿我们已经惯熟,倒也没有什么不适应的地方。往床榻上面盘腿一坐,然后开始行气,眼睛一睁一闭,一口气息悠长。不一会儿,天色已黑,唯有四处灯火点点。我们似乎被遗忘了一般,也没有个人过来,给我们提供吃食,所幸来的时候,南卡嘉措给我们带了些糌粑和一罐酥油茶。我们也不敢出门,将糌粑袋子捏巴捏巴,然后合着酥油茶,将肚子填饱。

到了晚上九点多的时候,走廊上传来了脚步声,接着门被敲响,我们从床榻上下来,门开,来的正是湖边那个小喇嘛。我们曾经并肩作战过,算得上有战友之谊。相别不久,倒也不会生疏,见过礼,各自在桌旁落座。

小喇嘛向我们表达了歉意,说本来准备次日回返,召集人手和设备,去将埋藏在湖底里的千年遗迹给寻出来,供奉佛殿之中,日夜瞻仰。怎料到刚一回返,就碰到这等盛事。伦珠上师自感已入大圆满,登塔顶上,准备于万佛之前,虹化肉身。而且还言为了弘扬佛法,本次虹化,可当着众人之面,给后人留下财富。此乃大事,也是盛典,震动业界,于是就没了时间,一直都在忙碌此事,并且还要轮流诵佛祈祷,保佑

此事能够大圆满，故而才这么迟，通知到你们。

我们摆手说，不用歉意，诸事孰重孰轻，我们自然省得，无须多言。对于班觉上师能够邀请我们前来观礼，我们已经是十分感激了。

小喇嘛说，上师之所以请你们过来，一是天湖一事，我们亏欠于你们，二是上师说我与你有缘，日后需得多加亲近。他这几日负责礼仪招待，忙得不可开交，所以今天便不来看你们了，明日再见，还请两位多多见谅才是。

这小喇嘛长相柔美，行为举止，彬彬有礼，倘若抛开这光溜溜的头颅，倒似一翩翩佳公子。我们聊了好一会儿，他将明日的一些安排给我们作了解释，然后与我们探讨了一些修行上的问题。他的这些问题并不涉及身份盘问，只是简单的学术讨论。这让我们感觉很轻松，觉得这个小喇嘛虽然年纪不大，但是对于人情世故，却琢磨得很透彻，并不是个一心钻在学问里面的书虫子。可以预见，这个小喇嘛在若干年以后，必定能够成为这一片地界的风云人物。

双方都是在刻意结交，而且说的也都是些修行方面的问题，所以相谈甚欢。约莫到了十点半，小喇嘛才起身告辞。我们送别至门口，然后从窗户望去，见到小喇嘛一步一步地缓慢离开，越过一片转经筒，消失不见。我抚掌称叹，说这样的人物，乃当世之人杰啊，幸得一见。

杂毛小道淡淡地笑，说，小毒物，我敢打赌，这个小喇嘛，一定是一位转世尊者，不在档的活佛。

闲着无聊，我们两个就这个问题，讨论了好一会儿。突然，望向窗外的杂毛小道脸上出现了一丝紧张的神色，然后刻意地往里面躲了一下。我奇怪，伸头过去瞧，结果看到了一张消瘦的老脸，心中一跳，这货不就是茅山长老茅同真吗？

我还待再看，杂毛小道伸出手，一把将我给拽进里面来，压低声音训斥道："想死啊，你以为他们不能够感受到你的凝视？"我的心脏乱跳，冷汗顿时就流了下来，低声问道："他们怎么找过来了？"杂毛小道也憋闷，说他怎么知道？

他大概地算计了一下时间，再次伸出头去，快速地看了一眼，然后缩回来，浑身打了一个颤。

我问怎么了，这么害怕？他盯着我，低声说道："小毒物，你知道都来了谁吗？"

我摇头，说刚才匆匆一眼，我只看到了茅同真那个老乌龟，还有谁？

杂毛小道一字一句地说道："刘学道，刑堂长老，茅山宗里面，实力排在前三的长老！"我并无感觉，说前两个又是谁？杂毛小道跟我解释，第一的自然是他师父陶晋鸿，第二是传功长老，李道子的后任。我深吸一口冷气，说这货，比杨知修还要厉害？

杂毛小道摇了摇头，说不知道，他离开茅山多年，不知道杨知修现在什么修为，大师兄也讳莫如深，也许……

我们两个关着窗子在小心议论，结果就在这时，门又被叩响。

第十一章 虚实意义

听到这"叩叩叩、叩叩叩"的声音,我和杂毛小道本来就已经提心吊胆的,瞬间心脏就升到了喉咙眼。我们面面相觑,紧张得几乎都喘不过气来。

那敲门声仍在继续,而且似乎很不耐烦了。我各种脑补,想着这门口莫非是三大长老,齐番蹲守着,见我们不开门,就准备破门而入了?

就在我和杂毛小道憋得气都快要断掉的时候,门口终于传来了一道奶声奶气的声音:"你们两个,快开门啊!"

这声音听着有些愤怒,又有些稚嫩,我一激灵,看了一眼杂毛小道。他扬扬下巴,让我去开门。我蹑手蹑脚地走过去,身子绷得笔直,然后小心地将门打开,但见一个七八岁的小僧徒,端着木盘子,上面还有几盏吃食。这小僧徒显然是被我们死死不肯开门的行为给气坏了,嘟着嘴巴,愤怒地看着有些手足无措的我,眼睛里,竟是晶莹的眼泪。

我赶忙将这小孩儿引进房中来,问他这是怎么回事?

他气呼呼地说:"江白师兄说你们还没有吃晚饭,叫我给你们送点吃食来。你们还真的是……不自己去吃饭,送过来,还不给开门,哼哼!"

我们两个怕他哭出声来,引来那刑堂长老的关注,连忙蹲在地上,好生哄劝。我回去翻了背包,竟然摸到两块巧克力。这东西对于这个岁数的小孩子,简直就是无敌利器,终于将他的愤怒给平息了。

寺院的吃食自然谈不上有多精致,我们草草用过。然后问那个小僧徒,说刚才从前面走过去的那几个人,是哪里来的,在哪里下榻啊?

吃人嘴短,拿人手软。这七八岁的小僧徒倒也知趣,抬着头想了一下,说是过来观礼的同道吧,住在前面左转的那个扎仓。怎么,你们认识么,要不要我去帮忙传话?我们赶忙制止住这个小僧徒,好是一番劝慰,说不用。并让他帮我们保密,如果能够探听到什么消息,告知我们,必有回报。

这个小僧徒欢喜地离开,留下了愁眉苦脸的我和杂毛小道。

我们此番入藏,本就不打算能够瞒得了茅山多久。这西省寺庙繁多,修行者众,如此气息牵引,导致他们推演不得天机,此为地利。不过人生于世,总是要沾染因果的,大致的方向,想来他们也能够料得出来。想着我们又要步入跑路的悲催生涯,我心中就一阵难过。

在南卡嘉措家的那个小村子里,日子过得虽然无聊,但也还算安稳妥帖。此番又

来，下一次停顿的安稳生活，可不知道是什么时候了。

不过目前有一个好消息，那就是茅同真、刑堂长老此番过来，只是适逢其会，观摩盛典，并不知道我们的存在。而至于白居寺这边，两个喇嘛说过会帮我们保密，又有求于我们，那么……要不然我们现在夜奔，逃离此地吧？

如此一来，便能够提前一步，早日逃脱，避开他们的追捕了！

这个提议由我提出，杂毛有些心动，然而虎皮猫大人却不屑地看着我们直哼哼，说我们这是捡了芝麻、丢了西瓜。人这一辈子，不能够总是在逃避中度过，如果不能够保持无畏无悔的状态，那么即使是再刻苦，再努力，也不可能有什么大成就的！人生难有一搏，唯有搏，方才会突破自己！

它盯着我们瞧，说，就因为要避开一场追杀，便错过一次可能这辈子都不会遇到的高僧虹化，若真如此，你们两个家伙，以后别说认识我。

虎皮猫大人是个疲癞的性子，向来都是嘻嘻哈哈的，刀子嘴豆腐心，但这种激人的话语，说得很少。显然在它眼中，密宗虹化，可要比茅山的追杀重要许多。我和杂毛小道面面相觑，决定民主投票解决。结果很快就出来了，除了我投了离开赞成票之外，杂毛小道、虎皮猫大人、朵朵、小妖和肥虫子，都投了反对票。

至于火娃，它懵懂无知，被小妖威胁，故而视作无效弃权。

结果出来后，杂毛小道恶狠狠地握紧拳头，说："看来大家都铁了心啊。好奇心害死猫。好，明天我们都收敛气息，小心一些。然后换上面具，看完便躲起来，不得露面。要万一露了馅，就尽量将那两个喇嘛拖下水。洛长老他们再狠，也不敢在人家的地盘上撒野。接下来，我宣布——睡觉！"

当晚我又梦到了那樽巨大的悬棺浮起，心头沉重。次日早晨，在一片佛唱的声响中醒了过来，感觉空间的炁之场域，生死复返，流动得格外浓烈。

没有早餐。我们得知，所有的观礼者都需要斋戒沐浴，以待佳时。

从早上九点多钟起，寺院中就开始热闹起来，不断地有人到来。这些人或者是附近寺庙的高级僧侣，或者是自治区政府过来的官员、社会知名人士，听说布达拉宫和大、小昭寺也来了很有分量的法王……因为限制级别的缘故，人不算多，但是也有四五十号人。

看到这些，我们忐忑的心情总算是好了一点，到时候只要小心一些，未必会被发现。

按理说，虹化是一件十分庄严肃穆的事情。一般圆寂的高僧都会在自己的居所，闭门不出，不吃不喝七日，概不见外人。等到第八日，由亲近的僧徒进去，收拾遗物，少有如此高调者。机会难得，所以我们才会如此珍惜。

当然，这位林赛格西所作出的选择，我们也可以理解：随着藏区与外界的沟通渐多，以及大量的汉人涌入藏区，或者旅游，或者做生意，外来文化的冲击，使得很多藏民开始尝试着改变固有的生活习俗，甚至改变了宗教信仰。作为站在藏传佛教金字塔顶端的一部分人，他自然也想通过自己的方法，在自己即将得到解脱的时候，让自己存在于世的信仰，更加有竞争力一些。

凝聚信仰，这应该是他做这一切的缘由。

外面人来人往，我们并不出去，而是一直在房间里面待着，忙着改头换面，将来自杨操的那两张人皮，铺在脸上，开始适应，不管有没有用。中午十一点钟的时候。班觉老喇嘛带着江白小喇嘛，过来找到我们，瞧我们这副脸面，都不由得吃了一惊。

杂毛小道与他们解释，说我们两个身份特殊，今天的客人里面，有我们的对头，不想在这盛典里，闹出动静，故而才作如此打扮。这个长眉毛的老喇嘛笑了，脸如菊花皱，说无妨，如此甚好，两位一会儿在偏厅即是。

他拉着我的手，说此事结束之后，我们会先派人去天湖确定遗迹的规模，那时还需你帮忙才行。一旦确定下来，我们就会向自治区政府申请打捞经费。等待三四月，春暖花开的时节，冬水渐暖，就可以让那沉浸了一千多年岁月的古老佛物，重见天日了。此事的意义十分重大，还请两位多多支持才是。

我拉着老喇嘛形如干柴的手指，说没得事，没得事，这是我们应该做的。

老喇嘛给我们承诺，说此事办妥了，你们就永远是我们白居寺所有僧人的朋友。

这一番交谈下来，大家都是心情舒畅。老喇嘛时间不宽裕，说了我体内肥虫子的事情，也不多问，点到为止，让我自己控制，然后不再作停留，叫来那个七八岁的小僧徒尼玛，让他一会儿带我们入塔观摩，然后便匆匆离去。

我们闲着无事，便逗着小僧徒，聊天解闷。

这"尼玛"并不是骂人的话，在藏语里是星期天的意思。问了几句在寺中的生活，杂毛小道突然捏了捏小僧徒尼玛肥嘟嘟的脸颊，问昨天晚上进来的那些家伙，到底有几人？尼玛告诉我们，总共五个，两个老者，三个青年，不过获准入塔观礼的，只有两个。

我和杂毛小道对视一眼，然后由他接着盘问。那小僧徒昨个儿得了我们的吩咐，观察得倒也尽心，很多细节，慢慢跟我们讲起。如此过了好一会儿，突然外面传来一声清脆悠远的磬声，让人精神一振。尼玛小小的身体一抖，站了起来，朝我们作揖，说请，要开始了。

因为观礼不能携带法器，我们将所有的行李都放在角落，让火娃在此看守，然后跟随着尼玛，朝外面走去。

来到藏地快一个月，我们的服装都是南卡嘉措给的，十足的藏民打扮，我面皮黝黑，杂毛小道头发散落，又刻意改变了身形，不仔细看，还真的瞧不出来是我们两个。听到了磬响，不断有人出现在过道上，朝着吉祥多门塔走去。

我瞧见茅同真出现在我们前面，而在他旁边的，是一个身高不足一米六的矮个儿老道士。看不到正面，只觉得皮肤黝黑，头发苍白，有一股煞人的气势逼透而出，确实是一个让人心寒的顶级高手。他们也行色匆匆，并没有理会后面的我们。不一会

儿，我们来到了吉祥多门塔的正门处。

　　塔顶上，虹光依旧在，闪耀四周。

第十二章　伦珠虹化

吉祥多门塔亦称"十万见闻解脱大塔"，塔共九层，高四十二点四米，由塔基、塔腹、覆盆、塔幢等组成，五层塔座为塔基，之上为圆形塔瓶，塔顶为铜皮包裹的锥形十三天。在正门前，有僧徒于此检查身份和随身携带物品。完了之后，便有人引导着，穿过几十间的佛殿，拾级而上，一直至第五层盘腿端坐的祖师塑像前，停下来。

在这尊神态凝滞的佛像前，趺坐着一个垂垂老矣的喇嘛，他脸上的皱纹层层叠叠，瘦得跟骷髅一般，看不出年纪，须发皆白，裸露在猩红色僧袍外面的皮肤，有如老树皮一般，某些地方，甚至还长有绿色的毫毛。

这个老喇嘛闭目而眠，浑身的毛孔紧闭，仿佛与这个世界，都完全隔绝开来。

他即是他，与他之外的事物，包括我们，即是另外一个世界。

这样奇怪的感觉，让我在见到他的第一眼，便觉得他好像已经死去了一般，早无生息。事实上，从我的炁场感应中来看，这个人，确实已经死去。

这个老喇嘛，想来便是林赛格西，伦珠上师，今天盛典的主角。此番前来观礼者人数足有半百，然而并不喧闹，大家都在引导僧徒的指引下，各自找了一方蒲团坐下。经幢放下，包括老喇嘛和小喇嘛在内的八个白居寺高僧，全部盘坐在巨大佛像和伦珠上师的面前，开始唱诵起经文来。

这经文的念诵，此起则彼伏，此伏则彼起，连绵不绝，绕梁而转，间或还有佛器鸣嘀，场面庄严肃穆，檀香四溢，空间中有恢宏的佛法弥漫，让人心生敬仰，恨不得伏地而拜。

在殿外的窗孔位置，有鸟类的吱吱声传来，显然也是被这场盛大的法会所吸引。我扭头瞧过去，只见虎皮猫大人正挤在一群身材玲珑娇小的鸟类里面，顾盼自若，这一对比，肥硕的身子就显得格外突出。

就在旁人都在伸长脖子，往前瞧去的时候，我和杂毛小道则缩在人群之后，盘坐在蒲团上面，时不时地瞧一眼位于人群前列的茅山宗刑堂长老刘学道和茅同真。不知道这二人是因为身份显贵，还是老喇嘛知晓我们并不对付，他们被安排在了殿中靠前的位置，与我们正好错开，又有柱子、经幢和人群相隔，一时倒也相安无事。

此刻的他们，正在仔细地感受着这空间中的能量变化，死死地瞧着那个即将虹化的伦珠上师，也并不曾留意旁人。其实是他们根本就没有想到，两个本该像老鼠一样，躲在洞里面瑟瑟发抖，担忧着追击何时到来的小子，能像他们这些身份尊贵的人一般，正坐在这佛殿中，观摩这百年难遇的藏密高僧虹化。

这便是人类思维的盲点。

禅唱仍然在继续,一波又一波,就跟苗蛊一样,高潮从来不断绝,从开始起,已然持续了一个多小时。那些坐在场中的喇嘛们,无论老少,个个都是唱经颂禅的高手,而且还是接力式的,你方唱罢我登场,口水不断绝。然而在这里面,我始终觉得那个小喇嘛江白念的佛经,宛若天籁。

从现场效果上面看,也的确如此。他人诵经时,固然也有人听得津津有味,如同吃了人参果一般,但是那些穿着西服,明显是自治区的来人,便有些周公找上门来的感觉,不住地拜佛点荷花儿。但是当小喇嘛开始禅唱时,这些人却睁开了眼,双手合十,一副虔诚模样。

其实,说不定这些人,除了口号中的信仰外,并不会对任何东西,心生景仰。

一开始我还在享受这种庄严肃穆的气氛,感觉自己的灵魂得到了洗涤。不过这种新鲜感消退之后,作为一个修行者,我就能够从这种感动之中,拔身出来,有时间去观察周遭的人。然而到了后来,我也有些烦腻了,开始为自己冒着巨大危险,跑到这里来观摩什么劳什子虹化而感到动摇的时候,突然空间中,传来一阵异动。

所有的人,气机都高度集中在这大殿当中,这稍微的一点儿异动,立刻就有好多闭目假寐的人,陡然睁开了眼睛,瞧向了佛像跟前的伦珠上师。

众目睽睽之下,只见这个完全没有生机的老喇嘛居然动了一下,接着又是一下。

就只是这两下,在这七天,他身上堆积的所有尘垢,都以一种肉眼可见的方式,从体表上隔绝出来,在他身周,形成一个古怪的人环,好似气场。几秒钟之后,这些污垢悉数跌落在他的身周,画出了一个淡淡的椭圆型圈子。而经过这两振之后,伦珠上师整个人的生命磁场,陡然变得光洁明亮,闪闪发光。

河石化明珠,就是在这短短的瞬间。

然后伦珠上师睁开了眼睛,似笑非笑。他看向的是前方,正对着他的那八个白居寺喇嘛,然而即使在离他很远处角落里面的我,都能够感觉到他的意识在那一瞬间,都扫量过了我的身上和心灵。我接触到了他的眼睛,那是怎样的一片浩瀚星空,如最美丽的迷蒙,让人瞧上一眼,就有忍不住陷进去的感觉。

眼睛是心灵的窗户。而伦珠上师的心灵,已然沉浸在了另外一个世界。

那个世界,也许就是佛教里面的极乐净土,也许是传言中虹化之后,高僧所前往的空行净土的无量宫。反正与这个世界,完全没有什么关联了。在这一刻,我感觉,他已经变得无比强大,便如同经文典籍中那真实存在的佛,让人有无可反抗的挫败感。

伦珠上师醒了过来,他并没有理会我们这些在各处散落的观礼者,而是瞧向了面前这八位喇嘛。这些人,是白居寺最上层结构的僧人,伦珠上师一生挚爱的同行者。

他开口了,声音有如玻璃摩擦的刺耳声。跟他对话的第一个,是一个戴着黑框大眼镜的学术僧,两人说话的声音不算大,而且说的又是藏语,所以我听得不是很清楚，大概是在交代身后事的样子。接着他陆续跟面前的喇嘛交流，我认识的老喇嘛班觉上师，排在第四位。

最后的，自然是那个年纪最小的江白小喇嘛。这个年岁不过二十的少年郎，稳稳而坐，竟然没有像其他喇嘛一般，向这个伦珠上师施礼。

然而更加让人惊奇的事情是，伦珠上师居然向江白小喇嘛双手合十，称道："吾师……"

我和杂毛小道面面相觑，彼此都看到对方眼中的惊讶。

想不到这个江白小喇嘛，居然还真就是一个转世尊者。不过惊讶的并不只是我们，周围一直寂静无声的人群，立刻爆发出一阵小声的议论。当然，这议论并没有持续多久，那个江白小喇嘛似乎低声安慰了伦珠上师几句，双方便停止了对话。

伦珠上师与面前这八个喇嘛谈完话之后，没有再说半个字，而是闭上了眼睛，从胸腹到喉结处，肌肉在不断地蠕动，里面仿佛有什么爬虫在行走一般，接着有嗡嗡嗡、嗡嗡嗡的空气摩擦声响，从他体内传来，在四方回荡。就在这声响出现的同时，以伦珠上师为中心，有淡淡的七彩虹光生成。这虹光如佛光，在身后佛祖的泥塑像的映照下，仿佛他的周身上下，笼罩着一尊巨大无匹的真佛。光影形动，不断吞吐。这种十分不稳定的光芒，化作了一种不断湮灭、又复生成的力量，仿佛就是那量子物理里面的正物质和反物质，不断地互换。

在这个过程中，产生出了大量的能量，以虹光的方式，表现出来。

空气中的声波已然在传递着，嗡嗡嗡的声响，最后变成了同一种音调。我静心吸气，在耳朵边，仿佛有一尊大佛，在吼动着：「唵、嘛、呢、叭、咪、吽……」

天地之间，皆是这种声响，让人也想与之附和，以壮其威。这种想法刚刚从心底里浮出，所有人已都开始念诵起六字真言来。就在这充满整个大殿的真言加持声中，伦珠法师的身子突然开始往上悬浮，平平地升于半空之中，将将平齐身后佛像最高处时，落下，然后又升。如此反复三次，他的整个人开始如同那镭射激光中的红宝石，变得炫目，身上所有的衣服毛发，全数燃烧成灰。

他一面燃烧，一面散发出无形的虹光。随着虹光源源不断地投射入天空，他的身子开始越缩越小，越缩越小，最后突然一声炸响，平地生雷，他的全身陡然化作了一束虹光，朝着头顶飞去。在他前面的某一处空间里，陡然有一个小缺口出现。

就是在此刻，那个小喇嘛江白突然大声叫喊了起来："不可！"

第十三章　孤胆右使

　　我的心从伦珠上师睁开眼睛的那一刻起，就一直狂跳个不停。
　　在我的炁场感应中，他便是一处类似于曲光三棱镜的存在，所有的光线进入他的身体，都会发生偏移和折射。而经过这七日的斋戒和入定，他已经将自己调整到了最佳的状态，随着他身上的虹光越发旺盛，而且将他的身子托至半空中，又复落下，如此积势，我便感觉到这动荡不堪的空间中，有某一个点，正在被正反两种力量冲击，濒临于破碎的边缘。
　　我曾经读过宋末元初诸家关于武学佛道论述的典籍，有一些修行先天功法的名家，在达到大圆满境界的时候，能够体悟天地之规则，找到空间中平衡的支撑点，然后聚集自己全部的精力，发出一击，将这虚空破碎，遁入未知的世界。
　　这种记载一般都是野史，模模糊糊，并没有如藏传佛教这般清晰。伦珠法师身子越缩越小，化作一道虹光的一刹那，我竟然感应到有一处空间破碎，接着一大波前所未有的气息，从世界的彼端，传递过来，在整个大殿中回荡。
　　我深吸了一口气，感觉到充满檀香的佛殿之中，那股让人陶醉的神秘气息，馨香扑鼻。无数的力量和气息，透过虚空，遥遥地投射到佛殿中来。
　　以我简陋的见识，根本无法在这转瞬之间，明了这些让人感动和恐惧的气息，所代表的数量和分类。而我同样粗糙的文字，也无法将这种神秘到极致的体悟，述诸文章。只是在那一刻，我的心脏都停止了跳动，只想着我也随之而去，到达那个陌生而美妙的世界，多好……
　　然而就在所有人都差不多陷入疯狂而迟钝的状态时，小喇嘛江白那一声"不可"，就像是一段美妙乐章中，最不和谐的音符，陡然出现。
　　它是如此的突兀，以至于我们所有人都开始愤怒起来。
　　而让我们更加愤怒的，是在房梁之上，浮现出一个身穿黑色紧身衣的女人。这个女人竟然瞒过巅峰状态的伦珠法师的气息探查，以及在场的所有人，潜进了封锁七天的佛殿之中，然后就像凭空生出来一样，出现在半空之中，身子悬浮，手中似乎还拿着一颗婴儿拳头大的黑色宝石。
　　情况是如此诡异，她甫一出现，就闪身抵近了伦珠上师化身为虹光射向的路线尽头。那拳头大的黑色宝石，如同一处诡异的人工黑洞。它的出现，不但瞬间屏蔽住了伦珠上师刚才运用全身震荡之力，以及周遭人群的信念，打破出来的虚空节点，而且还封住了那一道虹光的去路。

全身化作虹光的伦珠上师，已然失去了主导意识，他在此世间，生命的最后一刹那，以一往无前的决绝气势，投向了那渺茫的位置区域。然而此番变化一起，就似那乳燕投林，却朝着散发着晦暗光芒的黑色宝石，直接射去。

这也便是小喇嘛江白猛然站起，大叫"不可"的原因。

居然有人胆敢在这么庄重的场合，当着这么多人的面，对伦珠上师的虹化进行捣乱。这简直难以想象，我的脑海里顿时就是一片空白。小喇嘛的话音未落，无数人猛然从蒲团中站起来，口中大声呼叫着，也不知道在喊什么，总之是愤怒至极。

当我反应过来的时候，已经有四五个人腾身于空中，朝着那个曲致玲珑、身材曼妙的女人，拍掌攻去。

伦珠上师化身的虹光一闪而逝，尽数融入那颗婴儿拳头大的黑色宝石中。那个女人将这宝石塞进自己鼓鼓囊囊的胸脯里，然后一个翻身，诡异地在空中借了力道，避开众人，附身于一木柱之上。

场中那些凭空跃起的人，因为太过悲愤，所以力道刚猛了些，收不住劲儿，好几个都撞到了一起，力量中和，坠落下来。

此番前来观礼，为了表示尊敬和安全，所有人随身的法器都没有携带。我随身不离的鬼剑、震镜也都由火娃在僧舍看管，唯有寺内的这些喇嘛，佩戴有诸如念珠、转经轮等随身的佛教法器，不过威力也并不显。

然而白居寺人才济济，手无法器，未必不凶猛。那个戴着黑框厚眼镜的老喇嘛，取下了脖子上的念珠，拇指和食指一番搓弄，那几十颗佛珠顿时化身为威力巨大的子弹，朝着那个突然的闯入者射去。

自入行来，我见过的暗器也不少。平凡些的如家乡晋平所遇到的杀手飞刀七，个中佼佼者，如集训营的同学朱晨晨，然而却很少见到这么迅疾而威猛的暗器，似乎并不比慧明和尚的那蓄势一击差。

但见那些念珠，簌簌飞出，朝着那黑衣蒙面女人射去。那女人倒也灵敏，身手舞动得让人眼花缭乱，墙壁天花，如履平地。那些佛珠如同子弹飞出，抵近，然而却没有一颗，能够沾到她的衣角。

倘若抛开立场来看，这女人的本事，不由得让人击节赞叹。别的不说，至少这身法，绝对是顶尖的水准。那身子，竟然如同小妖她们这些非人的精怪一般，仿佛不受地球的重心引力控制，就在短瞬之间，带给我们一场大师级、教科书式的闪避。

我突然心生荒诞，感觉这女人似乎不是过来捣乱，而是前来赴一场盛大的舞会，而她，则给我们这些观众，带来了一次绝世的舞蹈。

然而她完美的表现很快就结束了，一个几乎同伦珠大师翻版的老喇嘛，突然一声大喝，整个大殿的空气似乎都凝滞了一般。他也腾身而起，双掌如同烙铁，人在空中，果断拍出几掌，结果空气中传出一股焦臭的味道，那个正在天花板上行走的黑衣女人身形一歪，竟然跌落下来。原来，她并不是真正的能够飞檐走壁，而是依靠着我

们肉眼看不到的丝线,在大殿中行走奔逃。

事发之后,几乎不用吩咐,白居寺在现场、地位次一级的喇嘛,立刻训练有素地守住了通道和门窗。这个黑衣女人一从天花板上跌落在地,一直蓄势待发的般觉上师果断卡位,伸出肉掌,朝着她拍去。似乎感受到了危险,黑衣女人在半空中竟然又停顿住,正好避开上师全力的一击。

不过她也是转得勉强,脸上的黑巾仍然被上师的掌风刮到,狼狈蹲落在地上的时候,露出了一张俏丽而倔强的年轻面孔。

我在人群之后,刻意地往旁边躲闪,避开茅山刑堂长老的视线,所以只能够从人群的缝隙中,看到一抹侧脸。就这一瞥,我感觉这个女人的侧面,跟两年前好莱坞电影《功夫之王》里面的金燕子,有朦胧的相似。

有胆独闯这佛殿,潜伏于此而且竟然连达到虹化境界的伦珠上师都没有能够察觉,并且在众目睽睽之下,将伦珠上师所化虹光收走的角色,自然不是普通之辈。她刚一落地,再次腾空而起,而在此之前,她已然跟堪布般觉上师对拼了一掌。

那个眉毛长长的老喇嘛虽然没有和我交过手,但是从他在天湖边的表现来看,这含怒而发的一掌,绝对有惊天的气势和掌力。然而他就在这一拼间,竟然受不住巨力,被逼退了三步,那黑衣女子借着这一掌,翻身朝着靠后的我们这边,翻腾过来。

硬碰硬,居然还将这在白居寺中修行了一甲子以上时间的老家伙,给一掌逼了个踉跄,这是什么概念?我和杂毛小道吓得半死,唯恐成为被殃及的池鱼,纷纷朝着人群里面钻去。

好在我们附近这些人,都是些社会贤达以及自治区官员,大都是这般德性,我们这抱头鼠窜的样子,倒也并不显得特殊。就在我挤入一个浑身羊骚味的大胖子旁边时,突然殿中响起了一声大喝:"我道是谁这么大胆,原来是邪灵教的右护法。吃我刘学道一击!"

听到这雷声一般的巨响,我回过头去,只见一直静坐在前面的茅山宗刑堂长老刘学道突然出现在半空中,朝着那个黑衣女人一掌拍去。

不愧是大师兄都没办法的刑堂长老,刘学道的这番出手,整个空间里的空气,似乎都被他一力压缩到手掌心。一掌击出,迅猛而果决,后发先至,即将就要印在腾于半空中的黑衣女子身上。

我的心中狂震。纳尼?这个年纪轻轻的黑衣女子,竟然是比邪灵教十二魔星,还要高一级别的右护法?

难怪她敢当着这么多高手的面,独闯佛殿,原来是真有那一身本事啊!

就在我心情跌宕起伏的时候,那个邪灵教右护法竟然凭空与刑堂长老又对拼了一掌。

这一掌的威力十分恐怖,空间中生出了如同铁炮一般的炸响,然后那右护法化作一道黑线,朝着虎皮猫大人所在的那个气窗飞射过去,破窗而出,消失无影。

这变故根本没有多少人能够想到,刘学道帮了倒忙,恼羞成怒,身形一扭,也消失在窗口处。

我紧绷的心脏一松,便见杂毛小道紧紧拽着我,低声喊道:"走!"

第十四章　暴露，佛塔

　　当时的局势，简直就是乱作了一团。小喇嘛江白第二个冲出，好几个来自拉萨的高手也都站起来，鱼贯而出，去追击那个黑衣女子。而白居寺为首的几个喇嘛急促商量了一下，有几个就冲出那破碎的窗口，朝着塔下飞跃过去；至于留下来的，则指挥佛殿里面慌乱的人，疏散到塔下去。

　　我看到茅同真刚一站直起身子来，便被两个神情悲愤的中年喇嘛给拦住，控制起来。

　　想来是刚才刘学道的出手，使得白居寺一方草木皆兵，误以为他们同那个黑衣女人，是一伙的，故而将其扣押。

　　茅同真虽然不愿，但是伦珠上师的虹光被收，不但不能登顶极乐，而且还要被人控制这股能量，为非作歹，他面前的这一群喇嘛，此刻的心情，那是相当难受。虽不能说"哀兵必胜"，但是他们一旦疯狂起来，厉害如茅同真，也不敢造次。再说了，他们也没有必要翻脸，于是举起双手，不再动弹。

　　我和杂毛小道暗自一笑，跟着那拥挤的人群，往塔下跑去。

　　当我们到达塔底，出了吉祥多门塔时，才发现整个寺院都已经乱作了一团，到处都是没头苍蝇一般跑来跑去的红袍僧徒。这些底层的僧徒大概知道了一些，但是又不晓得全部，于是全部都人心惶惶，如同世界末日来临了一般，彷徨无助。

　　而刚才从五楼跳出的那一伙高来高去的人，早已渺无踪影，不知了去处。

　　我仰望高高的塔顶，犹能够看到那一抹淡淡的虹光，若有若无地斜挂在塔尖上方，似乎有着无限的遗憾。我和杂毛小道既不是收虹光的邪灵教一方，也不是上师被夺的白居寺僧众，过来也只是打一壶酱油，故而没有什么切身的体会，只是怕被茅同真等人瞧见，露出了马脚，于是越过一道道佛殿和扎仓，匆匆赶回了我们容身的僧房。

　　走进房中，火娃仍在老老实实地看守着行李，我们赶紧过去收拾妥当，也来不及跟般觉老喇嘛和小喇嘛江白告辞（当然估计这二位也没有时间来理我们）便出了房门，朝着寺院大门那里跑去。

　　本来约定好集合的虎皮猫大人，并没有前来。不用想都知道这肥母鸡定然是有热闹好看，于是跑去看追击结果了。对于这个狡猾的肥鸟儿，它的安危，我们倒也不用担心，反倒是等待着它回来，跟我们讲一讲这事情的后续发展。

　　再次走出房间，经过这一番缓冲，寺里面的气氛已经不像一开始那般崩溃了，寺中各派的中层喇嘛都站了出来，正在四处维持秩序，人们的心情才安宁下来一些。当我们走到靠近大门的门廊处，小僧徒尼玛找到了我们，讲般觉上师吩咐，说他要随大部队去追击凶徒，让我们在僧舍等他们回返，再商量之后的事情。

我捏了捏这个脸蛋儿肥肥的小僧徒，说我们这里，也是吓得心肝儿乱颤，不敢久留，既然已经观摩完了伦珠上师的虹化，那么我们便不久留了。两位上师若是想要找我们，直接去我们的住处便是。

尼玛有些懵，他得到的吩咐只是在僧舍里照顾好我们，并不知道我们一心想要离去，故而有些为难，拉着我的衣角，为难地说："般觉上师说了……"

杂毛小道蹲下来，跟这个一根筋的小屁孩子解释了几句，然后推了我一把，想要朝着门口快步走去。

然而他刚刚一站起来，身后突然传来一声："站住！"

我回头一瞥，只见是一个穿着黑色西服的精干男子，额头上面有道新伤疤，眯着的小眼睛，忽闪忽闪，狐疑地瞧着我们，说道："朋友，看着很面熟啊，能不能过来一叙？"我的眼皮一跳，这个男子，不就是除夕那晚，我救杂毛小道时在地下室里击倒的那个龙金海吗？这个与杂毛小道同一个师父的同门，还真是山不转水转，又碰面了。

我瞧了杂毛小道一眼，他就像是根本没有听见喊话一般，匆匆朝着门口跑去，我见状也跟着跑，见我们这般表现，龙金海一个激灵，大声叫道："别跑，站住！"

一般喊这两句废话的人，话语都是软弱无力的。茅山来人中最厉害的刑堂长老刘学道，追邪灵教右护法去了，而茅同真长老被扣，剩下他们这些二代的弟子，并不是我们的对手，也奈何不了我们什么。不过我和杂毛小道依然还是很沮丧，要知道，我们这回一现身，被确定了行踪之后，茅山也许很快就能够找到我们的藏身之处。如此一来，我们就又要陷入东奔西逃的生活了。

来不及想太多，我们头也不回地往外奔出，然后在混乱的人流中，不断穿梭，最后朝着西边的方向跑去。我们开启遁世环，一口气跑出了十几里地，终于感觉甩脱掉了那个家伙的追踪，对视一眼，均哈哈大笑，躺倒在山边的杂草上面，仰头望向那灰蒙蒙的天空，大口大口地喘着粗气。

高原毕竟是高原，三千多米海拔，空气稀薄，平日里倒还不觉得，这番一下子奔跑了十几里地，人就觉得肺部难受，好像在不停收缩，脑部供血不足，麻炸炸的，仿佛吸不过来气一样的难受。

我们两个躺在草甸子上面，欢畅地呼吸着，平复这高原反应。

我闭上眼睛，不去想任何事情，让自己的脑子放空，仔细回味那最惊心动魄的神秘一刻。杂毛小道还没来得及舒缓气息，便用脚踹我。我睁开眼睛，扭过头去，他脸上满是促狭的笑容，说小毒物，怎么样？被盯上了哦，你有没有后悔去参加这场法事？

我用力摇头，说不会。我活了二十四年，踏入这个神秘的行当，也足足有了三年，这一次，是我第一次，感受到除了这个浩瀚的星空宇宙之外，另外的一个世界！那种感觉，真的、真的……我不知道说什么好，仿佛自己的眼界，一瞬间扩大了无数倍，感觉前面的道路瞬间亮了。天，寥廓了；人，也有了目标和动力。所有的想法，在之前的那一刻，都产生了质的提升。你呢？

杂毛小道美滋滋地吸了一口高原上稀薄而寒冷的空气，然后笑了，说，我倒还好，作为一个科班出身的专业道士，我自然比你这乡下小子，眼界辽阔。不过知道得越多，看得越广，我反而越能够珍惜眼前的人，以及我所拥有的东西。世界这么大，但是我们能够拥有的，永远只有这么多。失去了，就可能永远也找不回了。

唉……杂毛小道的这一声叹息，似乎道尽了无数的遗憾和悔恨。

我知道这个家伙又开始回首往事，玩起深沉来。于是便不再说话，静静地仰望天空。

待这阵情绪过了之后，我捅了捅他的肚子，说龙金海既然看到了我们，那么一经追查，虽说有老喇嘛帮我们打掩护，但是南卡嘉措那边，可能会有暴露的危险，目前暂时是回不去了。那么，我们现在可怎么办？

杂毛小道耸了耸肩膀，说，逃咯，我看你进步很大，我们边逃边打，弄得他们没有脾气了，到时候就不会追得这么紧了。

他一副天塌下来当被盖的轻松模样，满不在乎，扯了一根杂草含在嘴里，唱了一句《大宅门》中白七爷的经典唱腔《挑滑车》：看前面黑洞洞，定是那贼巢穴，待俺赶上前去，杀他个干干净净！

我听他胡扯，问那个刑堂长老的功力如何、手段怎样、有多厉害？

他摇头说不知晓，所谓刑堂长老，一般都是用来对付门中的不肖子弟。他虽然不才，但只是一个弃徒，并不曾领教他的手段。而且这个刘长老，向来都是神秘得紧，终年待在深谷中，除了清理门户，一般都不怎么露面，很多茅山子弟，只闻其人，却并不知晓他的面目。至于他的手段，应该是专门针对和克制茅山宗所传的法门，这样才能够压制住大部分长老。所以，小毒物，如果到时候短兵相接，你可能要是主力了。

未知的才是可怕的，我深深明白着这个道理。深吸了一口气，感觉到心中的战意燃起，跳了起来，说来吧，他若真的能够追上来，干翻他，让他跟你师父哭鼻子去。

我们两个歇息够了，便站起来，避开大道，朝着西面的牧区继续行走。

一下午，路过几个藏民的定居点，不过都是远远地绕了过去，并不与之接触。二月份的青藏高原，依然是寒风似刀，居民都窝在自己的土房或者毡房里，倒也不会遇到什么意外。走到下午五点多的时候，远远看到荒原里，孤零零地有一座佛塔。

在那塔的旁边，几里外，有一个湖泊，附近还有一个藏民定居点。我们也有些饥饿了，来的时候，我们囤积的干粮和一些琐碎东西，都留在了南卡嘉措的家里，此番匆匆跑出来,饥饿难耐,想着跑到湖边去,捕几条鱼来充饥。

然而我们正准备从山那边绕过去的时候,却看到一个熟悉的身影从远处走过来,不由得都愣住了神:"怎么是他?"

第十五章　神秘婆婆

　　这人正是早前跑去追击邪灵教右护法黑衣妹子的小喇嘛江白，伦珠上师所化虹光被收，白居寺中的众位高层，就属他最痛心疾首，几乎是跟着刘学道一同冲出天窗。

　　瞧他当时那态度，想来跟虹化的伦珠上师，定然是关系不同寻常。

　　不过时间间隔不到五个小时，他却突然出现在白居寺西北这遥远的僻静之处。这节奏，那个邪灵教右护法，是被抓住了，还是跟丢了呢？

　　这里面的内情，我们不得而知，心中不由得起疑。此时的情况有些诡异，双方又隔得有小半个山头，所以我们并没有跑过去打招呼，而是远远地跟着，想去瞧一个究竟。小喇嘛江白并没有瞧见远处潜行的我们，他出现在路的尽头，径直朝着远处那座佛塔，快步走去。

　　西省的佛塔很有意思。佛经中有云：本师释迦牟尼，亲自向阿难尊者教示造塔的方法及规格，并以袈裟叠为四层正方，上置覆钵及锡杖以示。而后藏传佛教多依佛示规格、比例及表示而制建，既代表佛身，也表佛之三身、三界及地、水、火、风、空此五大元素。

　　我们绕着山弯处行，渐渐地走近了。但见这佛塔虽然破旧不堪，但是大体如是，四级层，方形，平整，表面还附有白灰，周边开得有小窗，黑乎乎的。

　　快要走到跟前时，杂毛小道捅了捅我的腰眼，示意我把大师兄赠予的遁世环，给开启出来。

　　我知道他的意思。事实上，当我走近这座破败佛塔的大致范围时，心中也是一阵压抑，有一种力量被压制的恐惧感。正是这感觉使得杂毛小道缺乏安全感，所以才会让我将气息掩去，以备不测。我自己心中也有些忐忑，不知道这座佛塔之中，到底会有怎样恐怖的家伙，于是将遁世环的效用激发，然后收敛身形，借助着周遭植被的掩护，悄然接近佛塔。

　　依照小喇嘛江白的修为，我和杂毛小道的这点伎俩，自然瞒不过他，不过此刻的他似乎有些心神不定，竟然没有瞧见我们的接近。很快，我们就到达了佛塔附近的一处石头旁，见到小喇嘛江白，从大道那边快步走来，赶紧蹲身下来，缩在石头后面，准备瞧个究竟。

　　不一会儿，小喇嘛江白已然跑到了佛塔前面的一小块平地前。他停止了继续向前的步伐，而是躬身作礼，朝着佛塔高声喊道："婆婆，婆婆，我是江白……"

　　他反复地喊，我们伏地于石块后面，心中有些惊讶，这佛塔看着并不算大，难道还有人住在这里面不成?

三声过后,平地里突然卷起了一阵阴风,天色没变,然而我却觉得整个空间变成了黑色,阴沉沉的。过了一会儿,有一个苍老的女声,从佛塔方向传了过来:"江白,你怎么会到这儿来?你现在正在被布达拉宫杯葛,我不是让你少过来找我吗?你这孩子……"

这声音中,有着责怪,但是更多的,是浓浓的关心和慈爱,虽然空间里阴冷,但还是让人心中温暖。

我从石头的间隙中伸出头来,瞅了一眼,但见刚才还渺无人烟的佛塔前面,出现一个拄了拐棍儿的老婆婆。这个老婆婆年纪不知道有多大,似乎比那个虹化的伦珠上师,还要老上十几岁。她个儿不高,眼睛浑浊,头上包着藏红色的头巾,脏兮兮的,穿的是很传统的藏族服饰。整体看来,除了年岁比较大,跟我们在南卡嘉措他们村子里见到的那些藏族阿姆,没什么区别。

哦,不对,这个老婆婆的鼻子,比普通的藏族老妇人要尖锐得多,像一个鹰勾儿一般。

小喇嘛江白并没有跟这个老婆婆叙什么旧,而是前走一步,用近乎悲恸的哭声大声喊道:"婆婆,伦珠上师他走了……"那个老婆婆不惊反笑,说伦珠他入的是那传说中空行净土的无量宫,多少人想去而不得,这是喜事,又不是什么悲伤的事情,只不过离我们远些罢了。枉你修行三世,不会连这个都堪不透吧?

小喇嘛江白咬着嘴唇,使劲儿摇头,说,不是的,伦珠上师倘若是虹化归去了,我便也不会如此痛苦和忿恨了。他是在虹化的当口,被一邪教妖人,将他神魂和肉体凝炼至巅峰而虹化出来的能量,给吸收了。伦珠上师此次不但没有能够升入那无量宫,反而烟消云散,就连一生凝炼的修为,也尽数被人夺去了!

波澜不兴的老婆婆此时动容了,说,这虹化的能量,那可是能够打破虚空壁垒的力量。心念所往,即达彼岸。这可是不同维度的跃迁,在这世界上,怎么可能有人能够将其吸收呢?

小喇嘛江白摇了摇头,说有。那人手中有一块婴儿拳头大的黑色宝石,伦珠上师所化的虹光,便是被那东西给吸收的。

老婆婆问:"可知道那个人的来历?"

小喇嘛说知道,前来观礼的茅山宗刑堂长老刘学道指出,这个人,就是中原地区,邪灵教的当代右护法。

老婆婆不由得咬牙切齿,忿恨说道:"区区邪教,竟然胆敢跑到我们这里来撒野,而且还将你前世最得意的弟子,虹化成佛的好事给搅黄了,人也烟消云散。这简直是欺负我们此处无人。太过分了,江白,你待怎样?"

小喇嘛江白连忙施礼,说,我们曾经去追,哪知那人是有备而来,早已准备好了遁身法器,没多久就不见了踪影。般觉上师遣我过来,相求婆婆告知那个女人现在的

下落,也好让我们将那黑色宝石找出来,然后超度伦珠上师,让其往生转世。

老婆婆也是个急性子的人,不过多年佛法修为,收敛了性子。此刻关心则乱,便也不含糊,直接盘坐在地上,手结佛音,开始默默地念诵起来。

我有些奇怪,这块地方可是小喇嘛江白他们白居寺的地盘,高手能人辈出,为何还要跑这么远的路程,前来找这个看着好像没有什么本事的老婆子?

然而我这边疑心刚起,顿时就感到一股庞大无匹的神念,从我的身上漫游过去。

尽管遁世环的功效将我们包裹得严实,然而在这一瞬间,我却被这异常的动静给吓了一大跳。而就是在这心情激荡的一瞬间,那老婆婆顿时就发现有所异常,眼睛一睁,朝着我们这个方向瞧来,没有几颗牙齿的嘴巴大张:"是谁!"

她的眼睛似乎能够洞穿万物和阴阳,一眼瞧来,便将我们给看了通透,如凉水浇头。

我还没有反应过来,便感到身后的阴风一起,从背后灌涌进了领口处,如坠冰窟。接着眼前一花,那个老婆婆竟然平移十几米,出现在我们左侧,手中的那根拐杖,高高举起,势若万钧,眼看就要砸在我的头顶上。杂毛小道果断出剑,"铮",我耳朵边一声闷响,接着他便闷哼着往旁边退去。我就地一滚,闪到一旁,鬼剑出手,直指这个十分恐怖的老婆婆。

不知道为什么,我总对这个老婆婆有一种既熟悉又陌生的感觉,生不起敌意。

双方一对峙,刚要发力,在远处的小喇嘛江白就跑过来,拦住了这个老婆婆,说自己人。然后惊讶地问我们,说你们怎么会在这里?看到老婆婆脸上的疑问,小喇嘛江白连忙给她介绍,说我们两个是他的朋友,前段时间在天湖旁边认识的,是两个心地善良的好人,也帮了他很多忙。今天伦珠上师虹化,也在现场,后来太混乱了,结果就走散了。

那老婆婆这才收敛起敌意,杂毛小道拱手为礼,向这老人家说了几句场面话,然后将我们被仇家认出的事情,说给小喇嘛江白听。小喇嘛江白是个仔细的人,再三盘查,我们想如此瞒着,也不是个事儿,便将整件事,挑重要的给他知晓。

听完我们的阐述,小喇嘛江白立刻表示,他绝对不会将南卡嘉措家的地址,透露出去。见我们忐忑,他笑了,说其实他来的时候,殷觉上师便有过吩咐。茅山宗的长老刚刚脱了嫌疑,还来不及追查。说到这里,他问询老婆婆,可否先收留我们住下几日,等那茅山宗的长老离开,再送我们回村子去?那老婆婆犹豫了一下,还是点了头。

事情紧急,老婆婆继续作法。很快,她便手指着一个方向,说了个地名。小喇嘛江白听到,与我们告别,匆匆离去。

老婆婆天性冷淡,见小喇嘛江白的身影渐行渐远,并不与我们多言,带着我们进了佛塔,来到一个简陋的房间住下,然后离开。我们奔行了一下午,腰酸腿疼,此刻有个避风的温暖场所,已经是十分感激了。于是坐下,唤出朵朵、小妖、肥虫子和火娃，喧闹了一番。然而没多时，气氛突然又冷淡下来，我朝黑暗处一看，吓了一大跳。

那个老婆婆又出现了，在黑暗中，死死地盯着我们。

第十六章　鬼妖，取舍

　　这老婆婆神出鬼没，让人心中不免恐惧。
　　事实上，我已然大概清楚，这个佛塔里住着的老婆婆，似乎并不是人类之身，不然也不会如此轻灵诡异。然而她这般陡然出现，又死死地盯着我们瞧，看得我们心中直发毛。黑夜中，一盏油灯如豆，这个老婆婆的眼睛仿佛能够吸收光，幽幽冥冥。
　　四下幽暗，我上前拱手为礼，然后攀谈道："老婆婆，可是我们这里太过喧闹，打搅到了您的休息？如是，我这里就约束众人，尽量不会发出声音来的……"
　　她并不理会我的话语，而是用一种很复杂的情绪，凝望着将右手食指放在嘴唇中咬着、惴惴不安的西瓜头朵朵。
　　朵朵也能够感觉到这老婆婆对自己的关注，远胜于旁边的人，我们又都瞧向了她，还以为自己做了什么坏事，努力回想，没有啊？于是有些委屈，一双忽闪的大眼睛，顿时就流下了眼泪："朵朵没有闹啊，我很乖的啊……呜呜……"
　　我们都不知道朵朵为何情绪爆发，哭出声来，有些诧异。而那个待在黑暗中的老婆婆，她一直僵硬着的老脸上，突然就流露出了一丝罕有的暖意来，略微慌张地走上前去，把委屈的朵朵搂入怀里，口中喃喃说道："哦，乖哈，没有人怪你闹呢，你越活泼，婆婆才会越高兴，哦哦哦，乖，不哭哈……"
　　这突然的变化，让我的眼珠子，都差一点儿掉出来了。
　　要知道，这个老婆婆给我们的印象，那可是神秘的绝顶高手，白居寺的喇嘛找不到那个邪灵教右护法，也只有差遣转世尊者江白小喇嘛，前来问计，何等之牛！之后对我和杂毛小道又是爱理不理的，可让我们感受到了顶尖高手那种高处不胜寒的风范。
　　然而她所有的冷漠，竟然在朵朵这个鬼萝莉的哭泣声中，一秒钟变成了慈祥和蔼的藏族老太太，怎能叫我不惊讶？
　　更让我好笑的是，朵朵这小屁孩子天性就爱干净。我但凡没怎么洗澡，她都会直截了当地跟我说："陆左哥哥，臭臭！"至于其他人，倘若是脏一些，都会离得远远的。然而抱着她的这老婆婆，还真的不能算是干净整洁，周身上下，都洋溢着沉沉暮气，但朵朵却乖乖地由这老婆婆给抱着，努力地控制自己的泪水："好，我不哭，嗯，呜呜……"
　　朵朵这个孩子，脾气来得快，去得也快。不一会儿，她便在这老婆婆和小妖、肥虫子的哄劝下，喜笑颜开了。

气氛被朵朵这一闹，竟然和谐温暖了许多。我们请老婆婆坐下，然后再次拱手为礼，道歉说打扰了。这佛塔并不算大，除了周遭的佛堂和佛像，起居室并不多。房间墙壁上的这些佛教壁画，显示我们身处的，也是一间小佛堂。我们这一伙人，性质复杂，在这佛堂中寄居，确实有些不恰当。

这老婆婆本来有些冷漠，然而此刻被可爱的朵朵将心中的坚冰融化了，倒也是极好相处的。见我这般说起，便反驳我，说在佛面前，众生平等，心念向善，便是那喋血屠夫，放下屠刀，也能成佛。佛者，觉悟真理者之意，有教无类，你们莫有心理负担，只管住着便是。

说完这些偈语，她指着怀中擦眼泪、不好意思嘻嘻笑的朵朵，说："我之所以会出现在这里，也只是因为看到了一个同类，心中欢喜，所以才会过来一瞧而已。"

听到这句话，本来坐着的我们，被惊得腾地一下子，就站了起来——什么，同类？

我仔细地瞧着面前这个老婆婆，所有的外貌特征、心跳、呼吸以及其他，都和普通的藏族老人，没什么区别。只是在我的第六感中，能够感应到面前这个老婆婆，身上有种让人心悸的力量存在。

当然，她从内到外，都没有透露出半点力量来，所有的一切，都只是感觉。

然而作为一个神秘的绝顶高手，口中说出来的话语，自然不会有假，一说到同类，我立即回想起朵朵的身份——鬼妖！因为某种玄之又玄的契机，缔结出来的特殊灵体，兼具鬼与妖两者的优势，乃百年难得的奇异现象。难道我们面前这位，也是……鬼妖？

念及此处，我想起了很久以前，杂毛小道的小叔在香岛时，曾经跟我们提过一次，他年轻时曾经游历天下，在日喀则地区，某处佛塔前，远远见到过一个鬼妖，老婆婆打扮，除了日光最盛的时候，白天是可以自由行走于阳光之下，而无所碍的。当时他还想走近一观，却被友人劝住，恐有危险，这才作罢。

宇宙之间的奥妙是玄之又玄，这世界上的鬼妖并不能算多，而且日喀则、老婆婆、佛塔这几个字眼一联系起来，莫非——这老婆婆，便是小叔口中的那个鬼妖？

杂毛小道也是恍然大悟，躬身问及，老婆婆倒也爽快，并不遮掩，说，是的，老婆子我的身份，在这附近的知情者中，倒也不算是什么秘密。

见她如此畅快，并不隐瞒，我们皆站起来，向这个老前辈行礼，其一是赞服她的实力，其二也是对她厉害如斯，却终年厮守于这佛塔之中的忠义行径，表示尊敬。

鬼妖婆婆让我们不要多礼，她之所以能够有今日的成就，多亏了当日那喇嘛将她点化，并且用佛法熏陶，安宁心神，不然她资质再特殊厉害，也不过是头遭了魔怔的凶灵，只能为祸人间而已。

我们连忙对那位已然圆寂的上师，表达了敬意。而一旁的小妖朵朵则问道："老婆婆，江白小师傅，应该就是那位上师的转世灵童吧？"

她的问话，使得这位修为高深的鬼妖一阵发愣，好半天，才点了点头，说是的。

彼此都说了真诚的话语，也交了底，这聊天的气氛变得格外的浓烈起来。在我们对老婆婆实力惊诧和尊崇的同时，她也对我们这一个小团伙心生感叹：一个生命磁场各种古怪的养蛊人，一个身怀重宝、符箓才情顶尖于世的小道士，一个远古神兽精血孕育的小妖精，一个百年难遇的修行鬼妖，两条功效各异的顶级蛊虫……

天啊，这是怎么样的一伙人，竟然凑到了一起？

当老婆婆得知朵朵真正成为鬼妖的时间，才两年多的时候，不由得惊呆了，感叹自己成就鬼妖的那十年里，懵懵懂懂，甚至还不及朵朵此时成就的四分之一。人比人，气死人，鬼妖比鬼妖，一包眼泪水啊。

我们都好声安慰这位老婆婆，说您现在的成就，足以让我们仰视，何必计较这些呢？

鬼妖婆婆咧着嘴说，这可是老身，修炼一百多年的结果……

我笑了，朵朵之所以能进步如此神速，并不是我监督得力，而是虎皮猫大人那厮心疼这未过门的媳妇儿，各种滋补，方才有这般厉害。鬼妖婆婆自然不是在哀怨自己的悲惨往事，而是在逗乐朵朵而已。果然，此话一出，朵朵便乐了，说还是我厉害，哼……

如此一番喧闹，大家情绪都很高。我便求问这鬼妖婆婆，说我一直有一个愿望，就是希望朵朵，像正常人家的小朋友一样，有一个快乐幸福的童年，能够自由自在地在阳光之下，呼吸着清新的空气，您老既然能够白天出行，那么不知道……能不能求教一下。

鬼妖婆婆沉吟了一番，并未作答。

我见她似有隐衷，再次起身鞠躬，肃容道："还请赐教，只要能够让朵朵自由行于阳光之下，无论是做什么，我都是乐意的。"

鬼妖婆婆告诉我，说人为阳，鬼为阴，白天为阳，夜晚为阴，此为人伦天道，寻常是难以违反的。不过大道五十，遁去的一。凡事终有例外，鬼妖属性各半，若想要白日行走，必须能将自己的妖性和鬼性随意转换，炉火纯青之时，便是功成之日。

而如何做到这自由转换呢？有人凭天材地宝，有人凭自我修炼，而她，则是依受这佛法熏陶，三十年后，终有成效。倘若想要朵朵能够白日行走，可将这小丫头留在此处，由她调教，她可从江白那里，借得那舍利佛珠，让朵朵得到渲染，无须长久，三五年之内便可。

看得出来，她是真的很喜爱朵朵这个小西瓜头乖乖。三五年说得轻松，比起她来，却缩短了十倍岁月，想来她定会在朵朵身上，耗尽很多精力。

我还在犹豫，而旁边的朵朵却不乐意了，噘着嘴说不，我不要跟陆左哥哥分开，我不要跟小妖姐姐分开，我不要跟肥肥和杂毛叔叔分开……我不！

听到朵朵倔强的拒绝，鬼妖婆婆笑了笑，慈祥地摸了摸这个小家伙的西瓜头，说，你这个小丫头，着什么急呢，短暂的分离，是为了长久的相聚，来日方长，你何必急于一时呢？

朵朵不管这些，眼泪又涌上来："我不，我一天，不，一分钟一秒钟，都不愿意离开大家。"

听到她的话语，我的心中又是温暖，又是疼痛。

想到我们目前还处于茅山宗的追杀，政府方面也在通缉，随时都有可能丧命，根本就没有时间和精力，来照顾朵朵，我的心中就疼，故意板起脸来，让她去练功。

朵朵瘪着嘴说，歇一天不行吗？

我虎着脸说，不行，业精于勤荒于嬉，你本来就笨，再一懒惰，这辈子，都不敢想有这婆婆的成就了，知道不？快去！

朵朵哭丧着脸，在我的御用监军肥虫子的押送下，出外修炼，而小妖也陪着小姐妹一同出去。

经过今天的虹化观摩，小妖似乎体悟到了一些东西，话也少了很多。同样有所感悟的，还有肥虫子，只不过它不会说话，我也只能隐隐感觉到它的一些想法。

见人都走开了，我深呼吸，开始对鬼妖婆婆说起自己的想法来。

第十七章　终选，离别

　　为人父母者，不到万不得已，谁会将自己的儿女，去送给别人？我虽然与朵朵并无这层关系，但是也情同父女，说实话，我的心情，和朵朵那用幼稚语气所表达出来的话语，是一般无二的。我们彼此，对于对方来说，都是不可或缺的。

　　有时候我在想，也许并不是我在照顾朵朵，而是这个小丫头，像最纯洁的天使，用她的善良和可爱，深深影响着我，如一泓清泉，洗涤着我的心灵，让我有了目标和责任，能够一步一步地走过来，而没有因为陡然而生的力量，迷失心智，被欲望遮掩住眼睛，彻底沦为了力量的奴隶。

　　社会上很多人都鄙视暴发户，认为他们的心境，并没有强大到足以匹配他们所拥有的财富，故而做出很多让人不解的混账事来。小人得志便猖狂，这种道理套在修行者身上，也同样适用。很多人在骤然得到力量，并且尝到了甜头之后，原来固有的道德体系便轰然崩塌了，没有了对这个世界的敬畏，嚣张跋扈、为非作歹，最后，天理昭昭，强中自有强中手，必然栽在别人手中。这便是命。然而我却没有，我依然遵循着自己心中固有的道德，甚至敬畏普通的法律，这一来是这么多年的社会历练所致，二来，也正因为心中有牵挂，有责任，想给涉世未深的朵朵，做好一个长辈的好榜样。

　　可怜的我，就因为如此，都不怎么敢谈恋爱。然而现在的情形，却由不得我不将这心思，给收敛起来。在真正的危机即将来临之时，我不可以再将朵朵带在身边；而且此时，她也有了更好的归宿，倘若由这鬼妖老婆婆给收留在佛塔之中，因为同属一类的缘故，她必然会得到最好的教导，以后，也一定能够成为我所期待的那种人。

　　这是一次机会，我不能够因为自己的私心，而耽误了朵朵的前程。

　　将朵朵支开之后，我与鬼妖婆婆进行了长长的交流，关于朵朵的一切，我都与她说个清楚。我并不提防这个鬼妖婆婆会有异心。她与小喇嘛江白，有着很神奇的联系，江白是我们的朋友，性子也如佛；再加上她本就孤独，世界上能够再遇到一个鬼妖，这简直就是一个奇迹，鬼妖婆婆对待朵朵的感情作不得假，真挚、期盼、珍惜，唯独没有加害的心思。

　　修行之人是最敏感不过的，感情一旦浓郁，自然能够分辨清晰。

　　不知道为什么，我对鬼妖婆婆充满了信任——这也许就是缘吧？

　　在得知了朵朵从小的遭遇之后，这个修行了上百年的鬼妖婆婆禁不住地流出了眼泪来。

可怜，太可怜了！

每一个得知朵朵遭遇的人，都会为这个懵懂可爱的小萝莉而感到难过：在生命初绽的时候，就被谋去了性命，而后又被阴毒地炼制成了邪物小鬼。即便如此，她竟然还能够保持着最原始而纯真的那份善良，这简直就是一个奇迹。这悲惨的遭遇，再与她此时的可爱，做了对比，更加显得强烈，让人心疼。

不过鬼妖婆婆修行百年，世间百态见得也多，之所以流泪，多半是因为朵朵跟她是同类的缘故。不然，她也只是听听而已。岁月沧桑，自然不会如同我们年轻人一样情感丰富，只是会细腻很多。当然，这样子，也更加凸显出了她对朵朵的用心。

说完朵朵这些年的遭遇，我又将我的心愿，说给了鬼妖婆婆听。

她听完之后，点了点头，说："你的想法很简单，并不指望她能够有多大的成就，而只是想弥补她童年的缺憾，像一个普通的小孩子，快乐成长，慢慢长大而已。如此，其实也很简单，只需学到我从前主人那里继承得来的一门收敛气息的法门，再加上三年的修行，便可如同正常人一般，并不会有什么不同了。"

难怪了，她精修这种法门，我和杂毛小道如此经验丰富，也瞧不出她的底细。

当晚，我和鬼妖婆婆商量好收养朵朵的细节问题，以及三年之后的约期，大概聊到了子时，方才作罢。

待鬼妖婆婆离开之后，杂毛小道不无担心地问我，你可考虑仔细了？

我点点头，说晓得。我将自己的顾虑，还有此刻的机遇，都仔细分析给杂毛小道听，说："当初从小叔口中得知了这个鬼妖的事情，那个时候，若不是诸事繁忙，说不得早已求上门来。这等良机，千载难得，自然是将她留在此处的好。再说了，孩子是会长大的，总是要让她出去闯一闯，方能够有所成就，不然，在我们这个小鱼塘里，她便是一头鲲鹏，也终究只能钻泥巴儿玩。"

杂毛小道已然躺下，烙饼一般地翻了一遍，说，你啊你，总是犯想当然的毛病，好像全天下，就只有你为朵朵着想一样……

我眉头一皱，说，怎么，你的意思是？

他闷着声音，说："反正你现在脑子里面一团浆糊，一门心思地想让朵朵远离危险，能够留在此处，得大机缘，我说再多，都无用，还不如省点口水，明天赶路。你现在好好想一想，如何跟小妖、肥肥交代，最重要的是，你如何跟虎皮猫大人去解释——你会告诉它：'我把你媳妇儿，送给别人养去了！'你会说吗？"

想到虎皮猫大人，我就来气。这肥厮跟着追击的大军朝东而去，等到江白他们无功而返之时，它没有个动静，也不来找我们。此刻，也不知道在哪里风流潇洒……

我问起此事，说，虎皮猫大人在哪儿？杂毛小道不理我，不一会儿，传来了呼呼的鼾声。

得，这一天，可真是让人累的，我不再说话，闭目而眠。

次日，我很早就醒了过来，摸了下胸口的槐木牌，朵朵大概是在寅时返回了里面,此刻正在沉眠,消化着昨夜吸食的月之精华,没有意识。我坐直身子,将那戴得熟惯的槐木牌从脖子上面取下来,恭恭敬敬地放在了床榻之上,心中莫名地一阵酸楚,浓浓的离别之情,油然而生。

我的眼睛发红,一想到以后的几年里,见不到这个可爱又有些笨笨的小家伙,吃不到她做的饭菜,不能够享受她帮我按肩,或者开心或者噙着眼泪地喊我"陆左哥哥",再也没有一个小萝莉,被我捏着婴儿肥的脸颊大声喊叫"坏人",再也……

人因为失去才能够明白珍惜,所有跟朵朵相处的点点滴滴,刹那间,都涌上了我的心头,让我感觉这些记忆,是那么珍贵,让我有一种将这槐木牌带走的冲动。

然而我伸向槐木牌的右手,最终还是被理智给制止住了。

我不能够,因为我的自私,而毁掉朵朵的前途。是的,我不能够,我没有这个权利。

我扭过头去,只见一身藏族老妇人打扮的鬼妖婆婆,正站在角落的阴影处,拄着拐杖,平静地盯着我。

我们对视,她咧开嘴,说,你舍不得?

我点了点头,说是。她沉默了一会儿,说,你让我想起了淡忘很久的往事,其实这都是你自己的选择,你若是后悔了,也可以将她给带走的——我能够带给她强大,但是代替不了你在她心中的位置,永远也不能,就如同以前的我和他……

我将槐木牌托在手上,然后费尽了全身的力气,缓缓递到了鬼妖婆婆的身前,苦涩地说道:"拜托了!"

她伸出右手,接过去,微笑道:"你放心,我一定会照顾好她的!"

交接完成,我感到自己全身都虚脱了,脸色苍白,回头望向旁边一言不发的杂毛小道,说走。说这句话的时候,我都能够感觉到自己声音里面的哭腔,仿佛不控制住,就会哭出来一般。杂毛小道点了点头,将我们的行李拿上,说,好,走吧。

鬼妖婆婆送我们出了这破旧的佛塔,指点我们往西南走,那边的人少。

我知道,她所说的人,是修行者。

拱手为礼之后,我们离开了。那天清晨,天上依然是阴阴的,有风。寒风刮来,让人心中难过,在这个离别的时节里,我的脑海,全部都给一个活泼可爱的小萝莉,给占据了。从2007年的夏天开始,她就一直陪伴在我的身旁,几乎没有分离过,而这一回,我们要整整三年不见面。

人的一生,总共有几个三年啊?

跟以往不同,我行走的脚步并不快,想到离朵朵越来越远,我心中就如同塞了一团茅草,堵得慌。杂毛小道一开始并不言语,只是在前面默默地走着。他虽然总是被朵朵叫做坏叔叔,然而与那个小萝莉的感情,并不比我少几分。见我脚步踌躇,他长叹了一声,吟诗道:"绿暗红稀出凤城,暮云楼阁古今情;行人莫听宫前水,流尽年光是此声。"

念罢,他回过头来,正想调侃我两句,却惊讶地喊起来:"小毒物,你哭什么啊?"

第十八章 豪气，反击

"伤离别，离别虽然在眼前；说再见，再见不会太遥远……"

被杂毛小道好是一番取笑之后，我抹干眼泪，大声唱着张学友的《祝福》，手提鬼剑，朝着前路行去，故作潇洒，心中却满是疼痛和难过。

杂毛小道在后面大声说，小毒物，好在你平日里少有唱歌，不然以你这公鸭嗓子，一定是个大祸害来着，好好的一首歌，就给你这样糟蹋了。

我们往西行走了一阵子，一开始光想着如何避开朵朵，让她不好找过来，却忘记想自己的目的地应该在哪里。结果走了十几里路，杂毛小道往路两边的山上左右一瞅，捅了捅我的胳膊，说，呀，这个不是南卡嘉措他们村子附近的山吗？

我一瞧，哎哟喂，还真的是。刚才脑子乱哄哄的，没有想起来，这回一看，翻过前面那两道山梁子，应该就能够瞧得见村头十里地前的那个小石房子了。

我和杂毛小道在背风处，左右瞧了好久，并没有看到那附近有什么异常的情况。商量了一番，估计我们两个曾经藏身于此的消息，暂时还没有透露出去。不过想来也是，在这里，特勤局的作用，大部分还在于协调与服务，并不像其他地方一般诸多的功能。只要班觉上师和江白小喇嘛有意帮我们遮掩，依托着特勤局的茅山，所能够得到的讯息，必然不会是全面的，这就大大减缓了他们的反应速度，追击的力度也会被极大削弱。

那么也就是说，我们可以回到南卡嘉措的家里，将我们遗漏在那里的一些东西，给找回来。那些东西包括两支黄大仙尾毛制符笔，相关的符箓原料，数根雷击桃木钉，以及很多我们随身的物品，因为毕竟当初只是想过去看下热闹，并不准备久留，所以进藏时很多行李和衣物，就都放在了南卡嘉措的家中。

这些东西，除了那两支笔比较珍贵之外，其余的，都是随时可以舍弃之物，包括雷击桃木钉。不过既然茅山的人没有追到这里来，那么我们倒是可以尝试着回去，将行李收拾，并且带上足够的干粮和补给，以免在山里面，被活活地给饿死、渴死和冻死。人毕竟不是神，不可能活在虚幻之中，不吃饭、不喝水、不睡觉。

我们两个商量了好一会儿，决定还是回去一趟，顺便跟南卡嘉措的家人道一个别。

我们并没有走大路，而是在山道里行走，虽然绕得比较远，费些气力，不过无论如何，谨慎一些，总是没有错。毕竟，那个刑堂长老刘学道，我们也都有瞧见，个儿虽然不高，但是对付我们两个，简直就是牛刀宰鸡，根本就不是一个级别上的对抗。

当然，我们也没有什么可以气馁和遗憾的，就如同佛塔里面的鬼妖婆婆所说的，他们毕竟是有那么多年的岁月累积，这一大把的年纪，不可能都活在了狗身上，比我们厉害也是正常的。我们才这般的年纪，已能够让他们头疼，也算是可以骄傲自得的了。

望山跑死马，特别是藏区这种辽阔的山梁，并没有苗疆那种连绵起伏的小山头那么好行走。我们足足走了一个多小时，终于翻过两个山梁子，瞧见远处的路上，确实如我们所想，感觉不到那种凝重的气氛。于是放宽了心，继续前行。

又走了两里地，远远看到路边一个石块堆砌的白房子，确实是南卡嘉措家所在的那个小村子。

我们对视一眼，不由得都笑了起来，没想到居然会这么巧，那个鬼妖婆婆所居住的佛塔，离这儿，居然只有小半天的脚程。

我们顺着山梁往下走。杂毛小道眼尖，捅了捅我，说，哎哟，你徒弟啊。

我顺着他的手指往下面瞧，但见莫赤那个黑小子，正在石房子的前面，对着凛冽的寒风，大声喊叫。我们这儿正好顺风，隔得老远，也能够听到他口中那九字真言"灵镖统洽解心裂齐禅"，声沉势威，确实有了很大的进步，似乎跟我初出茅庐的时候，一般无二。不愧是被虎皮猫大人赞过的后生，他此刻的进步，倒是让人注目。

很快，我们就下了山梁，到了路上。莫赤这个小子自从练习了真言之术后，耳目变得十分聪敏，很快就发现了我们。不过他好像并没有太多的惊喜，而是紧张地一阵飞奔，朝着我们这边跑了过来，而且还一边跑，一边挥手，示意往回退。

见到他这般样子，我们心中便有些发虚，闪身朝旁边的斜坎处趴下来。待到莫赤气喘吁吁地跑到我们面前，蹲下，我皱着眉头问他，刚才，是什么意思？

莫赤见到我们，又是惊喜又是着急，喘了好久的气，回过身去瞧了好一阵，蹲在我们身边的坑中，说，师父，我呆那儿好久了，就是在等你们呢。我奇怪，说，等我们，有必要这么紧张吗？

莫赤说："不是，是这样的。昨天我夜里起来练功，看见两个道士模样的人到南卡大叔家里去，盘问了好久，然后出来。他们并没有离开，而是隐藏在了村子后坡的山里面。我知道你们两个身份特殊，早晨的时候，南卡大叔一脸晦暗和紧张，就知道不妙。大叔可能被人盯得死死，不敢动弹，但是我却不会，所以自作主张，跑到这里来，就是怕你们回来，碰到那两个道士，有什么麻烦……"

杂毛小道心中惊讶，但是脸上却是风轻云淡，问他那两个道人的打扮和特征。

莫赤仔细回忆，说："两个人，一老年一中年，老的那个脸长得很方，颧骨高高，左颊有颗大黑痣，上面一撮毛；年轻一些的那个，虽然穿的是黑色中山装，却留得有跟那个老道士一样的发髻，脾气不太好，似乎还跟大叔吵了几句。他们两个从大叔家里面出来之后，在屋角还鬼鬼祟祟商量了好久……"

根据莫赤的这一番话语，我大致能够猜得出来，这两个人，应该就是茅同真和杂毛小道的同门师兄龙金海。这两个人都不好对付。单说这龙金海，师出名门，手段自然也是极厉害的，要不然也不会跟我纠缠那么久，而且他的心中，一直有恨。这恨其实也是无妄之灾，无论是对他，还是对我。

当日我将他击倒之后，搜身，摸出一块如同杂毛小道本命血玉一样的东西，只可惜当时脾气火爆的小妖竟然根本没有听我招呼，便将人家的本命玉给踩个粉碎。这种行为，如同断人财路，自然是会惹得死拼的。

不过小妖既然这么做了，我也只有捏着鼻子认下这份账，毕竟一来大家当时处于敌对，留一条性命已是仁慈，二则小妖朵朵既然跟随着我，那么她所有的事情，我自然都会为之负责，这是男人的责任，不然我拿什么，来报答这个小狐媚子的跟随呢？

当然，此时的小妖朵朵，正在六芒星精金项链里面沉睡，既不知道此事，也不知道我们留下朵朵的事情。

想到这两个人盯着小村子，我们便也没有进村取东西的心思，准备转头离开。而莫赤拉住了我，说：“师父，你们回去，可是想要拿回你们的行李？如果是，那我倒是可以帮忙，将那些东西给弄出来的，我人小，目标低，过去串一个门，也不会给人盯着的。"

我为人谨慎，正想要拒绝，不过杂毛小道却是一口答应了，说，可以，那你回去拿，自己小心一点儿，拿到手了，也不用回这里，直接去天湖那边，我们在那里等你。

莫赤一心想要给我们办事儿，一是为了报恩，二也是想哄我们高兴了，传个一招半式，于是大声说，哎，好嘞！他怕我们反悔，屁颠屁颠儿地往回跑去，头也不回。

我看着莫赤远去的背影，责问杂毛小道，既然知道他回去，应该会被人盯上，为何还要他去拿？

杂毛小道嘿嘿一笑，说，既然是边跑边打，就要打痛他们。趁着人少，我们先练练手吧？他说这话时，脸上露出了很强烈的自信，仿佛茅山长老茅同真和真传弟子龙金海在我们面前，不过是土鸡瓦狗一般。不过他并没有妄自尊大，设伏天湖，似乎也是想着借助那头剑脊鳄龙的力量。我刚刚与朵朵分离，心中正是不得劲儿，见杂毛小道这般豪气，顿时心潮澎湃，说，好的，这一回，搞他！

杂毛小道哈哈大笑，说，走，我们提前过天湖去，布置一番，这一次，可得让这些追兵晓得咱们的厉害。

第十九章　小妖，反弹

对于杂毛小道说的要给追兵一个教训，我并没有反驳，大部分的原因，还是心情不好，想要找一件事情来认真做，转移视线，发泄一二。

不过那两人，并不是土鸡瓦狗，说教训就教训的。

关于茅同真的实力，我们离开丽江的时候，得知他因为四相封魔阵被我生生破除的缘故，受了内伤，至于有多重，无人知晓。在白居塔中，我特地偷偷地观察了一会儿他，感觉血气运转，一如平常，想来已经是经过丹药之力，治疗妥当。

而至于龙金海，路上杂毛小道跟我谈及，说他也是出身修道世家，虽然不及他萧家显要，但是家中也有登堂入殿者，龙金海此人向来低调，平日里没有什么性格，说不上好，也说不上不好，心思城府略深，杂毛小道在茅山时，虽与之同门，但是交往并不算多，也没有多少情分……

十几里山路，并不算远，很快我们就来到了天湖附近。从山头往下眺望，依然是一汪如镜的湖水，倒映着天空大地，让人心中宁静旷达。然而此刻并不是欣赏美景的时候，莫赤回村取东西，茅同真他们跟或不跟，概率各占50%，我们还需要赶紧防备起来才是。

这边布局做口袋，最主要的一关，就是需要跟这里的地头蛇，剑脊鳄龙，协商沟通好，免得一会儿如果我们敌不过茅同真，被迫避入水中，还要遭它的袭击。

此事宜早不宜迟。我想了一想，杂毛小道曾经将湖里这畜生的眼睛扎了一刀，使其左眼失明，这是实打实的仇家，见面定然就会掐起来的节奏；而我与一条大鳄鱼，确实也没有什么可以说的，主要是语言不通，我说什么，这畜生也都只有一句"嗷……"来做回答，彼此都不明其意。想来想去，我觉得我方能够过去与它协商的，一个是小妖朵朵，一个是金蚕蛊。因为朵朵的关系，我一直不敢跟这两位商量，不过此刻紧要关头，也不能够再拖拉，于是将这两个小家伙，给唤了出来。

一开始并没有什么妨碍，我跟小妖讲起去和剑脊鳄龙沟通的相关事宜，问她能不能够做到，这小狐媚子表示：可以，没有什么问题，不就是一条小鳄鱼吗？手到擒来！

然而就在此刻，肥虫子突然往我的脖子里面钻来，着急地唧唧叫。

这本命金蚕蛊在我体内，如果不是我意识勾连，它一般都只是缩在我左心房的位置，持续不断地给我能量支持，所以我们将朵朵留在佛塔的事情，它也是不知晓的。不过它最是顾家，我身上有什么宝贝，它一出来，总会帮忙检查一遍，如果没带，它

都会提醒我，并且帮我叮过来。

我胸前的槐木牌，则是它检查的重点。

见到肥虫子唧唧叫，小妖也注意到了，身子一飘，与我齐高，拨开我领口处的衣物，然后一把抓住我的领子，咬着红唇责问，朵朵呢？

我低声说，留在佛塔里面了。

小妖顿时就气得火冒三丈，倏然凑上前来，双手紧紧掐着我的脖子，一双满是怒火的晶莹眼珠子，死死地瞪着我，说："昨天夜里，我还跟朵朵保证，说不会抛下她不管的，不会不要她，没想到你转手就将她给送人了，你知道你都做了些什么？嗯？！"

小妖是如此愤怒，以至于我的脖子被勒得紧紧，几乎都透不过气来。

我能够理解她的气愤，作为一个最疼爱的朋友和妹妹，朵朵的离去，最接受不了的，想来就是小妖了。她曾经有过短暂离开的经历，也有过好朋友永远离开她的痛苦往事，而后一直跟着我，之所以会如此，不是因为我的强大，而是因为在我身边，有朵朵、肥虫子这些让她所牵挂的小家伙。

而朵朵不在了，她留下来，还有什么意义呢？

我憋红了脸，感觉自己的呼吸有些不畅，换不过气来，不过并没有反抗，而是努力地解释道："这是一次机遇，朵朵错过这一次，可能这辈子，都再没有机会像你一样，可以自由地出现在白天夜晚。而我们现在正在被追杀，带着她，实在是太危险了。将她留在佛塔里，有鬼妖婆婆帮忙照顾，相信朵朵一定会变得更加强大的！"

小妖很不屑地骂道："说这么多，你有问过她的想法吗？不就是嫌弃朵朵不厉害，帮不上你什么忙，怕她拖累你，对吧？"

听到小妖这尖锐的指责，我的心，不由得血淋淋的一片伤。

没想到，没想到这个小狐媚子，竟然是这么想我的，难道我和朵朵，和她们的关系，就只是单纯的利用吗？我怎么可能会嫌弃朵朵，怎么可能会觉得这个救了我无数次性命的小萝莉，是一个累赘呢？

在我的想法里，我宁愿她如同一个普通小孩儿一样，白天上学，与朋友们玩耍；晚上在家，享受家庭的温情，远离我现在所经历的一切拼斗与凶杀，做一个快乐的人，不再像她某些时候，一个人默默无语，像一个小大人般地想着心事，想着她曾经的美好生活。每次看到这个小萝莉露出那种与她年纪所不搭的成熟时，我的心，就如同刀割一般的痛——这才是我一直以来，想要让朵朵重行于阳光之下最主要的原因。

杂毛小道见我一连惨败和灰败，瞳孔不断地收缩，脸色发紫而不反抗，便没有再作旁观，伸出手，一把搭在了小妖的肩头上，口中快速念了一遍"缚妖诀"，然后口中一声轻喝道："咄！"

随着这声咒语一出，小妖的身子一震，紧紧掐着我脖子的双手便松了开来。

杂毛小道将小妖从我的脖子上扯了下来，然后皱着眉头说道："小妖，虽然我也不同意小毒物的做法，我也舍不得朵朵这个小乖乖，但是你怎么能够这么说小毒物呢？你知不知道，他将朵朵放在那佛塔中，他有多伤心？他这么有自制力、情感内敛的人，一路上，掉了多少眼泪？就关爱朵朵这一方面而言，他并不比你，不比任何人少！"

小妖听到杂毛小道的解释，狐疑地看了我一眼，嘴扁着，说："那你们为什么不跟朵朵商量一下呢？你们骗了她，说不定她现在已经哭得稀里哗啦，以为我们将她给抛弃了，不要她了呢。"

我摸了摸疼得厉害的脖子，苦笑道："朵朵自然不舍得离开我们，但是一切，都是为了她的前途着想；所以，她以后应该会明白的……"

小妖挣脱开杂毛小道拽着她的手，然后走到我面前来，拉起我的左手，在我还没有明白她的意图之前，一口咬下。

这小狐媚子可不是吓唬我，她可是真咬，只一下，就血肉模糊，疼痛钻心。

我疼得眼睛紧紧闭起，好一会儿才睁开来，却看到这个小丫头眼睛笑得成了月儿弯弯，开心地说道："没想到你居然还会哭得稀里哗啦啊，为什么知道你哭的消息，我就这么高兴呢？这一口，我代表朵朵，让你知道被人抛弃，有多么心痛。不跟你计较了，帮你搞完追兵，我回去找朵朵，跟她在一起，你没意见吧？"

我苦笑着点头，说，这个随你，我又不会强留。

小妖笑嘻嘻，转过头来拐带肥虫子，说，小肥肥，你要不要跟我一起走？还是肥虫子这娃儿有良心，摇头摆尾地要钻入我被咬出血来的手臂上，给我疗伤。然而小妖一把就抓住肥虫子的尾巴，说，止血可以，这牙印要留着，给他当作一个教训！

小妖作威作福完毕，心情畅快，于是飞身临于天湖上空，盘旋一圈，手一招，洒下了星星点点的青木乙罡，接着有蓬勃的碧绿水草，从湖面涌了上来，不断地凝聚。没一会儿，在小妖的下方，有一道巨大的白浪，陡然生出。

好几片青黑色的角质鳞片，从湖底升出来，接着有如锥的尾巴拍打湖水，一道巨大的黑影从水里跃出，朝着半空中的小妖咬去。

这畜生凶猛，但小妖也不是吃素的，双方打成一团，僵持不下，最后小妖把剑脊鳄龙引到我们这边来。见到我们，它竟然停战，不再争斗。小妖将我们的意思，给它做了转达，奇怪的是这剑脊鳄龙竟然答应了。我们这才将心思收敛，与这剑脊鳄龙友好告别，然后找了地方藏起来，收敛气息，安静地等待着莫赤的到来。

等了好久，差不多下午两点，我们的视线尽头，出现了一个黑影，在远处的山脊之上。

第二十章　冷静，暴起

　　莫赤的出现，并没有让我们有多开心，相反，我的手心，开始忍不住地冒汗。我很清楚，自进藏以来，我们所面临的第一场重大考验，即在眼前。

　　莫赤虽然说过，他一个人目标小，去拿东西的话，是不会引起人注意的，然而他毕竟年纪太小，斗争经验不足，根本不知道自己所面对的，会是怎样的对手。那些人的眼光之毒辣，哪里是一个半大少年，所能够欺骗的？

　　所以从他一开始提出来，我就想着反对，不让莫赤来趟这摊浑水。然而杂毛小道提出将计就计，我们在此处，给茅山的追兵来一次迎头痛击的埋伏，将他们给打痛，给以后争取时间缓冲，那么我也不便反对，于是积极筹措起来。

　　山脊那边的黑影走近了一些，我能够看见那黑影，确实就是穿着一身藏族传统服饰的莫赤。只见他扛着一个沉重的布袋，正从山脊上，健步如飞地下来。我越过莫赤的身影，朝着他后面瞧去，并没有发现有任何不妥，空荡荡的山脊上面，除了树木和野草，再也没有什么东西。

　　难道真如莫赤所说，他就是一个小人物，所以没有引起茅同真他们的重视，将他放了过来，并不理会？

　　倘若如此，那么我们便只有改变计划，将莫赤所带来的行李拿好，然后朝着山里面走。这一来可以避其锋芒，二则是吸引注意力，免得他们去佛塔那里，找那鬼妖婆婆的麻烦。虽说江白小喇嘛让我们在佛塔暂住几日，但是既然我们把朵朵留在了那里，自然不可能一直待着，坏了事儿——虽然茅山宗未必会为了我们而得罪白居寺去硬闯，但是通过行政力量，还是可以拿捏我们的。

　　西省山高寥廓，莫赤走了二十分钟，才穿过了森林，走到湖边来。

　　对于上次的经历，他依然是心有余悸，下意识地离那湖边远远的，然后站在一高处，手搭凉棚，四处望，想要找到我们的踪影。然而我和杂毛小道潜伏在暗处，自然不是他所能够找寻得到的。莫赤望了一会儿，并没有作为一个诱饵的自觉，开始用藏语喊起话来。

　　他倒是有一些小心思，不过我们却没有敢出来，只是谨慎地打量着四周，想要把有可能存在的敌人，给找寻出来。

　　莫赤喊了一阵，仍然没有看到我们，于是坐在地上喘粗气。

　　我观察了一阵，感觉不会有人跟着他，想要站起身来，过去找莫赤接收。刚要站起身，杂毛小道一把拉住了我，我回过头去，只见他无声地摇了摇头，眼神很坚决。

我想了一下,所谓伏击,不过就是沉稳和意志的较量,不管是否有人跟过来,我们都应该沉住气,不给敌人任何机会。

莫赤歇息了好久,站起来喊了几声,又过了一会儿,他终于想到了自己有可能被跟踪了,所以我们才会不露面。经过一番思考之后,这个小子倒也是机灵,将背上的包袋给放在了旁边一块凸起的石头上,然后朝着湖水叩拜,极尽庄严,仿佛在祭奠湖灵一般。完了之后,他拍拍屁股,施施然地转身离开。

看到莫赤这般行为,我不由得击节赞叹。要知道,既然约定在天湖见面,而到了时辰,我们还没有露面,定然是出了状况;是什么问题,他自然不知晓,但是将东西放在此处,我们一定是能够找到的。不露面,对他来说,其实是一种保护。

看到莫赤离开了天湖畔,我的心情反倒轻松起来。目送莫赤的身影渐行渐远,最后消失在了对面的一处山坡脚下。我们并不急于去取在湖畔上的布袋,只是蹲在藏身之处,默默不言,如同死物。

如此差不多又过了半个小时,就在我的心已经宁静得几乎要融入那湖水中的时候,杂毛小道捅了捅我的胳膊,我顺着他手指的方向瞧去,只见一道黑影,从西面的原始森林中出现,正在快速地接近莫赤留下来的包裹。

此人身穿黑色中山装,挽着一个道髻,脚步如飞,正是我们在白居寺中所碰到的那个龙金海。

我们顺着他出现的方向瞧过去,但见在林木稀疏之地,有一个佝偻的身影隐没其间,却是茅山长老茅同真。

没想到他们两个如此确定,竟然都来了,想来是已经摸了些底细,才会如此笃定。

若只是他们两个,我们还有信心,与之一战。

随着龙金海越来越接近湖边的那包布袋,我的心也提得越来越高。就在他临近之时,平静如镜的湖面突然传来了一声"哗啦"的水浪声,龙金海的身子僵直,如弓,一下子就弹到附近的一处凹下的草甸去,而在他的身上,竟然立刻就有淡黄色的光芒闪现出来。

我不由得想笑,我们对这些追兵如临大敌,像龙金海他们这些二代子弟,未必不会惴惴不安,对我们也提心吊胆。见到龙金海激发出来的这光芒,我便知他对我身上的金蚕蛊,也是十分恐惧,提前将身上的防护工具给开起来,不让肥虫子钻了空子偷袭。

然而他哪知,湖面上闹出动静的,并不是我们,而是之前与我们协商一致的剑脊鳄龙。这畜生从水面上浮现,头颅高高昂起来,瞪着一只凶悍的眼睛,紧紧盯着二十米开外的中山装男子。

猛然见到这条五米多长的古怪鳄鱼,龙金海也是有些忐忑。敌手并不是他所预料的敌手,这让他的脑子顿时就有些迷茫,下意识地望着茅同真那个方向看去。茅同真本来已经再次潜伏起来,然而看见剑脊鳄龙这货,便有些藏不住了,一道疾风吹过,快步冲到了湖畔上来。两人在离布袋六米远的地方,停了下来,然后小声说着话,似乎在议论着湖中突然出现的怪兽,到底是什么来头。

我们隔得远,并不清楚他们谈话的内容。不过很快,龙金海从怀中掏出了一把雪亮的藏刀,寒光四射;而茅同真手往前伸,他随身的那根铜棍已然在握,遥遥指向湖里面的剑脊鳄龙。

剑脊鳄龙见到这两人,庞大的身子开始下潜,咕嘟咕嘟,不一会儿,不见了踪影。

凡是灵物,必有其宝。譬如我背上这把鬼剑,便是用一棵槐树精的树芯制成,而小妖的青梅竹马糖糖,之所以遇害,就是因为身上的灵气充足,可以被青虚炼制成上好的丹药,诸如此类者繁多,不一一举例。

这剑脊鳄龙,观其外形以及整体气场,定是那有灵之物。此类妖物,一身重宝,即使没有凝结出妖丹来,这血肉尸骨和鳞甲,也都是可以利用的上佳材料,这些东西,对于修行者来说,其实还是蛮有诱惑力的。说实话,我们也就是抹不开小喇嘛江白的面子,不然,说不定也会勾起那种龌龊的心思来。

不过有一点让我十分疑惑:茅同真之所以跟过来,并且在林子里潜伏良久,一直跟我们比耐心,显然估摸着我们就在湖边等待;虽然静谧的湖畔让他们有些怀疑,但是此番正大光明地出现,实在是有些不合常理。

还没等我想清楚,那头消失了的剑脊鳄龙,已然从水中猛地蹿出来,四条粗短而有力的腿在空中划动,朝着岸边的这两位道士冲来。它看似蠢笨,却是极为精明的家伙,这一番出手,时机、气势和卡位,十分契合,瞬间,如同一辆东风卡车,朝着这边撞来。

强大如茅山长老,茅同真也不敢撄其锋芒,与龙金海朝着两个不同的方向跳开,避开这沉重一撞。

剑脊鳄龙甫一落地,并没有如我们所想象的那般沉重,而是像狸猫一样,尾巴往旁边甩动,啪,尖锐的骨质鳄尾在空中一个炸响,差一点儿,就能将龙金海的左臂给切了下来。

这畜生的凶猛,显然将茅同真两人吓了一大跳。龙金海一个后空翻,躲开这凌厉一击,然后连退了好几步,扭头一看,脸色剧变,大声叫道:"休走!"

他朝着左边狂奔,在他前方十米处,正是小妖朵朵,拎着包裹,朝我们这边奔来。

龙金海见到突然出现的小妖朵朵,自然是仇人见面,分外眼红,心头一股恶念顿起,一声大叫:"呔!"竟然抛开了正在与剑脊鳄龙缠斗的茅同真,朝着小妖大步追来。

茅同真正在与面前这头恐怖的剑脊鳄龙争斗。能够镇压水眼的龙属,岂是易与之辈?他斗得也艰难,但见龙金海红着眼跑开,顿时一阵急火攻心,大声喊"金海休追"。就在此刻,给他沉重压力的那头剑脊鳄龙却转身一扭,身子就钻入了湖水里面去,茅同真狂喜立刻涌上心头,回身追来。

小妖一直不紧不慢地跑,而龙金海则在发足狂奔,并未曾听见茅同真的警告。很快,他已然跑到了我们的伏击圈中。我的身子微弓,果断冲了上去。

第二十一章　战，战，战，战！

我如同离弦之箭，朝着龙金海冲去，鬼剑斜斜下挑，朝着龙金海的脚膝处刺去。我这一剑如果刺中，劲气一吐，龙金海这两个月，想来是离开不得轮椅的陪伴了。既然说要教训追兵，虽然不能取其性命，但是将他们打残，这个在规则范围之内，还是能够被人所接受的。毕竟我们不是诸葛亮，他们也不是孟获，七擒七纵，谁也没有这个时间和耐心。

出乎我意料的事情发生了。对于我的出现，龙金海不但没有半点惊慌，反而是一声狞笑，双脚交错，一个扭身，人便已然到了三米开外，完全避开了我这凌厉的一剑；而本来以为被剑脊鳄龙缠住的茅同真，也已经到了近十米处。

我身边身影倏然闪动，是杂毛小道，他朝着闪身回跑的龙金海一阵追击，雷罚舞动，每一剑，都能够擦到龙金海的衣角，惊得龙金海脸上的笑容也凝滞了，几个错步，终于闪身，躲在了急奔而来的茅同真身后。

一剑、一棍，迎头交击，发出一阵沉闷的碰撞声响来，法力交叠，让人心神发颤。

杂毛小道和茅同真错肩而过，又拼了两记，最后同时往后一跃，站在各自同伴的身边，对峙起来。

我盯着略有些诧异的茅同真，只见他将铜棍挽于身后，眯着眼睛瞧着我和杂毛小道，嘴唇上面的胡须抖动，颇为玩味地说道："想不到，你们现在，竟然会变得这么难缠了，难道修为真的能像弹簧一样，压力越大，越能够爆发出让人惊叹的潜力吗？"

龙金海带着浓浓的恨意说道："你们两个还想伏击于我，却没想到，你们的心思，早就被我所识破。今天，是该让你们为自己所做的一切，付出代价了！"

杂毛小道右手提剑，左手揉了揉发痒的鼻子，说："我们到底做了什么伤天害理的事情，能够让你这么恨？"当初在丽江鸿宾会所地下室，救他的时候，杂毛小道处于昏昏沉沉的状态，并不知晓其中的曲直过节，故而才会有此一问。

然而龙金海却并不晓得，以为杂毛小道在羞辱自己，气得面皮紫红，咬牙切齿地说道："萧克明，当日在茅山习艺，我并不曾亏待于你；在丽江囚笼中，念及同门之义，对你我也多有照顾；没承想，你们竟然做出这等龌龊的事情，竟然将我的本命玉碾得粉碎，你说，我如何不与你拼命？"

杂毛小道脸色一滞，回望过来。旁边的小妖因为和朵朵分离，心情本来就不好，此刻更是脖子一梗，往前走一步，大声说道："那玉，是小娘给踩的，跟萧叔叔半点

197

儿关系都没有。我们本来就是敌人,不杀你就算仁慈了,你还想怎么样?"

听得面前这小妖精的话,如此理直气壮,龙金海更是火冒三丈,无名邪火一波一波地生出来。杂毛小道听到了小妖的言语,雷罚横于胸前,沉静地说道:"是,龙师兄,我们本无仇怨,只是你们一再苦苦相逼,我们才会反击的。若是我们的回击让你受损,你便觉得冤枉,觉得难过,但你可曾想过,我们若死于你们的手段之下,我又能够找谁去诉苦呢?"

龙金海咬着牙,一字一句地说道:"你们做错了事,杀了人,自然要受到惩戒的,死了就死了,有什么可说的?"

杂毛小道一声惨笑,说:"好一个'死了就死了',原来在你们的脑海里,除了自己的利益不可被触犯之外,其他人再冤枉,都与你们无关。整件事情,是非曲直,你其实也能够明白,但是你们却不想去弄明白或假装不明白,只想痛痛快快地当一把刀,上面指向哪里,你们便砍向哪里,无论对错,无论正义与公平,所有的一切,都要靠暴力来决定一切,是吗?"

听到杂毛小道的质问,龙金海一时被噎住了,那种愤怒的心情,也有些缓和下来。茅同真却走前一步,呵斥道:"金海,你何必听这等弃徒在此耍嘴皮子?话事人不是说过,格杀勿论吗?直接将他们擒下,再废话不迟!"

茅同真这话语一出,我的脸上就已然凝结出了控制不住的愤怒,沉声说道:"既然你们这么不要脸皮,那么,手下败将,我们再来拼斗一场,让你看看,到底是谁更加厉害,更有话语权!"

茅同真眉毛一掀,脸上的黑毛抖动,说:"小贼,上次若不是那只肥鸟儿捣乱,让我被那阵法反噬,老道我已经将你擒下,哪里还有这么多变故?来吧,让我瞧一瞧,你到底是怎么从我的烈阳焚身掌中,逃脱出来的……"

话音未落,他便朝着我这边,拍出一掌。这一掌,集结了他毕生修为,含愤出手,自然威力不同凡响,左右空间的空气都为之凝聚,使我如同处身水里,动弹迟缓。离我还有两米开外,一道灼热的掌风,便扑到了我的脸上来。

惊涛骇浪,此起彼伏。

我已经有了跟茅同真数次交手的经验,而且他的四相封魔令旗,已然在丽江被我给破掉,所以我并不是很紧张,手腕一动,鬼剑就斜斜举起来,朝着茅同真手掌刺去;与此同时,杂毛小道也将雷罚平举,配合着我一同夹击。

茅同真到底是茅山宿老,虽然曾经受挫于我,但那是种种机缘巧合而成,无论临战经验,还是整体实力,自然都比我高出好几个等级。他的身子倏然陡进几尺,快我一步,一掌拍在了我的鬼剑之上,灼热的腥风扑来,热中有冷,阴寒。

我的鬼剑被拍开的同时,一根铜棍朝着我的面门直戳而来,又疾又猛。我一个硬马铁板桥,翻身避开这一棍,茅同真便被杂毛小道给接了过去。左边刀锋一闪,却是龙金海,手执藏刀,朝我砍来。

龙金海也是修行中的高手，掌门真传，这些年来一直勤练不辍，手底里也算是有些本事。当日他若不是没有斗志，锐气丧失，断不会被小妖趁了空隙，偷袭成功。此番含恨前来，他完全就是豁出命的节奏，疯魔一般的刀法，倒是让我翻起身来后，连连后撤。

我并不与他去以命搏命，只是偶尔，才会回剑反击。交手不过几个回合，我发现，面前的这个家伙，似乎跟我那天在地下室见到时的状态，有着很明显的不同，这并不仅仅是精神气势的问题，似乎连实力，都增长了许多，即便是我，应付起来，也都有一些吃力。

见我面露诧异，龙金海脸上挂着冷笑，说："你没有想到吧？自从我的本命玉被碾碎之后，话事人亲自进入内库，取来了天山神池宫的洗髓伐骨金丹一颗，赐予了我，使得我功力倍增。这是托了你的福，所以，我定然会好好报答于你的。"

正在与茅同真交锋的杂毛小道听到，大叫一声："杨知修这个老混蛋，当真是下了血本啊！"

我并不介意，问，这玩意儿很珍贵？

杂毛小道一剑挡开茅同真戳来的铜棍，恨声说道："江湖传闻已久，真正的名丹，向来都是长老特供，用来冲击瓶颈的无上灵药，整个茅山宗，应该不会超过十颗！"

看着龙金海快意的表情，我哈哈大笑，说："再好的药，也要看谁来吃！就我面前这货，不过是猪拱了白菜而已。"我一边说着话，一边唰唰唰三剑，将龙金海给逼开去。

我面前这两人因为都有防范，所以肥虫子偷袭不得，唯有在我身体里，给我使劲儿；而小妖朵朵却不受限制，她围绕在茅同真身边，不时偷袭牵制，使得远远不如茅山长老的杂毛小道，能够在茅同真暴风骤雨的攻击之下，勉力维持。

茅同真一身技业，却被面前两个小辈牵扯，顿时气得哇哇大叫，口中一阵咕噜，脸上顿时就变得了青黑色，眼睛一直，突然就请得了乩童附体。

乩童入体，跟普通的请神，有一些区别。它是通过刺激人体内的痛觉神经，获取力量。一般练就这般法门的人，都喜欢自残，或者以伤换伤，通过痛苦转化而来的力量，将敌人给制服。完成这一法身之后，茅同真顿时浑身就开始颤抖起来，将杂毛小道和小妖给逼开之后，他竟然反握铜棍，往自己的额头，就是一敲。这力度，让作为外人的我，都看着心中一阵咯噔。

果然，当茅同真取下铜棍时，额头上顿时血流如注，鲜艳的红色使他的脸变得古怪之极，然后他口中发出了一声受伤野兽般的呼喊。这时的茅同真，开始变得极为恐怖起来，随手挥了一棍，竟然将杂毛小道一棍挑飞，而后越过被我压着打的龙金海，舞动鲜血直流的铜棍，朝着我当头击下。

这速度，我避无可避，只有硬拼了。

第二十二章　一掌、两掌、三掌

我深呼吸，一抖手腕，将鬼剑刺了出去。

茅同真快如鬼魅，根本就不容我闪避，那铜棍便如同泰山压顶，裹挟着周遭的气息，朝我劈头盖脸，猛然击下。

轰——

鬼剑被铜棍砸中，巨大的力量从那狭窄的接触面上，狂涌过来，我右手顿时一阵酥麻，如同触电了一般，酸软无力，几乎想要将这鬼剑给丢开去。

自从丽江脱胎换骨之后，这是我很少有的经历了。要知道，随着力量的增加，我开始越发地能够理解到力量的原理，去接近它，掌握它……然而此刻，我的信心全无，感觉所有的一切，都超出了我的掌控。

我轰然倒地，后背与草地接触的力道和反震，显示出我所遭受到的力量，到底有多么的强大。我在眼前发黑的一刹那，有过短暂的昏迷。茅同真则不管不顾，铜棍依然势若万钧，兜头朝我砸来。他的爆发力是如此的强大，让我一招受挫，即将落败身亡——啊，这就是茅山长老的实力！这就是千年道门的威严！

就在我双手护头，准备硬挨住这一棍的当口，一道身影，出现在了我的面前。她平伸双手，硬生生地接住了这倾天一棍。

是小妖！这个刚才还将我左手咬得血肉模糊的小狐媚子，此刻却是豁出性命，挡住了这满是倒刺的铜棍。

她这一挡，绝不好受。在这绝对的力量面前，她的双腿，竟然被生生地砸进了泥土里，直没膝盖。小妖咳嗽了一声，脸色瞬间变得惨白，如同玉质，抓住铜棍的双手，不断颤抖。

茅同真见我被救起，狞笑了一声，铜棍一转，一股磅礴的道力，凝聚成红色光芒，从铜棍之上，蔓延过来。这红光，将小妖整个儿，都给包裹住了。它十分有侵略性，不断地朝着小妖吞噬。小妖皱眉苦忍着，豆大的汗珠出现在了她的额头，倘若不是大师兄送给她的伏蛟道符在，只怕她已然被超度了。

见到此等情形，我顿时就愤怒到了极点，翻身爬起来，感觉腹部的下丹田位置，一阵热力狂涌，将刚才被震得僵直的全身，给全部舒缓，无边的力量滚滚而来，口中狂吼："你大爷的！"这股怒意，伴随着我的左手拍出，朝着茅同真胸口甩去。

茅同真面无表情，右手持棍，压制小妖，左手空出来，一阵灼热，来不及发力，就与我对拼一掌。他这掌，乃烈阳焚身掌，内有阳毒，如若附骨之疽，但凡沾上，甩都甩不脱。然而见到小妖被这狗东西欺负,我的脑子也被怒火烧坏了,哪里还顾忌什么阳毒不阳毒,轰然一掌拍出。

两掌相交,巨大的反震力传入我的手上,阳毒也灌涌而入。

然而就在那一瞬间,一大股磅礴的热力从我的小腹内升腾而起,沿着各路经脉,堆积在了我的左掌之上。我就如同一个局外人,感觉到自己根本无法控制这力道。这股力道将茅同真加诸我身上的伤害,全数都给倒逼回去。瞬间我又拍出两掌,与之对轰。

砰、砰、砰……

这击掌声,如雷声炸响,滔天的炁场震荡,使得整个空间里,嗡嗡异动。

这种程度的对抗,即使是乩童上身的茅同真,也抵受不住。我全身狂震,他也狂震全身,身子往后退,终于放了对小妖的压制,铜棍斜斜收回。

然而,茅同真想退,却退不开来了,因为他的脚下,早在没有察觉的时候,已然长满了野草。这些野草将他双脚给缠绕住,那些纠结生长的粗壮草茎,将他和大地,给连接成了一个整体。

小妖朵朵在铜棍离身的那一下,拔出双腿,跌坐在地上,然而手中的青木乙罡,却星星点点地游绕出来,附在了地下。

茅同真消瘦的脸上,满是抖动的肌肉;他的左手不停地颤动,肌肉痉挛,这是刚才与我对掌之后的自然反应;而右手的铜棍,则挥舞得呼呼生风,将我给抵挡在了棍幕之外。我见进击无望,后退两步,将小妖给单手抱起来,左手也在忍不住地痉挛发抖,不过并不在意,看着被红光折磨得小脸儿惨白的小妖,急切地问道:"你还好吧?"

小妖睁开痛得半闭的眼睛,咬牙说道:"放心,小娘我还没死呢!"

我心中狂喜。就在此时,茅同真一声狂吼,全身红光洋溢,那些已然攀上了他腰间的青藤野草,给震得全数消失无踪影;他得以抽身后撤,快步退了四五米。而与此同时,一声惨叫,从我的左侧传来。

我扭过头去,只见龙金海被杂毛小道一脚给踹得老远,栽倒在草甸子上后,竟然没有挣扎,直挺挺地躺在了上面,再无声息。

杂毛小道风一样地冲到了我的旁边,看着面无人色的小妖,急切问道:"小妖没事吧?"

我见小妖奄奄一息,没有气力回答,于是摇摇头,说:"还好,不过被这家伙用古怪道力给压制,得难受几天了。那人……你给弄死了?"

"截脉术,几个小时动弹不得,这个,只是茅山的基础功夫而已!"看到平日里活泼骄傲的小狐媚子此刻虚弱无力的模样,杂毛小道的牙齿就咬得咔咔直响,眼睛瞬间瞪圆,冲着茅同真大声喝道:"看来你是真的想要我们的性命,那么,就不要怪我不尊重你这老人了!"他往怀里一摸,掏出那柄造型古朴的血虎红翡来,拇指和食指一擦，快步前冲，往茅同真就是一指："出来吧，血虎！"

霎时，红光大盛，一股铺天盖地的虎啸，从杂毛小道的手中传出来。接着，身子庞大的血红虎灵，从红翡中跃出来，先是伏在地下，使得整个这一片区域都狂震了一番，然后携着巨大的腥风，朝着前面的茅同真扑去。

这血虎多日未见，气势更胜从前，身长四米，恍若奔象。那茅同真也被吓了一大跳，脚步交错，人就往着湖边退去。我和杂毛小道也是气愤小妖的遭遇，想着此番非要将此人打服不可，于是快步追上前去，一左一右，呈夹击状围上。

茅同真被那血虎逼得狼狈而逃，退至湖边，见我们呈围殴之势，不由得一阵狞笑，青黑色的脸开始变得通红，用一种跟他平时完全不同的声音喊道："两个黄口小儿，你们真的以为能够将我堂堂茅山长老，就这样给压制住了吗？妄想吧！"

他已然退到了水边，双手结了一个很古怪的印法，如同牡丹花开，极其缓慢而凝重。而在他这缓缓结印的过程中，有一种恐怖的气势，在凝结，周遭的空气仿佛被冰冻住了一样。就在血虎即将要扑倒他的时候，他口中狂喝道："水中火莲，无边曼妙生！"

轰隆隆，空间一阵巨震，正在往前奔跑的我突然看到茅同真浑身红艳如火，而他身后的湖里，突然浮现出了三道湖水凝结的灵体。

这灵体，一为吊额巨齿的白虎，一为翼展五米的朱雀，一为浑身厚重鳞甲的玄武，其余炸起的水滴被茅同真的热力蒸腾，化作白雾，将整个这一片区域，都化作了白茫茫的一片混沌，伸手不见五指。

在我印象中的最后一眼，是那玄武附身于茅同真身上，那吊额白虎与杂毛小道的血虎轰然对上，而那血红朱雀，则朝着我们这边，展翼飞来。

"哈、哈、哈……"整个空间里，都回荡着茅同真肆意而狂放的怒笑。

当我面前的视线全数模糊的时候，被我抱在怀中的小妖突然一伸手，叫了一声"火娃"，顿时一个红点出现了，接着热意骤起，我面前的白雾，也消散一大团。

这一热一冷，犹如蒸桑拿，我浑身一激灵，感觉肥虫子蠢蠢欲动，刚一首肯，一道金光就朝着天空飞去。那里传来了一道鹰啼，接着又是一道鹰啼，声声入耳，忽远忽近，显然肥虫子已经和那头朱雀之灵，较量上了。我并没有太担忧，有过跟肥母鸡长期较量经验的肥虫子，不一定能赢，但是绝对不会吃亏。

形势几经转换，茅同真没有再笑了。白雾中，他似乎跟杂毛小道交过了一次手，然后又不见了踪影。而火娃则奋力发功，将周边的白雾越驱越散。就在此刻，一根铜棍，从浓雾中突然冲出，朝着我的胸口捅来，我连忙横剑去挡。

这铜棍上面蕴含得有巨力，我连砍两记，都没有逼退，反而他的一抖，却将我左手抱在怀中的小妖给震到，惨叫一声，跌落在地。

那铜棍得寸进尺，竟然不给我招呼小妖的时间，又复朝我的右手手腕捅去。

鬼剑离手，跌落在地。

我的双手,已经攀上了那满是倒刺的铜棍,手被扎得鲜血淋漓,然而我的头脑已然被这愤怒,给冲昏了,奋力往回一拽,茅同真裹着凝结如甲的湖水,跌入我面前来。

我的眼睛已然红得如血,管他面前是谁,口中大声骂了起来:"你大爷的……"每骂出一声,我就与他对拼一掌。

一掌、两掌、三掌……

第二十三章　有一种道，叫做原谅

我势若疯狂，无边蛮力狂涌，全然不顾身体的损伤，口中高声叫骂着，不停与茅同真对掌。我们出手也迅急，砰砰砰砰，你拍一我拍一，你拍二我拍二……

茅同真断然没有想到，我会如此疯狂。他在与我对拼了二十多掌之后，手酸体麻，竟然有些功力不济，想要返身进入白雾之中，再行偷袭。我哪里肯让他逃走，拽着铜棍，就是不放。

接着又是一阵交锋。茅同真慌了，一脸儿惨白。他位高权重名气大，显然并不想跟我搏命，于是扔开铜棍，转身就想跑。然而此刻他的脚下，又莫名其妙地长起了一串野草，将他的双足给缠绕住，竟然走脱不得。

我转过头去，但见躺在地上的小妖朵朵，正在勉力地高举右手。在她白嫩的指间，有青色的光芒缓缓生成，并且朝着茅同真的脚下，流动而去。她是那么的勉强，仿佛使尽了全力，小小的身子不断抖动，仿佛下一刻就要停止了一般。

我的心中满是悲愤，快步上前，朝着茅同真再次拍去。此刻他的脸上，终于流露出了惊慌，再也没有了戾气，没有了肆无忌惮的可恶笑容，没有了刻薄寡恩的讥讽……他是真的怕了！锐气顿失，手掌上面灼热的温度，也变得软弱无力起来。

在我暴风骤雨般的攻击之下，他竟然连消解腿下那些并不强大的青木乙罡，都不能够，就这般被牵制着，跟我硬碰硬。

又过了几十招，他的气息逐渐开始凌乱起来，口中大声呼喊："不可能，你怎么可能，有比我还要持久的力量，不可能的……"

我并不跟他接话，红着眼，咬着牙，让自己的脸变得格外狰狞可怖，沉默，举掌往茅同真的全身各处击去。因为小妖朵朵在拼死帮我拉扯住了茅同真，我不会浪费哪怕是半秒钟的时间。

我脑海里，唯一的想法就是：干倒他！

所以我的速度越来越快，越来越快；与之相反的，是茅同真，在经过这一场实力和意志的较量之后，他终于处在了崩溃的边缘。战至后来，他根本就抬不起手来了，往往我出三招，他才能够抵住一招，而我另外的两招，则全部击打在了他身上的玄武水甲之上。

他这附身灵体，不愧是用玄武来命名的，坚实得很，像我这般程度的攻击，莫是拍个几十掌，说不定我累死了，也突破不了他的防御。不过我并不会这么蠢，既然是灵体，那么我的恶魔巫手，便能起得了作用。于是我化掌为抓，一把抓住他身上那软硬适中的灵体,气沉丹田,引导腹中下丹田那股磅礴荒凉的气息,点燃恶魔巫手。

当我的双手燃至最盛的时候,便听到一声低沉的嘶吼,接着有嗞嗞的燃烧声传来。

一阵黑烟冒起,茅同真变成了落汤鸡,被淋了个通透;而我的手上,则出现了一个浑身游动着无数个玄妙无比符文的灵体,水母一般,吱吱叫,十分凶悍。这玩意儿,便是四相封魔阵中的阵灵,虽然不是真正的玄武精魂,但也是十分珍贵的,倘若不是四相并不完整,我说不定还会在这家伙身上吃亏。

于是我咬着牙,准备将它给炼化了,然而身后的小妖却喊了起来:"不可,给我!"

我回过头去,只见小妖伸出手,一脸渴望地看着我手中的玄武阵灵。知道她有用处,我心中狂喜,劲力一震,便将灵体的意识抹去后,朝着小妖扔过去。小妖伸手,勾住这缥缈若无的灵体,双手如同揉面团一样,整治了一番,然后瑶鼻微动,竟然将这阵灵,悉数吸入体内。

玄武阵灵被抽,茅同真湿淋淋地跌倒在地,又看到小妖将其吸入体内,盘坐在地上吸收,他顿时就有些崩溃,"啊"的一声大叫,整个人仿佛就苍老了十几岁。他脸色灰白,竟然彻底地不再抵抗,唯有口中喃喃自语道:"不可能,这不可能……"

他的话音未落,空间中突然又出现了一声凶猛至极的虎啸,接着大地都在抖动,间杂着长剑划过半空时,那种凌厉的破空声。

我捡起鬼剑,小心地望着白雾迷蒙之处,浑身忍不住地颤抖——与茅同真刚才的拼斗,虽然我没有遭到阳毒侵袭,但是茅山长老这一级别的高手,却也不是我可以随意对付的;茅同真被我劈得倒地而坐,但是我也并不好受,情绪释缓下来,便感觉浑身的每一根骨骼,每一块肌肉,都在疼痛。我就像一辆浑身上下零件都出了问题的汽车,稍微一动弹,就有散架的危险。

此刻的我,别说是那头白虎阵灵,只怕是来一个三岁小娃娃,都有可能将我给放倒了。我连吸了几口气,发现下丹田位置的神秘气海,停止了热流输出,好在各处经脉中还有一些热力,然后缓缓推动气血运行,不让自己栽倒在地上。

就在此刻,一头凶猛的白虎,突然从白雾中露出了狰狞的头颅,凶煞莫名。我吓得魂飞魄散,正要提起鬼剑应招之时,看到后面红光大现,一头更加凶猛的血虎出现。周遭的白雾驱散,只见前面的那头白虎,大半个身子,竟然已经被血虎吞噬干净了。血虎背上,坐着持剑挥舞的杂毛小道。见我拄剑在地,脸色潮红,而前方两米处,跌坐着茅同真,他大叫着问我,还好吧?

我摆了摆手,说,无妨。此话说完,四周迷茫茫的水雾突然一收,我抬头看,但见一点金光悬于头顶,没一会儿,洋洋得意的肥虫子降落下来,欢快地打了一个饱嗝,然后钻入我的体内。我浑身一震,一股温润的力量在身体里传送着,这是肥虫子,在给我修补千疮百孔的身体。

杂毛小道坐着血虎冲到近前，翻身下了虎背，伸出左手，那血虎化作一道红线，钻入其中。茅同真浑身皆伤，迷茫地看着围站在身前的我和杂毛小道，喃喃自语：怎么会这样，怎么会这样？我修行了一辈子，怎么可能会败在两个黄口小儿的手里，这……

我冷笑了一声，感觉气血翻涌，连喘了好几口，才顺过气来，朝着这个头发散乱的糟老头子说道："你修行了一辈子，但是最终，却还是没有明白什么是道！这才是你失败的原因，才是你修为停滞不前的根源，也是所有的法器、功法和灵丹妙药，所不能够解决的问题。"

茅同真抬起头来，双眼迷茫，接着问："什么是道？"

我笑了笑，面对着这个修了一辈子道的老道士，朗声说道："道，无形无象，无声无嗅，大而无外，小而无内，是真空，是性，是灵，是炁，是金丹，是佛性，是过程，是本源，是规律，是法则，是这世间的正义，是天地运转的本心，是万物进步的根据……你扪心自问一下，你没有违反道吗？"

听我一字一句地慷慨说完，茅同真闭上了眼睛，沉思了良久。至后来，他的眼角，竟然流下了眼泪，长长叹了一口气，唇上的胡须发抖，悲声道："可怜我执念二十余载，竟然还是被一个小孩子给点醒，可悲啊，可悲。也罢，成王败寇，既然输在了你的手下，我也没有什么可说的。来，给我一个痛快吧！"他将脖子往前一伸，闭上眼睛，作慷慨赴死状。

我扭头看了下杂毛小道，他也看了一下我，似乎想征求我的意见。我摇摇头，任他处理。

杂毛小道深吸了一口气，诚恳地说道："茅师叔，克明昔日在茅山，虽然与你相交不多，但是素来敬仰你的修为和品性，故而一直以礼相待，不曾轻慢。然而师叔你因为黄鹏飞之死，屡次对我们下了狠手。我不知道杨知修对你做过什么承诺，但是须知'修行事，自己事'，佛家云'一念成佛，一念成魔'，倘若你的心境没有提升，便是给你再多的好处，又有何用？至于黄鹏飞之死，绝对是他出手杀人在先。你信也罢，不信也罢，我们都不理会。你自己回去吧，回茅山去，倘若再有下次，休怪师侄下狠手！"

茅同真惊讶地睁开眼来，盯着杂毛小道看，难以置信地问道："你……你们竟然不杀我？"

杂毛小道笑了，风轻云淡。他此刻再也没有瞧地下这位风光不再的茅山长老，而是看向了远山，以及上面的云和天空，他的眼神变得深邃而辽阔，轻轻说道："茅师叔，这便是我们的道，它叫做原谅！"

在那一刻，茅同真本来已经晦暗到了极点的眼睛里面，陡然爆发出了一大蓬的精光来。他口中不断念叨道："有一种道，叫做原谅；有一种道，叫做原谅……"

我们不再理会这个曾经的敌人。杂毛小道走过来，扶住了我，而我则捡起鬼剑，

踉跄地走过去，扶住了小妖，浅笑道："走吧，我送你去见朵朵。"
　　这个小狐媚子嘴角浮现了一丝浅笑："算了，还是跟着你吧。不然，说不定朵朵三年后，就见不到她的陆左哥哥了……"
　　我心中一暖，牵着她的手往湖畔走去，身后突然传来了茅同真惊悸的喊叫："小心！"

第二十四章　入水，复仇

听到茅同真的惊呼，我心中警兆顿起，眼皮子一跳，回过头去，见一束黑线，从天际蔓延而来，倏然间，就抵近了杂毛小道身前。杂毛小道在刚才那一番战斗中，受损并不是很严重，手中的雷罚微动，下意识地挽了一个剑花，朝着那黑线挑去。

我所有的思绪，都还在想着这道黑线到底是何物的时候，杂毛小道的雷击桃木剑已经完成了抖腕、挑花、前刺、缠绕的全部过程。这速度快得让人惊诧，几乎是身体的条件反射。杂毛小道练这剑法，已然二十几年。

然后他的身子腾空而起，雷罚跌地，人在下一秒，跌落在了水里面。咕噜一声，沉了下去。

我看到远处有一个矮小的身影，穿着青色道袍，像一只大鸟一样，脚尖点树尖，不断借力，仿若飞翔于天空之中。

我根本没有弄明白杂毛小道到底是怎么回事，明明可以避开，或者挑飞那伤人的暗箭，然而还是中了招，鲜血满胸。不过当我看到那个矮小身影的时候，立刻想起杂毛小道跟我提及的那个神秘的刑堂长老，茅山宗这样的顶级法术道门中实力能排前三的大拿出现，便知道陆路无望。当下，我火速捡起杂毛小道的雷罚，拉着气力渐回的小妖朵朵，就往水中跳去。

小妖此刻倒是没有忘记莫赤给我们送来的那包东西。骤然入水，我启动了天吴珠，惊惶地朝着沉入水中的杂毛小道行去，还没有走几步，便感觉刚才我停留的地方，几道流线型的细线涌入，那黑线顺着斜射的轨迹，沉入水中，直插湖泥中。然后，整个水中空间一阵震荡，水流抖动，似乎有着让人恐惧的力量，在四处蔓延开来。

我刚拉到了四肢伸展的杂毛小道，心中稍稍安定，又被这恐怖的黑线，吓得浑身直起鸡皮疙瘩。

在天吴珠的帮助下，我们往湖底里沉了下去，速度比平时，要快上几分。一开始，那黑线窜射下来几道，将整片区域搅得一团混乱，空间动荡不安。不过我们走得很快，越走越深，快接近湖底时，黑线不再出现，湖底，终于恢复了平静。

在一块长满苔藓的湖石后面，我停了下来，将浑身抽搐的杂毛小道翻转过来。他口中冒着黑血，身上不断有鲜艳的红色晕染出来，在水里面染出一团又一团的血色来。

我吓得浑身发抖，口中大叫金蚕蛊。那肥虫子本来还在我体内疏通经络，感受到了我的惶急召唤,立刻浮现出来,进入了杂毛小道体内。我借着暗淡的折射光,瞧了一下杂毛小道的伤口,发现这是一处箭伤,然而里面又没有箭,只是一道血槽,正在往外面汩汩流着血。

肥虫子摇头晃脑好一会儿,那窟窿开始愈合结痂,又过了一会儿,血终于没有再流了。

杂毛小道呻吟了一声,睁开了眼睛,问我在哪里。我说在天湖的湖底下。他点了点头,说,勉强安全吧——刘学道来了。我"哎哟"一声,说,你丫的一下就跌入湖水里面去了,意识倒还清醒,知道是那个老家伙出手伤了你啊。

杂毛小道尝试着爬起来,但很艰难,一脑门子的汗水。痛苦让他的话语变得有些走音:"无影箭,这个是茅山刑堂长老的招牌绝技,只要出现,要么跪地请降,要么就只有——死!"

我说,你不是说,不晓得他平日里的功法和绝技么,这会儿怎么又冒出了一个无影箭来了?

杂毛小道终于强撑着站了起来,脸上尽是惨白,咬着牙,说:"都说了是招牌绝技,人尽皆知嘛。作为刑堂长老,总是要有一两手,放出来震慑,这无影箭便是。别人或许并不知晓无影箭的秘密,但是我却了解一二。这不是明箭,而是一道符。此符祭炼方法十分繁琐和困难,似乎要'头上一盏灯,足下一盏灯,脚步罡斗,书符结印焚化,一日三次拜礼',奉行数年,方可有用,消耗道力,能反复使用……咳咳……"

他说着,口中不断地咳嗽,但是没有血,只是憋得难受。我问他,还好吧?他点头说还行,刘长老并没有想要他性命,只是让他暂时失去行动力而已,不然就凭刚才那一击,若是中了要害,只怕他此刻已然去见三清祖师了。

我心中郁闷,说:"还以为此处只有茅同真和龙金海两人,却不曾想那个刘学道也跟过来了。这个家伙不去追邪灵教的右护法,反倒来跟我们这小角色纠缠,当真是让人看笑话了。"

我们原本以为此番设伏,能够将追兵先解决一部分,然后往山窝窝里面一钻。藏区这么大,而且追兵又不会像其他地方一样耳目灵通,那么我们苦熬一个多月,到了那个时候,杂毛小道的师父陶晋鸿出山了,再加上大师兄一番斡旋,我们便可以恢复身份,再也不用怕这些劳什子的追杀了。可惜如意算盘打尽,未承想茅山宗的联络方式竟然如此灵敏,使得刘学道来得这么及时。此刻我们被堵在这湖中,这湖又不算大,想要在对手的眼皮子下面溜走,那简直就是不可能的事情。

我们合计了一下,想着趁对方立足未稳,还需要照顾战力全失的茅同真,以及中了杂毛小道截脉术不得动弹的龙金海,有可能没时间顾及我们,我们先从湖西面的角落,悄悄溜走,免得到时候那个水虿长老徐修眉赶来,只怕我们就真的被关门打狗了。

念及此处,宜早不宜迟,我问杂毛小道,可能扛得住?他点点头,咬着牙跟着走。我左手拉着小妖，右手扶着杂毛小道，浑身的肌肉还在打颤，勉力控制天吴珠，朝着西面行去。

一路上倒也没有再碰到什么奇怪的事情。湖中土著剑脊鳄龙，也没有了个踪影，似乎被先前那几道威势滔天的无影箭，给吓破了胆。很快，我们来到了西面。这天湖整体的形状，如同一个倒着的大葫芦，而我们选的这处登陆点，正对着刚才我们落水的地方，处于葫芦的嘴巴处。

在湖水里，我们沉默了几分钟，终于将自己的身体调整到了最佳状态，悄然浮出了湖面。周遭的空气变得不再是那么潮湿，我下意识地回头瞧了一眼，但见遥远的对岸处，陡然间，一道黑线蔓延过来，几乎就要到达了我的身前。

我往后一仰，避开了这一箭，也几乎能够明白刚才杂毛小道中了这一箭的感觉，那就是快，太快了！当我重新跌落水中的时候，我看到那个矮个儿，锐利的目光正锁定这边，右手扬起，似乎准备朝着这边攻击。这动作，将我们两个的胆气都吓回了菊门处，赶紧再次钻进湖底里。

在将身子隐藏在一处湖石的后面后，我心有余悸地拉着杂毛小道的衣襟，喘气说道："那个家伙，到底能够发出多少道无影箭？"杂毛小道咽了一下口水，说："理论上，只要道力不衰竭，他可以无限制……"我顿时一阵火，说，这人型喀秋莎，难道他这黑光就没人能够治？

杂毛小道指了指我的怀里，说，你的这震镜，应该能够收几道。

我大喜，拽着他的衣袖，说，你干吗不早讲，走走走，我们再闯一回。他摇头，说不行，他既然准备在这里久耗，从湖面上逃走实在不现实，要知道，他可并不是只有无影箭这一招杀手锏，比起他其余的手段来，无影箭这伎俩，都只能算是小玩意儿。我的眉头皱起，说，那可怎么办？难道我们要在这里等死吗？

杂毛小道没有回答，出现了罕有的沉默，蹲下来，开始从随身背囊中摸出了几根签子来，平心静气地祈祷祭拜了一番后，抽出一根签子。我伸头过去，想瞧个仔细，却不承想他立刻就将竹签收了起来，然后喃喃自语地算计了一番，告诉我，如果三个小时还没有出这湖中，只怕我们两个人，就要丧命于此了！

他说得严肃，我问，那可怎么办？

他眼珠子一转动，说："这湖是活湖，水都是雪山融水，通过地下暗河灌进来的，要不然……我们从暗河中逃走？到了那个时候，他们绝对找寻不到我们的。"

这主意倒是不错，我们合计了一番，决定去湖底寻找暗河的入口。于是开始下潜。然而就在我们渐渐靠近湖底的时候，我的心突然又提了起来，有一种被什么东西，死死盯住的不安感。这感觉十分强烈，我看向杂毛小道，他也点点头，说晓得。

我转过头，见黑暗中，有一只幽幽发亮的眼睛，正死死地盯着我身边的杂毛小道。

啊——

第二十五章　一入其间，浑身冰凉

突然看到这幽幽的眼睛，在黑暗中，我的心不由得一沉。

我可不会天真地以为面前的这头剑脊鳄龙，会因为小喇嘛江白的关系，就待我们如朋友一般。凶兽便是凶兽，它即使受到了真佛的感化，成为佛陀座下的八部天龙、怒目金刚，也不过是负责征伐的强大武力，照样会杀人，会吃人，根本不留半点情面。源自动物本能的食肉性，并不会因为佛性，而骤然更改。更何况，对于这头镇守水眼的凶兽来说，杂毛小道于它，那是导致它左目失明的大仇。像它这般的凶蛮野兽，怎么还会与我们和平共处呢？

不过这货也是个精明狡猾之辈，经过上次的较量，它知道我们在毫无损伤的情况下，断然是占不了便宜的，故而祸水东引；而在我们伏击发动的一瞬间，抽身离开，放开了茅同真，坐山观虎斗，使得我们两败俱伤；待到瞧着没有什么危险了，我们伤痕累累，被逼退至湖底时，它又浮现在我们眼前。此刻若说它还安着什么好心，说实话，我觉得这真就是童话故事了。

果然，当我回过头去，与它对视两秒钟之后，一张血盆大口，豁然张开，腥风扑面，朝着我们这里咬来。这剑脊鳄龙身长五米多，但是光嘴巴，便有近乎一米，上下两腭张开，顿时间，白森森的牙齿，锋利寒光。我曾经见识过它惊人的咬合力，那恐怖的咔咔声，让人午夜梦回都忍不住打颤，便也不敢亲自去体验，倏然后退数米。

这畜生既然开启战端，便不会善罢甘休，滑动着又粗又短的四足，尾鞭一甩，如同离弦之箭，朝着我们这边射来。

若在岸上，我们自可凭着纵身提气之法，远远避开，然而在这湖底水下，本就不是我们熟悉的战场，只是勉力操纵天吴珠，仓皇闪避。反倒是这剑脊鳄龙，水中便是它的国度，凶性大发的它，如同一枚出膛的鱼雷，每一寸肌肤上，都散发着凛冽的杀气。

我往湖底逃了十几米，便被衔尾追上，屁股被那钢化般的头颅顶上，骨碌儿一转动，人就滚落到了一边儿去。

杂毛小道与我一同跌落，捂着胸口，痛苦地叫道："前有狼后有虎，内外交困，光挨打不还手，这样可不行。陆左，让小肥肥去暴它菊花吧！"

我问他，还扛得住吧？他点头称是，伤口已经结痂，想要快些好，一时也没有办法。

我说，好，有请金蚕蛊大人现身。话音一落，一道金线，就从杂毛小道身后浮出，然后朝着张口咬来的剑脊鳄龙口中，激射而去。

我一边往后退，一边关心前方的战况，但见肥虫子射出了天吴珠水肺的范围，径直冲进了剑脊鳄龙张得巨大的嘴中，顺着食道，一路往下，直入胃袋中。前期进展顺利，然而刚刚滑落下去，突然就有一股浓郁的黑色之气，将其裹挟，不让它在里间翻腾捣乱。肥虫子周身立刻生出无数丝带状的金色氤氲，与这黑气抵抗，短瞬间，竟然将前方那头黑麟青甲畜生的小腹照得透亮。

经过丽江的脱胎换骨，我的精神意志越发强大，两种视角切换，也没有什么不适感，然而让我失望的是，肥虫子并没有起到立竿见影的效果，反而深陷重重的黑气包围中。

黑气，黑气……我看着剑脊鳄龙腹中层层堆叠的黑气，不由得大声叫了起来："有妖气……"

我左手边的小妖，吞食了茅同真玄武阵灵之后，精气神似乎好了一点，没有了一开始被红光沐浴时的那般惨状，黑色透亮的眼睛里，仿佛能够倒映整个天空。她听我这般说，立刻精神一振，说，是妖，那就由我来处置吧。

她挣脱开我的手，皓月洁白的小手一抖，花儿般绽放，接着那根九尾缚妖索，便出现在了她的右手上，尾端一用力，前方便灵动如游蛇。眼看着那头巨大的剑脊鳄龙就要冲到跟前来，我们即将葬身其腹中的时候，小娘毅然出鞭，"啪"地一下，抽在了剑脊鳄龙粉嫩的鼻梁子上。

这剑脊鳄龙周身鳞甲覆盖，皮糙肉厚的，按理说并不是什么怕疼的小乖乖，然而小妖这蕴含劲力的一番抽动，却在水中，都打出了一个炸空响来。那畜生的鼻头上，立刻出现一道焦黑的伤痕，而它的冲势也下意识地偏了方向，轰然撞进了湖泥之中。

咕嘟嘟，一大股浑浊之色升腾而起，接着一道凌厉的黑光，又从湖面射入。

倏，黑光穿过剑脊鳄龙背部的角质状翼片，扎在了湖泥中。

咚！巨大的震荡波从那里传播开来，惊得我们连忙往后退，这才想起，在我们的头顶，还有一个恐怖的顶尖高手，正在虎视眈眈盯着这里间的动静呢。

小妖却是夷然不惧，竟然脱离了天吴珠的水肺范围，朝着剑脊鳄龙的背甲上跳去。这小狐媚子也是艺高人胆大，趁那剑脊鳄龙被无影箭伤了、精神慌乱的空当，跳过去，高高扬起手中的九尾缚妖索，口中念念有词，那根绳索忽然不见，几秒钟之后，再次出现之时，已然将这剑脊鳄龙的脖子，给死死捆住。

要害被制，这头猛兽哪里肯善罢甘休？它顾不得头顶上那恐怖的威胁，奋力翻身，想要摆脱这九尾缚妖索的控制。

它不怕，我却怕得要命，而且也担心刚刚还气息奄奄的小妖，抗不住它这一番疯狂的挣扎。当下掏出了久未开张的震镜，一声"无量天尊"，蓝光一耀，那家伙竟然就被冻僵在水中，四肢僵硬，不得动弹。震镜超常发挥，如此几乎持续了十秒钟。它沉重的身躯从上至下，缓缓跌落在湖底。就在这段时间里，小妖已然完成了九尾缚妖索的捆制工作。剑脊鳄龙的神经系统受制，稍微一动弹，便是铺天盖地的剧痛传来，使得它唯有继续保持之前的姿势，方才没有那种痛得想死的冲动。而一直在与其体内黑气作抗争的肥虫子，也在此刻，终于形成了压倒性的胜利。这剑脊鳄龙但凡有所异动，肥虫子定然能够让其肠穿肚烂，血流当场。

这五米多长的傻大个儿，倒也是个极为精明的角色，不愧是成了妖的凶兽，见风使舵的本领，那是十分厉害的，小命被捏在了我们的手上之后，立刻服服帖帖地趴在湖底，不敢动弹，仿佛一条小哈巴狗儿一般，全然不复之前的凶相，让人对它生不起太多的责怪之心来。

不过我们又岂是光看表面之人，对于这头畜生，最不爽的就是杂毛小道，这位老兄以前心中有过阴影，但凡是听到与"龙"有关的生物，就打心底感到厌恶，所以待一切安稳，冲上去，就连踹了好几脚。他虽然胸口受了伤，但还是有着一身蛮力，力道之大，即便是皮糙肉厚的剑脊鳄龙，那也是忍不住地龇牙咧嘴，表示压力很大。

我见到杂毛小道的身形不稳，连忙拦住了他，说："你跟这头畜生较什么劲，别一会儿把自己的伤口给崩开了。说不得我们脱困，还需要这个家伙出力呢。"他听了劝告，这才收住了架势。

我虽然在劝杂毛小道，但本身对剑脊鳄龙这种两面三刀的家伙，还是没有好感的，揪住它满是黏液和伤痕的鼻孔，说："这天湖底，可有暗道通向他处？如有，赶快带我们过去。你若是再敢耍花招，直接一刀斩你个桃花开！"那畜生吃痛，安好的右眼流下了滚滚的眼泪，不过它大概也明白了我的话语，猛点头。

见它这般作态，我的心方才安妥了一些。既然有地下河，那么我们便可避开茅山的刑堂长老刘学道。此事甚妙，不然，以我们这些残兵败将的实力，上去也只是一盘一盘地送菜，还不塞牙缝儿。

心情安定下来，我放在剑脊鳄龙鼻子上的手，隐隐地感觉到了有一点佛印。这是之前小喇嘛江白留在此处的，用来震慑，不过也有侦查之意，我们此番一弄，那小喇嘛江白，百里之外，估计也能够有所了解。不过这也无妨，终究是这畜生的过错，我们到时候，讲清楚了便是。

降伏了这畜生，我们便也有了坐骑，便坐上这家伙的背上，握着那剑状鱼鳍的角质脊背，开始由这家伙领路，朝着湖底深处潜去。到底是水中的土著，它游动的速度飞快。

当它往湖心中间潜过去时，我想起之前见过的那樽悬棺，以及关于天湖直通天下的说法，心不由得又紧紧揪了起来，不知福祸。很快，我们就到了之前的那个地方，然而并没有看见那巨大的黑曜石悬棺，唯有那处深深的黑色孔洞，存在着。

根本没有任何商量，那头剑脊鳄龙摆动了一下尾巴，朝着黑洞之中，钻了进去。

一入其间，我浑身，顿时一片冰凉。

第二十六章　石厅，右使

在我的想象当中，或许此处是某个远古法阵，钻进去之后，时空一转，我们便会出现于千里之外的某一处湖泊之中。然而现实终究还是现实，远远不及我的想象力丰富。这个往外面缓缓冒着寒水的孔洞，还真的只是一处水眼，剑脊鳄龙背负着我们这一群人，钻入水眼中，周身都是冰冰凉的湖水。

这是一段曲折而狭长的通道，如同迷宫，而且还十分湍急，即使以这剑脊鳄龙的一身厚甲，行得也是小心翼翼——当然，这也是因为我们在它背上的缘故。肥虫子在内里牵扯，小妖则如同当日鄱都山中的客老太太一般，五指虚张，驾驭着这头大鳄鱼，但凡感觉有所不对，手指一动，它浑身的肌肉便疼得直抽搐。到了后来，这家伙便再也没有什么坏心思了，小心巴巴地伺候着，唯恐背后的那小姑奶奶心情不好，给它再来一扯动。水中行道，不知天日，唯有处处艰险，让人一刻都不敢放松，其中滋味，不可尽言。

也不知道过了多久，剑脊鳄龙浮上水面，头顶依然黑暗，四下宽敞，轻快的划水声在空间里回荡，有呼呼的风声吹动，嗡嗡嗡的回声，让人能够估摸出，这是一处地底的河道。

有流动的风，显然此处可通外界，我们的心情开始好了一点。火娃从小妖的身子里浮现出来，散发出微微的热量和光，使得空间里有了那么一丝微微的明亮。

光芒映照在了小妖脸上，我发现她之前所有的颓败，一举而消，此刻晶莹剔透，粉嫩俏白，倒比平时还要精神几分，想来是茅同真的那阵灵，起到了效果。想到茅同真仅剩的三头阵灵，全数给我方作了营养午餐，我对他的恨意，也就消解了许多。

在此之前，肥虫子早已经钻回杂毛小道的体内。肥虫子的疗伤效能，仿佛也是在吞噬了朱雀阵灵之后，增长了许多，在这曲折水道的旅程中，杂毛小道不止一次地发出舒爽的呻吟声，到了此刻，竟然好了许多，呼吸均匀而和缓，没有如一开始的那般狼狈。

在这半敞开的水道中，又复行了小半个钟头，前面突然有昏黄的光亮，灰蒙蒙的，在单调的黑暗中，格外显眼。我的呼吸有些紧张，抓着身下这畜生的剑脊，忍不住地有些想唱歌，来表达自己怒放的心情。

剑脊鳄龙似一条自主马达的快艇，游动飞快，周边的暗河水从它的身边倏倏划过，两边的景物嗖嗖飞驰。更亮了，我看到了那亮光的来源，竟然是一丛篝火。

久在黑暗中，我的眼睛有一些不适应，刺痛，流泪。当剑脊鳄龙的速度放缓的时候,我擦干眼泪,凝神望去,见到一个很宽阔的山洞,头顶被凿出孔洞,数道白光曲折地散落在空间里,将这半个篮球场宽敞的大厅,大致的轮廓,都给描绘出来。中间的篝火,是用干燥的牛粪堆积而成,火很旺,也安静,在上面有一个支架,串着一只羊腿,刚刚开始烤炙,但还是散发着熟肉的香味,勾引着我们的味蕾。

之所以说此处是大厅,是因为这里处处都有人工凿的痕迹。篝火旁边,有石桌石椅,石制屏风和雕栏,还有一处石床。那风格并不似藏地,而宛若神仙洞府,又或者《神雕侠侣》里面的活死人墓。

我和杂毛小道面面相觑,要晓得,都二十一世纪了,正经人,谁会没事,住进这山洞子里面来?而瞧这篝火上刚刚开始烤炙的羊腿,显然刚刚里面有人,而且很快就要回来。我们此刻的状态,实在不宜贸然上去打招呼。快速地商量了一阵,我们决定先上岸,在那转角的屏风处,观察一番,倘若是没有什么利益冲突之辈,定然上去,讨口肉来吃。

至于剑脊鳄龙,我们并不放心它,小妖朵朵也乐得在它身上,施展她小妖女王的风范,于是便由她驱使着剑脊鳄龙沉入水中,以作策应。

我们悄然上了岸,然后朝着左边角落的屏风处摸去。杂毛小道紧张地提醒我,说他有一种不是很好的预感,让我将遁世环开启,免得被人发现了蛛丝马迹。我点头,说,晓得,怎么此处,越看越诡异呢?

因为走得小心,这七八米的距离,并未留下足迹。我们来到了石屏风之后,这里离石床只有三米,离那篝火也只有六米多。我们走近,发现在这屏风之后,居然堆放着一艘角质状的小艇,全封闭式的,可容两人,上面渗得有蓝色的黏液。这古怪的玩意儿把我们吓了一跳,唯恐里面有人。杂毛小道拿雷罚去挑舱门,裂出一道缝,我正待上前一观,却听到杂毛小道"嘶"的一声,倒吸了一口凉气。我被他这反应吓着了,鬼剑在手,跨步向前,正待砍人,却见那小艇里面,空荡荡的,什么都没有。我推了他一把,说,你嘶个毛啊。然而他并没有理我,而是直愣愣地瞧着他右手上面的雷罚。我瞧过去,只见雷罚桃木色的剑身上,竟然如同龟裂般,满是细碎的裂纹,像瓷器,有一种快要散架的倾向。这时我才想起来,在天湖湖畔受袭的时候,杂毛小道曾用雷罚,去挡了一下刑堂长老刘学道的倾力一击,结果人受了伤,剑也跌落。难不成这雷击桃木剑,就是在那个时候受力过度,报废了?

杂毛小道尝试着驱动雷罚,好几次之后,颓然坐在地上,哭丧着脸,倘若不是身处险境,只怕他都有号啕大哭的心思。我能够明白他的痛苦,倘若是我的鬼剑变成了如此模样,我只怕会更加难受。因为一个真正的习剑者,他已经将自己的剑,当作了自己的朋友、自己的伙伴,是自己生命中,重要而不可或缺的那一部分内容。

正当杂毛小道悲痛欲绝的时候,从我们对面很远的地方,突然传来了脚步声,有些杂乱。从落脚的轻重来看,约摸有三个人,两女一男,由远而近,正缓步朝着篝火处行来。

我扯了一把杂毛小道，瞪他。他也知道兹事体大，不敢将情绪发泄出来，小心将雷罚收好，然后与我挤到屏风的缝隙察看。我瞧了第一眼，肾上腺素顿时就分泌了出来，心脏扑通扑通地直响，没由来地一阵心慌。

我无论如何，都没有想到，这来人里面，打头的一个，竟然就是在白居寺吉祥多门塔中，只身潜入，当着无数强者和高僧的面，将伦珠上师所化虹光给捕获，再遁出重围的邪灵教护法右使，那个黑衣女人。

在她身边，还有一个穿着华丽藏族服饰的中年胖子。这胖子我看着也很熟，仔细想了一下，这货那天白居寺观礼，仿佛也在，而且就在我们附近，不过他倒是显得很老实，恐惧的时候也歇斯底里，却没想到他竟然跟邪灵教右护法走到了一起来，端的是一个奥斯卡级的演技派。

在他们身后，还跟着一个英姿勃勃的年轻女孩，脸被遮挡住，倒是见得不详细。

前面两人一路走，一路谈，那个胖子小心翼翼地侧着身，恭敬地说道："……右使，现在白居寺的喇嘛们都快要疯了，到处寻找您的下落，封锁了整个日喀则的道路，连拉萨和布达拉宫，都派出了高手。可他们有谁知道，您竟然并没有离开，而是藏身在此处！我看到那些废物的样子，就想笑，哈哈……"这中年胖子阿谀奉承，对围剿的喇嘛们极尽贬低，然而右使却并不自得，而是有些后怕地说道："此处还是有顶端厉害之高手的，别的不说，我上一处藏之所，就在今天凌晨两点的时候，被人给围剿了。要不是我谨慎，跑得快，此刻说不定已经被那些喇嘛，给活生生撕了。我们内部不会有问题，那么对头一定有十分熟悉导神术的高手。"她神色严肃地说道："掌教元帅赐予我的神遁空灵符，已经在上次围剿的时候用完，而寻常手段，并不能逃脱这帮释迦牟尼信徒的手段，所以，你出去之后，得小心行事，不可大意。"

三人在篝火边落座，那个英气女子开始将那只肥美的羊腿，转圈烤炙起来，中年胖子则将随身携带的物品放下，然后有些不安地说，抱歉，这里原本是以前教众开凿的避难之处，条件简陋，委屈了右使大人。

右使摇摇头，说，扎西，此处布置有敛藏气息的法阵，就此刻而言，还算是一处绝佳的藏身之处，不用自责，都是为掌教元帅办事的，无须太过看重那些繁文缛节。

中年胖子扎西这才擦了擦汗，又聊了几句，然后小心翼翼问道："洛右使，属下一直有一事不明，您冒了这么大的风险，孤身前来，取那老喇嘛的虹光，到底是所为何来？"

第二十七章　终极使命

　　洛右使秀眉一挑，俏脸微寒，似乎有些不喜。她这般作态，倒是将扎西吓得连忙站起身来，不停鞠躬，说道，属下错了，属下错了，属下不该问这等机密之事……

　　洛右使眼帘垂下来，待扎西诚惶诚恐地一番自责之后，她才慢条斯理地说道："扎西，你无须多虑，撇开教内职务不谈，论年纪，你还是我的叔伯辈。飞雨能够成为厄德勒的护法右使，凭的是掌教元帅的栽培，但跟你们这些元老的支持，也是分不开的。"她轻笑，指着扎西说道："特别是你，能够在这茫茫高原中扎根下来，切入藏传佛教的腹地，掌教元帅都说过，你是有功劳的。此事所知者不多，不过我可以告诉你，这高僧虹化而生成的能量，是能够撕裂空间的。而它，则是三年后，我们完成终极使命、召唤大黑天陛下，所不可或缺的一个步骤，你可知晓厉害？"

　　扎西肥硕的身躯剧震了一番，双手抚于额头，激动而认真地发誓道，感谢右使大人的信任，属下一定会为教中的事业，鞠躬尽瘁，死而后已！

　　他说得慷慨激昂，然而洛右使却只是笑了笑，说："无妨，入我教者，虽然向来不惧死亡，然而能够活着，沐浴教义的荣光，那方才是最令人陶醉的。获取这高僧虹化能量，才只是第一步。我们后面，还有很多路要走。在通往美好新世界的路上，我们有无数的障碍需要清除，我们也有无数困难需要面对。所以，你，要坚强地活着，等待那最美好的时代来临，成为这世界的王，同享荣光！"

　　这一番激励人心的话语，让扎西有些心潮澎湃，不过对于像我这种经历过传销组织洗礼的人来说，还算是比较没有什么煽动力的。想来这个右使的专长，在于身手，而不在于嘴皮子的煽动力。

　　扎西又表了一番衷心，然后两人聊了一些日喀则最近的局势，以及有可能的走向。那个烤炙羊腿的年轻女人并不插话，她的脸始终被扎西给遮挡住。她专注烹饪，不断地往烤羊腿上涂抹烧烤油和蜂蜜，不时也洒点盐、胡椒以及孜然粉。那凝结的羊油，滴到下面燃烧的干牛粪上，腾起一团明火，香气开始充满整个空间，将人的馋虫，都给勾引出来。我和杂毛小道差不多有一天没吃饭了，半蹲在石屏风后面，闻到这香味，不由得饥肠辘辘，难受得紧。

　　不知道怎么着，我透过洛右使和扎西两人的间隙，看到那个安静烤肉的年轻女人部分侧脸，总感觉有一些似曾相识。不过我这些年见过的人太多了，走马观花，未必有几个能够入得心头。

　　洛右使跟中年胖子又聊了半个小时，说了与这些喇嘛的应对之策，以及之后的一些联络方法。待到那羊腿快熟的时候,这个中年胖子很自觉地站起身来,与她们告辞。洛右使很热络地邀请他一同用餐,扎西摇头拒绝,说虽然很想尝一尝丹枫的手艺,但是食物宝贵,我在外面,自有吃的,一肚子油水,就不与你们分食了,先走,先走……三人推托一番,好不客气。

这个洛右使身手顶端厉害,做人却也是长袖善舞,十分精明圆滑,并没有身居高位者的那种倨傲。当然,这也和她此刻的处境有关,倘若是贸然将手下这位重要角色给得罪了,只怕她在藏区,会难受得紧,周转不利。

我见扎西起身往回路走去,心中不由得一阵期冀,希望两人随之而去,送一送,我们也好赶紧重回水路逃遁。要知道,我和杂毛小道斗一斗茅同真这种级别的茅山长老,已然是竭尽全力,一身的伤痛,而这跟整个中原佛道两门以及特勤局对峙几十年的顶级邪教高层,却完全不是我们所能够想象的对手。她这身份,惹都不敢惹。更何况,我们还见过这女人的出手,那种千军万马之中,取将军首级的气势,哪里是我们这两个小杂鱼,所能够理解的世界?

然而就在三人起身,准备离开的时候,洛右使突然转过头来,朝着我们这边瞧来,厉声喊道:"谁?何方鼠辈!"

她这一声喊,将我的魂儿都叫飞了。我下意识地看了一下我反扣在手心上面的遁世环,此物已然开启,将我们全数笼罩,并没有什么气息外露啊,难不成是我们刚才过于用目光关注,使得她有所察觉了?就在洛右使准备大步冲上前来的时候,远处的暗河水面"哗啦"一声响,露出了一截黑影来。

洛右使左手一震,一道飞梭抵达暗河之上。她朱唇轻启,喊了一声:"生!"那飞梭顿时就化作了一道炫彩灿烂的烟火,将河道里照得透亮。

光明升起,只见暗河之上,留下了剑脊鳄龙的鳞鳞脊背,以及一条粗壮的角质化尾鞭,然后受惊一般地沉入河底,飞速离去。

见到这情景,洛右使略微惊讶地疑惑了一声:"小湖龙?在海拔这么高的地方,居然还会有这种稀罕之物的存在,实在是太奇妙了。"

她收回了手,转身过来。扎西急得一脑门子的汗水,慌忙上前解释。然而这个美艳如花的女子却并不曾在意,挥挥手,说,无妨,今天先歇息,倘若它明天还在,便驾着癸水陆行舟,将它捉拿了,熬一锅浓汤,也好开开胃。她说得清淡,浑不在意。扎西瞧她表情并不似作伪,这才放下心来,拱手告辞,说不用送了,他自己回去便是。洛右使没有再与他客气,拱手告别。

扎西再次拱手为礼,然后转身,从来路回去。两女并未送出山洞,而是走到大厅处,留步,道别完之后,返回篝火旁边来。双双坐下,那个英气女子问,洛右使,需不需要跟踪扎西一段路?

洛右使取出一把银亮的小刀,开始从烤羊腿上削肉。她一边削,一边吃,还一边说道:"无妨,他身上已经被我下了印记,只要是反心一起,我便能够知晓,不必

担心。"

那英气女子又问,既是如此,那么我们上一个落脚点,是如何被人偷袭的呢?

洛右使在削肉,运刀如飞,一片片烤炙得焦黄喷香的羊肉,便飞到了她的唇间,以及英气女子身前的一个金属盘子上来。听得属下问起,她笑了,说:"凌晨遇袭一事,一开始我也是想不明白,不过后来大概能够估计出来了——是山神。这藏区的山神,经过数千年信仰累积,已经有了很厉害的渗透力,如果有人能够沟通到沉睡的山神,只怕我们除了此处,便没有什么地方,是安全的。"

英气女子问:"是因为那罗浮镭射石吗?"

洛右使闻言,从胸口掏出那颗璀璨的黑色石头,凝望了一会儿,说,是的,辐射太大了,真正神通者,神念一扫,即能知晓,那日倘若不是我用私处将其锁住,只怕是瞒不过伦珠的。

英气女子也痴痴地看着这石头,喃喃说道,这石头,怎么会有那么大的神通啊,竟然能够将虹光给吸收?

洛右使仰望着,眼睛中也流露出了不可思议,叹服道:"丹枫,你知道么,据小佛爷说,这是终极波比瘤般虫的排泄物,千万年岁月凝聚而成。也唯有它,方能够将那撕裂空间的力量,全数吸收!"

因为没有扎西肥胖的身子隔挡,在熊熊的篝火映照下,我终于见到了那个英气女子的真面目。我越看越觉得眼熟,而就在洛右使口中这"丹枫"二字说出了口的一刹那,我不由得心中狂震。丹枫,翟丹枫——我终于想起来了,此人竟然是我们在浩湾广场遇到的都市神鬼论坛网友中,唯一幸存的那位。当时那些人来得凑巧,仿佛是有人刻意组织的一般。当日我还有些怀疑是那领头的老孟,只是这些怀疑,都随着老孟中了饿鬼咒,将自己的肚子吃得炸裂而终告结束。而后我躺进了医院,所有的后续工作,都有张伟国来处理,所以便没有消息。此刻前尘往事回想起来,这个叫做翟丹枫的女人,还真的是疑点重重,迷雾一般啊。她竟然和邪灵教护法右使混在了一起,想必当日,她对许永生的出手,就不是单纯的自卫,而是杀人灭口了。

两人感叹一番,洛右使将黑色石头收入怀中,然后坐下来就食。吃了一会儿,她偏头问丹枫:"你说茅山刑堂长老刘学道出现在这里,是为了小佛爷之前提及过的陆左和萧克明两人?"

丹枫说是,然后将我们被追杀的事由,简要地讲了一遍。她说得与整个事件,出入居然不是很大,只是细节方面,有些偏颇。我不由得暗自心惊,没想到,邪灵教对于我们的信息,竟然会了解这么详细。俗话说"不怕贼偷,就怕贼惦记",这节奏,我们可真的是危险了。

丹枫继续讲,洛右使听到魅魔在我们手上着了道,不由得"扑哧"一笑,问丹枫道:"丹枫,你既然是小佛爷的密使,又很早认识他们,我很想知道,你对他们的评价。"

第二十八章　故交，忠告

"这两个人啊……"丹枫似乎陷入了回忆之中，过了好一会儿，才缓缓说起来："萧克明作为茅山宗后陶晋鸿时代二代弟子中的翘楚，曾经被当作茅山宗掌门候选人来培养，资质自不消说，虽然经历黄山龙螃事件后，性情大变，功力也尽失，然而近两年来，又有重新崛起的趋势，更胜从前。至于他现在有多厉害，我这里，并没有具体的信息。"稍一停顿，她又说道："至于陆左，这个人简直就是一个谜。在他二十一岁之前，完完全全，就是一个普通人，扔大街上，都没有人知晓；而后他一路磕磕绊绊，不断地遇到各种险境，竟然都能够艰难化解，以弱敌强——这简直是一个奇迹！不过当他，跟那个人扯上关系的时候，那偶然，也就变成了必然。他是龙老兰的外孙，是那个人的隔代传人，就这一点，他便能够在这群雄济济的丛林中，立足了！"

她说完这些，见洛右使听得仔细，便接着谈道："他们两个，屡屡跟我厄德勒做对，坏了我们不少事情，有人曾经提出来，要专门对付他们。事实上，我们下面的有些分舵，已经有人开始这么做了；更有甚者，还提出拿他们的家人来做威胁。萧克明家就算了，代价太大，陆左的父母倒是普通人。不过这些，都给小佛爷亲自否定了。"

洛右使略微惊奇，诧异地说："小佛爷这么心怀天下、眼旷四野的人，竟然会有时间，来关心这两个小人物？"

丹枫笑了笑，说："这两人虽然常常坏我们的事儿，但其实并非有意为之。他们既不是官方的走狗，也不是疾恶如仇的无聊人士，不过总是撞上而已。他们的背景深厚，而且潜力巨大，性子又淡薄，能不结仇，还是不结仇的好。我们厄德勒，干的是大事，何必事事与人计较？再说了，有这两个人在，对小佛爷的中央集权，未必没有好处。"

她吃了两口洛右使给她削好的烤羊腿，赞了一声好手艺，接着讲："还有，小佛爷的秉性，谁人能够知晓呢？比如说我，像我这种身上没有半点儿本事的人，还有好多如我一般，并无什么修行的家伙，还不是就凭着一席话、一顿酒，甚至一面之缘，就能够跻身于直属的佛爷堂里，成为小佛爷号令天下的得力助手？他老人家的心思，没有人可以猜到，便如同没有人，见过他本来的面目一般……"

洛右使笑了笑，说，听小佛爷那一口烂得够可以的普通话，我就没有兴趣知道他本人长什么样，还是永远藏在那副弥勒佛面具后面，来得习惯一些。

两人笑闹一番，并不像邪灵教高层，反倒如同大学宿舍的两个女孩子，让人怜爱。

过了一会儿，洛右使捂着殷红的嘴巴笑，说，我们在这儿说他的坏话，他会不会知晓，到时候给我小鞋穿啊？

丹枫说："怎么会？他的视野，在国际、在天下，而不是在这属下的舌根子里……洛右使，你怎么了？"

丹枫直起了身子。洛右使停止了削羊腿的动作，脸上的表情开始僵硬起来。熊熊的篝火，将她的身材映得格外挺翘，然而俏脸生寒，那圆润的下巴几乎都能够凝结成冰凌。她的嘴唇抿了一会儿，右手上面的那把银亮小刀，在手指上，如同花蝴蝶一般，纷飞起舞，闷声说道："原来还真的有偷窥者，我说这一路上，怎么总感觉不对劲呢？出来！"

我的身子僵直，这……说的，可是我们？

杂毛小道也瞧向了我，不知道我们是在哪里，露出了马脚来。而就在我们默不作声的那一下，洛右使终于发飙了，右手上面的银亮小刀，化作了一道白线，似箭射出。我瞧得菊花一疼，缩头回来，只以为这飞刀，是朝我们这边飞来的。

然而我闭着眼睛等了半天，并没有听到那小刀甩中石屏风的任何一处，而是听到了一声久违的叫声："小妹儿，你个没公德心的扑街妹，乱丢什么东西，砸到花花草草，我也就不说了；大人我这么大的一个目标，但凡少了一根毛，你赔得起吗？"听到这满口的污言秽语，我的心不由得一阵急跳，狂喜上了心头，顾不得暴露的危险，探头从屏风的缝隙处瞧去，但见一身花哨的肥母鸡出现在这大厅上空，上蹿下跳，没有一点儿受伤的迹象。洛右使刚才那惊人的一掷，几如流星，然而虎皮猫大人却在轻描淡写间，避了开去。果然不愧是虎皮猫大人，凭着这么肥硕的身材，都不会吃半点儿亏。

洛右使本来是如临大敌，然而没想到黑暗中竟然飞出这么一货，饶是她见过的风浪滔天大，也不由得被惊讶到，指着这头顶上下忽飞的肥母鸡，张着嘴巴，半天才疑问道："你，是何方妖孽？"

丹枫踏前一步，指着空中这个正在炫技的肥鸟儿说道："陆左和萧克明身边，常有一只从萧家飞出来的金刚虎皮鹦鹉，据说是萧家老爷子从一神秘人手中买来的，一养二十年，修身养性，不见衰老，而后便跟着他们两个行走江湖，神出鬼没。想必，你，就是那个有着恶俗名号的'虎皮猫大人'吧？"

听到丹枫将自己的老底掀出，还说自己的恶俗名号，虎皮猫大人顿时就火冒三丈，破口大骂："你才恶俗，你全家都恶俗，你们一村子，都恶俗！"

丹枫无所谓地耸了耸肩膀，说，我住城里面，哪儿来的村子？

虎皮猫大人顺口堵上："那就是你们一小区，都恶俗！"

对于这位嘴皮子厉害得紧的肥鸟儿，两位姑娘都表示很无语，她们要么喜欢动手，直接揍人，要么跟人讲道理，摆事实，然而面前这位，根本不跟你讲道理，打又打不着，那污言秽语，兜头泼下。一时间，唯有怒目相对。

洛右使瞧着虎皮猫大人的这模样，疑问道："这两天，可是你，一直在紧跟着我？"

虎皮猫大人并不答她的话，而是饶有兴致地反问道："现在的厄德勒里面，你竟然是右使？你是谁的传承？"

它这一副首长接见小兵的派头，让洛右使十分不屑，俏丽的瑶鼻轻皱，哼声道："你管我什么传承，跟阁下有半毛钱关系？"见这人不配合，虎皮猫大人便单刀直入，继续说道："不用猜我也知道，就你的这门手艺，应该是学自王新鉴那个龟蛋儿吧？"

洛右使的眉毛一挑，怒目圆瞪，死死地盯着空中这个花彩肥鸟儿，一字一句地说道："你竟然认识我外公？"

虎皮猫大人诧异了一下，看着美貌如花的洛右使，似乎在回想着什么，好一会儿才回过神来，幽幽地说道："厄德勒护法左使嘛，谈不上认识不认识，他的手艺，你倒是学了个七成。不错，像你这个年纪，能够有这本事，也算是年轻人里面，顶尖儿的了。不过我倒是奇怪，王新鉴那钟楼怪人的形象，怎么可能会有你这么水灵灵的外孙女来，难道不是亲生的？"

洛右使的眼神凝聚，瞧着面前这个肥硕的鸟儿，咬牙切齿地喊道："你到底是谁？"

肥母鸡停住了滑翔，悬于空中，一本正经地自我介绍："我叫做虎皮猫大人，五个字哦，不能叫错了，知道了？怎么，为什么想知道我的名字，你想泡我吗？大人我很专情的，有媳妇儿了哦。不过，瞧你长得这么水灵，一夜情什么的，我还是可以考虑的……"

洛右使再也忍耐不住，右手虚张，紧接着一握，整个空间的气体，都被抽了个干净，肥母鸡缓缓往下落来，而她则愤怒地大吼："不管你是何方人物，胆敢辱没我故去的外公，你便要死！"她一掌击出，空间里顿时形化出了一大群黑色的恶鬼，朝着虎皮猫大人狂奔而来。

虎皮猫大人勉强稳住身子，瞧见洛右使这含怒一招，顿时就大声叫起来："你娘咧，滔天群魔？大招啊！当年王新鉴便是用这一掌，弄翻了我，你一上来就搞这一招，太没人性了吧？"它嘴上这么说，然而肥硕的鸟身却已然飞起，鸟喙一吸，那些恐怖恶鬼，大部分进入了它的鼻中，并无任何伤害。

虎皮猫大人扇着翅膀往外走，口中还大声嚷嚷道："我这次来，就是因为跟你那死鬼外公有旧，劝上一句，那虹光，是人家老喇嘛一辈子苦修而成，你这样弄，会引起众怒的。放了吧，留条生路，容他转世重修，不然，厄德勒会倒大霉的，不光是你！"大人此话说完，人便闪身，遁入了黑暗之中。

洛右使瞧那肥母鸡不见踪影，心中顿时一晃，也不追，伸手将石床上的行李提过来，拉着在旁边错愕的丹枫，大声说，走，那家伙定然还会引人来的。丹枫诧异，说，怎么走？

洛右使瞧向了我们这边,眼睛一亮,说,扎西备有癸水陆行舟,走,走水路!
我和杂毛小道瞧向身后那玩意儿,顿时魂飞魄散,这可如何是好?

第二十九章　水蛋，追兵

我赶忙回头瞧了一下我们身处的位置，这石屏风本来是为了阻挡河风和水汽以及视线，使得石床那儿能够形成一个相对封闭的空间，所以如同一堵围墙般，使得我们能够藏身于此，并且因为遁世环的缘故，不被发现。但倘若洛右使和翟丹枫绕过屏风，来到这边取那所谓的癸水陆行舟，那我们就会直接暴露在她们的视线之中，避无可避。

我们离开了屏风那儿，缓慢地躲向那艘小艇的阴影处，心中发慌。听着石厅中的脚步声渐近，我的思绪一片混乱，不知道到底如何应对，倘若我们表明身份，这两个女人会不会网开一面，大家手拉手，做好朋友呢？

我们趴在地下，紧紧贴着地面。舟身的阻挡，使得我们在阴影中，如同死物，瞧不出个所以然来。

当洛右使和丹枫收拾完随身行李，准备朝着这边行来的时候，我握紧了手中的鬼剑，想着实在不行，我们就先硬拼一记，然后就遁入水中。还没等我将气息运足，便听到暗河那边，水波轻响。是小妖，过来接应我们吗？

这声音也惊到了洛右使两人，她们显然也认为这动静，是剑脊鳄龙所弄出来的。洛右使轻笑："这痴蠢货色，当真以为我们时间匆忙，不会弄它吗？看我现在就将它给扒皮抽筋，活活整治了。"那凶悍莫名的剑脊鳄龙在她的口中，便如土鸡瓦狗一般——这便是身为邪灵教护法右使的底气，也是她的傲气。

然而当我回过头，向河面瞧去的时候，并没有发现剑脊鳄龙那标志性的角质鳍背，而是一颗黑乎乎、前额根本没有几根毛的头颅。那头颅一浮现，立即快速接近岸边，接着就是一个飞跃，寒光一抖，一道黑影便出现在了湿滑的河岸之上。我瞧得分明，这个湿漉漉的人影，正是茅山宗水性第一的水蛋长老，徐修眉。

这个拥有一身水道功夫的老者，此番出现在这里，想来应是从天湖底顺着甬道，一路追踪我们而来。人的视觉是有选择性的，篝火、洞顶漏光、美女，陡然出现的徐修眉并没有瞧见隐藏在暗处的我们，而是很自然地跟邪灵教洛右使、翟丹枫对上。

徐修眉昨日没有参与白居塔中的虹化观礼，并不曾见过洛右使，也不知道这洞中两人的身份。他正待上前询问，然而惊弓之鸟的邪灵教两人，却并不想与他商量太多，直以为这是追兵，又见徐修眉手中一把寒光凛冽的分水刺，稀疏的头发勉强挽了个道髻，洛右使不由得恨意顿起，大声娇喝道："好你个茅山来客，我未曾为难于你，你却屡次纠缠，当真以为我怕了陶晋鸿那老不死，不敢取他门下性命不成？"此话说完,她根本不容徐修眉辩驳半分,翻手亮出一柄两尺长的秀女剑,朝着面前这个湿漉漉的老者刺去。

徐修眉在茅山养尊处优,气度威严,自是不凡,本待说两句客气话,通报家门,然而见面前这女子根本就不跟他废话,直接袭击,便冷哼一声道:"倒要看你的本事!"说话间,他手上的分水刺,果断朝着对方要害捅去。

两人所用,皆是奇门兵器,不走寻常的路子。徐修眉这分水刺跟随他多年,不知斩杀了多少河湖里的生灵凶兽,鲜血浸染,凶戾勃发,挥舞间,竟然红光大现,鬼啸呜呜。

然而他强,邪灵教右使却并不差,这个女人年纪不过三十,然而一身业艺,便是那修行一辈子的老江湖,也不堪比拟。秀女剑一抖,黑气大盛,浓雾滚滚,竟然将两人之间的那空地处,填得满满当当。

在黑压压的浓雾之中,两人对拼了几记,我们虽然瞧不见,但是那交击之声清越嘹亮,宛若龙吟,随之的震荡声,也在石厅中翕动作响。就在此刻,我和杂毛小道,携着火娃悄然退到了石壁里间的一道凹口中,深藏功与名,专注酱油二十年。

"啊……"很快,一阵老男人的惨叫声出现。狂风顿起,黑雾隐没,徐修眉连着后退,停落在了暗河边,胸口处有汩汩的鲜血涌出,乌黑发紫的嘴唇边,也有血溢了出来,头顶稀松的发髻被一剑削下,纷纷洒洒地散落在地上。

徐修眉本来还待端一下架子,然而见到这么犀利的妹子,又惊又怒,将分水刺横于胸前,瞪眼问道:"你是何人,哪个单位的,竟然会这么厉害?"

洛右使秀美的瑶鼻一皱,不屑地说道:"你装什么装啊,你不就是过来抓我的吗?装无辜有用吗?看在你即将要死的份上,让你死个明白:我洛飞雨,行不更名,坐不改姓,厄德勒掌教元帅座下,护法右使是也……"

她的话还没有说完,但见徐修眉藏在身后的左手一招,黑沉沉的地下暗河里,突然有一道水花浮现,"哗啦"一声,一头穷凶极恶的长毛水鬼出现在他的左边,张口一嚎,整个石厅,就是一片回音。

洛右使见这恐怖水鬼,根本就不怵,脚下踩动罡步,左手陡现一个描金袖珍丝袋,大喊一声:"到袋里来!"那头曾经与我们交手过多次的水鬼,全身顿时变形、扭曲,最后化作一道黑线,飞进了敞口的丝袋中。

趁着这个当口,徐修眉已然翻身入水。作为以水性著名的修行者,徐修眉一入水中,滑若游鱼,眨眼之间,就不见了踪影。

我在旁边看到,心中惊讶,这水鬼乃徐修眉的符兵,精心炼制之物,然而这家伙竟然为了一点儿逃跑的时间,就将其抛弃,果然是心狠啊。

洛右使被这一番阻挡,再看水波荡漾的暗河,眉头皱起,回头跟丹枫说道:"走,赶紧走,敌人比想象中来得更快,此处不安全了,扯乎!"她来到了那闭合的角质状的小艇前,手上结了一个印符,然后放手一拍,艇身顿时一阵翕动,然后缓缓打开,里面有淡黄色的光芒透露出来,也略有些腥味飘散。

这是我们离这两个女人最近的距离,相隔不过四米多。我挺胸收腹,连呼吸都不敢正常,紧张到了极点。

丹枫先跳进了小艇,当洛右使往里面放行李的时候,突然身后传来了一声"咔"的轻响,紧接着整个石厅中一片震动,我们刚刚藏身的那道石制屏风,竟然破碎成了无数拳头大的小石块,暴风骤雨一般,朝着前方击打而来,而藏于石制屏风后面的癸水陆行舟,正是受害的重灾区。洛右使是何等厉害之人,这动静自然提前一瞬知晓。她已经来不及跳入艇中,唯有将舱门闭合,然后翻身到了另外一侧,避开这轰然一击。

我们在斜侧面,那屏风碎石倒不会殃及池鱼,一道藏红色的身影,出现在屏风的原址上。一身藏红色喇嘛服,猎猎起风,来的是白居寺中八位高层中的一个。

我知道,佛法高深和功力高强并不是一个概念,毕竟天下的寺院里,以武出名的,也就只有一个少林寺,很多和尚念了一辈子经,修了一辈子心,依然还是手无缚鸡之力。这并不矛盾,不过修行藏密的喇嘛,里面的高人比例却是蛮多,这位,明显就是其中一个。

当那些石头悉数落入暗河中,或者击打在了岩壁之上后,洛右使拉动这艘小艇,朝着暗河中推去:"走,先走,我自己脱身!"她也是知道,这个喇嘛的到来,预示着她即将陷入重围中,时间不允许她逃离,那便先送走一人,免得累赘。

那大喇嘛并不知晓黑色石头在谁身上,以为艇中之人准备携宝潜逃,大叫一声"休走",箭步前冲,飞奔过来。

洛右使一身业艺,并不怕这红袍大喇嘛,那把短短的秀女剑再次滑出右手,越过小艇,朝着大喇嘛的手掌刺去。大喇嘛肉掌金光闪耀,却也不敢跟这柄宛若鱼肠剑的利器触碰,身形一晃,朝着左边闪开。

就这一刹那,洛右使后脚一勾,终于将癸水陆行舟给推进了水里,捆系的绳子也给斩断。那艇看着古怪,一入水,便咕嘟咕嘟地冒泡,如同活物,不一会儿,便沉入水中,再无踪影。

将小佛爷特使翟丹枫送走后,洛右使终于放开了手脚,回过头来,盯着这红袍大喇嘛说道:"以你的本事,你以为能够胜过我吗?"

那大喇嘛不回答,而用字正腔圆的普通话反问道:"你为何不一起逃?"

洛右使摇了摇头,说,我的直觉表明,水底下的恐怖,远远胜过你对我的威胁,所以,我先下手,将你击毙再说!说罢,欺身而上,一剑朝着大喇嘛刺去。

那大喇嘛表情凝重,双手画了一个古怪的圆,口中低喝道:"唵……"佛光陡现,而在石厅那头,传来了一大堆的脚步声。

大部队来了。

第三十章　喇嘛，道长

因为角度的缘故，我根本就看不到石厅的那边都来了些什么人。正在跟洛右使拼斗的这个大喇嘛，突然佛光大放，如同一盏明亮的白炽灯，将这暗淡的石厅，照得通透，便连躲在犄角旮旯的我和杂毛小道，都给照得个一清二楚。大喇嘛背对着我们，并没有瞧见，但是洛右使却一清二楚，她见到我和杂毛小道这副自欺欺人状，顿时火冒三丈。

任谁都不喜欢自己被人偷听，特别是她这种隐藏大师。黑暗处，向来都是她的地盘，岂能容别人占去？这么一想，她顿时杏眼一瞪，一招逼开面前这个佛光鼎盛的大喇嘛，折身朝着我们冲来。

这个死女人，在大敌来临之际，她不但不想着遁离远走，反而朝着我们下狠手，如此行为，简直就是疯狂至极。不过我和杂毛小道，却也不是别人所能够随便拿捏的，我快速结印，抢先一步踏出凹口，口中快速地念唱了一番九字真言，感觉宇宙中无所不在的粒子能量，正在朝着我堆积而来，最终停在了一颗字上来："镖！"此言一发，鬼剑如灵蛇探洞，朝着洛右使的右手手腕刺去。

她反应甚快，修行已至入微境界，稍一错身，便避开了我这凌厉一剑，秀女剑朝着我的腹中捕来。这速度，倘若捕实，妥妥的血肉模糊、一剑两洞。然而就在她即将得手之际，一个小黑甲壳虫已悄然靠近了她的身体。巨大的危机感，瞬间降临到了她的脑海里，果断回撤，往左一闪。她这一闪还真的是凑巧，胸口一对鼓鼓囊囊的玉兔儿，正好被从旁助攻的杂毛小道，抓了个正着。杂毛小道的雷罚已损，不敢再拿来用，重伤未愈的他唯有从旁策应，想要抓住这个女人的臂膀，哪知这一闪动，正好捏中胸前。洛右使年华正茂，虽为习武修行之人，但是胸前的规模却堪称凶器，杂毛小道这一番揉捏受力，果然有料。然而恰恰因为此物过于丰满，使得杂毛小道灌足劲力的手指，多了几分旖旎，少了许多杀伤力。这生死之间的一刹那，感觉瞬间变得有些诡异，生死相搏的双方都有一种难以言及的尴尬。杂毛小道阅尽花丛，此刻却也有些无语，收回馨香充斥的双手，还很客气地解释道："误会啊……"然而他笑容满面的脸上，满满地写着："好大……"

洛右使闪身往后，惊悸地看着不起眼的小黑点火娃，这才感觉到胸前的异样，脸上绯红，贝齿紧咬，怒声说道："流氓、土匪、无耻败类！"这几个字，几乎是从湿润的樱唇中迸发出来，她手中的剑，舞动如飞，朝着杂毛小道连刺了十几剑，又快又疾，如雨打梨花。我平日里剑法并不精湛，但那一刻也是人品爆发，腹中劲气升腾，竟然将这十几剑尽数抵挡。叮叮叮,满耳皆是清越的金属交击声。

这一番比斗下来,我固然是手腕发麻,然而对面这个身居邪灵教右护法高位的女子,却也是惊诧莫名,瞪了我一眼,左手一蓄力,悍然前推,疾拍而来。

我刚才那一番拼斗也算是竭尽全力了,这将虎皮猫大人逼走的一招,我可不敢硬接,往后避开。这时,身后一道黑影冲出,红袍翻卷,凭空伸出一只手,与洛右使对上——砰!

一声滔天巨响,我感觉自己好像身处于炮弹轰击的阵地上,音波剧震,周遭空间里的炁场混乱无度,巨大的风压,将我吹得往后跌去。我脚步错乱,往后连退了几步,然后被一双手给稳稳扶住。在我的视线中,对掌的两人一齐往反方向退开。我这边的大喇嘛几乎是跌落在了地上,而洛右使,却借助这一掌之力,飘飞到了半空之上。

我回过头来,见扶着我的这人,竟然是昨日才见的小喇嘛江白,只见他眼睛直勾勾地望着前方,却问我不是应该在婆婆的佛塔中么,怎么会在这里?

我心头的血气翻涌,简短回答了两句,站起来,发现周遭站着七八个红衣喇嘛,而般觉老喇嘛,也在其间。这些老喇嘛有的就是白居寺的高手,也有从日喀则、拉萨过来援手的大拿,他们一出现,便散开各处。有一人将手伸进水中,口中轻诵咒诀,那湍流的暗河水,表面竟然凝结成冰,不可再入;又有一人,摇动着转经筒,手中金砂飞洒,封闭住了河道黝黑的去处……他们到底是顶端厉害的一群尖兵,上来便各司其职,将洛右使给封锁在了这个小小的空间里,不得逃窜。其余喇嘛,或者手持法器压阵,或者突前上去,与之纠缠擒拿。

就在我愣神的那一刻,洛右使竟然已经和这些喇嘛,交手了四五个回合。即使是陷入了这等重重包围,她明艳动人的俏脸上,竟然也没有一丝慌乱的情绪。一袭紧身黑衣的她,就如同此间黑暗的精灵,在那七八件红色喇嘛袍中周旋来回,以快打快,竟然不落下风,反而趁机将一个黄眉毛喇嘛的胳膊挑伤,鲜血四溅。

然而她道行再高,也抵不住一群功力高强的喇嘛围攻,十几息之后,她终于被般觉老喇嘛擦中一掌,斜斜跌落地上,一口血,喷了出来。然而受伤之后的洛右使,更加疯狂,她手往天上一指,眼神闪现出了决绝的疯狂,口中急念咒文,娇躯一顿,无数黑影从她的身上冒出来。那黑气,化作有头有脸的恐怖大妖,作旋风状,四处散落,朝着前突攻击的喇嘛撕咬而去。这恐怖大妖怪音阵阵,充斥整个空间,威势滔天。

陡然间,包括般觉上师在内的三个喇嘛,都被这东西给缠住了,恰似巨蟒缠身,浑身的骨骼不由得咔咔作响。然而被缠住的这几位,可不是等闲人物,般觉上师手中一翻,一只嘎拉巴碗出现,不停颤动,正在努力地吸收着这些黑雾。

在我身边戒备的小喇嘛江白眉头一皱,语气沉重地呼喝道:"竟然植有魔虫妖灵在身,难怪如此厉害!"他本在掠阵,此刻错步上前,将舍利佛珠取出,先是左脚抵在右腿上,单腿站立,开始禅唱,炫目的佛光倒映,将整个空间都牵扯得晦涩难消。五秒钟之后,他竟然收起了右腿,悬空一米,盘坐起来。

随着小喇嘛江白舍利佛光的闪耀,洛右使那滚滚浓烟顿时受制,陷入了防守状态,而般觉上师等人也开始发力,齐声大喝,借助这江白小喇嘛的佛光,共同禅唱:"唵、嘛、呢、叭、咪、吽……"

声声回荡,黑雾渐消,全部归于洛右使一人身上。那黑雾如同我们曾经见过的牛头魔神,无数黑色蠕虫般的气,在不断地流动,宛若恶魔一般。

我并没有参与昨日的追击,未曾想到这个洛右使竟然有这等本事。整个争斗过程,光、影、声,神秘的藏密真言,以及那纯粹力量的对决,都让我们惊叹。

洛右使的这一招,也出乎所有人的意料之外,这密密麻麻的蠕虫附体,没有几人胆敢上前。就在那些黑色蠕虫不断地附在洛右使的脸上,积聚力量之时,有一个老喇嘛突然冲了出来,从怀里扯出一匹藏红色的唐卡,扔在地上,左脚踩上,然后摸出白色的法螺,开始呜呜地吹动。

随着呜呜的法螺声响起,那唐卡中,浮现出来一尊身高两米的灵体来。这灵体两手屈臂,作拳舒头指当胸,左脚竖于右膝而立,浑身红光四溢。然而最最奇怪的,是那灵体身子与人一般无二,而头部,则是八条随意舞动的蛇头,三角眼锐利寒光。我心中狂震,这货,可不就是佛教八部天龙里面的摩呼罗迦,与阿修罗、夜叉等齐名,又名"大智腹行"的物种吗?

摩呼罗迦一出现,立刻浑身阴火,朝着浑身蠕虫的洛右使冲去。

两个外形恐怖的家伙对拼了几个回合,我本以为在众人团团围攻、佛法压制的情况下,洛右使会落败,然而她化身的黑色巨人,竟然将这个摩呼罗迦给压制得死死,完全就不是一个等级之上的对手。

场面一时混乱,我看到小喇嘛江白悬浮于空,一边念经,一边正在偷偷地摸着舍利佛珠,似乎有什么大招施展。不过我自然也是心知肚明,洛右使之所以能够撑住场面,除了她实力超群之外,主要还是因为她的这一招实在古怪,待到喇嘛们摸清法门和套路,必将生擒此人。

双方正在僵持,那河面的结界,竟然受到了巨力撞击。砰砰砰,有人在河水之下,想要奋力冲破屏障。

杂毛小道瞧了一下我,我也略微担忧,这来人可能有三:其一是乘坐癸水陆行舟的瞿丹枫去而复返,其二是受伤入水的徐修眉,还有一个,便是驭使剑脊鳄龙的小妖。

在这混战时刻,我自然不希望是小妖出现。不过瞧这动静,即使是完全吸收了玄武阵灵的小妖,也未必能够弄出来,想到这一点,我心中稍安,刚要呼一口气,但见黑黢黢的河面上,冒出了两个人头来,一个是徐修眉,另外一个,竟然是茅山宗的刑堂长老,刘学道。

229

第三十一章　老道逞凶

徐修眉又沉入水中，而刘学道一浮出河面，便使劲儿一阵呼吸，那吸气的声响，竟然化作了一声长啸，长达四五秒钟的吸气呼气，使得他那憋得发紫的脑袋，终于舒缓过来，这才有空当，瞧向了岸上。

一瞧吓一跳，没承想这石厅之中，竟然会这么热闹，各路人马，打成了一团。能够成为茅山刑堂长老，实力排名前三的人物，自然不会是什么蠢笨货色，他只是扫了一眼，便能够知晓场中发生的事情，也看到了正在旁边，作酱油党围观的我和杂毛小道。嘣，刘学道从河水中冲天而出，下一刻，他已经到达了河岸边的岩石上，慢步走着，身上水汽蒸腾，如同一支冒着白烟的巨大蜡烛。武侠小说中依靠内力将自己当做烘干机的情节，在此一刻，竟然神奇上演了。

然而场中正是战况最为激烈的时刻，洛右使已经有两米多高了，浑身上下，尽是细小的黑色虫子，在身体中爬行蠕动。不过这黑色虫子并非是甲壳类的真虫，恰恰相反，这些东西看着可怕，然而却都是些灵体，是神魂——这，或许就是小喇嘛江白口中的魔虫妖灵吧？

而老喇嘛用法螺从唐卡中召唤出来的摩呼罗迦，一直围着洛右使在进攻，它头上的八条蛇身，不停地抖动，吐出猩红色的信子，咻咻咻，光这声音，就让人毛骨悚然。

洛右使引虫上身之后，便没有喇嘛敢于上前进攻了，只是让这个摩呼罗迦上前顶着，而他们，则开始持咒起来。这里的八个喇嘛，之所以还没有动手，都只是在等待一个机会而已。

然而刘学道突然打破结界，却将整个平衡给打破了，给河道布结界的那个红衣喇嘛，嘴里一口老血吐出，悲愤地看着刘学道。好在这老喇嘛一辈子念经信佛，不然难保没有污言从口中奔腾而出。

刘学道是个极为聪明的人，他很快就看出了西省同行们对他的敌意，眼光竟然略过了我和杂毛小道，而直接看向了周身恐怖的洛右使，手轻轻一抖，口中高喊道："诸位道友，莫慌，我来助你！"他步踏斗罡，右手往前一飞，嗖，一道黑光骤然朝着洛右使的方向飞去。这速度，简直就是恐怖，转瞬即至，无影箭还没待魔化的洛右使反应过来，便直接打入其间。嗡，一股力量的湮灭和诞生，骤然生成，然后有磅礴的力量，从那无影箭和洛右使的交接处爆起，接着往四周扩散而去。

黑光少了，那些黑色虫子纷纷往下面滑落，露出了洛右使绝美而坚毅的面容来。

她杏眼一瞪,瞧着开始踏足做法的刘学道,恨恨不平地骂道:"好你们这些个正道人士,竟然人多欺负人少,群殴于我!不陪你们玩了,老娘走也!"她一声娇喝,就在众喇嘛的结界被刘学道打破、还没有来得及重新稳固的情况下,抽身左转,朝着右边的一处甬道,飞掠而去。

直到洛右使朝着那里乳燕投林,遁走,我这才发现,石厅中的暗处,竟然还有好几个通道,四通八达。而在洛右使遁走方向防守的,正是刚才那个吐血的喇嘛,他反应一时跟不上,竟然就被那个女人给甩开了。

见状,般觉上师口中大喝:"妖女休走!"他持咒未完,但是也显露出了隐隐的金光,宝相庄严,似乎有成金刚法身之趋向。倘若他真的能够凝结成功,那金刚钻石身,天下至坚至硬之物,何惧洛右使这群虫子堆叠的魔化法身?然而刘学道这一番打扰,却将他们所有的计划都给破坏掉了,老喇嘛略微恼怒地望了刘学道一眼,转身追去。其余的喇嘛也是心急那颗珠子的下落,来不及鄙视刘学道,纷纷转身追去。

一时间,红袍翻飞,热闹的石厅中,就只剩下了悬空而起的小喇嘛江白,正在慢慢收工,缓缓降落在地。他爬将起来之后,凝望了一眼颇为尴尬的刘学道,单手作揖,冷冷说道:"刘道长,你们茅山对此次事件的做法,我们白居寺会记在心中的。等此事过后,自然会与贵掌门知会,理论一番。"佛也有真火,何况这已经是第二次了。小喇嘛心忧伦珠上师,便没有再理会这个脸皮憋得紫红的老道士,扭头便朝着那处甬道追去。

我们也想着趁机溜走,然而被各个喇嘛羞辱了的刘学道,却没有忘记自己的职责,拦在了我们的面前,冷冷地说道:"你们两个,跑什么?还不跟我回去述罪?"

我看着面前这个矮个儿老道,他的须发大部分都是黑色的,又粗又硬,脸上有着沧桑的风尘之色,宽大的道袍已然被他用道力给蒸干,此刻皱巴巴地附在他瘦弱的躯体上,显得有些古怪。他这人看着慈祥木讷,然而心却比那黑铁还要冷,还要硬;一双眼睛,在黑暗中,就像强光手电筒一般,精光毕露。他并没有带什么诸如桃木剑之类的法器,一双鸟爪一般枯瘦的手,伸出宽大的袖口,缓缓朝着我们走来。

我和杂毛小道缓步向后退去。我左手摸着怀中的震镜,眼睛直勾勾地盯着他的双手,生怕他一道无影箭射来,而我又没有防备,直接就给射通了。

此刻的我和杂毛小道,状态实在是太差。我之前与茅同真狂拼,虽然将他力压,但也是浑身酸软,即使经过水道休养,还是没有回复状态;杂毛小道更差,他被刘学道无影箭暗算,胸口中箭,虽然未伤及要害,而且又有肥虫子帮忙修补,但是此刻,也算是一个重伤员。更可气的是,刘学道的这一箭,竟然将雷罚笼震裂了,使得杂毛小道便是能够引雷,也没有了法器。想来那是刘学道蓄谋已久的一击,从后面的无影箭威力远不如第一箭厉害来看,便可见一斑。

就这两个残兵败将,拿什么,来跟这个茅山宗的顶尖高手拼斗?

然而刘学道摆明着要将我们给擒杀,我们绝没有坐以待毙的道理。人死鸟朝上,不死万万年！我咬着牙，右手挽着鬼剑，死死地盯着刘学道，只待他出手。

相比我的紧张，受伤的杂毛小道，却显得从容，他已经从雷罚被损的阴影中，走脱出来。在我们一步一步后撤的过程中，路过篝火旁，那里还有半只剩下的烤羊腿，他也不嫌烫，一把抓过来，恶狠狠地啃两口，一嘴的油，然后递给了我。他轻轻说道："小毒物，吃两口，垫吧垫吧！"

我右手接过来，正准备放在嘴上咬两口，便见到刘学道已然化作了一道虚影，人无踪，下一刻，已出现在杂毛小道的面前。他出手迅疾，朝着杂毛小道接连拍出四五掌，口中高喝道："小子，当日你被逐出茅山，功力本来尽废，也不劳我来出手；此刻你倒是能够练了回来，便让我，来给你再废上一次吧！"

杂毛小道雷罚无用，掏出了血虎红翡。不过这玉符刚刚激发，此刻并不能够将其驱出，只是凭着尖锐，破伤刘学道的肉掌。然而刑堂长老这一双肉掌，乌黑发亮，硬如坚铁，根本就不闪不避，杂毛小道戳了他两回，倒是怕自己的血虎红翡给碎了，果断收回来，还没有怎么样，就又挨了刘学道一掌，左胳膊"咔嚓"一下响，让人心中颤抖。

我将那半只羊腿朝着刘学道脸上甩去，他偏头一避，我当头就是一剑。然而这一剑刺到一半，便被他用两只手指，如陆小凤一般，给紧紧夹住了。

他不屑地轻笑，说，这入门的剑法，破绽百出，竟然还敢在我面前献丑？他的手指一用力，竟然将我的鬼剑往前面扯去。巨力传来，我竟然有一种无可抵抗的绝望感。沉心入腹，想将那股洪荒的力量引导出来，然而没有，空空荡荡的。我的脸色巨变，一直准备揣入怀中的左手终于忍不住地拿出了震镜，兜头朝着面前这个家伙照去："无量天尊！"一大蓬蓝色光芒，照在了刘学道的脑门顶，蓝光拂面。他微笑，并没有受到半点影响，只是伸出手，击出一掌。我的身子便如同破布口袋，朝着石床那边飞去，很快，我就落在石床上，重重跌落，浑身脏器，给震得一阵疼痛难挡。

在这个茅山实力前三的家伙面前，我和杂毛小道竟然就像三岁小孩面对大人一样，再漂亮玄奥的招式，都无法起到半点儿作用，我们甚至发挥不出平日里的五成功力，便直接被他给摧毁倒地。

刘学道俯身，准备去擒拿滚落在地上的杂毛小道时，一个小黑点出现在了他的面前。是火娃。这个小家伙将身子激发到了极致，轰，一道烈焰幕墙腾空升起，朝着他蔓延而去。然而他只是笑笑，手一挥，那火焰顿时泯灭，火娃被手指一弹，不见踪影。

刘学道皱着眉头看地上的杂毛小道，高高扬起手，轻轻说道："看你这仇恨的眼神，不如，杀掉你吧？"

第三十二章　千里传音，暗河浮尸

　　刘学道说话的语气很轻松，然而他已经准备一掌拍在杂毛小道的头顶上："不要怪我，怪只怪你们太厉害，小小年纪，竟能够将茅同真给弄得快废了……"我见到这节奏，连忙从石床之上翻身爬起来，往怀里猛掏，却什么都没有摸着，唯有闭着眼睛，大喝了一声："禅！"

　　九字真言中的最后一个字，表示佛境，我心即禅，万化冥合之意，寻常并不能够抵达，若强行攀升，虽然有极大的加成，但对自己也是一种损伤。然而我却不管不顾，一字念及，顿时感觉浑身的血液都在燃烧，腹中下丹田位置，也有热力喷涌而出，肥虫子也在我的身子里下死力，三力叠加，一瞬间，我竟然有一种大地都在脚下的断然拔高感，双掌平放胸前，足下如有弹簧，飞身而过，朝着刘学道奋力一击。杂毛小道倘若在我面前，被这老乌龟给拍死了，我活着还有什么心思？拼命而已，干了！

　　见到我这气势，刘学道脸上的轻松表情终于开始严肃起来，本来准备拍向杂毛小道的右掌，翻了几个巧妙的弧度，玄妙得很，蕴合至理，下盘交错稳住，然后朝我迎来。两掌交击，我身体里蓄积的力量往前狂泻，而对方那处，也有巨大的力量狂涌而来。这两股力量一对决，恍如关公战秦琼，莫名凶煞，整个空间又是一震，砰！这声势，竟然不比邪灵教洛右使，与红袍大喇嘛的那一击，弱上几分。

　　巨大的反震力将我复拍回去，斜斜地掉在了杂毛小道旁边，胸口如遭大锤，轰，我腑脏闷得厉害，喉头一甜，一大口鲜血喷出，眼前便是红彤彤一片。

　　我这一击，受了重伤，然而那个刑堂长老却也是并不好受，巨大的力量将他给推得连番后退，噔噔噔，他退了七八步，倘若不是竭力稳定身形，人便已跌入了河水里去。

　　我躺在杂毛小道旁边，想翻身起来，却发现每一块肌肉都酸软乏力，微微抬头瞧了一眼，但见刘学道喘着粗气，缓步走上前来，凝声说道："二十年了，二十年，自从我就任这个位置以来，还没有人能够让我受过伤。果然不愧是能够让我下山的角色，小小年纪，竟然有这么恐怖的潜力。不过，那又怎样？你这种修行却不重修心的旁门左道，荒蛮之属，再厉害，还不是要栽在我的手下？"他的那一双手，不断地颤抖着，似乎是被我刚才所震到，又似乎在积蓄功力，那本来就如鸟爪般恐怖的手，此刻呈现出了青黑色，似乎还闪现出金属的光芒来，让人心中胆寒。

　　随着他缓慢走近，我能够嗅到那死亡的味道，逐渐降临。杂毛小道突然出声道：

"刘师叔,你既然是过来擒拿我们的,何必摆出一副杀气腾腾的凶蛮样?"

刘学道眉头皱起,停在了我们面前两米之处,看着脸色惨白的杂毛小道,问道:"你待如何?"

杂毛小道突然笑了,说,在刘师叔面前,我一身业艺,处处受限,早就没有啥拼斗之心,你既然只是奉命缉拿,我自缚手脚便是,何必闹成这般模样?

刘学道颇具玩味地笑了笑,说:"是,原本杨知修他姐姐央求我的时候,便是将你们擒下,押送官方,还她儿子一个清白。我以前欠岷山老母一个人情,此次本是小事,便答应她,倘若茅同真和徐修眉抓不到,就顺手办了。"他拍拍手,继续说:"然而没有想到,你们竟然会这么厉害,进步神速,前两个月还被追得跟野狗一样,到处乱窜,不几天,竟然能够配合着邪灵教的妖人,单挑长老了;而且就在刚才,陆左竟然将茅同真打得心灰意冷,将我弄得受了内伤。倘若一直如此下去,天下十大高手里面,你们必能够占上一席。于是我就想,我要不要留这么两个敌人呢?"

杂毛小道叹气,说,职责所在,我们并不恨你。

矮个儿的刘学道摇了摇头,说:"别拖延时间了,克明,你在茅山待了十多年,我太了解你这个人了。我知道你们在积气,准备最后一搏。不过,你们说,我会给你们翻盘的机会吗?放心,我不杀你们,只是让你们变得……相对安全一些!"他缓步走到我们两个跟前,平淡地看着我们,摇头叹气,说,在这末法时代,亲手扼杀两个有可能成就非凡的顶级天才,这种感觉真不好受啊。不过,这都是命啊,你们不要怪我了。他的双手合十,口中念念有词,然后一字一句地说道:"无、尽、业、火、消!"此言一出,他的手上出现了一种极为古怪的力道,仿佛化学元素中,最活泼也是最不稳定的氢分子,随时都能够将我们体内的能量引爆,毁去一生修为。我已然来不及祈祷,唯有寄希望于金蚕蛊,大声求救。然而当肥虫子冲出来时,却被刘学道双目一凝,定了当场。肥虫子奋力挣扎,那些暗金色的氪氩光芒不断游出,却始终无法突破刘学道的炁场牵制,口中吐出了一点儿毒液,这毒液呈黑色,跌落地上,顿时一股浓烟冒出,凶煞得很。然而这也没有效用,刘学道浑身有道力将自己团团包裹,并不会被这些东西伤及。

我终于对修行者中顶级的高手,有了最切身的体会,我们这样的,在他们的眼中,还真的就像是没有长大的孩童,可以随意拿捏一番。

刘学道俯下身来,将手中的两团动荡不安的劲力展现给我们看,然后轻声抱歉道:"对不住了,两位,忍着点疼啊……"这个传闻中冷血无情的刑堂长老,此刻循循善诱,如同那幼儿园的阿姨。而在那一刻,我能够想到的所有法子,在这绝对力量面前,都已然没有什么效用,撇头看向杂毛小道,正好看到他灰败的脸,眼睛里面,全部都是绝望。

这是最后的时间了吗?我们就这样,要失去所有的筹码,从此成为废人,然后任人宰割了吗?我心死如灰,所有的豪情壮志,在那一刻都烟消云散,闭上眼睛,没有

再作抵抗。然而我等了半天，那一掌，终究还是没有拍到我的头上。

这种等死的状态实在是让我难受。我睁开眼，发现本来俯身站在我们面前的刘学道，又回到了刚才站立的两米开外，一双耳朵在不停地抖动，嘴唇还在嚅动，似乎在跟谁说着话。不过他这声音几乎憋在了肚子里，我又看不懂唇语，所以有些发愣，不晓得这个老家伙为何在最后临门一脚的时刻，作出这般的怪状来，难不成仅仅为了让我们更加恐惧？

我心中胡乱猜测，不过刘学道似乎真的在跟某人对话，如同请神入魔一般。瞧他这表情，似乎十分恭谨，显然跟他对话的这个人，是一个地位极高，或者他十分尊敬的一位。

杂毛小道也睁开了眼睛，瞧到刘学道这般模样，一开始还在疑惑，过了几秒钟，眉头皱起，迟疑地猜测道："这是……千里传音？"

听他这般说，我顿时就感觉到无比高级。在古代，修行者之间，没有手机，没有电话，也没有QQ，传信又实在太慢，有大能者，便利用灵界无空间，皆是附于气泡上面一个虹膜的理论，创造了这一法门。不过我以前听说时，只以为是扯淡，此刻一见，仿佛真有其事。

见刘学道忙着聊天，有所疏忽，我心中想着机会来了，于是一点一点地往后爬开，准备朝着石厅的出口跑去。然而我没移动出一米，刘学道右手袖间有一截黄色出现，接着一道黑光，打在了我身后的半米处，出现了一个黑黝黝的深坑。我浑身僵直，再也不敢动弹。

这时间并没有持续多久，刘学道终于神情一敛，肃容，瞧了一下满脸惴惴的我和杂毛小道，叹了一口气，说："还真的是天不绝你们，既然他都这样说了，今朝便放过你们吧，我不知道这件事情的来龙去脉，不过你们既然不是茅山门下，自然也轮不到我这个刑堂管事来胡乱插手，好自为之吧。"

他挺起腰身，说，这次为了你们两人，倒是交恶了这高原上的喇嘛，也罢，我去帮忙追捕邪灵教护法右使，免得被人挑了理。

这老头儿一番话说完，转身欲走。我和杂毛小道面面相觑，不知道到底发生了什么事情。刘学道刚刚越过篝火，准备朝着甬道处走去时，暗河中水波荡漾，突然浮出了一具尸体来。刘学道目光如炬，只一眼，便大惊失色地叫了起来："徐长老？"

第三十三章　死状，浮棺

徐长老？徐修眉？我和杂毛小道还没有从刚刚那死里逃生的震撼中挣脱出来，此刻又被另一波惊讶，给击倒了。

天啊，怎么可能！这个曾经能够在水底里，生活三天三夜不换气的强者，以蜻蜓幼虫为匪号的水蚤长老，竟然浮尸河上，了无声息，这个世界是怎么了？简直是太颠覆了吧！

正在我脑海里，"这不可能"四个大字不断盘旋徘徊的时候，刘学道身形如鬼魅，跨越过去，飞抵浮尸之上，脚尖一挑，便将这具尸体给勾起来，朝着我们这边扔了过来。

"接着！"他大声喊道，语气里，有着毋庸置疑的威严。

在那一刻，我看到他居然悬空而立，脚尖点水，浮于水波之上，轻身功夫，已入化境。

当刘学道的精神锁定离开之后，我感觉周遭的空气，不再那般凝重，腹中开始涌来气力，勉力将这具尸体给接住，然后平放在了岩地之上。这人，真的就是刚才与洛右使交手落败、之后又将刘学道送至此处的徐修眉。

当时的他并没有出水，想来是为了防备有人入水，又或者觉得刑堂长老刘学道一人，便可以解决一切。哪知待在水中的他，竟然悄无声息地就给人杀死在了水中，而且还就是在刘学道出水这短短的一段时间里。

我望着徐修眉惨白的脸，和已经稀烂的胸膛，又看向了黑黢黢的暗河水，不由得心生恐惧。

这自然不会是小妖朵朵的杰作，难道是那个叫做丹枫的女子，驾驶着那艘古怪的癸水陆行舟，对徐修眉展开了攻击？只是，丹枫看着本事并不高明，此刻的她，想必只有逃命的心思，哪里还会闲得过来逆袭？更重要的是，以徐修眉在水中精修了大半辈子的本事，他即便是不敌，或者遁走，或者上岸呼救，也都是可以理解的事情，然而他完全没有，而是被人断然杀死，老半天，才浮尸上来。到底是谁？

一想到这里面的各种神秘，我不由得就对仍在水中的小妖朵朵担忧起来，也没有了心思，为这个我曾经极为痛恨的老头子，心生快意。

刘学道脸色变得青黑，他口中大声叫喊，立于水上，然后朝着水中不断挥动双手，一道道黑色的无影箭，朝着河道中射去，如同那六脉神剑的效果一般。刘学道往水中发射了五六道，见这河道中并无半点动静，不由得也心生不安，唯恐自己也悄无声息地着了道,身形一扭,人便冲到了我们的近前来。

我和杂毛小道正蹲着身子,在研究徐修眉的死法。见到刘学道黑着脸,站在旁边,杂毛小道拱手为礼,开始解说道:"刘师叔,徐师叔受的伤,十分奇怪,先是外伤,四肢绵软,腹腔骨骼碎裂,胸口处被极为锋利尖锐之物——譬如爪子——抓中,总共三爪,半个胸膛就都给撕裂了;眼球迸裂,显然他在死亡的时候遭受到了巨大的颅压,痛苦得很;除了外伤,真正让他死亡的,是一股极为恐怖的力量,这力量也奇怪,分为两缕,一缕是阴寒,使得他整个身子僵住,行动不便,无法逃脱,而另外一缕,却是火热,如同火魅的灼热,正是这诡异的热度,使得他五脏之内的道力溃散,终至死亡……"

杂毛小道一口气将自己的发现说了出来,刘学道却也没有反驳他这"刘师叔"的称谓,而是皱着眉头,恨声说道:"那么,你觉得到底是谁出手,暗害了徐长老?"

杂毛小道摇头表示不知,不过见刘学道眉头一挑,似乎有些不满,他便接着说道:"不过可以肯定的是,出手的并非人类,而是某一些邪物。"

刘学道说,哦,为什么呢?

杂毛含笑伸出左手,道:"当今世上,能够在水中悄然暗杀徐师叔的人,不出这个数,而这些人,现在都不可能出现在这暗河之中。"

刘学道点头,承认了杂毛小道的说法,说:"不愧是他认可的人,思维果然机敏。哼,当着我的面,将徐长老给杀了,看我不穷极此处,将其搜寻出来,超度性命!"

我看看刘学道不断抽搐的黑脸,心中就有些幸灾乐祸。这个家伙性子冷淡,而且孤傲,虽然不知道他跟徐修眉的关系如何,但是徐修眉的死,必然也会有一部分责任落在他的身上。茅山总共就只有十位长老,死一个少一个,倘若他在场而没有将凶手找出来,只怕回去,不但饱受嘲笑,而且还会被追究。好吧,作为一个被茅山追杀至今的人,虽然刚刚被莫名其妙地放过一条性命,我还是不厚道地腹诽了一遍,然后走向河边,开始呼唤起小妖朵朵来。

茅山的追兵,一死一废,最厉害的刑堂长老又放过了我们,此刻的我们,虽然并没有沉冤得雪,但是也不用再像土拨鼠一样,东躲西藏了。我们凭着自己的实力去抗争,终于获得了相对自由的权利,那么,是应该将小妖朵朵召回来的时候了。

我与小妖,自从麒麟胎分离的念力勾连之后,便隐隐能够通过意念进行沟通,虽然并不明确,但是也能够约摸传递意思。然而我呼唤了好一会儿,却并没有得到任何回应。时间一点一滴地过去了,我的愁容更盛,唯恐小妖也被击杀徐修眉的那个凶手给害了,不由得大声叫了起来。

我喊了几声,刘学道听得烦躁,大喝一声,别喊了,它来了!

我奇怪,问,谁来了?

刘学道缓步走到岸边来,凝望着黑黢黢的水面,黑暗河道里有呼呼的风吹来,将他花白的道髻吹乱。刘学道一脸凝重地看着波澜不惊的水面,喃喃自语道:"它来了！怎么可能，这么恐怖的力量，多年都未曾一见了，这到底是什么东西呢？"

我看着这平静而漆黑的水面不解，不知道他到底说些什么。我什么也没有感受到，不管是五感，还是炁之场域，根本一无所知。杂毛小道也是。此刻他终于好了一些，身形不再颤抖，缓步走到我的身旁，说，到底是什么东西？

刘学道冷冷地说道："以你们的境界，不能够知晓，也是正常的。这东西，大凶，倘若出世，只怕赤地千里，一场祸害！"

我不答话，只是心中暗笑，这老家伙又装波伊了，他要真的厉害，也不至于放任徐修眉死去，而不自知，此刻唯有紧紧咬着牙包谷，咔咔响地痛恨了。

这时，我们的身后传来了一声尖叫："怎么大人我刚刚出去解决了一泡尿，这大厅里面，就这么大的死气啊？乖乖，你们可真能闹啊……咦，这地上躺着的，不正是我大茅山的长老么，怎么神魂都给人啃噬了？咦，忒惨了点！果然，做人第一就是要人品好啊，不然就算是死，都是不得好死！"

我眼睛一亮，回过头去，与杂毛小道齐声叫道："虎皮猫大人！"

但见黑暗处飞出一只肥鸟儿，正在徐修眉尸体的上空盘旋。听到我们的招呼，虎皮猫大人挥挥翅膀，问道："嗨，你们两个偷窥狂舍得出来了？咦，我找来的那一堆枪手，哪里去了？咦，这个傻瓜也在，你们怎么手拉手，做起了好朋友来了？"

肥母鸡说话忒难听，那刘学道的脸色顿时黑得跟那锅底儿一般，袖子里的黄符一闪，二话不说，抬手就是一道无影剑。嗖！这一声呼啸，把我的魂儿都吓飞了，大叫："大人快闪！"

然而纯爷们虎皮猫大人不但不闪，还一声冷笑："来得好！"但见它张开嘴巴，对准那道凌厉的黑影，接着惊呆了所有的人的事情出现了，那黑影没入虎皮猫大人的口中，不但没有将大人的脑袋击破，反而如水入大海，再无声息。

虎皮猫大人舒爽地打了一个摆子，像个瘾君子一般兴奋地大叫："真爽啊，给劲儿！"它打了一个响鼻，然后嘎嘎笑道："再来，再来，好久没有这么舒爽了，求教育，求受虐！"

瞧他这副贱样儿，刘学道反倒没了暴躁的脾气，眯着眼睛，盯着虎皮猫大人缓缓说道："敢问是何方高人，赐个名号！"

虎皮猫大人不乐意了，骂道："大家伙儿都是知根知底的，何必在这儿装不认识呢？虎皮猫大人就是我，我就是虎皮猫大人！"

刘学道见它不乐意讲曾经的底子，便不再理这个疲懒货色，脑袋一转，死死盯住了暗河处。

就在我们想上前与虎皮猫大人打个招呼的时候，我发现不但是刘学道，便是虎皮猫大人，也都没有理会我们，而是死死地盯着左侧河面，我也扭过头去，但见有一方黑色的坚硬之物，缓缓浮了出来。随着这东西的大部分出现，我的眼睛瞪得滚圆。这、这不就是我那天在湖底里，所见到的黑曜石棺材吗？

第三十四章　联手抗敌

乍一见到这樽巨大的黑曜石棺椁，我的心，顿时就扑通扑通跳个不停，半边脸，都麻了起来。我吓得半死，杂毛小道却并没有太多的想法，拉着我的衣袖，说，这就是你前段时间跟我讲起的湖中棺材？这玩意儿，不就是我们在青山界那里……

他的话还没有讲完，那樽黑曜石棺椁便已浮出了水面，发出了巨大的破浪声。这巨大的黑色盒子已经占满了我们的视线，周遭的水不断地喷涌，将它给举托起来。瞧着这沉重的死人棺椁，我们面面相觑，刘学道则是怒声大叫道："好、好、好！正主儿终于出现了，让老道我来看一看，你……到底是何方人物！"他浑身一震，身上涌现出了无边的气势来，磅礴如浪，连在旁边的我们都不由得东倒西歪，连步往后退却。

当我站稳脚跟的时候，发现刘学道已然飞抵那樽黑曜石棺椁之上，俯身，反手将那具棺椁的盖子边缘给把住，然后奋力一提。刘学道虽然在刚才与我战斗的过程中，受了一点儿小伤，然而这并不影响他的行动。我已经亲自领教过了他的力道，这个老头子，凶猛起来，简直就是一辆人型坦克，力量巨大得紧。然而此时，他憋足了劲儿这么一掀，竟然并没有提开来。那棺椁紧紧扣着，显然并不是常人所能够打开的。即便是茅山宗的刑堂长老，也不能行。

刘学道并不能够在水面上借力，于是翻身跳下，一脚，便将这重达千钧的黑曜石棺椁，给踢到了岸边来。浮于水面，那棺材倒也没什么阻力，唰地一下，抵达了河岸边，先是被岸石所阻挡，然后凌空转了几圈，最后重重砸在了我们刚才站立的地方。

轰隆——

我和杂毛小道闪身跌倒在碎成了无数石块的石屏风原址旁，犹在后怕。这个刘学道，不知道什么原因，放了我们，然而心中却仍旧有怒气，所以才会不管不顾。要不然，以他的实力和准头，哪里会误伤？要知道，这一位，可是专门练箭的，讲究的就是一个准头。

我们爬起来，见这黑曜石棺椁平放在了石厅中，四平八稳。此刻还在燃烧着的篝火，散发出温暖的光芒，将黑曜石映得闪耀，有一种莫名的庄严美感。

刘学道身如鬼魅，窜到篝火之前，围着这黑色棺椁看了一圈，深呼吸，一口气几乎吸尽了周边的氧气，让我们顿时有些换不过气来。接着，他动作缓慢地走上前去，伸手，然后开始感受着棺椁之间的空隙，缓缓地，缓缓地，开始推起来。

他的动作，是那么的缓慢，然而整体，却充满了力量的美感。这种感觉出现在一个一米六都不到的矮个儿身上,实在有些不对劲,但是没人敢否认这一点。

我们所有人的眼睛,都直勾勾地盯着前方,既期待着刘学道将这棺椁开启,瞧一瞧里面的东西,又有些恐惧,心想着这莫非像传说中的潘多拉魔盒一般,能够将我们所有人,都给吞噬。

大概持续了三十秒钟,我听到咔嚓声,清脆,而且响亮。

石棺开了!

很快,刘学道将那沉重的棺椁盖子给托举了一点儿起来,然后回头瞪我们,说,还不过来帮忙?

杂毛小道对他虽然客气,但因为雷罚被损之事,心中还是有些不释;我却没有办法,生怕这老贼道翻脸,于是跑上前去,帮他托住了另外一边,然后将那黑曜石棺盖,缓缓拉开一截来。

这棺椁高约一米七,稍微出来一点儿,我便踮着脚,忍不住地往里面瞧去。

出人意料,里面除了一堆金银器之外,并无他物。

我想象中青面獠牙、面目狰狞的干尸,并未有出现。跟我隔着棺椁的刘学道见此,大叫一声:不好!一团黑色气体,从中喷出,朝着我们的面目涌去。我往后退,感觉脸上火辣辣的,像是一盆炭火,浇在了头部。

很快,这火热就凉了下来,原来是肥虫子在我的脸上钻来钻去,奋力救火。不过我有这万毒莫侵的肥虫子,刘学道却没有。

这个光用目光就能够阻止肥虫子逼近的道门高人,一声不吭地栽倒在地。我不知道发生了什么事情,虽然情感上十分不喜欢他,但仍是高叫一声前辈,绕过棺椁,准备瞧一瞧,到底发生了什么事情。

当我刚刚扭过身来时,却看到杂毛小道身后,蓦然出现了一个女人。

这是一个长相普通,身材普通,扔在大街上的人群中,都不一定会有人能够注意到的女人。她并没有任何不对劲,就像一个很正常的人。然而恰恰是这一点,才显得更加不正常——要知道,杂毛小道对于凶场的灵敏感应,并不逊于我,但他即使到了此刻,也没有发觉身后突然多了一个人;而且,不仅杂毛小道,盘踞在他乱糟糟头顶上面的肥母鸡,也懵懂不知。就这一点,便能够瞧得出,这个长相普通的女人,有多么的不凡了。

这个女人唯一有些异常的,是她身穿着华丽的黑色丝绸袍子,上面满满当当,挂了好多发锈的铜片。不过这袍子看着虽然华贵,但是很多地方却已经烂了,一缕缕的,使得这个女人,大半个身子都没有遮掩,裸露了出来。她的皮肤并不是如脸上一般,淡淡的黄色,而是干腊肉一般。

我的眼睛凸出来,这货,可不就是我们在青山界的耶朗祭殿中,所遇到的那头吗?她,不,应该是它,就是杀害徐修眉的凶手吗?

我仔细回想,那日在青山界耶朗祭殿里面,倒也没有觉得它有多厉害啊。最后的时候,似乎还被我请神上身,给狠狠地教训了一番,而且它还有些畏水。怎么此刻,却会出现在这千里之外呢?

我心中有无数的疑问生成。看到它木然地站立在杂毛小道身后,而这两个家伙却懵然不知的情形,我的心几乎就提到了嗓子眼去。我也不敢喊,想起刚才徐修眉胸口受到的那三抓,生怕杂毛小道背上,也会被来这么一下。依他那小身板儿,可扛不住,于是用手捏住鼻子,给他提示。

到底是整日里混在一起的好友,杂毛小道见到我这一副表情,又捏住了鼻子,就知道出了变故。他眼珠子左右一晃,突然就地一滚,朝着篝火旁扑去。

就在杂毛小道身子刚刚开始动的一刹那,在他身后的那个女人,仰头一阵长啸。它的声带早已损毁,此刻的声音,有些像是砂纸在打磨玻璃,咔咔咔,难听得要死。紧接着,她嘴巴张开,露出了又黑又尖的獠牙,伸手朝着滚落地上的杂毛小道抓去。

杂毛小道从小便习得体术,闪避功夫一流,对付这种僵尸,也有着独到的见解,利用它怕光热的特性,将这迅猛的速度作了延迟,几个翻滚之后,爬了起来,然后手摸向了怀里。

虎皮猫大人正坐得安逸,这突发的变故,让它展翅一飞,见到身下竟然多出了这么一个死气沉沉的女僵尸,顿时恼羞成怒,大声叫骂起来。我来不及去瞧刘学道出了什么事情,唯有冲上前去,手提鬼剑,用劲驱动吸收负能量,指望能够将那女人,给吸引到我这边来。——身受重伤,又被重重打击过后的杂毛小道,可经不住这头顶级飞尸的攻击。

或许是鬼剑的缘故,又或许是仇人见面、分外眼红,那个女人,哦不,应该称呼她为青山界飞尸,放开了翻滚爬起的杂毛小道,转过了头颅,瞧向了我。我紧张地提着鬼剑,心中打鼓,脸上还有肥虫子在钻来钻去排毒。在我对面,青山界飞尸的眼睑睁开了,里面的眼球,如同葡萄仁儿一般,但是闪耀着诡异的红光,十分吓人。

僵持仅仅持续了一秒钟,飞尸便倏然前冲,迅猛地冲到了我的面前。在她启动的刹那,我的心,却镇定下来,感知炁场,往黑曜石棺柩的侧面跳去。

青山界飞尸扑了个空,它僵直挥舞的手臂,碰到了棺柩。就这一下,黑曜石棺柩仿佛受到了巨力,轰的一声,竟然被碰得往河道里飞射而去。我们之间的屏障顿时失去,她伸出双手,指甲尖锐,鲜血淋漓,眯着眼,便朝着我再次扑来。我想起了小时候教科书中关于武松打虎的描述,猛虎下山那气势,跟这飞尸,是一样一样儿的……我一个刚刚拼尽全力,差一点挂掉的家伙,哪里能够火拼飞尸?

一道身影挡在了我的前面,这身影并不高大,然而在此刻,却是伟岸之极。是刘学道。他摇摇晃晃地站在我的面前,盯着前面这一位如同普通人模样的飞尸,声音有些凝滞,愤愤说道:"果然好手段,你这邪物,怕不得有上千年的道行了吧?"

第三十五章　铜钱剑破，妖女莫走

　　刘学道被刚才那黑曜石棺柩里面突然喷溅出来的黑色浓雾所伤时，大叫一声，翻身栽倒，我心中还在埋怨他太草包，对抗我的金蚕蛊如此厉害，对这棺柩却无半点防备，以致着了道。没承想他竟然强忍着剧毒，摇摇晃晃站了起来，果然不愧是高人。虽然并不喜欢他，但是大敌当前，还是要一致对外的好。于是我悄声问道："你还好吧？"

　　刘学道并不看我，眼睛死死盯住面前这具普通女人模样的青山界飞尸，嘴里面似乎还嚼着什么东西，话语里，有些含糊不清："无妨！看风格，这僵尸可不是本地所产，你们认识？"他显然听到了刚才杂毛小道的话语，故而有此一问。

　　那头青山界飞尸，似乎也有些忌惮面前这个矮瘦老头，所以止步不前。飞尸的脸上，开始逐渐往外生长出白色的尸毛，一点一点，肉眼可见。随着白毛生长，她的气势越来越恐怖，势如滔天。

　　杂毛小道缓步移到我们身边，仿佛刘学道这儿，有更多的安全感，听得他问起，便答道："是。这头僵尸我们曾经在苗疆的十万大山门户见过，却不知道它是如何不远千里，斗转星移至此处来的。"

　　刘学道手上终于滑现出了一件法器，是一把满是铜锈的铜钱剑。这剑的长度，与洛右使的秀女剑一般，上面除了用纯阳的浸血红线绑制外，还有好多细碎的符文，用金花绘制，附着在了剑身上，让人瞧见了，有一种心神完全被吸入里的古怪感觉。这感觉比我的鬼剑，来得更加强烈。这铜钱剑无论是构造，还是符文的精致繁复，都比我所见过的，要高好几个层级，显然是最高明的匠师——比如李道子——制作而成。

　　这符文铜钱剑的出现，使得我们面前这头青山界飞尸，瞬间就变得暴躁不安。它仿佛受到了巨大的威胁，纵身便朝着我们这边扑来。两道黄符燃烧，一道是刘学道所燃，一道是杂毛小道所点，似两条不羁的火鸟，朝着那青山界飞尸，围攻过去。

　　这符纸有抑制死气的作用，对于这头不知积累了多少年岁的僵尸来说，或许能起点作用，但终究只是杯水车薪。很快，那飞尸就冲到了我们面前。面对这等实力的邪物，刘学道的情绪也似乎有一些不稳定，手中的符文铜钱剑往前刺了三个小点，大喝一声："起……灵！"

　　声音爆起，我在往后疾退的当口，瞧见那古朴破旧的铜钱剑上的符文，仿佛活过来一般，迅速涌聚，然后化作了一道铜钱状的巨大金光，朝着青山界飞尸击去。那青山界飞尸来得也疾,根本无法闪避,与那金光相撞——轰!这金光仿佛专克此类邪物,青山界飞尸往后退了几步,那铜钱状的金光随着刘学道口中的念念有词,化作了无数空洞的丝网,将这具已然浑身白毛的僵尸,给紧紧捆束住。金色光辉围绕,似乎只此一招,便已降魔。

场面上如此好看,但是刘学道脸上却没有半点喜容,他的眉头紧紧皱起,凝成了一个深深的"川"字;对面的那头青山界飞尸,则面无表情,静静地看着……我。

呃,它为什么会瞧向了我呢?是因为我上次曾经揍过它,所以恨忌上了吗?

紧要时刻,哪里有我思考的半点儿余地?金光越绷越紧,越绷越紧,在最后的一刹那,突然有棉帛破裂的声音传出来,所有的金光,烟消云散,那僵尸如若猛虎出了笼,带着让人背脊发麻的声音,呼啸而来。刘学道用铜钱剑往前一劈,金光闪耀,却被一掌挡开。

刘学道与这飞尸硬拼了一手,浑身发麻。我们在旁边,根本就插不上手,唯恐被误伤。正当我琢磨着掏出震镜之时,头顶上响起了虎皮猫大人惊悸的叫声:"小毒物,趴下!"我不知道发生了什么事情,但是出于对肥母鸡一贯的信任,我还是往前一扑。

半秒钟之后,当我与冰凉的地面接触时,头顶有巨大的风压传递而来,擦着头皮飞过去,我耳边则传来杂毛小道焦急的大喊:"刘师叔小心!"

我抬起头,只见刚才被青山界飞尸推到暗河中的那樽黑曜石棺柩,竟然回转,轰地撞向刘学道。正在与青山界飞尸缠斗的刘学道避无可避,唯有口中喝念一声"咄",一副巨大的金光真人,从他的背脊后勃发,生生扛住了这一撞。

背部遭到重创,刘学道飞身前扑,正好跌入那个青山界飞尸的怀里。这一下可好,对于投入自己怀中的对手,青山界飞尸哪里有放过的道理?当下就张开大嘴,朝着刘学道的脖子咬去。

经过与刘学道几回合拼斗,那青山界飞尸已然浑身白毛,寸长,脸上也开始有了青黑色的尸斑,牙齿尖锐而长,我不敢确定刘学道是否能够扛得住这一咬。虽然对于此老,我极为不喜,但是他若死了,我们就只有共赴黄泉了。当下我也来不及爬起身,掏出震镜,朝着前方就是一照:"无量天尊!"蓝光笼罩,飞尸果然停顿当场,刘学道一个翻身,挣脱开去。然而震镜时效过短,还是被一把抓到衣角。唰,青山界飞尸尖锐的指甲,在刘学道的右侧大腿上,抓了一大块血肉来。

"啊……"刘学道一声惨叫,一边往后面退却,一边捂着伤口,而另外一只手,则手掌翻飞,似乎正在持咒。

见到几招便能将我们治得服服帖帖的刑堂长老刘学道,在此刻似乎拼不过那头青山界飞尸,我不由得心中发慌,眼睛瞅向了石厅的通道处,想着赶紧跑。杂毛小道却掏出了怀中的血虎红翡,运劲激发。刚才并无动静的血虎红翡,此刻却是红光大盛。在吞噬了白虎阵灵之后,那头吊睛白额大虫的身形似乎更为庞大了,咆哮一声,朝着青山界飞尸扑去。

飞尸身形一纵，往洞顶飞腾而起。而刚刚悬停在平地上的那口棺椁，突然一摆方向，里面一口黑气喷出，将血虎吸了进去。紧接着，沉重的黑曜石棺盖闭合，将血虎封得死死。里面有雷鸣一般的撞击声响传出，然而那棺椁却岿然不动。我们都傻了眼，这黑漆漆的棺椁，居然也是一件法器？

嗖、嗖、嗖！刘学道开始施展自己的绝技无影剑，三道黑线，接连击打在了飞尸身上，这种无坚不摧的符器，竟然只是将它给击打得连连后退，用处并不是很大。

瞧到刘学道如此不给力，我不由疑虑地看向了杂毛小道，这茅山宗实力前三的名头，似乎有些名不副实啊！

然而杂毛小道很快就给了我答案："刘长老这一辈子研究的，都是克制门中子弟，和其他道派的功夫，至于对付邪恶之物，倒不是很在行。不过关键在于，这飞尸，太厉害了，差一点儿，就能够成就旱魃之位！"

的确，从青山界那耶朗祭殿中的布置来看，这青山界飞尸自然是极端恐怖的养成之物，直指长生，当时也几乎是将我们秒杀。现在回想起来，当初能够在它手下逃脱性命，倒也算是幸运之极。我到现在都不知道，当初到底是怎么跑出来的？

那么，我们今朝，还能够逃脱得了吗？

那边的刘学道，即使是在且战且退，也还是关注到了我们两个的谈话，闪身从我们前面退过，大声喊道："你们两个小子，还不来帮忙？"杂毛小道往旁边躲，略微不满地说道："刘师叔，要不是你将我的雷罚重损，又将我重伤，此刻我倒是能够给你搭一把手，只可惜……"他的血虎栽进了黑曜石棺椁中，着急得要死，但是又靠近不得，说话也便不怎么客气了。我也随声附和，说，就是，倘若不是您老人家刚才抵死相逼，此刻我倒还会有些余力，只可惜……

刘学道能够听出我们口中的嘲讽之意，也知晓自己刚才的表现，让我们给小瞧了，顿时被激得面色一黑，斥责道："你们两个小子年纪轻轻，可知晓此物的厉害？旱魃一出，赤地千里，便是那谪仙人，也要费尽一番手脚。而此物离那千年不出的旱魃，差不过一条线……也罢，倒让你们瞧一瞧我的本事！"他右手一招，那柄符文铜钱剑便凭空飞上了头顶，嚓，红线断裂，一股束缚已久的力量猛然爆发出来，铜钱剑化作了无数金黄色的光芒，如雨瀑，铺天盖地朝着前方击打而去，场面一时火爆之极。

那青山界飞尸见此情形，顿时就吓了一跳，白毛覆裹的僵硬脸庞开始抽动，不过它却也是有所准备，往后一退，那樽黑曜石棺椁便挡在了它的前面，噗噗噗噗……雨打芭蕉，那石棺不住颤动，终于在持续的打击之下，露出了几个孔洞来。

石棺泄漏，立刻有一声虎啸传出。而在石厅的另一边，也有一个苍老的声音高喊："妖女休走！"

第三十六章　截人抢宝，恶鬼墓现

待那一蓬将整个空间耀得闪亮的金光落幕，一道红光乍现，委顿到了极致的血虎从黑曜石棺椁中奔逃出来，毛发稀疏，个头儿缩小了好大一圈，甫一落地，便仓皇地钻进了杂毛小道手中的血虎红翡里，头也不回。杂毛小道心疼地往怀里收去。

这时，从石厅的一处甬道中，一个娇小的身影正在快速冲出，如箭。

来人正是邪灵教的护法右使洛飞雨。她一出现，根本就不管我们这边的状况，径直逃向了左侧出口。

我不知道在甬道里，到底发生了什么事情。此刻的洛右使，身法虽然依旧利落，但是黑色紧身衣上，已经破开了好几个口子，鲜血淋漓，之前那一身蠕动的魔虫妖灵，不见了踪影，那头摩呼罗迦，也没有再瞧见。

就在我们诧异地望着她离开的时候，一个身影，突然挡在了她的面前。高速奔行的洛右使完全就是人挡杀人，佛挡杀佛，见有人阻挡，立刻下重手，手中的秀女剑下意识地朝着对方的脖子处，横削而去，就待这人闪身躲开，她好快速逃离。

出乎她意料之外的事情发生了，这身影不但没有躲开，还伸出双手过来捉剑。肉身凡胎，岂能阻挡她这锋利的秀女剑？洛右使眉毛一挑，手腕一抖，嘴角含着笑，就刺中了对方的一只肉掌。洛右使是一个使剑的高手，剑尖触肉，也不停留，剑尖一旋，想要将这只手，齐腕削下来。然而她并没有称心如意，这只手，比那精钢坚铁，还要硬上好几分。

剑尖一阵火花闪耀，铿锵一声响，紧接着，就被紧紧抓住，根本就拉扯不回。洛右使抬头看，才见到一个浑身白毛绒绒的女性僵尸，正在自己面前，眼睛直勾勾地看着自己高耸的胸部。

同为女性，而且还是僵尸，自然不可能是对洛右使这一对傲视群芳的大白兔感兴趣。它所感兴趣的，是深陷乳沟中的那颗黑色石头，也就是丹枫口中的"罗浮镭射石"。这颗装载得有高僧虹化能量的石头，使得青山界飞尸抛开了自毁兵刃的茅山宗刑堂长老刘学道和我，朝着洛右使攻击而来。

洛右使大吃一惊，与飞尸就这秀女剑作为纽系，不断腾挪躲闪，避开了好几次致命的攻击。她也还手，左手不断地击打在传统僵尸最为脆弱的三个丹田部位，试图用劲力，将维系其生命的恶魄震散。然而这飞尸存世，不知多长时间，恶魄早已跟这僵尸肉身，凝结如一，哪里会怕她这几拍？交击之下，顿时有拍中木头的咚咚声响传出来，质地颇硬。

就在洛右使与青山界飞尸纠缠的时候，从黑暗处，紧跟着冲出了一群红袍喇嘛来，打头的一个，正是小喇嘛江白，见到眼前的一番情景，顿时失声大叫："好浓重的死气！"

八个红袍散成一圈，迅速封堵住场中，瞧见正在与飞尸剧斗的洛右使，一个老喇嘛不厚道地笑了："果然是恶人还须恶人磨啊！妖女，你若是将东西交出来，我们说不得还帮你渡过这次难关。不然，光这一头千年难遇的僵尸，便能够将你送下十八层地狱！"他幸灾乐祸地笑着，同时还是有些紧张，开始往周围洒檀香粉，防备这头大粽子，暴起伤人。

所有人都关注场中。我则提着鬼剑，并不管前面的这一群人，来到暗河边，将手伸入水中，将念头渗入，开始感触那水中的炁场变化。要知道，小妖和剑脊鳄龙之前还是潜在这河道中，然而徐修眉、刘学道，还有那樽巨大的黑曜石棺椁，都从水中冒出来了，小妖朵朵却没有一点儿反应，此刻的情形，由不得我不惊心。然而我并没有感应到一点儿气息，仿佛小妖已然离开了此处。这怎么可能呢？

虎皮猫大人见我一脸愁容，问，怎么了，小妖和朵朵呢？火娃呢？

听它这么问起，我这才想起火娃那个倒霉蛋儿，给刘学道一指，竟然不知道弹到了何处，至于朵朵，我的嘴巴苦涩，难以开口。待到杂毛小道快速将事情经过说出来时，虎皮猫大人勃然大怒，飞到我头上，爪子乱抓，薅下我好几撮头发，然后又是无数怒骂。相比之下，"傻瓜"之类的话儿，反倒是干净得很。

石厅之中的战斗仍在继续，八个喇嘛将洛右使和白毛绒绒的青山界飞尸，给围成一个大圈，四下封闭，严防死守。而那个娇艳如花的洛右使，也终于面临着此行中最大的危机。她此刻的对手，是一个速度与力量并存的恐怖飞尸，而且浑身散发着阴寒的毒火，这一点，随着两者交手时间的推移，开始缓缓逼将出来。

不过越是危急，越能够凸显出一个人的真本事。能够成为洛右使所用的兵器，自然不会是凡品。洛右使力道略弱，抢不下手中秀女剑，便干脆将剑给松脱，飘退两步，双手结了一个复杂的手印，朱唇轻启，突然间，那边被飞尸握在手里的秀女剑，铮的一声响，开始不停地颤抖起来。

正在被虎皮猫大人劈头盖脸一阵猛训的我，眼睛都不由得瞪得滚圆，失声叫道："飞剑！"虎皮猫大人转头瞧过去，像被人捏住了屁股一样尖叫起来："巫神导引术？"

话音刚落，那青山界飞尸本来用手紧紧握着的剑尖，在洛右使这一番咒诀之后，竟有些握不住。在一声长吟响彻空间之时，秀女剑终于挣脱了它的掌控，飞悬空中，细小的剑身，开始发亮，宛若烈阳。这灼热的温度，使得青山界飞尸有些烦躁，退了两步之后，喉咙里摩擦出让人发麻的声音，接着一声叫唤，再次冲来。

秀女剑亮度骤然收回，变成了原来的颜色，下一刻，它出现在了青山界飞尸的脖子上。一剑而穿，眨眼之间。不愧是飞剑。

青山界飞尸挂了吗？没有！

能够给刘学道、洛右使以及八位藏传佛教的红衣喇嘛带来如此沉重压力的凶邪，哪里可能就这般跪在此处？但见那柄颤动不已的秀女剑刺入青山界飞尸的脖子时，一大蓬不断旋绕的黑光死气，从它的体内，爆发出来。从伤口处，有无数黑色的小肉芽冒出来，紧紧缠绕着那柄颤动不已的秀女剑，任洛右使如何掐诀念咒，秀女飞剑都摆脱不了飞尸的掌控。它竟然用自己的身体，将那柄来去无踪、杀伤力顶端厉害的秀女飞剑，给困死在了身体里，动弹不得。

　　如此狠厉和果决，它真的只是一具尸体吗？我不由得想起了龙哥矮小的身影来。只可惜，这头僵尸可没有龙哥那么好说话，而且上一次，差一点，就将我们的小命给要了。

　　小喇嘛江白开始有些着急了，冲着洛右使谈判道："洛飞雨，你将伦珠上师的魂体留下，让他转世，我们助你脱离此处险境！"

　　周遭的空间变得黑沉沉起来。脖颈处插着一柄利剑的青山界飞尸开始发狂，一双手掌，上面指甲尖锐得吓人，朝着洛右使就是一阵疾扑。洛右使疲于应付这凶猛的攻势，身上的伤口开始崩裂。不过她倒是一个倔强的人，听到小喇嘛江白的提议，脸上一阵冷笑，说，老娘打小，最不怕的，就是威胁！

　　洛右使口中这般说，几个玄妙无比的转身腾挪，凌波微步一般，唰的一下，从身上，又拿出了一面旗子来。

　　旗子上，描绘着我们十分熟悉的那三头六臂、凶神恶煞的忿怒黑佛雕，材质不晓得，但无论是做工，还是符文绘制，都是顶尖水准。

　　这回尖叫的，是那个老喇嘛般觉上师："恶鬼墓？"

　　我有些奇怪，这只是一面旗子，哪里来的什么墓？还没等我想清楚，便见到令旗招展，黑色氤氲环绕，从上面，突然涌出了好多形态各异的夜叉、罗刹、鸠槃荼、饿鬼、富单那、吉蔗、毘陀罗等，还有一些我连名字都叫不出的恐怖厉鬼来。

第三十七章　恶鬼凶猛，唯有死战

佛家的六道轮回，分为天、人、阿修罗三善道，以及畜生、饿鬼、地狱三恶道。因果报应，行善果，入善道，行恶事，入恶道，或福或祸，皆由今生而定。但是除了这人道，我们能知晓外，其余去处，比那幽府还要神秘，能去而复返，有知觉、有神识者，古往今来，也没有几个，端的是大神秘。

这饿鬼道，与那恶鬼墓，自然不是同一处地方，不过想来也差得不多。瞧着这些千奇百怪的恶鬼，有三头六臂、青面獠牙状，有浑身流脓癞痢、腆着大肚子，有不似人形，有兽首人身，有无目无脸，有十数双触须，端的是凄惨绝伦，而且凶猛，倘若让普通人看到了，别说与之拼斗，便是认真地瞧上几眼，都觉得嫌恶，或者半夜想起，会做噩梦。

然而这些个东西，却源源不断地从那面有着邪灵教统一供奉邪恶神像大黑天的旗子之上，冲下来。这景象，仿若是军队开拔，让人有些喘不过气来。

在我炁之场域的感应中，那旗子就仿佛一扇门，它将此地与蕴藏那些诸般恶鬼的所谓墓穴，勾连起来。然后通过助力，将其勾引而来，指挥护卫。这些各式惨状的恶鬼，并不是灵体，但也不能够说得上是实体。如何说呢？我一时也表达不清。但见这些面目丑陋的家伙涌现出来之后，一部分迎上了朝着洛右使凶猛冲来、想要夺取罗浮镭射石的飞尸，另一部分，则朝着将其封锁阵内的喇嘛们扑去。当时那场面，见过大坝开闸放水的朋友们，闭上眼睛，想象一下白腾腾的水浪倾泻而下的情景，便当如是。

难怪这个洛右使并没有随着翟丹枫一起乘舟逃离，难怪她敢孤身一人潜入藏地，原来在她的身上，不但有那厉害的秀女飞剑，而且还有这般恐怖的法器，仅凭一个人，便可以打造出一支军队来？

青山界飞尸在这一大帮恶鬼的围攻下，瞬间被淹没了，不过它并没有沉下去，周身开始冒出了死沉沉的黑雾来，将周遭的一切，都给吞噬，分不清它，以及那些团团将它围住的恶鬼们，到底谁是谁。

除了袭向青山界飞尸的恶鬼，还有一大股，朝着周围八个喇嘛涌去。然而这些参与追击洛右使的喇嘛们，都是一等一的高手，哪里能够惧怕这等场面？他们原本就卡住了方位，摆出了阵型，此番变故一起，立刻开始快速布阵。各个喇嘛配合默契，布阵娴熟，口中齐诵藏密中最为玄妙而简单的真言："唵、嘛、呢、叭、咪、吽！"此真言来回传唱，佛音阵阵，将八个人都勾连到了一起来，攻其一人，其余人等，皆受其

力，共同抗击。

那些胡乱攻击的恶鬼，刚刚一触及周遭之喇嘛，立刻就有一道金光闪耀。那是佛光，也是罗汉之光，是金刚之光，但凡有辱佛之事，立刻将其消融殆尽，不再轮回。我瞧得分明，这阵法，应是那胎藏金刚阵，藏密交杂，一旦贯通，对于妖邪之物，就如同那高压电网一般。

然而此等恶鬼，并非胆怯之辈，源源不断地跳出来后，四处试探一番，最后，潮水一般，大部分都朝着东北角的两个喇嘛，猛攻而去。

为何强攻这两个喇嘛？左边一个，是最开始与洛右使对掌的大喇嘛，受有内伤；右边一个，是一开始封锁暗河的那一位，因结界被刘学道强行突破，当时就吐了一口老血。此二位，身有重伤，是最容易被突破之处。

此阵乃藏密降魔之头名秘法。然而阵厉害，也要看执行的人如何，原本这几个喇嘛，是藏南最强之阵容，只可惜这一受伤，便大打了折扣。

片刻之后，场中的黑雾更浓了，遮掩了古怪令旗，那些恐怖的恶鬼，源源不断地从黑雾之中冒出来。我们在场外看着着急，但见那个老喇嘛被攻得摇摇欲坠，终于，一个浑身绒毛、身高两米的大个儿抓住了这个老喇嘛，当头就是一掌。那大个儿恶鬼自然是烟消云散，然而那个老喇嘛，也终于露出了一丝破绽来。周边的那些恶鬼，如同闻到有缝鸡蛋的苍蝇，一股脑地围堵上来，轮番攻击，最后老喇嘛终于被另一头鹿头人身的恶鬼，用角给顶中了胸口，一口鲜血就喷溅出来，瞬间被一大堆恶鬼给淹没。

见那边一出状况，刘学道盯了我们一眼，说，此刻不上，跑也没得跑，唯有冲！他话音刚落，身形便往前飞冲上去，口中高喊道："诸位莫慌，贫道且来助你们！"此人浑身符箓燃烧，正好堵上了那个缺口。他这般的仗义，倒是让旁边几个对他颇为不喜的喇嘛心生好感，百忙之中，露出了善意的笑容。然而一个阵法，失去一角，自然残缺许多，大量的恶鬼，都朝他这边倾泻而来。

刘学道虽然一身本事，但是经过刚才的几次交锋，也有些疲累，应付了几息，不由得回头高叫道："你们二人，此时不上，更待何时？"他乃高傲之人，既然说出了这等话语，情形自然是危急到了极点，我和杂毛小道对视一眼，各自拔出手中的剑，冲上前去。

杂毛小道的雷罚受损，本不应该用上，不过现在生死存亡之际，哪里能够顾得上这些？我的视线习惯性地往场中瞧了一眼，只见浑身黑雾裹挟的青山界飞尸正与面前恶鬼，斗得欢畅，它不断地伸手，抓住一个，就往嘴里面塞。

我没有瞧多久，便撞上了一头恶鬼，这厮三头六臂，乃是漏网之鱼。我一剑递出，被它给紧紧抓住，手脚酸软的我抽回不得，被它往怀里拉去。很快，没有进入状态的我左手就中了一拳，阴寒逼体。当我奋起还击之时，两只手都被捉住，这恶鬼将我压倒在地，另外三只手顶住我的身子，张开牙齿细密的大嘴，便朝着我的脑袋

249

咬来。

我奋力挣扎，杂毛小道在旁问我："小毒物，你丫没事吧？"

我此刻的表现，确实有些软脚虾，老脸一红，说，脚滑了。当下也是发了狠，气沉丹田，深呼吸，将恶魔巫手一起点燃，翻转双手，紧紧抓着这头恶鬼，一冷一热，如此冰火九重天，使得青面獠牙、三头六臂的家伙在几秒钟之后，化作了缕缕青烟。

杂毛小道略微有些诧异，说，哎哟，你这一双手，还真的是好使啊！

我得意一笑，说，当然！

杂毛小道也哈哈大笑，二人继续艰苦地作战。

中流砥柱，当然是刑堂长老刘学道。此老虽然在刚才与飞尸的战斗中有些表现失常，此刻却是相当凶猛，截住了大部分漏出来的恶鬼；而其他，则由我、杂毛小道共同料理。

我起初战得还有点生疏，随着时间的持续，我的技法越加纯熟，挥剑、刺，收剑、抓……战至后来，我甚至不用想，都知道该如何闪避、何时出剑、何时出手。而我的双手，开始涌进了好多阴灵之力。然而这东西便如同吃饭，并不是越多越好，我总是会撑住的，而且疲累。到了后来，简直就是麻木，浑身僵直。

关键时刻，虎皮猫大人及时出现了。此君对付人，那是一等一的菜，见到都要绕着走；对付这些恶鬼，它简直就是艺术家，金光色的鸟喙之上，鼻孔猛吸，不知道弄死了多少凶猛恶鬼。

但好汉架不住人多，这般源源不断，我们可有些扛不住。几番血拼之后，我身上也开始渐渐受伤起来。我抬起头，发现杀了无数，而面前的恶鬼不但没有少，反而有越加汹涌的趋势。而在场中，大部分的区域，都已经被那青山界飞尸散发的黑雾所笼罩住。青山界飞尸不见了，洛右使不见了。在我们面前的，唯有那些源源不断的各色恶鬼，奋不畏死地冲上来，然后化作缕缕青烟。

第三十八章　受挫，陡现

正主儿都不见了，我们在这里奋战个毛线？这是我脑海中的第一个想法。随后，杂毛小道也提出来了："刘师叔，擒贼先擒王，我们这般耗下去，只会被这源源不断的恶鬼给吞没，精疲力竭而亡。这可不是法子，只有将那面鬼旗子给灭了，堵住源头，我们才能够有一线生机啊！"

刘学道何尝不明白个中道理，但是周围的压力，让他抽不开身去，听杂毛小道此番一提，便大声叫道："也罢，萧克明，你和陆左帮我压住阵脚，待我冲进阵中去，将那小贱人给擒住，免得这样耗死所有人！"

我和杂毛小道听见这话，往刘学道身后的位置一卡，齐声唱喏道："得令！"

听到了我们的承诺，刘学道稍微放宽了心，他双手前拍，将涌上前来的数头恶鬼驱散，然后吸气、呼气，那宽大的道袍鼓胀，人顿时就大了一圈儿，身形也拔高了几十公分。同时，他高声唱咒："九曜顺行，元徘徊，华精莹明，元灵散开……"咒符一落，他周身青光蒙蒙，符文缠身，如同一支利箭，冲向了前面黑雾翻卷的阵中心。

我们肉眼凡胎，并不能够瞧见那黑乎乎的阵中，到底发生了什么事情，只晓得刘学道破开无数恶鬼，跻身其间，顿时有无数鬼哭狼嚎，翻涌出来。刘学道走后，我们所面临的压力，更加地沉重，无数从黑色浓雾中冲出来的恶鬼，紧盯着我们这边的缺口，奋力前冲。一时间我们猝不及防，被逼得连连后撤。在此之前，我们已经确定过了，刚才那个飞跌在地上的老喇嘛，不知道是不是受创过重的缘故，已然圆寂，了无生息了。

战、战、战！战得我身子酥软，脚步虚浮，全凭着胸口一股气在支撑着。倘若这口气跌落，只怕我也已经挂在此地了。

我尚且如此，身上还有伤的杂毛小道，更加不堪。此刻他已经将雷罚收入背后。一番拼斗，雷击桃木剑已然处于崩溃的边缘。杂毛小道降妖除魔，最重剑技，不然身上符箓不多，光凭手脚，实力却也要打半折以上。所以我将鬼剑交予他，专心使用恶魔巫手，与这些奔涌而来的恶鬼，贴身肉搏。我们两个应付得狼狈不堪，所幸有虎皮猫大人给罩着，查漏补缺，倒也还能够勉力维系。

在我们奋力维持缺口的时候，因为刘学道的加入，场中又开始有了一些变化。到底是茅山宗的宿老，刘学道身上的手段，让人瞠目结舌。只见黑暗中传来了好几声闷雷一般的炸响，那浓稠如墨的黑雾，便被驱散了几分。我看到了刘学道的身影，在他身边，还有两个虎背熊腰、身高两米的黄巾力士。

这黄巾力士，乃道教中最常出现的路人甲路人乙，青色长裤，黄色头巾，上身裸露，一身练过健美的肌肉呈古铜色，散发出力量的美感。这两个黄巾力士虽说只是道门符兵中的小杂鱼，却是刘学道给唤出来的，无论力量，还是神魂坚固，都比洛右使通过恶鬼墓唤出的无边恶鬼，要高上好几个档次，故而金光闪闪，将周遭的火力都给吸引了一些。

我们这边的压力顿时一松，没有那种摇摇欲坠的感觉了。

黑雾中，我并没有见到洛右使，也没有见到青山界飞尸，二者依然藏身于黑暗中，不知道在做些什么。而刘学道唤出黄巾力士之后，仅仅停顿了三两秒，又陷入了黑雾中。满天的佛音环绕石厅，之前的篝火早已熄灭。

我旁边不远处有一个老喇嘛，看着眼生，想来是日喀则或者拉萨过来的援兵，他的嘴唇一直在动，佛音来回扩散，突然他的眼睛一瞪，一道金光射入黑雾中。我感觉到有一股强大而坚定的意志，射入里间去，然后搜寻目标。我心中狂震，这可是尹悦当日给我的内参中，噶举派最为玄妙莫测的"夺舍秘法"，即是将身体的心识，迁移到另一副身体上，或者是从一个地方，转移到另一个地方，达到控制还魂的效用。此法我当日还曾有期冀，想着倘若朵朵能够学得，也多了一条路子，实在到了万难的境地，也能够借尸还魂，重生天地。

令人遗憾的事情发生了，这名白教喇嘛的意志，并没有连接到任何活物，扑了一个空，不但没有起到效用，反倒让自己受了些暗伤。瞧到这神秘的夺舍秘法产生又湮灭，我的心狂跳不已，才知晓自己现在参与的，可能是自出道以来，实力最鼎盛的一场争斗。这一回，参与其间的每一个人，都是名动一方之辈，个个顶尖，反倒瞧不出太多的厉害来。

没待我将心情平复，场中突然平地起惊雷，一声震耳欲聋的音爆陡然产生。轰隆隆……轰隆隆……

我感到了一股巨大的气浪，以场中为圆心，朝着四处散播而去。巨大的风压，将我的头发吹得飘扬起来，呼呼作响；凛冽的寒风如刀，刮在我的脸上，生疼。而我头顶上正在滑翔的虎皮猫大人，因为空间气流紊乱，竟然也把握不了力度，颤巍巍地朝着身后暗河处跌去。

我闭上眼睛，半秒钟之后睁开来，看到一道身影，从空中飞出，朝我们这边斜斜跌落，瞧这模样，竟然是刚才极为生猛的刑堂长老刘学道。这个实力在茅山宗里名列前三的前辈高人，进去还没过一根烟的功夫，竟然像面口袋一般，给人活活扔出来，这是什么节奏？

我有些发愣，杂毛小道却是长剑连刺七八道，将前面的恶鬼逼开去，腾身而起，将刘学道给接住。哪知刘学道此刻身上所带的力道太大，惯性也大，将杂毛小道给带着往地上跌去，滚地葫芦一般。

啊……杂毛小道一声惨叫，胸口的伤口崩裂，鲜血流出来。

而此刻，我正与一头肚子硕大、浑身皆是流脓癞子的恶鬼拼斗，它满是细密利齿的嘴巴张得大大，想要咬我头颅，却被我用双手顶住。接应我的是虎皮猫大人，此君吸了好多恶鬼灵体，浑身雾蒙蒙的，仿佛也是一头恶鬼一般，此刻从河岸边飞出，双翅一振，竟然有让人站不住脚的风力，从后面席涌而来，将这些个恶鬼，给重新刮回黑雾之中。

我回过身去，俯身察看两人的伤势。杂毛小道还只是脸色惨白，胸廓有血迹洇出，但是刑堂长老刘学道，却是面如金箔，呼吸迟缓，就如同临终了一般。我吓了一大跳，不知道里面到底发生了什么事，让这个在我们面前宛若天神的老道士，变成这般模样——难道他一进去，就放大招了？

正诧异间，一声宛若雷霆巨震的声音，从天空中打落下来："妖女休走！"我转头过去，但见老喇嘛般觉浑身金光灿灿，宝相庄严，宛若金刚像身，额头皱纹深壑，似开一眼，凭空虚推一掌。

这一掌推出，他原本无一物的左前方，顿时就跌落一个娇小的身影，身穿紧身黑衣，正是那导致此处鬼气森森的洛右使。她刚一现身，浑身黑色的青山界飞尸，也出现在我的视线中，挥手一抓，被洛右使给闪开去，五指抓在了岩地上，石碎，炸裂开来，而洛右使虽然借助了灵动至极的身法闪开，但仍被那碎开来的石子给击到，一声娇喝，好不凄惨。

此刻露面的洛右使，已经是强弩之末了，在她的后背，衣服上有一道很大的裂纹，露出来的，是一道从脖子到屁股的抓痕，血肉模糊，显然在刚才的拼斗中，她也受了重伤，才想着隐遁离开。然而她这小伎俩，哪里能够瞒住周围这一群喇嘛，在被般觉上师阻止之后，她身形一扭，又遁入黑暗。

这时，一直在维系整个大阵的小喇嘛江白，突然扭头，瞧向了暗河处，口中惊叫道："怎么会……"

我不解其意，回头过去，只见河道里水波翻涌，轰，一道巨大的水花冲天而起。然后，我看到那头剑脊鳄龙跳出水面，尖锐的尾椎正在与一个小小的身影缠斗。这两个家伙，自然就是失踪久矣的小妖，和她的坐骑剑脊鳄龙。然而让人奇怪的是，本来已经被驯服了的剑脊鳄龙，突然疯狂起来，奋力摆脱了小妖的控制之后，脑袋一扭，大大地张开了嘴，朝着我们这边，似箭袭来。

它的眼睛，红如血，直勾勾地盯着阵中的黑雾。

第三十九章　藏边鬼妖，举手破阵

若是光论肉体强度，整个大厅之中，除了那个完成金刚法身的老喇嘛般觉，没有人敢和这头浑身都充满了凶戾气息的剑脊鳄龙去硬碰硬。所以当它从水中一跃而起，挥动四肢，朝着石厅中央，疯狂冲来时，我们都侧身让开了道路，任由它冲了进去。

我瞧这头畜生浑身的戾气，便明白江白小喇嘛之所以会发出惊讶的叫声，就是因为剑脊鳄龙已经脱离了他的控制。

一道身影从我身边飞掠而过，我一把抓住了小妖朵朵的胳膊，问，怎么回事？

小狐媚子一脸的气急败坏，说这畜生刚才一直往水底深处沉，然后伏卧在那里。结果有一口黑色棺材漂了过来，那畜生就有点儿不听话了。她见那棺材内里，蕴积着让人恐惧的力量，也不敢上前查探，只想着偷偷潜上来，告知与我。哪知这头畜生发了疯，使劲朝着前方游去，便是那九尾缚妖索，也拉扯不住这畜生。不知往前行了多久，小妖终于下了决心，手里黑了起来，那畜生疼得直翻腾，终于肯回返，还与一艘古怪的小艇擦肩而过。回到这边来的时候，那畜生就造起了反，居然拼着神经瘫痪的危险，也要挣脱了小妖的束缚，冲上前去……

小妖气愤地大叫道："待小娘将它重新捆上一回，让它晓得我的厉害！"

她本是个不服输的性子，然而我哪里敢让她上前冒险。赶忙拦住她，好言相求，使得她由怒转喜，终于肯留下来，"照顾"我和杂毛叔叔。

这边撒下不谈，那剑脊鳄龙冲入迷雾之中，嗷嗷一声叫唤，立刻就是天翻地覆地闹腾。

几秒钟之后，我终于发觉了，它冲入此间，并不是要对付那些恶鬼，而是对付联手布置金刚胎藏的众位喇嘛。但见黑雾隐没间，那头剑脊鳄龙伸出大嘴，朝着一个持法器、念咒诀的喇嘛咬去。

能够困住这么多恶鬼，以及青山界飞尸的阵法，哪里是这么一头畜生，所能够凭借着蛮力打破的？那个闭目念咒的喇嘛口中念念有词，突然间就睁开了眼睛，手中举托的曼陀罗光芒尽显，立刻有一道看不见的阻隔，将这畜生给狠狠地挡了下来，不得再进一步。

不过即是如此，那剑脊鳄龙狂猛一咬，却也使得其余六位喇嘛，身子一震。

我突然间就想明白了，这阵中的双方，洛右使以及青山界飞尸，虽然一个想抢黑色石头，一个不愿意，但自然都不想被人当作斗兽，不但给瞧了个干净不说，而且还要在最后的时刻，被人渔翁得利，所以洛右使才会想逃，而青山界飞尸，虽然不想

逃，但是也要召集助手，前来把水搅浑。

剑脊鳄龙出现于天湖时，老喇嘛般觉便告诉我，说它并不是土著，而是从别的地方迁徙至此。而与它同时出现的，是我在湖底里所见到的那樽黑曜石棺椁。两者一起诡异出现，自然是有着极深的渊源。

黑雾中的战斗依旧在持续，渐趋激烈，双方似乎都拼了老命。剑脊鳄龙对这个大阵的破坏，已经到了疯狂的境地，完全不管自己会受到什么样的伤害，只管撞，奋力撞，将这阵法给撞崩溃了再说。而且此货也是极为狡猾，它只朝一个人攻击，它的目标恰恰就是之前最早出现的那个大喇嘛，他曾经因为和洛右使对掌而受了一些内伤，此后无论是追击，还是布阵防守，都一直是在勉力维持，哪知被这畜生盯上了。虽然有旁人分担，但是他也承受了大部分的压力，没有几分钟，身子就开始摇摇欲坠起来。

时间渐渐过去，囚笼里面的客人们开始了最后的疯狂，而我们面前的压力，也开始增加起来，那些汹涌而来的恶鬼，一波比一波强悍。虽然我的恶魔巫手能够吸收负能量转化，但是这无休止的攻击，使得我几乎就要跪了。

就在我和那个大喇嘛同时往后退，都有些挺不住的时候，一声苍老的、低沉的、绵绵回荡的声音，响了起来："群贤毕至、高朋满座啊，这么齐全的盛会，怎么没有人，来知会我这老婆子一声呢？"话音刚落，一道强劲的飓风从石厅的出口处，席卷而来，呼，只一下，便将那笼罩在场中的黑气给全数吹散，显露出了石厅中本来的面目。洛右使蜷缩在场中，在她身边，有二十多头形态各异的恶鬼环绕；青山界飞尸化作一团浓郁不散的黑雾，正承受着那些恶鬼的冲击；而那头剑脊鳄龙，则一退一进，不停地攻击着脸色苍白的大喇嘛。

作为人类，果然还是比较适应清晰的视野。瞧完了场中的一切，我们的眼前一花，只见一个佝偻着腰身的藏族老太太，牵着一个粉雕玉琢的小女孩子，出现在了我们身前。身形一闪，我便被扑倒在地："陆左哥哥！"

来人自然是佛塔之中的鬼妖婆婆，还有我们家的朵朵。

再次相逢，朵朵哭得跟泪人一般："哇哇哇，死陆左哥哥，臭陆左哥哥，你这个大骗子，你骗了朵朵，你要把朵朵抛弃了……啊！"这小萝莉眼泪鼻涕糊成一团，说得激动，一口，朝着我手臂咬下。

啊……我忍不住疼，大声尖叫起来——这个牙尖嘴利的小丫头，咬的地方，竟然是小妖这狐媚子给我留下来的伤口处。这小姐妹儿俩，还真的是心灵相通，连咬人都咬一块儿，我原本已经到了崩溃边缘，此刻一番疼痛，不由得眼皮子发黑。

不过抱着朵朵柔柔的身子，我所有的负面感觉，都仿佛被缓解了一般，心里面，被满满的幸福感所填充着。本以为要隔三年才能再见，或者再也见不到朵朵了，却没想到，我们会这么快就已再见——再次相见。

刚刚从被"抛弃"的激愤心情中平复过来的朵朵，瞧见我这般模样，心儿不由得又软了，拉着我的手哭道："陆左哥哥，你怎么了，受伤了吗？"

我情绪变化太激烈，激动得说不出话语来，旁边的小妖一把抱住了朵朵，开心地大声叫唤："朵朵，朵朵……"瞧见小妖激动的模样，朵朵一阵委屈："小妖姐姐，朵朵以为再也见不到你们了呢，呜哇……"两个小萝莉抱在一起，失声痛哭。

朝着缺口拥挤过来的这些恶鬼，全数被带着朵朵前来的鬼妖婆婆，给扛住。她老人家其实并没有怎么动手，只是手指前伸，划出了几个藏文佛经来。当前冲而来的恶鬼一接触到了这些隐隐发亮的符文，悉数魂飞魄散，根本就无从前进寸步。她如此并未收手，而是前跨一步，低声叫道："江白助我！"

悬空而立的小喇嘛江白点头答应了一声："是，婆婆。"话音一落，他将脖子上面的舍利子项链取了下来，握于手中，快速念了几句，然后手腕一抖，那舍利子便飞向了半空中。

鬼妖婆婆回过头来，瞧了一眼哭得雨落梨花的朵朵，喊了一声："朵朵我儿，心守静虚！"话说完后，她佝偻的身子突然挺立起来，射出一道黑亮的光芒，激打在了那空中的舍利子上。

我的眼睛，一直死死地盯在了那舍利子上，只见黑光一入内里，它突然就静止了，大约在两秒钟之后，从这舍利子中，突然散发出一股五光十色的虹光来，四处扩散，漫天的佛音缠绕连绵，不绝于耳。这景象，与小喇嘛江白在湖底里展现出来的一般，但是又有着很大的区别，因为我分明从这里面，感受到了强烈的杀伐超度之意。

持续的光明诞生，这舍利子中激发的佛光，普照在了每一个人的心头，春阳融雪。那些从恶鬼墓令旗中跳出来的诸般恐怖恶鬼，皆被如此一照，扭曲了身形，再也不复之前凶猛模样，而是如同被滚油灼浇的冰淇淋，软软地化开，连路都走动不得。

三秒，仅仅只有三秒时间，那些给予所有人沉重压力的恶鬼，竟然全数消融，成了青烟一缕。而那悬空而立的古怪令旗，也在那一瞬间，符文飞速流动，然后有黑烟生成。倏然间，令旗化作了一团火焰，周围有细碎的爆炸声，噼里啪啦，像电流交击的声响。

啊——洛右使一声凄厉惨叫，口中喷出一口血，吐在了同样僵直不动的青山界飞尸脸上。

吐完之后，她的身体似乎清明许多，右手作了一个古怪的手势，卡在飞尸脖子处的飞剑终于飞抵了她的手上，不过因为沾染了太多脏物，此飞剑已然不能够再次飞行。

洛右使环绕一周，看着周围这些喇嘛，还有我们，从脖子上摘下那颗罗浮镭射石，高高举起，厉声说道："让出一条通道，不然我与这石头，同归于尽！"

在那舍利子力量的照耀下，飞尸和剑脊鳄龙都被定住不得动弹。然而舍利子的光芒渐渐微弱，即将消失，瞧着洛右使这是要拼命的节奏，鬼妖婆婆点头，说道："你走！"

第四十章　旱魃，棺开

　　话音一落，小喇嘛江白、老喇嘛般觉，还有另外一个戴着黑框眼镜的老喇嘛，都偏开了一线。大阵生机陡现，洛右使也没有再多言，她咧嘴一笑，说了一声"多谢"，接着，竟然将右手上面握着的秀女剑，反手一下，捅入了自己的小腹处。
　　她的这行为，让我和杂毛小道都大吃了一惊，不知道她为何要自残。
　　然而这一剑过后，洛右使猛然将剑拔出来，一道三丈的鲜血迸射，人就已经化作了虚无。
　　"血遁！"在我们身后平躺昏迷的刘学道不知道何时苏醒过来，他瞧着洛右使此刻的奇怪行为，适时为我们答疑。他的语气里，充满了惊讶，显然这一招，有着太多的神奇和不可能之处。
　　当那一道鲜血迸射，化作红线，接近虚无的时候，一直沉默的鬼妖婆婆咧着没有几颗牙齿的嘴巴笑了："走便走，东西留下来吧！"她伸手一抓，从虚空中，抓出了一颗黑黝黝的石头来，又顺手一拍，冷哼道："再留下点教训！"虚无的空间中，出现了一声闷哼，十分低沉，显然那血遁而走的洛右使，被这一击，受了很重的伤。
　　当鬼妖婆婆将那颗罗浮镭射珠拿在手上时，一直悬停于空中的舍利子佛珠，也终于变得暗淡无色，跌落下来，被鬼妖婆婆一把抄住，甩向了站立在岩地之上的小喇嘛江白。舍利子的佛光一消失，飞尸和剑脊鳄龙也开始醒转。飞尸萎缩的眼睛，死死盯住了鬼妖婆婆手中，黑漆漆的罗浮镭射石。没有二话，它携着一团黑雾死气，便直扑而来。
　　鬼妖婆婆将罗浮镭射石收入怀中，伸掌一拍，与那尖锐的爪子对击一下。然而这飞尸即使是到了此刻，力量和速度也冠绝全场，鬼妖婆婆本来挺直的身子，又被打得佝偻，连退了好几步，到了我们这边来。
　　所幸那些喇嘛倒也反应迅疾，立刻再次锁阵，利用谐和之力，将这两个家伙给封印牵制在此间，难以寸进。
　　藏有伦珠上师虹光的罗浮镭射石到手，没有人想着再去追寻洛右使。此刻，所有人的目标，就是将面前这头恐怖的飞尸，给封印住。不然，倘若给它逃脱出去，定然是一场大祸害。
　　七位喇嘛将法阵的范围收拢，不再留出缺口来。法阵的力量，对灵体的束缚力远远大于实体，锁在阵中的这两位，一个是成了精的水兽，一个是体魄合一的僵尸，并不会为这真言叠加的法阵钳制太多。在碾路机一般暴力的剑脊鳄龙冲击下，这个七人

257

残阵,有一些摇摇欲坠的感觉。

我和杂毛小道都疲倦欲死,勉力站在诸位喇嘛身后,瞧着面前这简直可以说是恐怖的飞尸,面面相觑,都有一种不敢相信的感觉。这飞尸,怎么会这么厉害?而且还越战越勇!要知道,我们在青山界中央祭殿时,实力可不如此刻,而它,却曾经被我一顿胖揍。如今这情景,直让我们以为认错了人。

喇嘛们布的金刚阵虽然有些支持不住,但是他们每个人,都已经在这么长的时间里,将浓烈的战意提升上来。当那头剑脊鳄龙再次冲上前来的时候,那个大喇嘛移形错位,与般觉上师,换了一方。此刻的般觉上师,浑身金光环绕,宛若佛陀附身,见这畜生扑上前来,双手便结了一个大金刚轮印,当头印下。

在密宗的理论里,双手的十指,对外与法界佛性、宇宙本体相通,对内则与五脏六腑相连,手印结出诸般法,便能够借助到佛陀菩萨的神通。而这大金刚轮印,在整个大手印的体系里面,属于最富有攻击力的一式,再加上老喇嘛般觉此刻的金刚法身,一击之威,天地之力扑卷而下。

饱受伤害的剑脊鳄龙,被这么一番拍中,脑袋顿时就往下砸去,轰然印在了下面的岩石地上,龟裂一般的纹路,在地上蔓延了好几米。它将尾巴那根锋利的骨锥高高举起,想要朝般觉上师扎过去。这老喇嘛自信得很,根本就不瞧它。果然,当那尾椎到离老喇嘛还有一米的地方时,剑脊鳄龙突然就像被抽掉了整个脊椎骨头一般,软弱地掉落下来,摔到了另外一边,口鼻之处,皆有鲜血流了出来。

我站得远,也能够感受到这头剑脊鳄龙的生机,正在缓慢消失。

身边这大家伙陡然落败,那头青山界飞尸也急了,手往前招。呼——空间中有一声呼啸,般觉上师身子一矮,一樽巨大的黑曜石棺柩,擦着他的头皮飞进了场中来。他红色的喇嘛帽跌落,刚刚捡起来的时候,便听到"咔嚓"一声响,青山界飞尸已经不见了身影。而整个空间里,气温开始逐步地升高起来。

我们所有人的目光,都盯向了安然躺在石厅中央的那樽黑曜石棺柩。这口被符文铜钱剑射出许多洞的大棺材盒子,周身开始散发出灼灼热意,有一种将周围的我们这些人给烤干的恐怖感觉。

我突然想到,刚才与洛石使那恶鬼墓令牌召唤出来的恶鬼一番缠斗,这头飞尸想来是吸收了不少阴灵之气,滋补得很,虽然得不到罗浮镭射石中的虹化力量,但是在这重重包围里面,这飞尸莫非是准备铤而走险,冲击一下旱魃的境界?

我这想法刚刚出现,便听到那鬼妖婆婆一声大叫:"赶紧开棺,倘若这僵尸真的蜕化成了旱魃,我们谁也对付不了,只怕要请来山神库拉日杰,方可将其降服了!"

鬼妖婆婆的这一声提醒,将所有人都震惊了——居然真的是旱魃?

难怪如此热浪滚滚,此物倘若成型,那高高巍峨的雪山,只怕也要被融化,到时大量的雪水冲下,整个藏区就要面临一场灾难了!没有人敢耽搁,离得最近的般觉上师一步跨前,准备将那巨大的石棺给掀开来。然而既然是正在蜕化,那石棺自然是有大股吸力存在，封闭得紧紧，般觉上师此刻便是用了巨力，也断然是掀不开的。

一时间，四五个红袍喇嘛冲上前去，稳棺的稳棺，抬脚的抬脚，准备赶紧将这口棺椁，给打开来。所有人一阵忙乱，一时之间，使尽各种手段，却总是打不开来。不过那樽沉重的棺椁在此之前，曾被刑堂长老刘学道用自己的法器击打出了十数个孔洞，使其不能够保持真空，形成那马德堡半球式的模型。

鬼妖婆婆一挥手，让所有人走开。待人走散，她抚摸着这樽可以吸进一切负能量的黑曜石棺椁，回头看了可爱的朵朵一眼，又看了小喇嘛江白一眼，那眼神中，流露出了千般情感与决绝。然后这些浓郁感情在一瞬间收敛，鬼妖婆婆身形一晃，从那孔洞钻进了棺椁之中。

在我们所有人的关注之中，那棺椁在平静了一两秒钟之后，开始剧烈地抖动起来。哐啷啷、哐啷啷，石棺在地上不停地颤动，偶尔还从地上跳高半米。里面的斗争让人产生了无限的联想，不知道到底发生了什么，所以越加地让人心焦。

朵朵从相逢的惊喜中回过神来，看着这剧动的石棺，大叫一声"干娘"，便想冲上前去。

我一把拉住她，说，别上前，小心！

她回过头来，泪水涟涟地说："可是，可是干娘在里面啊！"

小妖凑过头来，问，什么干娘？

朵朵担忧地望着那樽石棺，抽抽噎噎地说道："你们都走了，结果朵朵知道了，哭得心都碎了。可是外面有阳光，我又不敢出去，就一直一直哭。然后干娘就安慰我，我就不依，最后她没有了办法，就说让我做她的干女儿，她便带着我来找你们，我就答应了，然后她嘱咐了我一些东西，就带我来了。干娘她人很好的，对朵朵也好……"

我有些哭笑不得，这鬼妖婆婆，老态龙钟，年纪一大把，存在于世，几乎一百多年，她认朵朵当干女儿，不知道是她占便宜呢，还是朵朵占便宜？要知道，我们喊那鬼妖婆婆，可都是叫"婆婆"啊？得，这辈分……

不过紧要关头，这等小事也容不了我多想。石厅里的空气越来越灼热，一众喇嘛，如临大敌，死死地围着这樽石棺，不敢有任何疏忽。小喇嘛江白也将降魔杵拿了出来，远远地朝着我喊道："陆左、萧居士，这旱魃一出，整个藏南地区都要遭殃，江白恳请两位伸出援手，务必将此獠扼杀在萌芽状态，解救万民于水火！"

我拱手，说，自当如此！

话音刚落，只见那黑色石棺突然停了下来，那棺盖"砰"的一声，朝天飞去，然后两道身影，从里面飞出来。

第四十一章　王

这突如其来的一下，让所有人的神经都紧绷起来，眼睛死死地盯着空中那两道身影。

首先落地的，是一个矮小而佝偻的身影，那是鬼妖婆婆。只见她身上那藏族老妇人的打扮，几乎都是一片焦黑，灼烧的痕迹明显，而她整个人，都处于一种淡淡的虚无状态，精神极度萎靡。而另一个身影，则悬浮于半空之中。

此刻的飞尸，已经如同之前的那个普通女人一般模样，没有了白毛，也没有了黑毛，身上的绸衣燃烧殆尽，只有一团黑色的死气，将它的几个重要部位隐约遮住。它的面孔如新，似那刚刚剥开的煮鸡蛋，光洁细腻，只是这美丽的皮肤，仅仅蔓延到了胸口，以下便依然是干腊肉一般的古尸模样。显然，它蜕变为旱魃的进程，生生被鬼妖婆婆给打断，使得它元气大伤。瞧那眼中红光陡现，蕴含着浓浓的怒火，几乎能够将人整个儿都给燃烧。

悬空的飞尸，高高在上，如同君王，俯瞰着我们所有人。不过它只是匆匆扫量了一圈，便收回视线，死死地盯住了破坏它大事的鬼妖婆婆。

我们在下方看着，总是感觉有一些怪异。凡事都在于对比，以前的飞尸，恐怖则恐怖矣，因为它是整体的，所以感觉上去还比较自然；而此刻，它的上身宛如普通女人，胸口以下却是一具干瘪瘪的腊肉尸体，怎么看，都感觉实在是太不和谐。

僵持几秒钟，大战由一个来自拉萨的喇嘛拉开序幕。

这个喇嘛修为高深，早就已经酝酿好了一口气，腾的一下，便冲上半空。他手中也是一柄降魔杵，不过跟小喇嘛江白的红铜材质不一般，他这降魔杵，主干的材质，却是拿骨头制成，瞧这尺寸，我估摸着很有可能是人的大腿骨。藏传佛教很多法器，都是取自人的身体，这个跟藏民献舍的理念相同。

那降魔杵，似乎是件了不得的法器，上面荧光蒙蒙，似玉，象牙白的环叮铃铃地响，让我直皱眉，这等工艺品似的法器，能够拿来拼斗吗？

然而他很快就让我见识到了。腾空而起的拉萨喇嘛，降魔杵携着一股念力，直杵飞尸心窝，那飞尸情绪正处于爆发的边缘，极其不稳定，暴躁、不安，见有人攻来，一声尖啸，让人的耳膜嗡嗡直响，脑袋发晕。当我回过神来的时候，那个拉萨喇嘛已经跌落在了暗河旁边，浑身猩红色喇嘛袍，悉数碎裂。但是，他手中那柄玩具似的降魔杵，在正面交锋对抗中，竟然安然无恙。

冲出了第一个，便会有第二个、第三个……

危难当前,这里的所有喇嘛,对于刚才那个跌落河边同道的惨状,视而不见,涌上前来,有能力腾空的,早已出招,不能升空的,则在下方做法,各自施展藏密中顶级之神通,手段翻飞,花样百出。

　　朵朵不舍地放开了我的胳膊,上前抱住身子若隐的鬼妖婆婆,娇声问道:"干娘,你怎么样了?呀,怎么这么烫?"

　　那鬼妖婆婆脸色苍白,不过并没有多少问题,淡定地朝围上前来的我们,解释道:"这具僵尸,也不知道是何年何代的,存世至少也有千年,而且它被葬在了绝佳的养尸地,避过一百年、五百年和一千年各一次的天劫,保住了性命,但神识却已消减。厉害,十分厉害,它倘若能至旱魃境地,实力就会拔高一个境界,如人成神。到时候,能够制约它的,整个藏地,除了那几尊山神,恐怕就不出五个手指了!只可惜,嘿嘿,它被我打断了蜕化的过程。此刻,只要加紧,定能够将其超度!"

　　鬼妖婆婆说得自信,然而我们面前的那些喇嘛,却并没有按照她的剧本来上演,几息之间,又有两个喇嘛被拍翻在了地上。即使成不了旱魃,这头飞尸也已经得到了旱魃那种灼热的属性。整个空间中,如同锅炉房里面一般,闷热难当。

　　瞧见喇嘛们已经落败三人,而小喇嘛江白一边在拼死抵抗,一边瞅向这里,我望了一下杂毛小道,他点了点头,咬着舌尖,站起来,然后与我并肩冲上前去。

　　飞尸已然停落在了地上,身如鬼魅,正在与几个喇嘛拼斗,我与杂毛小道断然插入,将其纠缠。我以前在神智不清的情况下,曾经挫败过这头飞尸,此刻的心理优势也有,口中九字真言念遍,将身体调节至最佳的状态,点燃恶魔巫手,朝着飞尸狠狠抓去。

　　然而我这信心满满的一抓,并未见效。飞尸连身子都没有转动,直接以背部迎击,朝着我的手撞来。一接触,我感觉自己像是被一辆东风重型卡车撞上一般,下盘不稳,人就朝着石壁上飞去。巨大的落差让我心头吐血,这飞尸为何会如此厉害,它往日,可不这样啊?

　　我飞临半空中的身子一顿,然后滑落下来。

　　我抬头一看,却是小妖朵朵,这小妮子并没有瞧我,而是用双目,紧紧盯着前头那个大展神威的飞尸。

　　此刻与那飞尸交锋的,是老喇嘛般觉。因为劲气鼓涨,他看起来比平日里要年轻许多,脸上的皱纹也舒展了,整个人呈现出一种金刚之躯——秘密大乘佛教,又称为怛特罗佛教、密宗、金刚乘,依《大日经》、《金刚顶经》建立三密瑜伽,事理观行,修本尊法。

　　此刻的般觉,正是此法的巅峰状态,浑身上下,坚如金刚。

　　何谓金刚?金刚是指人们通常概念中的钻石,这样的强度,自然不会恐惧飞尸那一双锋利光寒的利爪,两者一旦交上手,就是好一番龙争虎斗,让人目不暇接,插不得手。

二者之外，包括小喇嘛江白，还有一个受伤的喇嘛，总共四人分处各方，小心翼翼地盯着，等待两人的身影一错开，便扑上前去。我扫量一眼，见杂毛小道在我对面不远处，手持鬼剑，正缓缓爬起来，想来是在我之后，给拍飞了出去。

般觉上师与这飞尸剧斗一番，感觉力道太猛，有些扛不住，回望左右，叹了一口气，说："想来贫僧就要圆寂于此了……"

他这一声感叹之后，眼神之中，充满了决绝，双手回旋如圆轮，口中一鼓一吸，呈诸天曼妙法身相，眉头之上，皱纹重叠，突然又生出一条如同眼睛般的深壑来。我愣住了神，却听到不远处的鬼妖婆婆疑声叹道："大金刚锁轮法身，这般觉是准备用自己肉身为容器，牺牲自己，禁锢僵尸吗？"

般觉老喇嘛额头突然长出的这一条很深的皱纹，如眼，里面一道白色的光芒陡现，射在了他前方的飞尸身上。这光芒并没有任何攻击力，却如同一根黏稠的丝线，将两者锁住。

那飞尸被这么一粘，仿佛预见了莫大的危险，身子一振，便想往上方飞去，然而它的身子刚刚一浮起，便如同被戳破的气球，开始缩小起来。仅仅几秒钟，那飞尸便从一米六几的个儿，缩至了一米五，而且还在继续收缩。这奇异的现象使得它顿时被吓住。

我们心头震惊，没想到般觉这老喇嘛，居然能够将面前这强敌化至微尘，将其吸收入体禁锢！

就在我们准备欢呼雀跃的时候，那头飞尸一双眼睛，突然变得通红，有无边的热力，从它的身子里，催散出来。它立脚处的岩石变得通红，几乎就要熔化成岩浆，而勾连在两者之间的那根虚无白线，也开始燃烧起来，从中间断开，黑色的冷火，朝着般觉上师方向蔓延而去。

江白小喇嘛大叫不好，这飞尸准备强行催动旱魃修为，与我们同归于尽了！

我们吓得半死。是否会同归于尽我不知道，但倘若这诡异火焰蔓延到了般觉上师额头处，此人定然报销。我来不及思考，将震镜掏出，大声喊道："无量天尊！"

这一声大喊，催动了一大蓬蓝色光芒照出，居然将般觉上师那根白线上的火焰给扑灭，而且重重击打在了飞尸身上——凝！它被一下定住。般觉上师后退几步，脸色安然祥和，双手却开始疯狂地结印。同样在做这事的，还有其余四个能够坚持的喇嘛。

蓝光消逝之后，那头飞尸的注意力，终于转移到了我的身上来。它刚一凝视，就飞到了我的面前，火炉一般的灼热温度，将我的毛发烤得卷曲。它平伸一掌，以不容我闪避的气势，若泰山，朝我拍来。我避无可避，咬牙拍出一掌。

我心里很清楚，这一掌拍出，我必死无疑。

然而一个黑点，出现在了我们之间。

双掌交接，飞尸凝滞住了身形，就这当口，无数手印，打在了它的身上，一柄鬼

剑也斜冲过来。时间仿佛凝固了一般,飞尸睁开了眼睛,如此明亮,它轻轻地叹道:
"王!"

第四十二章　燃尸，出洞

这一声轻轻的"王"，是我第一次，也是唯一的一次，听到这头飞尸，开口说话。它的声音很温柔，仅仅是一句话，一个字，就隐藏了无比浓烈的感情在里面，让人听到了，便能够勾引起许多早已淡忘的往事。我无法忘记它此刻明亮的眼眸里面，蕴含的深情，这是如同龙哥那种穿越千年而来的守护，也有跨越时空的爱恋，以及……

我无法言叙。这头僵尸手掌上，并没有传来让我抵御不住的力量，但是它的背上，却被四五个喇嘛轮番击中。

砰砰砰，每一击打，与我相对的这头女尸，就是身子一颤，而杂毛小道手上的鬼剑，也已经完全刺入它的下丹田位置。如此轻易地破防，这诡异的情况，让杂毛小道和小喇嘛江白、老喇嘛般觉还有其他人，都察觉到了不对劲。但是几个喇嘛心有余悸，见这头僵尸并不反抗，于是横下心来，奋力又攻了几掌。终于被鬼妖婆婆拦住了："别打了，它的躯体已经面临崩溃，恶魄即将离体，活不成了！"

这些人听到此话，又见飞尸僵立不动弹，这才将信将疑地后退一步，不再攻击。

杂毛小道嘴唇发苦，也不敢拔剑，讪笑着问："什么情况，认识干吗不早说？"

我也有些摸不着头脑，将右掌缓缓抽离，但见面前这飞尸的手掌之上，有一个张牙舞爪的小黑虫。

从一开始就不知道被弹飞何处的火娃，终于出现了，在最关键的时刻，出现在我与飞尸的手掌之间，用它的小小身躯，阻止了我被拍成肉糜的下场。飞尸那里，根本没有传递过来任何力道，这才是火娃没有被拍扁的真正原因。只是，为何火娃会这么自信这飞尸，不会对它下毒手呢？还有，这青山界飞尸，刚才为何会叫我一声"王"呢？

然而我无法得到答案了。我面前的这一头飞尸，因为蜕化失败，身体本来就极不稳定，刚才又有同归于尽的想法，只是因为火娃，使得它似乎恢复了一些神志，在一瞬间，强行中止了这个过程。这巨大的反差，使得它浑身气劲翻涌，能量反噬，伤害到了自己凝练千年的魂魄，实力消退。相比之下，小喇嘛江白等人的伤害，只是雪上加霜而已。此刻的它，倘若不是凭借着我的手掌支撑，早已倒下。

不过飞尸并没有倒下，它凝望着手上的这只小虫子，眼神里充满了难言的情绪，我感觉里面似乎还掺杂着一些使命感。场面十分怪异，一堆老喇嘛，还有其余人，都僵直不动，静静地盯着面前的这头僵尸；而这僵尸，眼中的世界，却只有那一只细小的焱骡蜈蛊。

两者视线相对，火娃那几乎看不见的小眼睛里，有一种说不清道不明的情绪。

这僵持，足足持续了半分钟，接着那头青山界飞尸开始动了，它双手指天，如同"U"形，身子扭动婀娜，双足跷起，就跟那敦煌石窟中的飞天神女一般，有飘然仙去的架势。

接着，火娃的身子开始发亮，有百合花一样洁白的火焰，以这小黑点为中心，逐渐生成；而飞尸，仿佛浸透了油物，极为易燃，一点即着，在我反应过来之前，轰的一下，便化作了一支巨大的人形蜡烛，周身火焰，灼灼地燃烧起来。

"不！"我不知道为什么，大声喊起来，看着这圣洁的火焰，没由来的心痛，仿佛内心深处，有一个声音在悲愤呐喊，一种难以控制的悲伤，涌上心头，然后我的眼睛一酸，大滴大滴的眼泪，难以控制地，滚滚地冒了出来。

每一滴泪，都折射着这种古怪的火焰，晶莹透亮。

这飞尸被卡在了蜕化为旱魃的进化途中，但是其体内所蕴积的热量，也是相当惊人的，一经燃烧，顿时散发出了恐怖的滔天热量来，周遭的岩石都像要开始融化，相隔不远的暗河河水，则被蒸腾得水汽翻涌，将这石厅弄成了澡堂子，雾气缭绕。

我正悲伤地流着眼泪，手上一凉，低下头，看到朵朵拉着我的手，一双大眼睛很无辜地看着我。她说，陆左哥哥，你怎么哭了，是刚才朵朵咬痛你了吗？

我摇头说，没有，就是难过，想哭。

这时，小喇嘛江白从我的身边快速走过，招呼我道："陆左，这石厅容不得人了，我们赶紧去外面吧。"

他和般觉等几个喇嘛，抱着死去的那个老喇嘛，以及伤者，从我的身边匆匆走过。这石厅里面的环境，在经过飞尸燃烧之后，已经极为恶劣了，我浑身都在往外冒汗水，看到朵朵牙齿都在打颤，显然以她这鬼妖体质，并不能够适应如此的高温，只是在担心我，所以不肯走。

旁边的人都在撤离，身受重伤的刘学道抱着徐修眉的尸体，跟在那些喇嘛身后离开。杂毛小道也拉着我的胳膊，说，走吧，小毒物，事已至此，你哭也没有用，赶紧离开吧。

我肆意地流着眼泪，脸上痒痒的，说道："我也不知道自己在哭个毛线，就是难过得很——火娃怎么办？"

杂毛小道回头看了一眼如同太阳一般白炽的飞尸，以及在最中心的那一粒黑点，笑道："火都是这个小家伙点的，你还怕它被烧着？赶紧走，火灭了，它自然会飞回来找我们的。"

我的脚步这才松动，拍了拍朵朵，指着前方。小萝莉不舍地看了我一眼，鼓着腮帮子威胁道："不许再抛下我不管了啊，不然，我再咬你！"我点头，她便化作了一道白线，飞进了旁边鬼妖婆婆手上的槐木牌中。

我走了两步，却没发现小妖朵朵，四处张望，说，那小狐媚子呢？杂毛小道浑身伤痕累累,见我迟迟不走,拿着鬼剑拍我屁股,说,你真的是个操心的命,你看那儿……

我顺着他手指的方向看去,只见一幢巨大的黑影,浮现在我左边。居然是那头死去的剑脊鳄龙!

但见这东西悬空而立,头颅和四肢都软软地垂了下来,在其下方,有一个小小的身影,正在将其托举着,朝我们这边,缓缓飞来。

那剑脊鳄龙既已成妖,又是上古稀种,那么周身定然都是宝贝,说不定里面还会有妖丹存在,倘若是放弃了,实在可惜。我心中不由得一阵宽慰,这小妮子倒也是个有心人,到了此刻,她还记得这等好事。只不过这剑脊鳄龙可是死于殷觉之手,一会儿出去,说不得还要分赃。

我看了那头飞尸一眼,它依然在作飞天状,那跳跃的火焰吐露出恐怖的热量,趋至白热化,如同圣洁的白莲,周遭似乎有种种妙香传来,也有音律,古怪的铃声响起,无数玄妙而深奥的符文不断地在空中若有若无地闪现着,有说不出来的诡异,仿佛这并不是焚尸,而是和那伦珠上师的虹化一般,也是一种极为深奥的仪式。

然而我再也待不住了,我的头发开始出现了焦煳的气息,不自然地弯曲,视线也开始模糊,感觉自己的眼球,都已经被烤得干涸,再待下去,只怕我会和这具僵尸一般,也成一坨腊肉了。我最后不舍地望了一眼,然后在杂毛小道的拉扯下,往石厅的出口跑去。

我们来的时候,走的是水路,并没有走过这一条过道。因为剧热的缘故,小喇嘛江白等人并没有等我们;我们走在最后,双眼一抹黑。不过人趋利避害的能力是天生的动物本能,很快我们就在那段曲折的路上,连滚带爬地跑了好几个弯儿。

一道巨大的黑影,横陈甬道口。是小妖在等着我们,黑暗中,一双眼睛晶晶亮。在她举托着的剑脊鳄龙上,虎皮猫大人用坚硬的鸟喙,正在梳理鸟羽。大人的鸟羽斑驳灿烂,之前脱离的,此刻又长得茂盛,比那野草还要有生命力。此刻的它,有着罕有的沉默,静静地待在剑脊之上。

我心中一暖,这个小狐媚子,再如何嘴硬,但是内心里,却比任何人都要柔软。只不过很少有人,能够触及她的柔软之处而已。

黑暗中,我们在小妖朵朵的带领下,开始奔行。差不多走了一里地,那灼热的气浪开始消减,从对面的甬道,有呼呼的风吹过来。再行几分钟,前面光明大放,已然走出了山腹,在口子处,围着一圈人。

我们走到近前,除了小喇嘛江白抬头瞧了我一眼,笑了笑外,所有人的注意力,都集中在了鬼妖婆婆手上。在她的双手之上,有一颗黑色的石头,正闪现着奕奕的氤氲。

第四十三章　战后分赃，火娃飞回

　　这颗石头，正是红衣喇嘛们千辛万苦，想要从那邪灵教洛右使的手中抢夺回来的罗浮镭射石。
　　这东西仅有婴儿拳头那么大，不是很规则，此刻却牵引了所有人的目光。在它黑黢黢的表面之下，蕴积着可以撕破空间的虹化力量，以及不知道是否还存在着的伦珠上师的意识。鬼妖婆婆双手承托着，仿佛举起了一座沉重的山峰，在所有人的目光注视下，她点名道："江白，你来！"
　　小喇嘛江白并不惊讶，他越众而出，挤到了圈子里面，平伸手掌，轻轻地抵在了这颗石头之上。他闭上眼睛，仰起头来深呼吸，然后口中默默地念着经文。
　　当时的气氛十分肃穆，没有人理会走近的我们，都怔怔地看着场中的两人。小喇嘛江白口中喃喃自语，不知道在念叨着什么，我和杂毛小道能够听懂藏语的一些日常对话，但是藏语佛经，却只能当做天书了。过了好一会儿，江白小喇嘛面露喜色地睁开了眼来，环绕四周，看了一圈。
　　般觉上师上前一步，迟疑地问道："伦珠上师可在？"
　　"在！"这个三世重修的转世尊者欣喜地点了一下头，说，虽然虹化被拦，但是伦珠上师的意志十分坚定，在里面又重新生成了本我——他还在！
　　周遭那些本来面露悲色的老喇嘛们，听到这个消息，不由得都激动起来。虽说不悲不喜乃佛性，但还是有人，抑制不住地流下了眼泪。之前那个使用"意念转移"秘术的喇嘛抱着地上早无声息的老喇嘛，泪流满面，嘴唇颤抖，口中喃喃自语："革日巴此番身死圆寂，却也是死得其所了。无妨，无妨！"
　　一群喇嘛激动一番之后，开始商量如何让伦珠上师转世。
　　转世一说，宁玛、萨迦、噶举、噶当、格鲁诸派都各有秘法，此刻的伦珠上师，仅仅剩下一缕残魂，如何让他经过神秘的祭祀，重新完成转世重修之事，这个并不是当时在场这几个人能够决定的，需要返回白居寺，甚至于去拉萨，在大、小昭寺或者布达拉宫里面，完成这等仪式。如何进行，都须商议，所以此事还须慢慢进行。
　　鬼妖婆婆将手上的这颗黑色石头，交到了小喇嘛江白的手上。江白虔诚地将这物高举过头顶，拜了三下，然后小心地掏出一个藏红色的布袋子，将其收纳放入了怀里。
　　这边大事完毕，所有人的注意力才牵扯拉回，瞧到仍在喘着粗气的我们几个。脸色惨白的老喇嘛般觉问候我们，说，里面怎么样了？我耸了耸肩膀说，我也不知道，只顾逃命，哪里还记得瞧别的？

般觉上师点头，说，里面的那头僵尸，有大恐怖，倘若不是你及时阻止，只怕我们都有可能逃脱不出来。

我摆手苦笑，说我这样只是凑了巧儿，谁知道到底发生了什么事情啊……

瞧见了小妖朵朵放在路边的剑脊鳄龙尸体，般觉本来略微悲伤的情绪，突然好转了一些，点了点头，说，不错，你的小妖精倒是会持家，在这么万分危急的时刻，仍没有忘记拿些好处。我嘿嘿笑，说是啊，孩子们都过惯了穷日子，最看不得的，就是暴殄天物了。

瞧见所有人都齐刷刷地望了过来，站在剑脊鳄龙身上的虎皮猫大人鸟眼一张，大声叫道："你们莫慌，提前说好，这剑脊鳄龙身上的精血和妖丹，我们可都有大用，这个不能分啊！"

喇嘛们到底都是精修佛法的高僧，并不曾说话，而那刘学道，反倒是意外地问起，说，为何？

虎皮猫大人愤愤不平地瞪了他一眼，说，还不都是你！刚刚听说了，你老小子将小明的雷击桃木剑给损伤，差点弄坏。那畜生的精血里，有浓重的凝胶分子，正好可以用来填充雷罚破碎的间隙，而那妖丹，也得潜入柄中，使得剑中有灵，方才不至于再次崩溃散乱……

刘学道不置可否地昂起头，说，原来如此，你这个肥鸟儿，懂得倒是挺多，敢问出身何门？

他到了现在，还没有死了一探虎皮猫大人底细的心思。大人并没有理会他，而是把目光扫向了老喇嘛般觉的脸上。这个老喇嘛并没有什么反应，只是点头，说，自当如此。杂毛小道想了一想，然后说，这东西，我只抽一根筋，其余的，你们自己分罢。

这剑脊鳄龙，一身宝贝，不过都是一些半成品，我们带不走，还不如做一个人情。

喇嘛们虽然修佛，但是跟风俗相关，并不是很忌讳这些尸体之物，不然也不会出现那骨质金刚杵，以及用高僧头颅做成的嘎巴拉碗。他们此番受损严重，虹化未果的伦珠上师也就算了，死了一个革日巴上师，伤了两个，余者皆摇摇欲坠。如此惨状，并不是因为这些高僧手段差，这些精修密宗瑜伽的喇嘛，身手极高，只可惜遇见了千年难遇、几近成就旱魃的飞尸，以及那个手段众多的邪灵教右使。

这右使能够力压住十二魔星，一身手段，自然不是我们这些小杂鱼所能相提并论的。

这世间，凡事都怕对比。每一个人都有着自己擅长的领域，谈不上绝对的强弱和对错。

刘学道也加入了分赃过程。徐修眉之死，让他头疼得厉害，倘若有这剑脊鳄龙身上的一两件宝贵材料，回去之后，也好有一个交代。本来以为自己的雷罚快要报废的杂毛小道开始不客气地动起手来，他右手拿着一把锋利的小刀，左手开始缓慢地摸着这头畜生的经脉，一点儿一点儿地移动，终于，他挤摸到了一处节点，眼睛一亮，熟练地捅到了面前这头畜生的颚下大动脉处，切开一个"T"字形的小口子。

这一刀捅下，喇嘛们都开始念起了超度亡灵的经文来。温热的鲜血，开始喷了出来。因为剑脊鳄龙之前就已经被般觉上师超度死去，所以喷溅的力度倒不是很强，杂毛小道左手一确定方位，便立即将雷罚拔出，平置于切口下方，小心移动。经过杂毛小道的一番处理，这创口喷溅出来的初血，居然蕴含着金色的纹路，不断地击打在那龟裂出许多裂缝的雷击桃木剑脊上。

鲜血浸润，然后开始往缝隙中渗透进去，雷罚里面仿佛有意识在主导着，将这血液的精华，肆意地吞噬。一分钟之后，这鲜血喷溅的力道更加缓慢了，而流出的鲜血，有一股极腥臭的味道，杂毛小道收起雷罚，然后将手顺着切口猛地往里一掏，那动作，说不出来的鲁莽，又仿佛在捉泥鳅一般。剑脊鳄龙足足五米长的身子，在他这一番乱摸之下，筛糠似地抖动起来，直哆嗦，然后四肢不住地蜷缩着，仿佛活了一般。

两分钟之后，杂毛小道右手一拽，扯出了一条三米长的透明筋线来。他回头瞧向旁边围观的小妖朵朵，笑了，说，小妖，你的九尾缚妖索倘若加上这东西，莫说是捆妖，便是捆住小毒物，随意鞭挞，都是可以的啦。小妖欢欣鼓舞，拍手称快。经过这两下子，杂毛小道似乎耗尽了所有精力，一屁股坐在地上，脸色苍白地举起尽是淡金色血浆的雷罚，苦笑着对小妖说道："妖丹，还要劳烦你来找了，我扛不住了……"

小妖此战出力不多，精力充沛，二话不说，答应下来，撸起袖子，伸进了那个创口处，一番掏弄。她本身就是一个精怪，虽说是草木成精，麒麟胎育，但是对妖丹，却也是十分敏感的。不一会儿，便摸出一个鹌鹑蛋大小的珠子来。这珠子倒也没有我们想象中的那种金光闪闪，反而因为沾染了太多的血肉，像是我们杀鱼时遇到的那种鱼鳔，血肉模糊的，卖相十分难看。

瞧着虽难看，但是这玩意儿却蕴含着一股浓浓的气息，是妖气，也有龙属遗脉的雄浑和苍凉，光从炁之场域来感觉，并不好判断，不过终究还是一样好东西。

当然，虎皮猫大人狡猾得跟猴儿一样，它这一说，好东西自然都拿到手了。

不过我们此番，倒也是最大的功臣，拿多些，也没有人挑理。

弄完这些，我们都站到了一边，拱手而立，等待着其他人动手。我与杂毛小道研究了一下被包裹在凝结血胶中的雷罚，没一会儿，小妖突然惊叫道："哎呀，火娃！"

我们顺着她指的方向瞧去，只见黑暗中，火娃似乎抱着什么东西，晃晃悠悠地朝这边飞过来。

第四十四章　服丹，离去

瞧着火娃飞近，它有力的八只节肢抓着的，是一颗流光四溢、五色增香的肉色丹丸。

刚刚经过灼热煅烧的火娃，身上还有些滚烫，它一出现，大部分人都忍不住往后退了一步，往它的身后瞅去。那头恐怖的飞尸并没有随之而来，我们也没有闻到那股尸气，空气中弥漫着一种紫罗兰混合着肉蔻的古怪妙香，让人不由自主鼻孔翕动，忍不住地想吸气。

火娃飞近了，我看到这颗肉色丹丸，约有拇指大小，呈不规则的椭圆形，如同一个栩栩如生的小娃娃，蜷缩在一起，仔细看，那眼睛眉目，跟真人儿一般，几乎没有差别。

旁边捧着五片血淋淋剑脊的刘学道看了，不由得眼光大亮，激动地说道："人参果？"

我诧异，说，什么人参果，《西游记》咩？

听我说出这般没有常识的话语，杂毛小道忙上前解释，说，这人参果，自然不是地仙之祖镇元子五庄观前的那株奇树，而是道家对于"人丹"的谐称。

听他这般说，我终于明白了。人乃万灵之长，五脏六腑、奇经八脉、七十二处窍穴，暗合天罡地煞、世间至理，乃最为神奇之物。所谓人丹，即是将人炼制为丹。此术有无数的狂人所为，有的人出了成就，建宗立派，有的人沦为邪教，人人喊打。因为此术过于有损天道人伦，故而有损阴德，易乱人心志，走火入魔，一般的修行者，都不会研习，免得扰乱自己的心神。但是此术见效太快，故仍有无数铤而走险者，前赴后继。

这些通常被人称为邪道，手段阴毒，以活人为炼制材料，当然，也有以死人为炼制材料的，叫做尸丹。这里面，能够有名头出来的，便是这人参果，据说有起死回生之功效。

当然，这都是谣传。不过它里面浓缩的精华，倒是让人眼馋。

不过在场的都是德高望重之辈，或精修佛法，或研习道理，自然不会拉下脸来抢。再说了，火娃刚才逞威，将那飞尸焚尽，这人参果，便是凝练那具青山界飞尸而成，这些人多少也要顾忌一二。

我听得杂毛小道说起这起死回生之事，不由得心中狂跳，转头望向了鬼妖婆婆胸口的槐木牌。鬼妖婆婆倒也是知晓我的心思，往外瞧一眼，但见天色阴沉，便放宽了心,将朵朵从里间放了出来。朵朵从槐木牌中飘出,懵懵懂懂,手指放在嘴唇里,大眼睛忽闪忽闪地瞧着我,问,怎么了?

我想起了最初在自己三叔木屋中炼制的那九转还魂丹,给朵朵招回地魂,此番距离上次,已经两年多过去,心中唏嘘,然后示意朵朵,将这丸丹药吞服。

得知了我的想法,朵朵猛摇头,就不肯。

我问为何?她说这小妹妹是活着的,她可不吃。我瞧那人参果,果然,眼睛鼻子,仿佛那初生的婴儿一般,有一种莫名其妙的生命感。杂毛小道笑了,说这是丹成之后,这丹丸对自己的保护色,其实只是一灵气充足之物而已。

他这般解释,朵朵仍摇头,就是不肯吃。我抓着她的手,她一反常态地挣脱,眼中蕴含着泪水。

鬼妖婆婆见我恨不得想将这颗肉色丹丸塞进朵朵腹中,连忙阻止,说不可。

我疑惑,说为何?鬼妖婆婆解释道:"这药初成,性子太猛,朵朵一新晋鬼妖之躯,并不能够循序渐进地消化——即使是用其他方法吞服也不可。猛药过头反成害,过犹不及。当然,这人参果出世,必须及时服用,不然灵气散于四处,效果便不好了。所以还是由你们谁来服用,然后带着朵朵,一点一点吸收,不出三五年,或许还能够使得朵朵化形……"

既然鬼妖婆婆这般说,我安下心来,瞧了一眼浑身皆是鲜血的杂毛小道,想着自己已经受过好处,不如将这机会送给他吧。

然而火娃似乎知道了我的想法,拼命地挥舞翅膀,做"8"字飞旋,表示不行。

杂毛小道又好气又好笑,说,好似我平日里对它差劲之极一般,这会儿,倒是分出了亲疏。他对于这人参果的归属,倒也没有太执着,挥挥手,说,我算是看出来了,这火娃,对你的感情深厚着呢,小毒物,赶紧吃了吧,趁热。

这东西烫手,久留着,说不定就会有谁起了歹心,我也没有假客气,伸出手去接。火娃瞧了我一眼,然后将这颗像龙眼一般的人参果,轻轻放在了我的手心上,软绵绵的。

说实话,有点像是刚刚出生的小老鼠,眼睛都还没有睁开的那种。我也不敢多瞧,生怕自己狠不下心来张嘴。与此同时,我的鼻翼间充斥着浓浓的异香,这种香味,即使那满汉全席,或者加了罂粟壳的火锅放在我面前,都比不上其中的百分之一,从嗅觉上面的感觉来说,我手心上面的这东西,仿佛是天底下的最美味。让我纠结的是,它偏偏是刚才那一具卖相并不算好看的飞尸炼化而成的,同时,那飞尸之前,还曾经以普通人的形象出现……无数的念头纷呈迭出,我的脑海里在天人交战。

不过很快,我狠下心来,将这颗肉色丹丸往嘴里面一送,还没有来得及咀嚼,它便化作一道热流,从我的口腔滑过,顺着喉咙,一直到了胃袋之中。我感觉体内热力蒸腾,浑身的骨骼都啪啪作响,皮肤变得滚烫,呼出来的气,都化成了白雾,脑子里好像煮了一锅粥,整个人仿佛就要爆炸了一般。

我的视觉和听觉在短暂的一瞬间，似乎都失去了，感觉身子往后倒去。有人来扶我，结果刚一接触我的身子，烫得赶紧扔开去。不知道过了多久，那恐怖的热力才缓慢消退。我睁开眼睛，看到朵朵鼓着腮帮子，在朝我吹冷气，周边围着一圈小伙伴，杂毛小道担忧地瞧着我，说，小毒物，感觉好点没？

我睁开眼睛，感觉热力消退，浑身轻松许多，一骨碌爬起来，甩甩手，蹬蹬腿，发现除了身上的疲劳消减、伤势减退之外，并没有什么特别之处，之前在丽江那种脱胎换骨的华丽感觉，也不复出现。我心中诧异——这就是传说中的人参果吗？而我就是那猪八戒，怎么有一种吃到伪劣过期食品的感觉？

旁人纷纷上前来询问，我说没感到任何效用。都不相信。我伸出手来，小喇嘛江白揉捏一番，疑惑地说，这是为何？小喇嘛年纪虽小，但毕竟是活佛转世，威望甚高，他的这一番确定，周围的人便没有了兴致，或者还有人会暗自幸灾乐祸，不过都没有表现出来，至于为何会如此，也再没有几人关心。

我正在疑惑此事，忽然听到小妖一声叫："火娃，你要去哪里？"

我回过头去，但见火娃在空中跳着"8"字舞，然后一双触角朝着里面绕动。

我和杂毛小道走上前来，问，怎么了？

只听小妖焦急地摇头，说不知道，只是火娃表示要离开了。我一愣，瞧着在空中飞舞的火娃，心中没由来地一跳。

火娃自从在鬼城酆都的耶朗西祭殿中，被小妖朵朵降服之后，便一直跟随于我们，作为小伙伴的一员，不离不弃。和肥虫子一样，火娃也不会说话，而且不会卖萌，这个小虫子平日里，除了扮演萤火虫和纵火犯角色之外，整日就是受小妖和朵朵的欺负，并没有什么存在感，也从来不显示出它的强大和恐怖，给我的感觉，似乎一直都在隐藏着实力。

而它在此刻，居然提出来要离开，我在有些离别伤感的同时，不由得又有些疑惑。它的出现和消失，似乎都有些意味深长，另有隐情，仿佛有人在掌控一切一般。

我不敢多想，只是皱眉，说，这个小家伙跑了，我可怎么跟龙哥去交待？

火娃听到我这番话语，唧唧唧，脑袋上的触角乱晃，小妖在旁边给我当翻译："它说不要紧，它知道回去的路，很近……"不知道小妖是不是真的将火娃的意思表达出来了，反正我听到这一句话，感觉更加莫名其妙了。小妖接着说道："它说它走了，有缘，一定再会！"火娃交待完这些，没有再作停留，转身，朝着热浪逼人的洞口飞去，不一会儿，隐没在黑暗中。

我心里充满了离别的伤感和惆怅，回过头来，发现这具剑脊鳄龙的尸体，重要的部位，已经被分光。经过一段时间的休息，刘学道终于恢复了一些精神，他找了一根绳子，将分到的剑脊捆住，然后将死去的徐修眉扶起来，与众人告辞。

他的背影萧瑟，杂毛小道犹豫了一会儿，冲上前去，患得患失地问道："刘师叔，让你停手的，到底是谁？"

第四十五章 一生，有你

听到问话，刘学道回转过身来，看着杂毛小道，眼神里面，流露出了复杂的情绪。

这情绪，不知道是欣赏，还是别的什么东西，反正有一种难言的东西在里面。这茅山两代人，隔着一米的距离，眼瞪眼，互看着，然后这个矮个儿老道士将快要跌倒的徐修眉抻了抻，眉头皱起，淡淡地说道："是谁，很重要吗？"

杂毛小道眼睛发亮，很坚定地点了点头，说，是的，对于我来说，等同救命之恩，所以十分重要。

刘学道那似乎僵直的脸上，开始流露出了微笑来。这个老头子居然也会开玩笑："是吗？那我还是不告诉你为好……哈哈！"他见到杂毛小道露出了十分失望的表情，感觉甚为快意，摇头晃脑地扬长而去，口中还用金陵口音高歌曰："世人都晓神仙好，唯有功名忘不了！古今将相在何方？荒冢一堆草没了……"

此歌乃《红楼梦》中跛足道人所念，名为《好了歌》，词中的豁达和无奈，正好表达了他此刻的心情。这歌声并不动听，仿若苍凉的呐喊，有一种信天游的感觉。随着歌声的远去，他的身影渐渐化作一个黑点，消失在了山坡尽头。

刘学道的离去，让我们的心中多了一些惆怅。即使他在此之前，还是我们的敌人，而且将我们弄得伤痕累累。

我们的伤感，或许还是延续于火娃的离去。这个小虫子，跟肥虫子一个德性，不过似乎更加暴躁些。平日里还不觉得，但是当它飞入了那黝黑的山洞中时，我的心中，就有些空落落的，不知道怎么说才好，总之就是心烦意乱。

苗疆小伙伴里面，从此就少了一位可以帮忙看包，随时准备毁尸灭迹的沙僧似的人物。

唉，火娃啊火娃，你到底是怎么回事呢？

小喇嘛江白等人并没有离开。他们似乎有一种秘密传递消息的法门，过了不到半个小时，就又来了二十几人，有穿着红色喇嘛袍的僧人，也有一些普通藏民，其中最醒目的一个人，竟然还戴着古怪的面具。这个人，浑身死气缭绕，不过看着又不像是修行者。待喇嘛们上前过去交流的时候，我们才知道，他居然是一个天葬师。

除了一个带黑框眼镜的喇嘛离开，去督办追踪邪灵教右使的相关事宜外，其余人等，并不着急离开，而是开始利用附近的石块，堆砌出一个简陋的天葬台来。

藏传佛教认为，人死后，灵魂和尸体不是一起脱离这个世界的，灵魂还有一

"中阴"状态。一般需要停尸三至五日,除了设灵堂、祭台、燃酥油灯,祭献各种食品外,还要另请僧人,从早到晚地诵念《度亡经》,来超度亡者的灵魂。

不过此刻的革日巴上师之死,情况似乎有一些特殊,几个喇嘛围在一起,商量了一番,才会导致现在的情况发生。我并不解其意,只是和杂毛小道、朵朵、小妖、鬼妖婆婆、虎皮猫大人一干闲杂人等,盘腿坐在岩洞口,等待着相关仪式进行。

因为是我们所不熟悉的天葬,而且周边有这么多职业的宗教人士,当然轮不到我们插手。来人中带来了做法事所需要的相关材料。那头剑脊鳄龙腹中被掏空,接着被十几人喊着号子,拉到了天葬台之上,横躺着,然后那个身穿黑衣、脸戴面具的天葬师开始在众位喇嘛的经文声中跳起了扶乩一般的舞蹈。十几分钟后,将这死去的革日巴上师,剥个精光,然后在他的背脊之上,划上了一个晦涩难懂的宗教图案。

这个图案的主体,其实就是个"卍"字,至于其他的,我们便不是很明了了。

在此之后,剖腹、取脏、切肉、剥去头皮、割掉头颅,骨头用石头砸碎并拌以糌粑,肉切成小块放置一旁……一切都跟我往日了解到的过程,一般无二。

眼看着之前还和我们并肩作战的革日巴上师,变成这般,那场面让我们十分震惊。虽然很早就知道了天葬的风俗,但是亲眼所见,倒是让我有一种感同身受的代入感,觉得自己仿佛也被分成了无数的碎肉。那种沉重的心理压力,让我们话语憋在胸膛中,怎么也说不出来。

很快,这一切完成。天葬师开始呜呜地吹响了海螺,这声音苍凉荒野,让人心情随着这大山一起,有一种莫名的感动。

过了一会儿,天空出现了一群黑点。那个天葬师似乎很激动,朝着周围的几个喇嘛说了一句话,那些喇嘛的脸上露出了笑容,说了几句。很快,我们的头顶一暗,一大群光头秃鹫就降临到了临时垒起来的天葬台中,在那个天葬师的引导下,开始争抢吞噬起来。

我在这里面,居然看到了之前被朵朵降服的那头白背兀鹫,这厮吃得十分欢快,不时和旁边的秃鹫抢食争夺着。

鬼妖婆婆盘坐在我们的旁边,经过之前在黑曜石棺柩中与飞尸的一番争斗,此刻的她,身子便有些单薄,掩藏不住,流露出和朵朵一般的鬼妖气息,虽然凌厉了许多,但与我们之前所见的朴实无华,似乎差了一些高手的低调。

她告诉我们,这神鸟都是分族群和就食范围的,一般不会越界,不会有这么多秃鹫出现,而它们此时出现了,说明革日巴上师之死,得到了神鸟们的同情。

我表面点头,其实心中还在腹诽,想,这些鸟儿,不过就是饿了肚子,闻到这边有食物上门,便挤过来了而已。不过瞧着这些身手高超的前辈,对于神佛之事,都是如此的虔诚而庄重,我自然知趣,不再胡说。

在那些秃鹫有些疯狂的争食中,很快,革日巴上师的尸体被分食一空,然后它们开始吃起了旁边的剑脊鳄龙来。不过这东西忒大,并不是一顿两顿能够吃完的。然而

随着天葬师口中的海螺和鸣哨不时响起，不断地有好多黑影子，出现在了上空。

我闭上眼，能够感觉到在这古怪的嘈杂中，那一种别致的静，是那种对生死的超脱和淡然。不但是对死者，而且也是对生者。生亦何欢，死亦何苦，就是这种让人动容的宁静。

天葬仪式完结之后，小喇嘛江白过来招呼我们，问我们是不是已经跟那个老道士达成协议了，要不要随同他们，一起返回白居寺去？我和杂毛小道商量了一番，觉得虽然刘学道放过了我们，但是并不代表我们已经可以光明正大地出现在公众场合里。虽然追兵的力度已经被削至了最弱，不过我们还是要夹着尾巴行事才好。不然说不定哪个大佬脑子抽筋，又摆弄我们一道，那可就不好了。

于是我们协商了一下，决定先返回鬼妖婆婆的佛塔中，暂且住下，养养伤，休养生息什么的，但凡有什么事情，白居寺随时可以通知到我们。

小喇嘛江白还要忙着布置清洗藏地邪灵教的事务，多少也要让阻挠伦珠大师虹化的罪魁祸首付出代价，而且他还需要将罗浮镭射石中的伦珠上师残魂转世，相关的准备和处理，事情一大堆，并无多少时间和精力搭理我们，于是点了点头，没有再多说什么。

我们随着大部队开始回撤。到了半路，我们与众人分开，又走了差不多一个小时，这才溜达到了天湖边。湖边的战斗迹象仍在，不过茅同真和龙金海踪影不再。

我们在湖边的草丛中摸索一番，将之前放置在这里的背包和给养找到，然后沿着山脉腹地，返回了鬼妖婆婆所居住的佛塔。这一路上，鬼妖婆婆倒也和一个普通的藏族老妇人一般，絮絮叨叨，不断地跟我说起我们走了，朵朵发现情况之后的绝望和可怜，像一个被人抛弃的孤儿。那哭声，就连她佛塔最顶层上面的灰，都给震落了好些个儿。

鬼妖婆婆叹气，语重心长地说："生离死别，这些东西老婆子也体会得多，所以特别能够理解朵朵的痛苦，重见光明固然重要，但是一直和喜欢的亲人朋友们在一起，这个对于朵朵的意义，比前者更加重要。"

我点头，表示知晓，并问以后怎么做。

鬼妖婆婆说她这里有一整套心法，这几日会传授给朵朵，以后可以勤加练习，并且不断从我的身上吸收能量，假以时日，必定可以达到目的。我说好。当夜，我们草草吃了一些糌粑，在佛塔住下，感觉从未有过的疲累。

次日上午，听到佛塔外面有人高声喊，却是小喇嘛江白又来拜访。

第四十六章　宝窟法王，洛氏东南

往日鬼妖婆婆接待小喇嘛江白，全部都在塔外，此番为了照顾我们说话，便将他迎进了佛塔中来。塔中地方很小，大家勉强就座。我们问起后续事宜，小喇嘛江白说众人一回返寺中，立刻着手进行了大搜查，根据我们所提供的情报，将邪灵教安插在日喀则的暗线全部拔除，并且请出了寺内潜修、不问世事的宝窟法王，说明事由。法王大怒，当夜穷搜百里，找到受伤的邪灵教妖女的藏身之处，一番激战，几乎已然生擒此人，只可惜当时又出现了一个顶端厉害的妖人。这人不是邪灵教的掌教元帅，便是教内宿老，用以伤换伤的办法，拼得一线生机，逃入了大雪山中。

不过在逃脱之前，法王已经在那个妖女的身上打下印记，她此生若是再入藏地，法王均能够感知得到，必当穷极千里，令其伏诛……

我们诧异，说，宝窟法王是谁？

小喇嘛江白露出了敬仰的神情，说法王是白居寺佛法最精深，也是修为最高的上师。寺内虽说派别众多，但是他却做过很多人的上师，可以说是白居寺的第一人。不过法王修的是密宗最神秘功法中的枯禅，终日盘坐地下五十米的地洞中，不吃不喝，人如枯木，一晃眼，便是好几年。此秘法虽然玄妙艰险，然而倘若功成，到达彼岸，必将成就果位，无上神通。

本来白居寺的众喇嘛不想唤醒修枯禅的法王，恐有惊扰，但是伦珠上师与法王，亦徒亦友，此番伦珠上师虹化失败，神识破碎，宛如风中残烛，众人皆无把握，唯有求助宝窟法王，用无根水将其浇醒。这才有了后面之事。

我点头明白。说了这么多，其实这宝窟法王，便是白居寺内那老怪物级别的喇嘛，平日里不出现，唯有事关存亡的时候，才会有踪影。

不过听到这个法王一出山，便将邪灵教洛右使和前来接应的绝顶高手逼入大雪山中，我心中不由得生出许多敬意。这洛右使的实力，我是目睹过了，确实生猛恐怖，难怪虎皮猫大人会说她已经得到了她外公的七成真传。能够成为右使，即使因为她外公是邪灵教曾经领袖人物的缘故，她的综合实力，至少也已经能够比肩甚至超出十二魔星的级别，而周身宝贝，更有甚之。这也是她能够力拼诸多喇嘛和飞尸的缘故。当然，这也与喇嘛们投鼠忌器、怕她玉石俱焚有关系。

然而这法王一出手，便能够找到最擅长隐匿身形的洛右使，而且还将前来接应的绝顶高手，一并撵入了大雪山中，不敢再出，这是何等的实力？

难怪大师兄对神秘的藏地讳莫如深，要知道，这仅仅是一个白居寺的底蕴而已。

在藏地,比肩白居寺或更高明的寺庙,至少有一双手这么多。

世界便是这样,都是公平的。唯有执着,方才能够修为精深。

既然白居寺开展了轰轰烈烈的驱逐邪教运动,茅山的追击又随着三大长老或死或伤而告一段落,那么我们应该可以度过一段相对平静的时光。想到这里,我们的心不由得都放松起来,询问小喇嘛此番前来,所为何事?

江白看向旁边默然不语的鬼妖婆婆,然后说道:"宝窟法王说了,伦珠上师倘若要转世重修,唯有选在祁峰雪山上,承受山神的祝福,方才能够不受那劫难。祁峰雪山,婆婆熟络,还请婆婆看在伦珠这一世修行的艰辛和佛心,陪着我们跑一趟。"

听江白如此说,鬼妖婆婆并没有答话,而是陷入了沉默。

这两人之间的关系有些复杂。江白的前世,是鬼妖婆婆的主人,而今生,却仿佛是祖孙一般的亲人。我们看得出来,鬼妖婆婆似乎有一些为难,不过她斟酌了好一会儿,叹息道:"你这孩子,既然你已经答应别人,那么就走一遭吧,何时走?"

江白说需要在佛堂里面祭祷三天,然后出行。她点头说好。

见到鬼妖婆婆答应,江白又瞧向了我们,郑重地施了一礼,说昨日见到两位出手,回去之后又查询了一番,才知道你们的来历,果然是中原一带新近出现的年轻高手。昨日倘若不是你们在,只怕也不会如此顺利。寺里面托我带一个话,就是无论事态的发展如何,白居寺永远都会是你们落脚的地方,不离、不弃。

我们都摆摆手,说:"何必如此客气,我们也只是适逢其时而已,当不得如此盛情。昨日众位喇嘛的表现,精彩绝伦,让人震撼,倘若不是对手的诸多手段,纷呈迭出,又以伦珠上师残魂安危作威胁,只怕未必能容那妖女逃遁。"

江白叹气,说,跑终究还是跑了,说多无用,更显得我们这边无能。他问我们三日之后,要不要同去?

我算了一下时间,三天以后,我们身上的伤基本就能够养好了。伦珠上师虽然在此之前,跟我们并无交情,但是作为一个能够虹化的藏密高僧,怎么说,也是要去送一下的,这既是尊重白居寺,也是对力量的敬畏。于是我瞧了一眼杂毛小道,他自然明了我的心思,点头说,可以,到时候,我们也去送一下吧。

此事谈妥,小喇嘛跟我们又闲扯了一番。他说与我似乎十分熟络,仿佛上辈子遇见过一般。江白的上辈子,便是降服鬼妖婆婆的那个老喇嘛。当时我便来了兴致,问这转世重修的感觉,是不是像第二次过人生一般?

江白摇头,给我指出了误区。所谓转世重修,消除的是因果,保留的是最根本的自我、本我和真我,生命本源,至于意识和记忆,那都只是前世星星点点的碎片,不多,所以如同一个全新的自我;只有经过无数轮回,方能够将这些事的前因后果参悟通透,修成正果;当然,有些修行夺舍重生者,那就另说……

转世重修一事,十分玄妙,难以言叙。江白用了几个很晦涩难懂的藏语佛揭,给我解释了一会儿,我表示不能理解,他哈哈一笑,说,现在不知道也没事,你终有一

277

天会懂得这些的,就如同洛东南一样。"

江白突然提及了这么一个陌生的名字,让我有些意外,便问,洛东南是谁?

他"呃"了一声,好像有两种意识在交替一般,愣住了神,好一会儿,说,我有说过"洛东南"吗?

我点点头,江白无语,而旁边的鬼妖婆婆则帮他解释,说他偶尔会说出让人吃惊的话语,而自己却并不知晓。这洛东南是百年前的一个高手,曾经到过藏地,跟江白的前世,有过交情。她也见过,是个顶尖神秘的人,曾自言应该有过十八世的修行,所以后来改名叫做洛十八。

鬼妖婆婆回忆道:"他在中原,应该是个很出名的角色。哈哈,这可真的是个笑话。便是藏地布达拉宫那曾经的主人,也不过十四世;而那'智勇双全的高贵的大学者',也不过十一世,他何德何能,胆敢出此狂言……"

鬼妖婆婆在旁边絮絮说着,我却和杂毛小道面面相觑。

她口中所说的那个人,可是我敦寨苗蛊的太师祖,有着汉蛊王之称的洛十八?原来他本来的名字叫做洛东南啊;原来洛十八,是他的自称啊……

世间就像一个圆环,当你上升到了一个层次,你就会发现,它永远比你想象的要小。

关于我太师祖的事情,我知道得不多,巴颂口中提及过一次,蛊丽妹提过一次,至于其他的,都是零零散散,使得他一直笼罩在神秘的迷雾中,唯一使他和我能够紧密联系到一起来的,是我外婆龙老兰留给我的那本《镇压山峦十二法门》。他那洋洋洒洒,超过正文的备注,昭显出他的才华洋溢,以及绝世聪颖。

十二法门,以及山阁老的《正统巫藏—携自然论述巫蛊上经》,这是我立身之根本,然而读得越多,我越发现自己的浅薄,根本就没有能够理解里面的精髓,仿若《道德经》,有种字字珠玑、千般释义的感觉,却无处可查证。

我最终还是没有能够从鬼妖婆婆口中,得到太多关于洛十八的消息,并不是她不愿,而是她所知甚少;至于小喇嘛江白,他完全不知道自己便是这个话题的挑起者,不久,就告辞离开。

之后的我,心事重重地坐在佛塔外面的一处小山包上,看着远处藏民的定居点,有几个穿着破旧的藏族小孩在快乐地跑来跑去,笑声播洒于天地间。他们是那么的快乐,简单得如同一滴水,而我,却感觉天地之间,都有一双看不见的手,在我所不知晓的深处,掌控着我的人生。

杂毛小道并没有安慰我,也没有跟我谈论任何关于我们敦寨苗蛊一脉的事情,在他看来,一个真正的男人,总有一些事情,需要自己去面对。

我抱膝而坐,平静地看着藏区那荒凉而辽阔的高山,沉静、高贵,如同唯一。我便这样一直看啊看,脑子里一开始乱糟糟的,想着很多事情,到了最后,我心如止

水，然后饿了。

在我脚下的不远处，香气四溢，那是杂毛小道在烤羊，而那羊和调料，是他去附近藏民家中买来的。他撅着屁股，烤得十分认真。我站起身，笑了，快步跑下山坡，大声叫道："那啥，我要条后腿啊，烤脆点！"

第四十七章　执着，执念

我和杂毛小道，都是劳碌命。经过一天休整，第二日，我们便前往南卡嘉措家里，跟他道一声平安。

这是一段不算远的路程，对处于恢复期的我和杂毛小道，恰好是一次复健行动。

到了南卡嘉措家，我们才发现这个男人眼睛通红，胡子拉碴，好似老了好几岁。他见到我们很激动，连问我们现在还好吧。我们点头说没事啊。他没说两句，便谨慎地四处望，然后将我们拉到房子里，跟我们说起那日发生的事情，让我们小心注意，对方已经追赶到这里来了，他这里，不安全了。

我们笑了，让他放宽心，说这件事情，我们差不多已经处理完了，以后，不会再有道士打扮的人过来，随意查询了。南卡嘉措连忙问怎么回事。我们也不好与他说得多细致，只是跟他把事情的大概讲过，说我们已经和追兵达成了初步和解。

南卡嘉措抚掌说，好，如此最好，你们两个，都是好人，现在是一个很好的情况，以后的话，一定能够清清白白的。南卡嘉措知道我们跟白居寺喇嘛的关系不错，便又问起这几日传得沸沸扬扬的伦珠上师虹化之事。

我们并不知道白居寺这一次事件的危机公关做得如何，对于外界的宣传又是什么口径，于是只是当作不知情，问南卡嘉措都知道些什么。

他摇头，说现在传言很多，有说伦珠上师已经去了空行净土的无量宫中，有说还留下一个拳头大的遗骸，准备建塔供奉，不过说得最多的，还是被恶鬼所趁，断绝了虹化的路子。我没有说话，这民间传言，往往都是捕风捉影，做不得真，但又似是而非，让人分不清真假。

我也不愿意再说起此事，只是问南卡嘉措希望是什么样的。

他双手合十，虔诚地表示，自然是希望上师能够飞身无量宫中，得证果位，永享宁静。

我笑了，说既然如此，那么就当作是上师已虹化了吧，何必纠结。

南卡嘉措笑着说，也是，心既已往，何必执着。

这般释然之后，他大声叫唤，让他婆娘开始做饭，昨儿个刚刚宰了羊，今天弄顿丰盛的，好好喝杯青稞酒。我们都说好。谈话间，莫赤这小家伙喊着大叔，就跑了进来，见到我们，兴奋地大叫师父。南卡嘉措拍着这小子的脑后勺，说，你还真的是鼻子灵，这边饭刚刚准备做上，你就跑过来了。

一番热闹，吃过饭之后，我们在这些淳朴的藏民的挽留声中辞别，返回佛塔。

虎皮猫大人活蹦乱跳地在我们头顶上飞驰,有了白背兀鹫这苦力,大人越发地懒了。

　　回到佛塔,杂毛小道将前日埋在佛塔前方十米处土地里的雷罚,给挖了出来。经过差不多两天时间,雷罚上面的精血已然凝练成胶,模样有些奇怪:黑红色,呈不规则的凸起状,像一坨裹了胶的木棒子。而那日我们取得的剑脊鳄龙的妖丹,被杂毛小道给收着。

　　虎皮猫大人告诉我们,桃木乃五木之精,在鬼门,能制百鬼,压伏邪气者。此物过刚,易折,故而被刘学道一记无影剑,给震了个通透,难以为继。此番虽有鳄龙精血浸染,将那些受损的间隙给填补了,但是雷意浮动,难以内敛,非原装,难自控,说不定还会误伤到自己,将自己电成了焦煳;而妖丹融入雷罚,也需要一种温和磅礴的中和之物。这世界上类似的东西不多,倘若真的想修好,须得找一些桃元。

　　何谓桃元?顾名思义,也就是桃木的元气。独木不成林,唯有那种有着悠久历史的种桃之地,大片大片桃林子深处的土壤中,才会有孕育。这玩意儿混混沌沌,浓郁灵秀,倘若有一天产生了意识,那便是精怪,附身于树,如雷罚的前身一般。

　　听到虎皮猫大人这一番说辞,我们便知晓短期之内是用不了雷罚了。至于那所谓的桃元,这东西就跟雷击桃木一般,可遇而不可求,哪里是能够随便找到的?不过杂毛小道却也豁达,并没有很纠结这件事情,说:"既然茅山这边暂且停止追杀,那么雷罚也派不上什么用场。修道修道,最终修的还是个人,不如趁这一段时间,提高自己的修为才是。"他是这么说的,但是眼眸之中,仍旧有些黯淡。我便想着,倘若有那桃元的消息,定然还是帮他恢复才好。

　　小妖连续几天,情绪都不是很高,有些恹恹的。在所有人里面,她跟火娃的关系最好,相处时间也最久,火娃这个脾气暴躁的小虫子被她治得服服帖帖,相当狗腿,此刻火娃绝然地离去,最难过的应该就是小妖了。而且这几天,朵朵一直跟着鬼妖婆婆,在塔顶学习,并没有时间陪着这小姐妹。憋闷没处发,想来小妖心情十分郁积。

　　我看得有些担忧,便唆使肥虫子过去安慰那小狐媚子,结果没多时,肥虫子屁股红肿地返回来,黑豆眼睛里,满是委屈和恐惧。

　　作为一名称职的怪叔叔,杂毛小道很有办法,他从剑脊鳄龙身上抽出了一根妖筋,准备加成到那出自神秘之地天山神池宫的九尾缚妖索之上。不过他虽然对于炼器符篆之道颇有天赋,但是一时半会,进度还是迟缓。不过他带着小妖研究起此事,使得小妖的情绪高了一些,不再沉浸在缅怀和悲伤里面。

　　看来,人的注意力,只要有感兴趣之事,总是能够得到转移的。

　　朵朵这个惹人怜爱的孩子,自从认鬼妖婆婆当干娘之后,不自觉地,就颇为勤勉,她将从地翻天手中得来的《鬼道真解》,拿来给鬼妖婆婆参考,得到了很多指点。我们在此处住下之后,鬼妖婆婆并不理会我们的日常起居,整日都在佛塔顶端,传授朵朵修行的法门。

鬼妖体质不像人类，有时可以沉眠，有时却不用睡觉，两个稀罕少有的鬼妖在这佛法庄严之地，一个教，一个学，废寝忘食，简直就可以说得上疯魔。

然而在这短短的时间里，对类似于朵朵这种笨孩子进行填鸭式的传授，显然是一件十分困难的事情。在尝试了一天一夜之后，鬼妖婆婆终于明白了这个道理，放弃了；在沉默了几个时辰之后，她告诉我，决定给朵朵施行密宗灌顶大法。

灌顶，是藏传佛教密宗术语，它可导引佛心，明了佛性，播下种子，开启智慧。灌顶的具体做法，是配合修持仪轨，用以驱散行者的所知障及烦恼障，或清净身口意之罪业，并注入智能之力，让受灌者透过不同的观想，及咒力的加持，觉悟自己心性本质的诀窍，达到内在身口意、气脉明点当下净化，成为佛的身语意三门金刚。

我并不知晓，鬼妖婆婆竟然能够修得藏传佛教本尊坛城的境界，得以实施此法。

密宗四续部之无上瑜伽，分宝瓶灌顶、秘密灌顶、智慧灌顶和句义灌顶四法，仪式繁琐，我们虽然听说过，但是并没能得以一见。鬼妖婆婆跟我提起之后，再次回到塔顶去，而我则被鬼妖婆婆支使着，去附近藏民老乡家里搜寻些奶酪分泌的酥油。这东西也叫做醍醐，淋于头顶，洗涤心灵，这便是佛教术语"醍醐灌顶"的由来。

过完此法，朵朵便能成熟为修密之容器，犹如世间之授权，从此可听闻修习殊胜之金刚乘。

第三日，鬼妖婆婆牵着朵朵的手，出现在大家的面前，我并没有感觉这个小萝莉有什么特别的变化，同样可爱，同样甜美，只是感觉眼神灵动，跟小妖一般，透露着十分狡黠，也机灵古怪了许多，七窍玲珑心，水晶一般皎洁。当然，这也只是感觉，小鬼头噘着嘴巴叫我"陆左哥哥"的时候，我一样被萌得受不了。

大战之后的几天里，我们过得十分开心，看山看湖，除了偶尔缅怀一下有火娃在时的方便，倒也没有什么不自在的地方。没有了追杀，心里头也不再有阴影。第四日清晨，上次到村子里接我们的那个僧徒，再次前来接我们，乘车到达了白居寺。

此刻的白居寺依然冷清，门可罗雀。知道我们到了，小喇嘛江白匆匆来见，将我们安顿在上次留宿的僧舍之后，他告诉我，临行之前，宝窟法王要见我和杂毛小道。

我们对那个传说中的老怪物，自然也是有些向往，一拍即合，便将小家伙们留在僧舍，由鬼妖婆婆照看，然后跟着小喇嘛江白一起出了门。

绕过了几个长廊和扎仓，我们来到了西北角的一处土屋门前。门外挂着许多唐卡，色彩斑斓。江白带着我们走进去，但见里面盘坐着一个眉毛垂到唇边的老喇嘛。这老喇嘛虽然穿着不合身的红袍，但整体看上去，仿佛脱了水的腊肉，跟那飞尸之前的模样，倒是有得一比。

两人见礼，似乎平辈论交。当那个老喇嘛看向我的时候，突然有一声古怪的嗓音，在我耳边出现："洛十八？"

第四十八章　点化失败，祁峰雪山

听到这个形如枯木的老喇嘛，开口便说这三个字，我不由得脑袋一炸。这些日子以来，一直萦绕在我心中的疑问便爆发出来，刚要说话，便听此老语气一转，疑问道："……跟你，有什么关系？"

我勒个去，这老家伙身为劳什子法王，说话要不要带这么大喘气的啊？

我的脸色古怪，憋得通红，吭哧半天才恭声说道："洛十八是小子的太师祖，法王是如何看出来的？"宝窟法王凝神看着我，我毫不畏惧，与他对视，感觉他微微眯着的眼睛里面，有一轮太阳，高高挂起，直接印入我的心中。

不过他却没有回答我的问话，而是将右手食指，放到干瘪的嘴唇上，沾了沾口水，然后颤巍巍地伸出，朝着我的额头处点来。

我不明其意，正准备躲开，小喇嘛江白稳住了我的肩膀，沉声说道："勿慌，法王是想给你作点化，让你能够明了这一切。"

我心中大喜过望，没有再作闪避，昂起头，等待着老喇嘛的点化。指尖和我的额头轻触，脑门处立刻传来了一种不一样的触感，他的手指如同枯木，分外粗糙，按在我脑门顶上，硌得慌。接着有一股热流，像小心翼翼的触角，轻轻地在我的神经层面扫量过去。法王没有说话，但是我的双目之间，却有漫天神佛升腾而出，无数檀香禅唱，在心头响起。我不由自主地闭上了眼睛。

这眼睛一闭，斗转星移，我仿佛直接进入了另外一个时空，孤独地看着陌生的自己，没有说话，也没有太多的意识，唯有静静地看着自己的身体，慢慢变得腐烂、长毛，最后变成了一具又干又硬的尸体——我无比厌恶自己的身躯，又似乎有某一件事情没有做，有执念，有挂碍。时间如流水，缓缓流淌，而这种永恒的悲伤，却一直在蔓延着……

不知道过了多久，我的脑海里一片空白，感觉眼角有泪水，止不住地往外冒。我睁开眼睛来，发现面前空无一物，刚才在此的宝窟法王和小喇嘛江白都已经离开了这里，只剩下杂毛小道一个人，似笑非笑地看着我，面色古怪。

我有些奇怪，问他笑个毛线？

杂毛小道终于忍不住了，捂着肚子哈哈笑，说："你这个家伙，人家好心好意地给你开启灵智，智慧灌顶，结果没持续一会儿，你就发了癫，大声叫骂，让那个老秃驴滚蛋。行啊你，在这喇嘛庙里，你居然敢喊'秃驴滚蛋'？这何止是打脸，简直是打脸！一会儿，看你怎么收场吧。"

瞧着杂毛小道一副看好戏的表情,我心中就来气,不过更多的是疑惑。对于他所说的,我真的没有什么印象,摸摸自己的身子,肌肉发达,坚硬如铁,哪里有什么腐烂的迹象?而且,我怎么可能去骂宝窟法王呢?对于这种恐怖的老怪物,得道高僧,我连大气都不敢喘一口,怎么可能会如此肆无忌惮?

我脑子里乱极了,想到一个可能,我苦着脸,说,老萧,我不会真的跟江白一样,也是一个转世尊者吧?

杂毛小道夸张地给我施礼,说,活佛大人,我是不是应该管你叫陆十九、十九爷啊?

听到这个无厘头的名字,我所有的认真都化作了喷笑,又好气又好笑地呸他,滚你娘的蛋,咱这是准备穿越到雍正年间,去演一场"九龙夺嫡"吗?

笑闹一番,杂毛小道很认真地对我说道:"前尘已矣,现在才是我们所能够把握的。不管你是不是,反正我只知道,你是我的好兄弟陆左,是来自苗疆晋平乡下的穷小子、小毒物,至于其他的,都放下吧,那不属于你,也不需要你来负责……"

听他说得情真意切,我点了点头说,是啊,想得太多,有什么用?反倒是累了自己。

说着话,小喇嘛江白跑了进来,我带着歉意跟他表达了自己刚才的失控。江白笑了,说:"无妨,法王他何等人物,怎么会与你计较。话说回来,今天见你,倒是法王说了最多的话,平日里,他一向都不怎么开口的。"

听到江白如此说,我将心放宽了一些。午间我们用过斋饭,沐浴更衣,然后在小喇嘛江白的带领下,从白居寺北面出发,步行前往百里开外的祁峰雪山。

与藏区著名的冈仁波齐山、雅拉香波山等神山相比,祁峰雪山算不上很著名,甚至很多人都不知晓。但是我们听鬼妖婆婆介绍,这祁峰雪山藏名为俄德巩甲玛山,它是位于青省南湖岸阿尼玛卿山那三百六十个兄弟神中的一位,而且也是最有智慧的一位。

当然,这都是藏区的民间传说,古老信仰,说不得真假。但既然能够被编进神话故事里,那这山必然有其不凡之处。据闻其四壁分布极为鲜明对称,形似圆冠金字塔,山顶终年白云缭绕,很难目睹其真容,峰顶终年积雪,威凛万峰之上,极具视觉和心灵震撼力。

队伍里的人并不多,除了殷觉老喇嘛、江白小喇嘛、宝窟法王和五个抬给养仪仗的普通僧徒之外,便只有我、杂毛小道和鬼妖婆婆几个人。这阵容,比前几天围剿邪灵教右使洛飞雨都不如,不过有宝窟法王在,我们却能够感受到妥妥的安全感。高手镇场,果然不同凡响。

一路上,除了我们之外的所有人,都显得很沉默,默默地挑着担子,默默地转着经轮,几乎每一个人的脸上,都有圣洁的景仰,面朝神山。宝窟法王走在队伍的最前面,他整个人都包裹在厚厚的红色喇嘛袍子里,不露出一点儿来,瞧那严实劲儿,跟鬼妖婆婆比起来，他似乎更加像鬼妖一点。与他相反的，鬼妖婆婆走在江白的身边，除了用帽子将头裹覆着，却也没有什么不正常的地方——哦，对了，有淡淡的阳光穿过云层洒下，照在鬼妖婆婆的身上，但是地上，却没有影子，而是一层曲率过广的折射光线。

行路的过程，其实也算是一种历练。在行走的途中，心灵得以沉淀下来，特别在这样三个在藏传佛教中有着一定成就的高僧陪同下，我们更能够感受那种肃穆的气氛。一开始我还会四处张望，遥望周边的风景，并且和头顶上成为一个黑点的虎皮猫大人打招呼，到了后来，在我的面前，就只有眼前的路，还有头顶的天空。那心情，是如此的纯净，仿佛随着这辽阔的天空，变得更加纯粹了。

我们从中午一直行走到了傍晚，终于来到了雪山脚下。二月天，高原的寒风依然凛冽，仰望那皑皑雪山，心中忍不住地对这天地，产生了深深的敬畏感。人生一世，不过百年，而我们面前的连绵山峦，却已然在这个地球上耸立了无数个年头和岁月，在它的面前，我们是何其渺小？如此一想，世间的无数争斗和得失，就变得不再是那么重要。

天色已晚，我们的目标是山端处的石坛，但是没有人敢黑夜行路，于是就在山脚下一块背风的平地上宿营。搭立帐篷、生火等杂事，自然有那五个普通僧徒来做，我们则对于明天给伦珠上师脱离罗浮镭射石，作剥离超度一事，进行了探讨。

整个过程中，我发现宝窟法王和鬼妖婆婆，都没有插话，或者点头，或者摇头，居然连一声肯定回复都没有，全部成了江白和般觉这一小一老喇嘛的对话。而且一路上，两人都没有过交流，显然，在我们的了解之外，这两个人或许还有着什么芥蒂，又或者故怨，才会形成这样的气氛。当然，这些陈谷子烂芝麻的事情，我们只当作不知，更不愿意了解、掺和进去。

当夜宿营，群星寂寥，天地空廓，心灵是前所未有的宁静而悠远。古人说读万卷书，行万里路，路上会有很多风景和感悟，是我们待在房间里，或者一个狭小的生活空间中，所不能够体会得到的。不过，感悟或者思想，强加于人，未免过于生硬，惹人厌倦，故而在此略过。或者曾经有过相同经历的人，也许会对这种苍凉而寥廓的美，产生共鸣。

次日清晨，我们早早起来，以雪洗面，然后开始往上跋涉。起初积雪较浅，到半山腰，那雪深及膝，坡陡如立，四下皆是一片雪白，路途便开始难行起来。

当头顶有稀薄的阳光洒落，在雪际线上形成一片金子般耀眼的光芒之时，宝窟法王指着茫茫雪白中的一点儿黑，轻声说道："那……"

我们抬头望去，但见一个摆放出"卍"字形的黑色豁口，出现在了视线的尽头处。

啊，终于到了！

第四十九章　伦珠转世，虹光归属

整个祁峰雪山山体如同一个金字塔形状，这缺口，则在棱形梁柱上，东南朝向，略微迎向了南北走向的山巅疾风，使得此处并没有被那皑皑的白雪所遮掩，有黑色的岩石露出。不知是谁，别出心裁地在上面，弄出了一个代表着吉祥福瑞的"卍"字。

太阳从云层里面探出头来，照耀在上面，有熠熠的光辉闪耀，最后形成了一个红、橙、黄、绿、青、蓝、紫的七色光环，中央虚明如镜。此乃佛光。边缘金光闪耀，熠熠光华，恰恰产生于我们仰头朝向之时，未免有些凑巧，但是更让人心中产生出神圣美好的愿景，觉得自己之前所有的辛苦，都没有白费，一切都值得。

我们仰望了一会儿，紧紧闭着嘴巴，不敢说话，生怕自己的惊呼声，引得并不结实的雪山瞬间崩塌。平静了一会儿心情之后，我才发现，那平台缺口，看着近在咫尺，然而却有一个高约九米的垂直距离。这距离，对于常人来说，即使是有器材辅助，也很难攀登，然而对于我们这些修行者来说，不在话下。

我们几乎是挪动着来到了平台之下，然后先由鬼妖婆婆和小妖两人，纵身拔高，缓慢飞抵上头，没一会儿，便垂下来两条尼龙登山绳。首先上去的是小喇嘛江白和般觉上师，两人根本没有怎么费劲儿，身形提纵，便上去了，接着的是那五个疲累不堪的普通僧徒。不过既然能够参加此次行动，他们自然是训练精良之辈，而且对于此行，也是受过一些特殊训练，故而还能够坚持，将所带的东西绑在身上，然后在上面之人的拉扯下，缓慢上了平台。

最后还剩下我们和宝窟法王，作为后辈，我们自然请宝窟法王先行。他淡淡看了我们一眼，仿佛有一整个世界的意念撞击而来，我瞬间感觉头脑昏昏，似乎他与我有些隔阂一般，还没有反应过来，便见到那红色身影"唰"的一下，不见了踪影。

我站稳脚跟，四处找寻。杂毛小道捅了捅我的腰，然后指指上面，意思是人家已经上去。我们两个最后爬上了平台，周边有冰棱子，颇滑，上去之后也得略微小心。平台并不算窄，狭长形，差不多有二十来米，边缘处都是些积垢千年的冰块儿，中间则是我们之前所看的黑色岩石，近些看，倒是没有在下面倒影那般看着醒目。

五个随行僧徒已经忙碌着在场中布置场地，藏红色的旗幡一撑起来，便有猎猎的风声吹响。风雪拂面，站在平台上，观山下景色，竟然有种"一览众山小"的错觉。

我们并不明了将要做的事情，安分地做着一个酱油党分内的事情，安静地在旁等待。很快，随行僧徒在"卍"的正中心，摆好了几束洁白哈达围成的绸塔，然后小喇嘛江白小心地从怀里掏出一个檀木盒子来，走上前去，然后蹲坐，将盒子打开。这盒子里，安放着一颗黑色的不规则石头。他将这石头放在哈达之上，然后虔诚地叩拜了三首，缓慢退下来。

之前在平台上面出现的佛光，开始随着云间的太阳转动，最后移到了这中心的绸塔之上。接着，黑色石头开始与佛光相契合，空间中的光线不断变化，将我们这些在旁边的人，给映照得古怪陆离。我深呼吸，感觉这空间中的炁之场域，是如此的浓郁而纯正，有一种超脱凡尘的力量。

至此，我开始有些明白宝窟上师为什么一定要在此处，给伦珠上师做这残魂剥离了。因为只有在此处，一切都是干净明了的，没有任何外魔侵扰。

小喇嘛江白将罗浮镭射石放置在哈达佛塔之上后，退到五米开外，然后与般觉上师一起，带着五名僧徒盘腿坐在冰冷僵硬的黑色岩石之上，开始闭上眼睛，或手持佛珠，或转动经筒，开始默默念起经来。他们虽然念着经，但是注意力，却似乎隐隐集中在了鬼妖婆婆身上。

一直在我们旁边的鬼妖婆婆拄着拐杖，佝偻地站着，沉默良久，待周身的注意力减缓，她轻叹了一声，然后开始蹲地，摩挲着黑色的岩石，口中喃喃自语，不知道说些什么。

我们听得不是很清楚，但是从她的表情来看，似乎在跟某一个老朋友叙旧。

这时间有些漫长，足足过了十几分钟，她连着点了好几个头，然后手掌离开岩地，站了起来，眼睛瞥了一下默然不语的宝窟法王，退到我们旁边，抱着拐杖，将袖子拢起来，没有再说任何话。

显然，鬼妖婆婆的任务已了。宝窟法王眼睛一睁，如轮月，身形微动，倏然便到了场中，身子咔咔地响动，在我们所有人的眼中，他的身子开始缓慢悬浮起来，而且头重脚轻，没一会儿，他便呈倒立状，整个人拉成一条长线，右手手指，正好点在了黑色的罗浮镭射石之上。

当宝窟法王的身子几乎绷成了一条直线，与地面呈九十度直角的时候，我们似乎感觉到空间里，一阵颤动。这陡然一下，让我的心都吓得快要飞了出来，左右瞧看一下，才发现这一震，并不是物理界的震动，而是直接作用在了我们的精神上。也就是说，我们之所以感受到震动，是精神受感，而周围的积雪和山体，则根本就没有一点儿受力。

这种异象，是宝窟法王出了手，果断而决绝。在我的想法中，他似乎应该会先念一段经文，然后慢慢引导罗浮镭射石里面的残魂析出。然而高手便是高手，他在最不可能的时机里出了手，而且是以这么一种方式，让人诧异。

当我稳定下心神，发现有一道光影流转，似从天上来、从地中来、从那颗黑漆漆的罗浮镭射石中来，无数光影堆积，旋转凝聚，所有的一切，那万千世界，就此重叠，无数的圆形轮番出现，最后唰的一下，在我们面前，出现了一个几近虚无透明的老喇嘛。

这个老人,正是那天在白居塔中准备虹化的伦珠上师。此刻的他,低眉顺眼,不喜不悲,昂首,瞧着周边的这一圈人,目光越过了小喇嘛江白和般觉上师,然后定在了已然翻身飘落在地上的宝窟法王身上来。他笑了笑,没有说话,而是见了一个礼。

有剧烈的山风吹过,将伦珠上师的残魂吹得摇摇欲坠,表情痛苦,宝窟法王往上风口一站,将红色喇嘛袍陡然张开,遮住了大片范围,那风便细小柔顺了许多。他也没有说话,而是朝着面前这缕残魂微微一颔首,没有再多说什么。

这两人或许有很久没有见面了,此番已是阴阳两隔,却仍然吝啬言辞,而是将那种深沉而又浓烈的情感,收敛于心,任其发酵。

目光交流之后,小喇嘛江白和般觉上师走上前来,与伦珠上师招呼。

伦珠上师的残魂,已然不能够言语,不过他们密宗,自然有精神沟通的方式,一番交流,倒也不会滞涩。我们在旁边瞧见,都没有说话,只是感觉这场面让人伤怀。要知道,伦珠上师本来都已经脱得一身泥垢与因果,可去那无量宫中,百世修行,超脱物外,不拘于形,然而此番周折下来,即使他能够转世重修,那路途凶险,或许再也不会有今天这般的成就了。

世界,永远都是未知的,也不可能是公平的。

当时的大部分人,几乎都沉浸在这种悲恸的气氛之中,饶是般觉和江白,修为佛识都达到了相当高的层次,但还是有些挂碍,十分不舍。倒是那伦珠上师,表情平淡,面露微笑,颇有一种风轻云淡的惬意,不以物喜,不以己悲,将场中的伤感气氛冲淡了许多。

好一会儿,伦珠上师的残魂走过来与鬼妖婆婆见礼,并向我和杂毛小道点头致意。对于这位尊者,我们都是心存敬意,连忙回礼。出人意外地,伦珠上师伸出几乎虚化的右手,放在了杂毛小道的左肩上,好一会儿,回到场中。但见宝窟法王点了点头,一粒火星闪现,接着有大股大股的虹光出现,神灵一般,将这淡薄如雾的残魂,推送上了天际,到那缥缈无依之处去。

至此,伦珠上师的残魂终于一切顺利地完成了转世重修的过程。

虽然整体来说,我们都不是很懂,也搞不懂这和魂归幽府,有什么区别,不过一切都是自然而然地发生了。完成了这些事,我们沉浸在伦珠上师离去的情绪中好一会儿,然后注意到洁白的哈达佛塔之上,那颗罗浮镭射石,还闪耀着灼灼的光芒。

是虹光,伦珠上师已走,但是那虹光能量,却依旧还在。

第五十章　虹光，入剑

关于虹光能量之归属，不是我们可以置喙的。

因为法门不同，而且毕竟能量庞大，人体并不能够贸然承受，所以不可能吸引入体，而注入器具中，多少会与原本属性有所偏颇，岔了路子；再有，这几个喇嘛与伦珠上师的感情，有着我们所领悟不了的深厚，正如同没有几人能够真正了解我与杂毛小道之间的情感一般。他们在心理上，自然也不乐意承受伦珠上师的遗泽，占他圆寂之后的便宜，这一来会影响佛心，妨碍自己正常的修为，二来则是怕心有所感，惹上牵挂，最终对自己都是弊大于利。如此一看，这让邪灵教费尽心机的虹化能量，在这儿竟成了鸡肋之物。

小喇嘛江白的意见，是将这罗浮镭射石留在此间，自有祁峰雪山的山神大人来看守，应该不会有太大的闪失。般觉上师却另有异议，说邪灵教那些妖人，为事向来无所不用其极，倘若知晓此处有了满载能量的罗浮镭射石，岂不是扰了神灵的清静？

一直仰望天际、默默不曾言语的宝窟法王低下头来，环视一圈，最后目光落在了旁边负手而立的杂毛小道身上。

杂毛小道的感应极其敏感，刚一被注视，立刻抬目望去。宝窟法王凝望了他一眼，开口说道："剑……"高人说话，向来都是珍惜词句。

杂毛小道也是福临心至，连忙将自己背上那柄卖相甚为难看的雷罚取下，调转头，将剑柄轻递，送到了宝窟法王的面前来。宝窟法王将这柄裹了鳄龙精血的雷击桃木剑拿在手里，并不介意此刻那如同路边垃圾一般的雷罚外表，轻轻挥舞了几下，有刻意减缓的呼啸声，仿若山风穿堂而过。

法王一生中，或许从未拿剑，那捏剑的手势也十分怪异，如同外国人拿筷子，不过这并不影响他此刻的精度和准头。但见他身形忽闪，骤然出现在了场中，剑尖挑起了安放着的罗浮镭射石，在所有人都没有反应过来的那一刹那，挥剑斩落在了坚硬如铁的黑色石头上面。

砰……

一声怪异的声响，从交击处缓慢发出，恍若回声，这是真正实质上的音波回震。我感觉浑身的毫毛竖起。那坚硬如铁的罗浮镭射石上，裂开了一个米粒大小的缺口，然后有与那周身佛光区别开来的炫目虹光生出，如海绵吸水，悉数转移到了黑乎乎的雷罚之上。剑身上本有金色的雷意、表皮血胶那暗红色的精血之气在游动，与这七彩虹光纠结缠绕，并且在周身佛光的照耀下，展开了一场争夺和融合的战争。

整个场面十分绚烂夺目,仿若神迹。在我旁边的杂毛小道身子绷得挺直,眼睛直勾勾地瞧着,大气都不敢喘,仿佛心中吊着一个大秤砣。这段时间很短暂,眨眼间,光影顿敛,宝窟法王将雷罚往空中一抛,然后快速结出玄妙无比的大手印法。

他骤然打出了"唵、嘛、呢、叭、咪、吽"六个金光灿灿的藏文来。

藏密修行,讲究的是三密相应:手结印契,口持真言,意作妙观贯穿整个修行过程,使身、口、意构成的自性,与咒、印、观所构成的佛性相应,产生法性,扫荡种种浮躁垢习,方得安乐自在。

望着隐隐约约的金色符文,轻飘飘地在上空旋绕,最后被悉数打入这雷罚之上,神光顿敛,恢复寻常土鳖模样后,宝窟法王将剑挽了一朵剑花,然后用那极不标准的汉语说道:"好剑,好剑。你是身承大气运者,就受了伦珠的这馈赠吧……不过这能量并不稳定,须另外调和,我已经用真言封住,待到机缘巧合日,才能够助你,一举成名。"

宝窟法王修的是枯禅,惯于以静制动,形如枯木,这是我们听到他说过最长的一段话,简直有中大奖的感觉。而他的这一番话语,让我不由得想起了人生屌师周星驰作品《功夫》里面,那个卖武功秘籍的怪老头儿,一本正经地说"维护世界和平的任务,就交给你了"一般,十分奇怪。

说完话,宝窟法王将雷罚还给了杂毛小道。杂毛小道小心将剑接过来,捧在手里,用心感受这里面所蕴含的力量。从表情上来看,他并没有获得力量的喜悦,而是皱着眉头,面色肃然,就像授勋仪式上,那些故作认真的将军们,似乎心中狂喜,但是又要保持淡定,使得他此刻的模样,十分古怪。

将剑交还给了杂毛小道后,宝窟法王抬起头,看了一眼天际,看着已然缥缈的伦珠上师,干涸的眼中,似乎流露出了一些倦意。他回头看向了般觉上师和江白小喇嘛,开口说道:"我回,伦珠的事,你们办。"

说完,他身形一晃,便化作了一道红线,飞出山口,离弦之箭一般。他在满覆冰雪的山上飞速流逝,最后化作了一个黑点,消失在我们的视野尽头。

我的目力延伸,这才发现刚才罗浮镭射石破口的那一瞬间,发出的沉闷响声,竟然将我们周边的积雪给震散了许多,有大量的雪从身边滑落,将我们的来路给掩埋住。这刚刚生成的雪坡,普遍都比较松软,不便行走,而我们又没有滑雪用具,唯有等待些时日,待雪自然凝结硬一些,才能回去。

伦珠上师离去之后,山口的佛光便不再出现。天地一素,倒也别有一般风味,破口的罗浮镭射石,如同腐烂的番茄,不再有什么用处,小喇嘛江白将其放在场地正中,便不再理会。

我们坐在山口处,除了杂毛小道外,所有人都露出了欣喜的神色,在为伦珠上师得以转世重修,发自内心地高兴。我也是,心里面美滋滋的,感觉能够参与这么一场法事,心中所悟,并不比虹化那日少,觉得生死之间,似乎还有别的路途,可以去

探寻。

我见杂毛小道并不是很开心,便用胳膊捅了捅他的肚子,说干吗一副委屈模样,你要是忍不住乐,就大声笑起来呗。

窝在小妖怀里的虎皮猫大人抖抖翅膀,伸了一个懒腰,笑了,说:"小毒物,你这可真的是误会他了。小杂毛现在可真的不是憋着乐,他现在正是犯愁呢。"

我一愣,说,此话怎讲?

虎皮猫大人吧唧着嘴巴,说:"小毒物,你自己想想,为了获得伦珠这虹化的能量,邪灵教居然派出了右使孤身前来,又有厉害人物前来接应,显然对此事十分重视。你们上次也偷听到了,这个跟他们的某一种大计划,有着必然的联系,倘若他们知道这能量已经转移到了雷罚之上……你想想,小杂毛哪里能够清静得了?"

我翻着白眼苦笑。匹夫无罪,怀璧其罪。原来还有这么一层关系,难怪杂毛小道会如此郁结。

不过那又怎么样?

我拍了拍杂毛小道的肩膀,说:"我们跟邪灵教,早就势同水火了,有什么事情,兵来将挡,水来土掩。我们兄弟俩共同扛着便是,还怕它个鸟儿?"杂毛小道轻轻一笑,将雷罚指向了头顶的太阳,说:"也是,此剑若成,必将名动天下,能够掌管雷罚,也算是我的荣幸。对,怕啥。人死鸟朝上,不死万万年。"

我们哈哈大笑,豪意顿发。江白小喇嘛凑过来,问我们准备什么时候离藏,倘若是在藏区,并用不着担心这个问题,而且法王已经给这力量作了封印,寻常不会暴露,除非真正剑成,展现威力之时,方才会给人知晓。到那时,生米煮成熟饭,旁人也觊觎探不得……法王是修枯木禅者,更能明了天地,所以能够对命运的脉络,把握得清晰一些,方才会如此,你们不要辜负了他的好意才是。

我和杂毛小道连忙点头,说:"晓得,晓得,这虹光入剑,自是天大的好事,就像头顶上掉下了一块大馅饼来一般,砸得我们头晕晕,所以一时之间,不知道如何是好。至于何时出藏,这个不知晓,不过这些日子,可能好需要多加叨扰才是。"

小喇嘛江白面露微笑,说:"我们都是在这世间修行的一分子,而且年纪相若,虽然修的是不同的道路,但多加交流,总是好的。在日喀则的这些时间里,随时欢迎过来找我,但有所知,无不告诉。"

般觉上师也走过来,说,是极是极,两位施主都是一时之豪雄,而且又经历过生死,自当亲近。

诸事已了,众人心中快慰,也都放松了许多。

第五十一章　大师兄来电，是否要出藏

大家围在一起，相谈甚欢。不过我隐隐感觉老喇嘛般觉对我体内的金蚕蛊，有着不一般的兴趣，谈论的话题，也有意无意地往这上面扯来，究根问底。

我们与般觉老喇嘛和江白小喇嘛的关系，经过这么一段时间的接触，还算是不错了。但是作为一个养蛊人，即使是一个并不合格的养蛊人，我也会有一般蛊师的通病，并不愿意将这里面的奥秘，讲与其他人知晓。当然，我也不会隐瞒这点，而是直截了当地跟般觉老喇嘛提及，这是行业秘密。

我以为般觉老喇嘛会不爽快，但是他却很坦然地表示了理解。般觉告诉我，说我的这虫子，是十分独特的生命体，充满着这世间最恐怖的力量，只是还没有完全发掘出来而已。但是它倘若是与你心意相通，那么他多少也就安心了。这一方世界，是他们的，但是外面的世界，却是属于我们的，他顾及不了，唯有在佛祖座下，默默祈祷，让一切皆安。

我虽然对般觉老喇嘛说的话不断点头，但是并不是很赞同他刚才的话语。

从我目前的认知来说，肥虫子这个独一无二的本命金蚕蛊，它虽然带给我翻天覆地的改变和际遇，是我自2007年以来经历所有事情的引子。但是它有一个致命的弱点，就是两头冒尖，欺负普通人，妥妥的大杀器，然而面对那些修行者，特别是有着防蛊邪之法的家伙，它却连近人家身都不行。这是我所不愿的，当日我的太师祖洛十八曾经对南方前来挑战的天才少女蛊丽妹放出豪言，说一旦金蚕蛊炼制成功，必将使得我敦寨苗蛊，笑傲当年耶朗大联盟遗留下来的苗家三十六峒，直登巅峰。然而我体内这个肥虫子，却远远没有这么厉害，一遇见这些厉害的修行者，就像小猫儿一样。

虽然二转之后的肥虫子，逐渐地能够抵御一些排斥，但是对中原道家近千年来的针对，依然有些无力。这是我心中，永远的痛。不过我出来混社会这么久，自然知道当面反驳别人，这种行为实在不好，于是笑了笑，点头说好。

天晴了，雪停了，山下凝练如镜，在鬼妖婆婆和小妖朵朵的帮助下，我们爬下平台，缓缓朝着山下走去。在雪山中，上山困难下山易，不多时，我们便已经滑下了山坡底，收拾一番，然后回转去。在此后的一至三年，般觉上师和江白等白居寺的众位喇嘛，将会根据伦珠上师临死前的提示，找到转世重修的他，将他接入寺内，悉心教导，然后再次修行来生。一如此间的小喇嘛江白。

回程的路上没有什么好提的。一到天黑，朵朵就迫不及待地飞出来，围着我们一

群人转圈。我们上次的离开，在这小丫头心中留下了不可磨灭的伤害，使得她有些不怎么相信我，总是担心自己被抛弃。这伤痕，我们唯有让时间，慢慢医治它。

般觉和江白急于回白居寺准备查询伦珠上师转世的事宜，故而没有作停留，直奔白居寺，而我们则没有去那里凑合的必要，于是在半路就分道扬镳，依依惜别。

鬼妖婆婆的佛塔，虽然是个不错的修行场所，但毕竟是不食人间烟火，之前莫赤帮我们准备的干粮早已经消耗一空，即使去附近藏民家买来的烤羊，也只剩下了骨架子。我和杂毛小道两个大肚汉，自然不能在那冷清之所常住，又怕朵朵心中不安，于是与鬼妖婆婆商量了一番，决定将小妖和虎皮猫大人留在佛塔陪伴她们，而我和杂毛小道两人，晚间便在南卡嘉措家里住下，白天往返佛塔。这几十里的距离，倒也难不倒靠着铁脚板行遍天下的我和杂毛小道。

商定之后，我们趁夜将一干小伙伴们送至佛塔前。朵朵怕我跑了，死缠烂打，硬要我将肥虫子也留下来，不然不放我走。

我勒个去。这个小妮子，自从被鬼妖婆婆施加灌顶之术后，就变得越发地精灵古怪起来。肥虫子与我，是同气连枝的人生搭档，从入了我的身子，便很少有离开过，她居然想着让我将肥虫子交出来？我坚决不肯，然而这小萝莉又哭又闹又卖萌，我这个人，最受不了的就是这一套，稀里糊涂地，就丧失了判断，做出了丧权辱国的决定来。

当夜，我和杂毛小道在凌晨三点敲响了南卡嘉措的家门，让这个男人先是惊恐，而后便是高兴。迎进屋子内，迷迷糊糊的他揉了揉眼睛，然后告诉我，你们身上有佛光。

这都能够看出来？我和杂毛小道一阵无语，没想到这藏地随便一个平凡的人，都有可能身具佛性。

如此，我们便在南卡嘉措家里，重新住下。之后便是悠闲的快乐时光，藏地的生活虽然简单，但是能够让人的心灵得以净化、沉淀，有一种与别的地方所不同的宁静悠然。大师兄叫我们来藏地，真的是来对了，短短的时间里，我们不但经历了生死，而且还得以目睹传闻已久的虹化、圆寂和转世重修，我和杂毛小道的机缘，也都得到了一定程度的提升和巩固。最重要的是，眼光的境界，以及身心的领悟，和以前已经截然不同。

"道"在我们眼中，已经不再那么神秘，它更像是一种实实在在的东西，如同果园累累的苹果，如同后院架子上的葡萄，如同……它看得见，也摸得着。每天，我们都要行几十里到佛塔，然后练剑、行功，让自己在之前战斗中受到的暗伤，逐渐好转，让自己的身体，缓慢地真正得以掌控。

我偶尔也会带一下莫赤，让这个有着很聪颖慧根的藏族少年，能够在修行的道路上走得更远。当然，我从来都不承认我是莫赤的师父，因为我是一个养蛊人，这是我最根本的手艺。我教予莫赤的，都是些旁门左道，并不涉及蛊术。

闲暇时，我也会将好久没有复习的"十二法门"和山阁老遗笔拿出来瞧，因为多日的周折和奔波，我以前存在电子设备中的"十二法门"，早已丢失殆尽，不过好在这些东西，都已经深深地印在了我的脑海中，我央求南卡嘉措去县上买来些纸笔，开始尝试着将"十二法门"给还原出来。人的记忆力是有限的，我对文字内容能够倒背如流，但是对于图形、备注以及经络描绘，却有些记不得了，所以这项工作，总体来说，还是有些困难的。

不过人闲着，总是要找一些事情来做的，不能说一天到晚都在修行，也不可能常常都能顿悟，所以这件事情，我做得格外上心。时间就这般缓如流水，悄悄过去。然而有一件事情，总是让我暗暗担忧——当日我吞服了火娃送来的尸丹，本以为会有什么效用，然而直至此时，我都没见任何效果，仿佛我吃的不是人参果，而是一颗糖豆儿一般。这现象，就连广知博闻的虎皮猫大人和别出蹊径的小妖朵朵，都不知晓，我只得放弃追查。

就这么过了十来天。其间白居寺来人，将天湖底下的遗迹确认，商定在五月份，设备到齐的时候，准备挖掘出来。接着我们去了一趟白居寺，并没有什么事情，主要也就是待得烦厌，四处走走，参观一下，增长见识。小喇嘛江白也算是忙完了诸多事宜，陪伴着我们四处逛，去了有西省三大圣湖之称的羊卓雍湖，也去了被唤作日喀则象征的扎什伦布寺。这寺院依山而筑，壮观雄伟，可与布达拉宫媲美，是历代班禅的驻锡地。

在扎什伦布寺，我们见到了上次围剿邪灵教右使时认识的一个喇嘛，在其引荐下，又认识了不少寺内的高僧，一时间人脉甚广，多少也混了个脸熟。

小喇嘛江白经过两世重修，虽然不怎么记得前事，但学术见识，都比他这个年龄的人要厉害许多，与他同游日喀则，简直就是一件很享受的事情。他就如同一本活字典或藏传佛教的总经文，让我和杂毛小道对这一门佛教的重要分支，有了更多的了解和知晓。

佛与道以及巫，本来就是通向彼岸的不同路途，虽然路上的风景不一样，但是殊途同归，总是有可以借鉴和相通的地方。我们相互学习，从他口中，得到了很多真言以及手印的秘法，相互印证，也是颇为受用。我们在日喀则待了数日，放心不下佛塔中的小伙伴们，于是辞别了小喇嘛江白，再次回返。

在这神秘的藏南高原待到了四月末，我们终于接到了大师兄传过来的消息，说风声已过，问我们要不要出藏。

第二十九卷　工厂诡事

第一章　妈，我回来了

虽然之前和小喇嘛江白等白居寺的主事人商议好五月回暖的时候，一起打捞天湖中那沉没于末法时代的遗迹，特别是那一尊罕见的铜佛像，不过大师兄这消息一传过来，我们的心就不由得信马由缰，奔放起来，只想着赶紧出了藏区，回到自己熟悉的地方去。

藏区虽好，但是比起思念已久的亲人和朋友，就变得不是那么有吸引力了。毕竟，我们都是活在这尘世中的俗人，终究还是逃离不过这滚滚红尘。

离打捞约期还有二十来天，我们犯了愁。杂毛小道问我的意见，我想了一想，从去年十二月初开始逃亡，到现在，半年时间都过去了，家里面的老爹老娘，不知道是个什么情况，我甚至连他们在黔阳，还是在晋平都不知晓，往日还不觉得，此番想来，思念的潮水一波接一波，将我给淹没。

我把我的真实心思告知了杂毛小道，他叹息了一声，没有再说话。

我想起来，我面前的这个好兄弟，听得那铁齿神算刘的话，怕给家里面的亲人惹祸，七八年未曾归家，好像连电话都不敢打。我这与家人失去联系小半年，都已经急得魂牵梦萦，真不知道杂毛小道是怎么熬过来的。难不成，这就是他流连花丛的真正原因？试图用身体上面的快感，来消除精神上面的痛苦，这个法子，貌似和吸毒一般，用处真心不大。

我们当天中午就做了决定，准备近日离开藏区。于是辞别了一直对我们照顾有加的南卡嘉措，去了佛塔，跟两个朵朵和虎皮猫大人说明缘由。对于这个决定，小妖朵朵和虎皮猫大人都表示十二分的赞同。这两个，一个是唯恐天下不乱的性子，平淡的生活对于她来说，简直就是慢性毒药；至于虎皮猫大人，它倒是淡泊洒脱得多，只可惜大人嘴刁，那泡过的龙井茶叶和原味恰恰瓜子，藏区哪里有供应？酥油茶喝多了，大人的脾气尤为暴躁，惹火了，连那鬼妖婆婆也敢骂。我们平日里敬它及时救场，功劳卓著，也就打不还手骂不还口，可是鬼妖婆婆哪里是好惹的？结果好是一番争执。

两个老家伙都是人中龙凤，成精的人物，一番斗争，简直就是让我们都惊呆了。那手法极为不堪，为了维护二老高人形象，此处不做描述。

朵朵倒是真的舍不得自家的干娘，问我们能不能留下来，陪伴鬼妖婆婆。我点头同意。说你若是想留下来，自可以留，我们办完事情，再来看你便是。然而朵朵又纠结了。她小小的脑袋瓜儿，虽然经过了鬼妖婆婆的醍醐灌顶，开启智慧，但是这大部分都限于修行方面的进步，思维上，还是一个小孩子而已，于是愁眉苦脸地纠结着。

当天晚上我们在佛塔过的夜，鬼妖婆婆对朵朵的功课，要求得特别多，小萝莉直呼头疼，不过也不含糊，双腿盘坐，悬空而立，默默地对月华吞吐气息。

鬼妖婆婆找到我们，说，准备离开这里吗？我点头说是，我们在外面的事情，风头差不多已经过去，是到了要给自己翻案的时机了；而且这大半年来，我们一直处于逃亡和被追杀的旅途中，连家乡的亲人，都没有半点联系，此刻既然事情已了，那么就不由得归心似箭……

鬼妖婆婆点头，表示理解，说天下无不散的宴席，她早就预料到有这么一天，不过真正到来，终究是有些不舍。她这儿冷清了好多年了，这段日子是最热闹的。她生性喜静，一心礼佛，但是不知道为什么，却十分享受这种气氛，突然间没有了，心里面不由惆怅得很。

我安慰她，说如果舍不得朵朵，就把这小丫头留在此处，让她好生调教便是。

我说的这话有些语气不稳，言不由衷，鬼妖婆婆也听出来了，说："算了，我知道的东西，朵朵已经差不离知晓，所差的也就是时间和那一点点机缘而已；而且，你身上还有朵朵需要的气息，这种气息是你吃进肚中的那人参气。你们所有人都可能不知道，但是身为鬼妖，却能够明了这一种气息，如同磁场，离你越近，越能够被普度到，所以，朵朵跟着你，才是最正确的选择。"

我没有再说话，只是拉着鬼妖婆婆如同鸟爪的枯手，无尽地感激，说有时间，一定常来看她。

当天夜里，鬼妖婆婆又去找了正在练功的朵朵，两个人叽叽咕咕大半夜，也不知道说些什么。

次日清晨，我们出发，朵朵果然还是抓着槐木牌，紧紧跟随着我，泪眼婆娑地跟鬼妖婆婆告别。在离别的那一刻，这个厉害之极的神秘婆婆，不再是一位稀罕的鬼妖大拿，而就像孩子即将远行的普通老人，眼睛里有着闪烁的泪光，不断地挥手，直到我们走过了山口，还看到佛塔前方的坪子上，有一个佝偻而瘦小的身影，在朝我们挥手。

路漫漫其修远兮……想到鬼妖婆婆这些日子来，对我们真诚的帮助，再看着她那孤单孑立的身影，我不由得难过起来，摸了摸胸口的槐木牌，眼泪不知不觉地就流了出来。如杂毛小道所说，我并不是一个感性的人，可以流血，但极少流泪，然而我终究还是忍不住哭出声。

这是一个厉害的鬼妖，也是一个可怜的婆婆，她所在意的一切，都已经随着时光和往事，化作了尘土和充满灰垢的记忆，即使那人转世重修，变成了小喇嘛江白，然而当年的那些情感，也如同岁月，被埋葬在了没有人记得的地方。

　　斗转星移，物是人非，百年孤独——正如百年之后的我，和朵朵、小妖。

　　我们离开佛塔，走了十几里路，来到了大路上，远远地，就见到一个身影在奔跑，挥手高喊师父。

　　我停下了脚步，莫赤匆匆跑过来，脸色不正常地红。他气喘吁吁地告诉我们，在得知我们离开之后，他跑到了最高的山峰，找寻我们的身影，不为别的，就是想道一声别。我笑了，说，我在南卡嘉措家里，留下了一些修行的方法，是汉文，你倘若有时间，仔细参详便是，说不得我们以后会回来，还要考校你呢。

　　莫赤扬起手上的一个小册子，上面是我对于九字真言，和从江白小喇嘛那里得到的一些藏密修行法门，他高声说在他手上呢，他一定好生修行，不懈怠，绝对不会辜负两位师父的培养。

　　与莫赤惜别，我们又去了白居寺。这个时节的游客多了起来，好在门口的僧徒认识我们，知道跟上师们混在一起的，都是大人物，倒也没有要收我们的门票。进了寺才知道小喇嘛江白去了日喀则，不知道做什么去了，很神秘的样子。

　　般觉上师在知道我们即将要离开，可能不能协助白居寺挖掘遗像的工作后，表示了理解，并告诉我们，自治区政府得到上次勘探的消息之后，很振奋，已经专门调拨了资金，准备用现代化的设备，以及专业化的队伍，来完成发掘工作，所以不用在意。

　　他已然得知我们的身份和事情，对我们出藏的事情比较关心，叫来了小僧徒尼玛，让他拿来了一块藏红色的小唐卡，交到了我的手上，说这是一件信物，倘若以后碰到与白居寺亲近的喇嘛或者藏民，都可以凭借此物，获得帮助。

　　我接过来，表示了感谢。

　　离开白居寺，我们在县里面跟董仲明通了电话，董秘书告诉我们，自从江湖中传闻茅山三老折在我们手里之后，总部就传出了一个声音，说是人才难得。虽然碍于杨知修的面子，没有撤销通缉令，但是相关的追查力度，开始减缓，没有那么步步紧逼。所以大师兄便提议让我们回来，给家人和朋友报个平安，而且还准备跟我们见上一面，讨论一下如何洗清罪名、平反昭雪的事宜。

　　我们说近期准备离开。董仲明说可以，他已经通知了司机老孟，随时都可以入藏过来接我们。谈话到了最后，董仲明突然问我，你认识一个叫做"许映愚"的人吗？

　　我摇头说不知道，谁啊？董仲明含糊地说是总局的一个大佬，特别关心我，而且最近上层同情我们的声音，也都是他发出来的，以为有关系，所以问问。我说，哦，真不认识。

　　我们在江孜住了一晚，然后乘坐上次送我们入藏的司机老孟的车，出了西省。望着那高远辽阔的深山在身后远走,我的心,不由得有些空。

我归心似箭,通过董仲明得知,我父母并未在黔阳,已经回了晋平乡下。于是一路周折,在四月末的一天傍晚,回到了家乡大敦子镇。

因为身份敏感,我略微有些小心,在镇子边缘徘徊了好久,不敢接近。然而当远远地看到我老娘那有些佝偻的身影,出现在我家门前时,我的心在一瞬间,被击了个粉碎,热泪肆流。

妈,我回来了。

图书在版编目（CIP）数据

金蚕往事. 9 / 南无袈裟理科佛著. — 上海：上海社会科学院出版社，2020
 ISBN 978-7-5520-3019-8

Ⅰ. ①金… Ⅱ. ①南… Ⅲ. ①长篇小说－中国－当代 Ⅳ. ①I247.5

中国版本图书馆CIP数据核字(2020)第001239号

金蚕往事. 9

著　　者：南无袈裟理科佛
责任编辑：王　勤
封面设计：人马设计
出版发行：上海社会科学院出版社
　　　　　上海市顺昌路 622 号　邮编 200025
　　　　　电话总机 021-63315947　销售热线 021-53063735
　　　　　http://www.sassp.cn　E-mail:sassp@sassp.cn
印　　刷：上海盛通时代印刷有限公司
开　　本：890 毫米 ×1240 毫米　1/32
印　　张：9.625
字　　数：367 千字
版　　次：2020 年 10 月第 1 版　2020 年 10 月第 1 次印刷

ISBN 978-7-5520-3019-8/I·383　　　　　　　定价：49.80 元

版权所有　翻印必究